ERIC BERG

ROTER SAND

Mord auf Gran Canaria

ERIC BERG

ROTER SAND

Mord auf Gran Canaria

Kriminalroman

LIMES

Penguin Random House Verlagsgruppe FSC® N001967

1. Auflage 2024
Copyright © 2024 by Limes
in der Penguin Random House Verlagsgruppe GmbH,
Neumarkter Straße 28, 81673 München
Redaktion: Angela Troni
Umschlaggestaltung und -motiv: www.buerosued.de
Karte: www.buerosued.de
WR · Herstellung: DiMo
Satz: satz-bau Leingärtner, Nabburg
Druck und Bindung: GGP Media GmbH, Pößneck
Printed in Germany
ISBN 978-3-8090-2767-6

www.limes-verlag.de

Für Miguel Ángel González Santana,
der mir seit vielen Jahren ein guter Freund ist.

Para Miguel Ángel González Santana,
que ha sido un buen amigo mío durante muchos años.

1

Der junge Mann lag neben einer zerlaufenen Sandburg, die Füße von der Brandung umspült. Ich kannte das harmlose, vom Mondlicht beschienene Gesicht von irgendwoher. Es war rundlich und für spanische Verhältnisse hell, mit einer kleinen Nase und vollen Lippen. Der Mund stand leicht offen, und die schwarzen Augen waren zum Firmament gerichtet. Das Blut, das sich auf dem feuchten Sand kranzförmig um die Leiche verteilt hatte, bemerkte ich in der Dunkelheit erst, als es an meinen ausgestreckten Händen klebte, und die Pitchgabel in der Brust, als ich sie beim Zurückweichen berührte.

Ich betrachtete ihn eine Weile. Er war weiß Gott nicht meine erste Leiche. Trotzdem, irgendetwas an ihm berührte mich stärker als bei den zahllosen anderen, vielleicht die Tatsache, dass ich seit drei Jahren kein Polizist mehr war und ihn sozusagen als Privatmann gefunden hatte. Nein, da war noch etwas. Er sah mehr traurig als tot aus, obwohl er eindeutig Letzteres war. Bei Tage würde er mit seiner zerfetzen Brust ein scheußliches Bild abgeben, aber die Dunkelheit und die Brandung zeichneten die Szenerie weich, beinahe friedlich.

Ich trat ein paar Schritte zurück, da fiel es mir auch schon ein. Sechs Monate zuvor war ich Vicente Garrocho zum ersten und einzigen Mal begegnet, als dieser seinen alkoholgetränkten Mageninhalt über meinen linken Schuh ergossen hatte. So etwas vergisst man nicht. Das war ungefähr zur gleichen Uhrzeit wie jetzt passiert, gegen zwei Uhr.

Im tiefschwarzen Atlantischen Ozean wusch ich mir die Hände

und setzte mich danach in den Sand, einige Meter von der Leiche entfernt an den Rand der Brandung, um möglichst keine Spuren zu verwischen, falls das nicht ohnehin schon geschehen war. Die Schuhe zog ich aus und stellte sie neben mich, die Socken steckte ich dazu, ehe ich die Anzughose bis zu den Waden hochkrempelte. Vor mir atmete das schläfrige Meer, das, entgegen der Gewohnheit, nur leise Seufzer von sich gab. Es war Januar, eine frische, klare Nacht um die vierzehn Grad, und der Canopus stand über dem Horizont. Der Freak unter den Sternen pulsierte in allen Farben wie eine weit, weit entfernte Discokugel über der unendlichen Tanzfläche.

Bevor ich den Polizeinotruf wählte, blickte ich über die Schulter, um sicherzugehen, dass kein Tourist die Szenerie betrat. Das *Siete Cielos Hotel Gran Canaria* war nur ein paar Steinwürfe vom Tatort entfernt. Auf halbem Weg zwischen der Touristenhochburg Maspalomas und dem überschaubaren Arguineguín lag es in einer ruhigen Bucht, die zu beiden Seiten von Klippen, klobigen Wellenbrechern und Schroffen begrenzt war. Jetzt, bei Nacht, bildeten sie eine ausdruckslose Mauer, tagsüber jedoch waren sie beherrscht von Seevögeln, Krebsen, Eidechsen und vereinzelten Handtüchern, auf denen sich wohlhabende Schönheiten beider Geschlechter die Show zu stehlen versuchten.

Der Strand blieb weiterhin menschenleer, was trotz der späten Stunde nur daran lag, dass gerade keine Saison war. Nach dem fünften Januar waren auch die letzten Weihnachtsflüchter abgereist und erst im März schossen die Buchungen wieder in die Höhe.

Ich holte mein Handy hervor und wählte. Nicht die allgemein gültige 112, sondern direkt die 091.

»*Policía Nacional*«, meldete sich eine männliche Stimme.

Dies war ein Mord und dafür war meine frühere Dienststelle zuständig.

2

Yago Peralta führte die Ermittlungen. Ein Fitness-Junkie mit Schnauzbart und einem Gang, als wäre eine Wassermelone zwischen seinen Beinen eingeklemmt. Vor drei Jahren, als ich meinen Platz bei der Nationalpolizei mehr oder weniger freiwillig geräumt hatte – so freiwillig, wie man sich einer zahnmedizinischen Behandlung unterzieht –, war Peralta mein größter Konkurrent um den Posten des Chefinspektors gewesen. Wir waren im selben Alter, um die dreißig, und hatten ein paar Radtouren über die Insel gemacht. Wir hatten uns nichts geschenkt, auch nicht im Büro, aber unsere Wettkämpfe waren immer fair gewesen. Bis kurz vor Schluss.

»Hola, Flaco, so sieht man sich wieder, in langen Hosen nachts am Strand«, nuschelte Peralta in seinem knurrigen Tonfall, als er auf mich zukam. »Nette Uniform. Hat Papa dir eine Arbeit als Nachtwächter besorgt? Oder als Page? Ist ja süß.«

Ich trug eine Hoteluniform, die gleiche wie Garrocho da drüben im Sand: dunkelblauer Anzug, hellblaues Hemd, hellblau und gelb gestreifte Krawatte, das Emblem des Hotels auf der Brusttasche des Jacketts. Die Krawatte hatte ich gelockert, das Jackett jedoch anbehalten. Wind war aufgekommen und da konnten sogar kanarische Januarnächte kalt sein.

Ich ließ Peraltas provokative Frage unbeantwortet. Er stand vor mir im Sand, als wurzele er dort schon seit jenen Tagen, als Kolumbus auf Gran Canaria vorbeigeschaut hatte. Die Arme verschränkte er vor den Brusttaschen der Lederjacke, die ihm hundertprozentig eine Frau geschenkt hatte, denn sie hatte Qualität und Stil, zwei Aspekte, die bei Peraltas Kaufentscheidungen nicht ins Gewicht fielen. Er war der Typ, der morgens mit geschlossenen Augen in den Kleiderschrank griff und jeden Mann verachtete, der es anders hielt.

»Komm schon, Flaco, du weißt, was ich von dir hören will. Oder hast du etwa alles vergessen, was du mal gelernt hast?«

Ich hatte nichts vergessen, kein einziges Detail der fünfundsechzig Fälle, die ich in meinen fünf Jahren als *Inspector* der Nationalpolizei bearbeitet hatte. Den letzten hatte man mir gerade erst in die Hand gedrückt, als ich kapitulierte und alles hinwarf. Karriereende mit neunundzwanzig, das musste man erst mal schaffen.

»Also, erzähl mir was. Da du uns den Namen des Toten genannt hast, musst du Vicente Garrocho gekannt haben.«

Ich konnte nicht widerstehen. »Raffinierte Schlussfolgerung. Ich sehe, man hat dich zu Recht befördert. Vize-Chefinspektor?«

»Deine Zunge war immer schon schärfer als dein Antritt. Wie oft habe ich dich beim Bergrennen geschlagen?«

»Bestimmt fünfmal. Aber deine Erinnerung wird daraus dreimal so oft machen.«

»Schluss mit dem Vorgeplänkel. Vicente Garrocho … du kanntest ihn also. Woher?«

»Kennt man jemanden, der einem vor einem halben Jahr auf den Schuh gekotzt hat?«

»Hat er das? Der Junge wird mir richtiggehend sympathisch.«

»Du hast immer schon schwer Freunde gefunden, Peralta. Jetzt also Leichen, ja?«

Die Fronten waren geklärt, wir würden uns etwa so gut vertragen wie Joe Frazier und Muhammad Ali. Eine Überraschung war das nicht. Ich hatte keine Freunde mehr bei meiner früheren Dienststelle, nur größere und kleinere Feinde. Peralta lag irgendwo dazwischen mit steiler Tendenz nach oben.

Vielleicht war es gut, dass in diesem Moment ein Kamerateam in die Szenerie platzte, mit allem, was dazugehört: Scheinwerfern, Kabeln und einer geschwätzigen Reporterin mit auftoupierten Haaren. Peralta sorgte marschallgleich für Ordnung und blubberte ein paar luftige Plattitüden in die Kamera, denen er mit abgedunkelter Stimme eine künstliche Schwere verlieh. Die Medien fliegen nun mal auf Sheriffs vom Typ John Wayne.

Ich wandte mich dem Hotel auf dem Hügel zu. Das Mondlicht und der beleuchtete Pool verbündeten sich und tauchten die prächtig weiße, orientalisch angehauchte Hotelfassade in ein diffuses Licht, als wäre sie eine nächtliche Fata Morgana. Ein paar Gäste waren auf das Spektakel am Strand aufmerksam geworden und auf die Balkone getreten, in der einen Hand das Smartphone, in der anderen ein Glas oder eine Zigarette.

»Leg los«, sagte Peralta, als er zurückkehrte. Erneut rammte er die Radfahrerbeine breit in den kanarischen Sand. »Was kannst du mir über den Toten erzählen?«

»Ich habe ihn seit der Kotzattacke nicht mehr gesehen, keine Ahnung, wo er gewohnt oder was er gemacht hat, und seine Probleme gingen mich nichts an.«

»Moment mal. Wenn du ihn so gut wie nicht kanntest, wie kommst du dann darauf, dass er Probleme hatte?«

»Weißt du, *Inspector*, ich verfüge natürlich nicht annähernd über deinen Sachverstand, aber irgendwie scheint mir das zusammenzugehören: ein größeres Problem und eine Pitchgabel in der Brust. Natürlich kann ich mich irren.«

Peraltas Zeigefinger schoss auf meine Nase zu. »Lass den Scheiß! Ich warne dich, das ist eine erste Vernehmung, also nimm sie auch ernst. Und was, verdammt, ist eine Pitchgabel?«

Etwas, das ich meinem einstigen Kollegen und Konkurrenten voraushatte – mein Vater hatte mich als kleinen Jungen schon ans Golfen herangeführt. Inzwischen spielte ich so selten, dass ich häufiger Geburtstag feierte, als einen Abschlag zu machen. Aber ich war auch schon ewig nicht mehr auf einen Baum geklettert und hätte es auf Anhieb gekonnt. Peralta dagegen machte lieber auf Ironman: Radfahren, Laufen, Schwimmen, Boxen, der Rest war für ihn – Zitat – »Pussy-Sport«.

»Damit werden beim Golf die Grasnarben leicht angehoben, um Unebenheiten auf dem Grün auszugleichen«, erklärte ich. »Das Ding ist mehr oder weniger zwanzig Zentimeter lang, zwei Zacken aus Stahl oder Eisen. Nichts, was einer Brust guttut.«

»Und mit demselben Emblem auf dem Griff wie auf deinem Jackett.«

Ein S und ein C, kunstvoll ineinander verschlungen. Ich konnte das Emblem nicht leiden, es sah aus, als würden sich zwei Würgeschlangen paaren. Tatsächlich stammte die Pitchgabel aus den Beständen des Hotels, denn außer einer Poollandschaft, einem Billardzimmer, einem Kraftraum, zwei Tennisplätzen, einem Court für Boule-Spieler sowie einigen Jet-Skis und Sportbooten verfügte das *Siete Cielos* auch über einen Golfplatz, der sich gleich neben dem Strand befand.

Peralta schaltete ein Aufnahmegerät ein. »Die Mordwaffe scheint eine Pitchgabel zu sein, die beim Golf zum Anheben der Grasnarben verwendet wird«, sprach er seine Notiz ein, als würde er die Namen der zwölf besten Golfplätze der Welt aus dem Stegreif kennen. »Zwanzig Zentimeter lang, zwei Zacken aus Stahl oder Eisen. Das Emblem weist auf das Hotel *Siete Cielos* hin. Der Mann, der die Leiche gefunden hat, heißt Fabio Lozano.«

Er verwendete meinen richtigen Namen, den aber fast niemand benutzte.

»Lozano arbeitet für besagtes Hotel und gibt zu, vor einiger Zeit einen Disput mit dem Opfer gehabt zu haben …«

Peralta produzierte Provokationen am laufenden Band und verhielt sich dabei, als hätte er noch eine Rechnung mit mir offen, wobei es sich eigentlich umgekehrt verhielt.

Ich machte einen Schritt nach vorne und beugte mich über das Diktiergerät. »Also schön, Sie haben mich mit Ihren raffinierten Verhörmethoden kleingekriegt, *Inspector*. Weil Garrocho mir die Schuhe ruiniert hat, habe ich sechs Monate lang akribisch meine Rache geplant und heute vollendet.«

Er schaltete das Gerät aus und steckte es in die Lederjacke zurück. Ein niederes Gefühl tapste über sein Gesicht, vom Kinn aufwärts bis zur Stirn: sadistische Zerstörungswut, begleitet von einem bösen Plan. Er beschloss, mich zu hassen. Bis dahin hatte er mich lediglich gering geschätzt.

»Flaco, Flaco. Immer noch der Spaßvogel von früher, ja? Als was arbeitest du im Hotel? Animateur? Stepptanz?«

»Du kapierst es nicht, Peralta. Du hast es noch nie kapiert. Du bist der wahre Spaßvogel. Übrigens, meine Fingerabdrücke sind auf der Pitchgabel, die ich in der Dunkelheit versehentlich berührt habe. Ich hätte die Abdrücke mühelos entfernen können, bevor du eingetroffen bist, aber dann hätte ich die des Täters womöglich ebenfalls entfernt.«

»Was hast du so spät noch am Strand gemacht?«

»Ich wollte entspannen, einmal auf und ab gehen.«

»Wovon?«

»Ich arbeite eigentlich gar nicht im Hotel, sondern für die Besitzerin, Doña Esmeralda Reyes Beltrán de la Cuesta. Ich bin ihr persönlicher Assistent.«

Die Erwähnung des Namens meiner Chefin sowie meiner Position genügte, um seine Miene zu verblöden. Die Anlagen dazu brachte sein Gesicht ohnehin mit, es bedurfte nur einer kleinen Ermunterung meinerseits.

Peralta eröffnete mir die überraschende Neuigkeit, dass ich mich in Kürze für eine Aussage in der Präfektur bereithalten solle. Danach wünschte er mir keine gute Nacht und ließ mich stehen.

3

Doña Esmeralda war schlechter Laune, als sie am nächsten Morgen meine Notiz über den Vorfall in der Nähe des Hotels las. Natürlich sah man ihr das nicht an, denn sie war nicht die Frau, die sich etwas anmerken ließ. In einer Gefängniszelle im Kongo hätte sie dasselbe Gesicht gemacht wie in den Händen eines begnadeten türkischen Masseurs oder – wie an diesem Morgen – mit einer Tasse Kaffee in der Hand bei herrlichstem Wetter auf der Terrasse ihrer Villa. Der Swimmingpool zu Füßen ihres Liegestuhls war ein Opal in einer Weißgoldfassung, der so gut wie nie benutzt wurde, ein Schmuckstück, das man alle paar Wochen begutachtete und wieder beiseitelegte.

Sie wohnte auf dem Monte León, dem Löwenberg, den alle den Millionärsberg nannten, nur ein paar Kilometer vom *Siete Cielos Hotel Gran Canaria* entfernt. Der Blick war atemberaubend. Von dort oben bestand die Welt zum größten Teil aus blauem Himmel, der in der Ferne von ein paar unendlich langsamen Wolkenkarawanen durchzogen wurde. Das Meer darunter wirkte wie ein Gemälde, statisch und reglos, selbst bei Sturm. So hatten sich die alten Griechen den Blick der Götter vom Olymp auf die Welt vorgestellt.

An diesem Morgen hatte der Passatwind verschlafen. Schon um neun Uhr knallte die Frühlingssonne ungemindert herab, weshalb Doña Esmeralda sich unter einem riesigen Sonnenhut versteckte, unter dem ihre rötliche Ballonfrisur zu beiden Seiten hervorquoll wie Zuckerwatte mit Himbeergeschmack. Ihr Gesicht wirkte noch kleiner, als es ohnehin war. Sie war eine zierliche Frau von Mitte sechzig, mit rostbrauner, gegerbter Haut, wie ihre kanarischen Vorfahren. Tatsächlich wirkte sie fünf Jahre älter, als sie war, aber nur, solange sie nicht den

Mund aufmachte. Tat sie es, kam noch einmal ein Jahrhundert obendrauf.

»Flaco, um Himmels willen, kommen Sie näher, Ihre Notizen sind wie die Kritzeleien eines Kindes. Ein Butler sollte eine geradezu kalligrafische Handschrift haben und nicht ein solches … Gewürm.«

Sie hätte eine stärkere Brille gebraucht. Sie hätte nicht darauf bestehen sollen, schriftliche Notizen statt mündlicher Berichte zu erhalten. Abgesehen davon war ich nicht ihr Butler. Nicht so richtig. Ursprünglich war ich als ihr Bodyguard eingestellt worden, was meinen vorherigen Jobs als Türsteher und Polizist näher verwandt war als das, was im Laufe der sechs Monate, die ich für sie arbeitete, daraus geworden war. Mal missbrauchte sie mich als Hoteldetektiv in einem ihrer sieben *Siete Cielos Hotels* auf den kanarischen Inseln, mal erledigte ich persönliche Dienste für sie, was von Botengängen über Chauffieren bis zum Servieren von Speisen und Getränken reichte. Scherzhaft – aber was war schon ein Scherz für Doña Esmeralda? – nannte sie mich ihren Butlerguard. Persönlicher Assistent gefiel mir besser. Allerdings verwendete niemand außer mir diesen Titel, nicht einmal meine Visitenkarte.

»Alles, was ich entziffern kann, ist ›Polizei‹ und dass Sie und Vicente in irgendetwas verwickelt sind. Warum haben Sie sich mit ihm getroffen? Was hat er diesmal angestellt? Ist er verhaftet worden? Nun reden Sie schon.«

»Ich dachte, Sie sollten es sofort erfahren, Doña. Daher die Notiz auf Ihrem Frühstückstisch. Man hat Vicente tot am Strand gefunden. Ich habe ihn tot am Strand gefunden. Er wurde allem Anschein nach ermordet. Es tut mir sehr leid, Doña. Ich weiß, Sie haben sich um den jungen Mann gekümmert.«

Ihre einzig sichtbare Reaktion bestand daraus, dass sie die Kaffeetasse auf den Tisch zurückstellte und das Gesicht der Weite von Himmel und Meer zuwandte, sodass ich den riesigen Sonnenhut statt von der Seite nun von hinten sah. Einige Minuten lang sagte sie nichts und keiner von uns bewegte sich.

Der verschlafene Passat setzte ein, die Jacaranda-Bäume zu beiden Seiten der Terrasse rauschten und bogen sich im Wind. Ein paar blaue Blüten fegten über den Sandstein und fielen in den Swimmingpool, wo sie wie einsame Geisterschiffe in einem Ozean umherirrten.

In den vergangenen sechs Monaten hatte ich nicht verstanden, in welchem Verhältnis Doña Esmeralda zu dem vierzig Jahre jüngeren Vicente Garrocho stand. Nicht dass ich mich groß darum gekümmert hätte. Mein Arbeitstag begann oft so früh und endete so spät, dass ich Besseres zu tun hatte. Außerdem hatte ich bloß das eine Mal, ziemlich am Anfang meiner Tätigkeit für Doña Esmeralda, direkt mit Garrocho zu tun gehabt. Danach war mir nur noch sein Name gelegentlich untergekommen, etwa wenn Doña Esmeralda telefonierte und ich mich zufällig im Raum befand. Ich wusste lediglich, dass Garrocho im *Siete Cielos* gewohnt und wohl auch gearbeitet hatte, allerdings nicht als was. Und dass er sich anscheinend nicht besonders gut dabei angestellt hatte.

»Bringen Sie mir einen Champagner in den Wintergarten, Flaco.«

Dass sie unmittelbar nach einer Todesnachricht Champagner bestellte, hätte man falsch deuten können. Schaumwein trank sie nur für den Blutdruck, der bei ihr echsengleich niedrig war. Darum saß sie wohl auch morgens eine Stunde lang in der Sonne. Sechs Monate des Jahres hätte sie nirgendwo anders als auf den Kanaren existieren können, wollte sie Europa nicht verlassen.

»In einer Stunde«, fügte sie hinzu, als ich fast schon gegangen war. »Dann wenden wir uns den Fakten zu.«

4

Welchen Fakten?, fragte ich mich, als ich in der Küche der Villa die Flasche entkorkte und das erste Glas mir gönnte. Ich wusste kaum mehr als das, was ich in die Notiz an Doña Esmeralda gepackt hatte, es sei denn, sie wollte detailliert wissen, wie Garrocho gestorben war. Eventuell interessierte sie sich auch für meine einzige Begegnung mit ihm, als er noch lebte. Ich hatte ihr nie davon erzählt, da sie nie danach gefragt hatte. Sie hatte ein sehr ausgeklügeltes System entwickelt, was sie wissen wollte, was sie wissen musste und was sie weder zu wollen noch zu wissen hatte. Das Dumme war, dass sie dieses System als Einzige verstand.

Sie hatte damals einen Anruf erhalten, kurz vorm Schlafengehen, und mich ins Yumbo-Center nach Playa del Inglés geschickt, wo ich mich um Vicente kümmern sollte, der sich in einer Bar betrank. Ich hatte zwei Wochen zuvor bei ihr angefangen und stellte daher keine Fragen, als sie mir einschärfte, dass ich Garrocho auf die liebenswürdigste Art, die mir möglich war, in irgendein freies Zimmer im *Siete Cielos* geleiten sollte. Ich wies sie darauf hin, dass in solchen Fällen die liebenswürdigste Art aus einem Kinnhaken bestand, einfach weil sie schnelle Wirksamkeit entfaltete und bei Betrunkenen ziemlich schmerzfrei vonstattenging. Meiner Ansicht nach war diese Methode für alle Beteiligten von Vorteil. Sie war anderer Meinung.

Als ich in der Bar eintraf, fand ich einen Bengel von Mitte zwanzig vor, hellbraun wie Milchkaffee und dünn wie die Zigarre in seinem Mundwinkel, ein gefärbter Blondi mit den traurigsten schwarzen Augen, die ich je gesehen hatte.

Es gibt zwei Arten von Säufern: solche, die aus Verzweiflung trinken, und solche, die zur Zerstreuung trinken – was eigentlich nur eine fröhliche Spielart der Verzweiflung ist. Garrocho gehörte eindeutig zur ersten Kategorie, aber er lachte so viel, dass ein unerfahrener Beobachter ihn vielleicht zur zweiten gezählt hätte. Durch den aufsteigenden Zigarrendunst hindurch kicherte er jeden an, ob Frau oder Mann, der nicht bei drei auf irgendeinem Baum war.

Ich fragte mich, warum der Barmann nicht eingeschritten war, denn erstens war das Rauchen in der Bar verboten, und zweitens standen sieben verschiedene halb volle Gläser dort, wo Garrocho am Tresen lehnte. Ein Gin Tonic, ein Mojito, eine Margarita … Es sah aus, als hätte eine Verkostung stattgefunden.

Zwei Männer der *policía local*, der örtlichen Polizei, standen unmittelbar vor der Bar, waren aber gegen den Raucher nicht eingeschritten, und erst als ich mich ihm näherte, ergriff der Barmann Garrochos Zigarre und warf sie in die Spüle. Sofort zog der Knabe eine neue aus der Brusttasche seines makellos weißen Hemdes, mit einem Ausdruck, als hätte er die Bank of England überlistet, sah mich an und kicherte.

»Hast du Feuer?« Seine Stimme hörte sich an wie eine Funkstörung.

Natürlich hatte ich Feuer, es gehörte zu meinem Job, immer alles zur Hand zu haben, und ich streckte ihm das Feuerzeug vor die Nase. »Draußen.«

Ich hielt mein Versprechen, es gab keinen Grund, es nicht zu tun. Während ich ihm Feuer gab, erzählte ich ihm, wer mich schickte und warum. Garrocho reagierte zahm wie Bambi.

»Aber ich brauch noch was z' trinken.«

»Schon mal was von einer Minibar gehört?«

Garrocho strahlte. »Bist'n Kumpel.«

Ich setzte ihn also in die Limousine und wartete darauf, dass er die Ledersitze mit der Cocktailsammlung verunstaltete, die in ihm schwamm. Es war nicht mein Auto, darum sah ich es gelassen. Zum Glück blieb alles trocken. Aber die Fahne, die von Garrocho ausging … O Mann, dagegen war eine Trinkhalle ein Luftkurort.

»Hast du noch mal Feuer?«

Die zweite Zigarre verfärbte sein helles Gesicht ins Gelbliche, und ich meinte, dass auch ein wenig Grün dabei war. Im *Siete Cielos* angekommen, schleppte ich ihn in ein freies Zimmer, schloss für ihn auf und nahm ihm den dicken Glimmstängel ab. Da passierte es. Mein linker Schuh samt Socke war binnen einer Sekunde hinüber.

Ich dachte: Mistkerl. Dann: armer Kerl. Dann legte ich ihn auf das Bett, stellte ein großes Glas Wasser daneben, und das war's. Das war die ganze Geschichte von Fabio »Flaco« Lozano und Vicente Garrocho.

5

Ich erzählte die Geschichte im Stehen, mit dem Tablett in der Hand, auf dem ich Doña Esmeralda den Champagner im Wintergarten servierte. Dort war es kühler, schattiger. Ganze Kaskaden karminroter Bougainvillea flossen außen an den Glaswänden hinab. Der rauschende Passat blies draußen, drinnen war es still, mit Ausnahme der Wanduhr, die ich als Erstes zum Schweigen gebracht hätte, wäre es mein Haus gewesen.

Doña Esmeralda saß an ihrem Massivholzschreibtisch, umgeben von Hibiskus- und Oleanderbüschen, eine rothaarige Königin im grauen Escada-Kleid, die beinahe hinter der wuchtigen Tischplatte verschwand. Die Wintergartenluft duftete weniger nach Blumen als nach ihrem Parfüm, das jeden Mann in meinem Alter in Atemnot gebracht hätte, das aber Männer über siebzig aus irgendeinem Grund, den ich mir nicht vorstellen wollte, an ihr schätzten. Hinter ihr hingen Porträts der spanischen Königsfamilie und ihrer eigenen, so als wären sie verwandt, was nicht der Fall war. Allenfalls den Niedergang hatten sie gemeinsam.

Die Reyes Beltrán de la Cuesta waren 1540 auf die Kanarischen Inseln gekommen, hatten im Laufe der Jahrhunderte mehrere Provinzgouverneure und Inquisitoren gestellt, waren mit der Armada gegen England untergegangen, hatten geholfen, Lord Nelsons Invasion der Kanaren zu vereiteln, waren dann bei Trafalgar abermals untergegangen und hatten während des Aufstands der südamerikanischen Kolonien den Hosenboden versohlt bekommen. Sie endeten an Galgen, in Kerkern, auf dem Meeresgrund und an ähnlich geschmackvollen Ruhestätten. Eigentlich waren sie vierhundert Jahre lang so oft verdroschen worden, dass nicht mehr viel von ihnen übrig war.

Doch vielleicht gerade deshalb – wenn Doña Esmeralda den Regionalpräsidenten anrief, verließ er sogar eine Kabinettssitzung, um mit ihr zu sprechen. Die Leute nannten sie auch die *baronesa*. Daher war es nur logisch anzunehmen, dass die Lokalpolizei artig wartete, bis die Baronin einen ihrer Schützlinge vor dem polizeilichen Zugriff in Sicherheit brachte. So gesehen, bedeutete Garrochos gewaltsamer Tod mindestens das für sie: eine schwere Niederlage. Vielleicht auch mehr. Das wusste man bei ihr nie. Als ihr Sohn vor drei Monaten seine Krebsdiagnose erhalten hatte, änderte sich ihr Verhalten kein bisschen, und sie nahm weiter alle Termine wahr. Am nächsten Tag erzählte mir eines der Hausmädchen, dass ihr Kopfkissen feucht wie nie gewesen war.

»Setzen Sie sich zu mir, Flaco.«

Sich zu Doña Esmeralda zu setzen, das bedeutete, auf der anderen Seite des Schreibtischs Platz zu nehmen, mit tausend vom Aussterben bedrohten Dingen zwischen einem selbst und ihr: Briefhalter, Karteikartenkisten, ein Telefon, das aussah, als hätte Alexander Graham Bell keine Mühe, damit zurechtzukommen, eine Tischuhr mit einem Jadesockel, Siegelwachs, ein Tintenfass, ein Federhalter mit Jadegriffel und eine Reiterstatue aus reiner Jade, die einen ihrer Vorfahren zeigte. Übrigens, sie mochte Jade. Silber, sagte sie immer, glänze kalt, Gold sei ordinär, Kupfer billig.

»Ach, Flaco, warum mussten ausgerechnet Sie ihn finden?« Sie hatte so eine Art zu seufzen, als müsste sie jemanden im nächsten Moment schweren Herzens auf die Straße setzen.

»Ich hätte auch lieber Captain Morgans Schatz gefunden anstatt einer Leiche. So etwas sucht man sich ja nicht aus. Im Grunde sind Sie schuld, Doña.«

»Wieso ich?«

»Sie wollten, dass ich denjenigen dingfest mache, der in der letzten Woche im *Siete Cielos* zwei Portemonnaies, ein Armband und einen Ehering geklaut hat. Nebenbei gesagt, bin ich dafür nicht eingestellt worden.«

Sie verzog keine Miene, so als stünde ihr ganzes Gesicht unter dem Einfluss von Botox. »Weiter.«

»Also, ich habe zwei Abende im Restaurant, einen halben Tag Zeitung lesend im Foyer, mehrere Stunden auf dem Golfplatz und einen ganzen Tag am Pool verbracht ...«

»Sie Ärmster.«

»... und den Dieb gefunden, der übrigens eine Diebin ist. Eine belgische Reiseleiterin namens Imke. Danach dachte ich, ich hätte mir einen Spaziergang am Strand verdient.«

Erneut seufzte sie. Ihr missbilligender Blick fiel auf meinen linken Fuß, der lässig auf meinem rechten Knie kreiste. Das alte Spiel: Sie versuchte, mich zum Butler zu machen, ich versuchte, meine Leibwächterseele zu retten.

»Vor fünfundzwanzig Jahren«, begann sie und ich dachte: O Gott, das geht nicht gut aus, »habe ich das Erbe meines Mannes dazu benutzt, das erste *Siete Cielos Hotel* zu eröffnen, das da unten. Damals war ich noch, wie man so sagt, eine Frau in den besten Jahren. Ich hätte leicht wieder heiraten oder mich ins süße Leben auf der Insel stürzen können: Golfspielen, Poolbaden, gepflegte Drinks … Stattdessen entschied ich mich dafür, eine Vollblut-Geschäftsfrau zu sein, und ich habe das Hotel zur ersten Adresse auf Gran Canaria gemacht. Nach und nach kamen die Häuser auf Teneriffa, Fuerteventura, Lanzarote, La Palma und La Gomera hinzu. Viereinhalb Sterne, jedes von ihnen, und seit Jahren bemühe ich mich nach Kräften um die zweite Hälfte des fünften Sterns, so wie andere an einer Beförderung arbeiten oder Sie vielleicht an … nun denn, wofür auch immer Sie sich einsetzen. Müsste ich für den fünften Stern eine Niere hergeben, würde ich nicht zögern.«

»Aber hoffentlich nur, wenn Sie drei davon hätten.«

Sie erhob sich, als verkünde sie ein Urteil. »Ihre Scherze sind deplatziert in einer solchen Stunde.«

»Es war eine Anspielung, Doña, kein Scherz. Und was die Pietät angeht … Wie ich sehe, ist Ihr Notizblock neben dem Telefon vollgeschrieben, vor einer Stunde war er das noch nicht. Sie haben Ihre Trauer offenbar mit einem Anruf bei der Polizei verarbeitet. Den Rosenkranz haben sie nebenher gebetet?«

»Sie reden sich wohl gerne um Kopf und Kragen? Dann will ich Ihnen mal vorlesen, was ich erfahren habe. Ihre Fingerabdrücke waren auf der Pitchgabel.«

»Das habe ich Peralta, dem ermittelnden …«

»Vicente hatte noch seine Brieftasche bei sich, es war also kein Raubmord. Die gute Nachricht lautet, dass die Liste der Verdächtigen gerade erst eröffnet wurde. Deswegen stehen Sie als Einziger darauf.«

Ich hatte schon bessere gute Nachrichten erhalten. Außerdem ahnte ich, dass sie im Verlauf des Gesprächs schlechter und schlechter werden würden.

»Schlimm genug, dass der Mord am Strand vor dem Hotel passiert ist, das Mordwerkzeug aus unseren Beständen stammt und das Mordopfer bei uns beschäftigt war«, zählte sie auf. »Ein Täter aus unseren Reihen wäre eine Katastrophe.«

»Ich war es nicht.«

»Sie müssen zugeben, dass dieser Satz in allen Gefängnissen der Welt widerhallt. Ich habe einen guten Ruf zu verlieren.«

Ihre Illoyalität beantwortete ich mit Respektlosigkeit. Ich bin nämlich auch nur ein Mensch. »Und Sie müssen zugeben, dass dieser Satz von jedem Misthaufen der Welt gekräht wird.«

Ihr Oberkörper zuckte zurück, als hätte ein mittelschwerer Haken sie erwischt. Sie drehte mir den Rücken zu, schenkte sich Champagner nach und verlor, kaum sprudelte er im Glas, die Lust daran. Dann wandte sie sich mir wieder zu, ordnete ein paar Dinge auf dem überaus ordentlichen Schreibtisch und ließ es mittendrin sein. Sie setzte sich und schien selbst daran keinen Gefallen zu finden. Ihr Blick konnte sich nicht recht entscheiden, ob er auf dem Stift haften bleiben sollte, mit dem sie den Hinrichtungsbefehl unterschreiben würde, oder auf dem Rosenkranz daneben, der sie daran erinnerte, dass sie streng katholisch erzogen worden war. Gläubige Katholikinnen über sechzig glauben ja gerne mal, dass sie Engel der Barmherzigkeit seien. Monarchinnen hingegen sind ihren Untertanen nur so lange zugeneigt, wie sie keinen Ärger machen.

Hin- und hergerissen, ob sie nun Monarchin oder mitfühlend war, entschied sie sich, eine Prise hiervon und davon zu nehmen, so als probiere sie eine neue Rezeptur aus.

»Bis die Sache geklärt ist, sind Sie suspendiert, Flaco. Bei vollem … halbem Gehalt.«

Ein volles halbes Gehalt, das war exakt so viel wie ein halbes. Aber es hörte sich an wie der Preisknaller der Saison.

»Sind Sie einverstanden?«

Fragte der Henker, der mir die Wahl ließ, in die Löwengrube zu springen oder mich lebendig einmauern zu lassen. Bei der zweiten Variante hatte man noch ein Weilchen – und, wenn man sich geschickt anstellte, einen Fuß im Mauerwerk. Löwen hingegen waren ungeduldige Restaurantgäste.

»Ich bin beinahe überrascht, dass Sie mich nicht hochkant aus dem Fenster werfen … im übertragenen Sinn, selbstverständlich.«

»Glauben Sie mir, ich auch.«

»Aber warum nur ein halbes Gehalt? Verzeihung, ein volles halbes.«

»Weil Sie sich dem ermittelnden Beamten gegenüber feindselig gezeigt haben, wie man mir berichtet hat.«

Ich ballte die Hände zu Fäusten. »Peralta sieht zwar aus wie jemand, der eine Menge einstecken kann, aber er ist ein mimosenhafter, missgünstiger …«

»… Polizeibeamter. Und Sie sind keiner mehr. Vielmehr tragen Sie die Uniform meiner Hotels und damit meines Konzerns und der arbeitet mit der Polizei eng und vertrauensvoll zusammen. Darf ich nun Ihr Einverständnis zur Kenntnis nehmen?«

Ich beobachtete meine beiden Daumen, die sich wie zwei Sumo-Ringer gegeneinanderpressten, bis es knackte. »Ich möchte etwas sagen.«

Sie warf sich leicht verzweifelt in den Stuhl zurück. »Was denn noch?«

»Ein halbes Jahr lang habe ich mit meiner Arbeit bei Ihnen gehadert, Doña Esmeralda. Sie sind besser im Tadeln als im Loben und legen Arbeitszeitbestimmungen wie Stellenbeschreibungen sehr großzügig aus. Aber heute … Wie das so ist: Was man an einem zerdrückten Törtchen hat, merkt man erst, wenn ein anderer es einem vom Buffet wegschnappt.«

Sie zog die Augenbrauen hoch, was selten vorkam, so als befürchte sie, sie könnten abfallen.

»Verglichen mit den Jobs, die ich nach meinem Weggang von der Nationalpolizei drei Jahre lang annehmen musste … Türsteher im *Paraiso*, Türsteher im *Beatles*, Türsteher im *Marrakesh* … ging es mir nicht schlecht, sowohl was das Geld als auch den Umgangston angeht.«

»Nett von Ihnen, dass Sie meinen Haushalt diesen Etablissements vorziehen.«

»Sie haben mich zu einer Zeit eingestellt, als ich dachte, ich muss für den Rest meiner Tage große Angeber in kleine Backformen pressen.«

Sie nickte, als gehöre dieses Ereignis zu den wenigen Dummheiten ihres Lebens. »Halten Sie bloß nie eine Festrede auf einer Hochzeit, Flaco, das Brautpaar könnte sich noch am selben Tag scheiden lassen.«

»Ich bin mit der Suspendierung einverstanden. Unter zwei Bedingungen.«

»Unter zwei Bedingungen? Das ist nicht Ihr Ernst.«

»Recht kleine. Erstens, ich kann nicht herumsitzen und darauf hoffen, dass meine früheren Kollegen ihre Arbeit anständig machen und mich entlasten. Ich werde also in eigener Sache ermitteln, ganz egal, ob Sie mich suspendieren oder feuern.«

»Solange Sie dabei keine Gesetze verletzen.«

»Einverstanden. Zweitens, Sie erzählen mir alles über Vicente Garrocho, was Sie wissen.«

Dass es in puncto Garrocho etwas zu erzählen gab, war mir schon lange klar. Sonst hätte sie mich damals nicht zu nachtschlafender Zeit losgeschickt. Dass es so viel war, dass Doña Esmeralda eine ganze Minute benötigte, um das, was sie zu enthüllen bereit war, von dem zu trennen, was nicht enthüllt werden durfte, überraschte mich dann doch.

»Sie wollen alles über ihn wissen und nennen das eine kleine Bedingung?«

»Vicente ist tot, Doña. Tut mir leid, wenn ich das so brutal sagen muss, aber was kann es ihm noch anhaben?«

Sie blickte aus dem Wintergarten auf die Terrasse und weiter auf das Meer. »Ja, er ist tot.« Nach einer Weile schob sie das Champagnerglas von sich und faltete die Hände auf dem Schreibtisch, gleich neben dem Rosenkranz.

»Vicente ist … er war der uneheliche Sohn einer Freundin, deren Name nichts zur Sache tut. Sie brachte ihn wenige Monate vor ihrer zweiten Eheschließung im mexikanischen Schwangerschaftsexil zur Welt. Zu diesem Zeitpunkt war sie seit drei Jahren Witwe, ihren neuen Ehemann hatte sie erst nach der Geburt des Jungen kennengelernt.«

Doña Esmeralda machte eine bedeutungsschwere Pause, als wolle sie mir die Gelegenheit geben, in aller Stille meine Schlussfolgerungen zu ziehen. Hätte ich noch bei vollem vollem Gehalt für sie gearbeitet, wäre ich dieser dezenten Aufforderung nachgekommen. Bei vollem halbem Gehalt hingegen sah ich das nicht ein.

»Was beinahe zwangsläufig bedeutet, dass der leibliche Vater entweder verheiratet oder unstandesgemäß war, eventuell sogar beides.«

»Flaco«, sagte sie nur, in einem Tonfall, mit dem man einen Hund, der gerade auf den Perserteppich uriniert hat, vor die Tür schickt.

Ein uneheliches Kind. Was in den meisten Regionen Europas um die Jahrtausendwende allenfalls ein kleines Problem gewesen wäre, wenn überhaupt eines, war in der konservativen, katholischen *nobleza*, den besseren Kreisen Iberias, ein Skandal, vergleichbar mit den Zuständen im bigotten viktorianischen England. Es gab Dinge, die totgeschwiegen wurden, wozu alles gehörte, was der Klerus verdammte. Und der spanische Klerus war ungefähr so aufgeschlossen wie Fort Knox.

»Vicente bekam einen anderen Nachnamen«, fuhr sie fort, als wäre das vergleichbar mit einer Namensgebung beim Tierarzt. »Er wurde größtenteils in Internaten in Frankreich, Mexiko und der Schweiz großgezogen, von seiner Mutter geliebt und mit materiellen Dingen gut versorgt.«

»Und dabei schön von der Familie ferngehalten«, stellte ich fest.

Sie machte eine Geste, die zu einer selbstverständlichen Schlussfolgerung passte. »Als er in das Alter kam, um auf eigenen Füßen zu stehen, strauchelte er des Öfteren. Von der Universität ging er bald ab, die meisten erfolgversprechenden Fächer interessierten ihn nicht und in den anderen scheiterte er schon in den Vorprüfungen. Daraufhin wandte sich seine Mutter an mich. Sie wollte ihren Mann nicht mit ihrer Vergangenheit belästigen.«

Chapeau, eine eloquente Umschreibung dafür, Jugendsünden totzuschweigen und sich vor der Verantwortung zu drücken.

»Ich gab ihm eine Stelle an der Hotelrezeption, als Stellvertreter des Empfangschefs. Das war zwar ein wenig leichtsinnig, aber gerade noch zu rechtfertigen. Vicente sprach drei Fremdsprachen fließend und seine Manieren lagen weit über dem Durchschnitt seiner Altersgenossen. Vor allem Letzteres ist unbezahlbar, sind doch Manieren für die junge Generation so ähnlich wie Schreibmaschinen. Etwas, mit dem sich ihre Eltern noch herumschlagen mussten, sie selbst aber nicht mehr.«

Sie trank Champagner, weit mehr als sonst, und das war auch schon kein Fingerhut voll gewesen.

»Anfangs bewohnte er ein Apartment in Arguineguín, direkt über einem Restaurant, und er kam häufig schon angetrunken zur Arbeit. Daher stellte ich ihm ein Zimmer im *Siete Cielos* zur Verfügung und bat einen meiner Führungsmitarbeiter, ein Auge auf ihn zu haben. Ich war skeptisch, dass es noch lange gut mit ihm gehen würde, durfte aber im letzten Vierteljahr eine Besserung zur Kenntnis nehmen.«

Sie zog ein Laptop aus der Schublade. Inmitten der Gegenstände aus dem vorletzten Jahrhundert wirkte es wie ein buntes Partygetränk zwischen Reliquien. Ihre dünnen Finger huschten geübt über die Tastatur, öffneten Programme, Unterprogramme …

»Da ist es. Vicente hatte ein Budget, wissen Sie? Eintausend Euro im Monat, die er nach eigenem Ermessen für Hotelgäste ausgeben durfte. Freigetränke, Sport-Schnupperkurse, Einladungen auf das Fiesta-Boot und solche Dinge.«

»So ein Budget hätte ich auch gern«, sagte ich.

»Das hätten viele gern, aber man muss es sich verdienen.«

Zugegeben, ich hatte keinen Überblick über Vicentes Leistungen, aber aus meiner bescheidenen Sicht hatte er lediglich die Cocktailkarte rauf und runter gesoffen und dann jemandem auf die Schuhe gespuckt, der ganz nebenbei ich selbst war.

Ihr gekrümmter Finger kreiste über den Bildschirm. »Wie ich sehe, hat Vicente nie viel Gebrauch von dem Budget gemacht, im Schnitt weniger als zehn Prozent. Aber in den letzten sieben Tagen hat er es fast vollständig ausgegeben.«

»Für wen?«

»Enrique Modesto.«

Ich sagte: »Der Enrique Modesto? Dieser Investmentberater, der einen Sachbuchbestseller nach dem anderen schreibt? Sein Ratgeber *Millionär in tausend Tagen* geht gerade durch die Decke. Darf ich mal?«

Ich zog an dem Laptop, sanft genug, um nicht rüde, und kräftig genug, um nicht zögerlich zu wirken. Sie ließ es zu. Wenn Sie verärgert war, zeigte sie es nicht. Aber Verständnis las ich auch nicht in ihrem Blick.

»Haben Sie das gesehen?«, fragte ich. »Er hat den Kaninchenkurs im Golfressort gebucht, auf seinen Namen.«

Rabbits, also Kaninchen, nannte man die Neulinge im Golfen. Eine possierliche Bezeichnung.

Ich wunderte mich. »Seltsam, oder? Vicente war auf drei teuren Internaten, und wenn nicht auf allen, dann wenigstens auf einer von diesen Bildungsanstalten steht Golf mit Sicherheit auf dem Stundenplan des Sportunterrichts.«

»Das können Sie gar nicht wissen. Ich war auch auf einer guten

Schule, einer sehr guten sogar, und dort war der einzige Sport, den wir betrieben, Gymnastik.«

»Ich will nicht respektlos erscheinen, Doña, ganz und gar nicht. Aber als Sie zur Schule gingen, haben die Klassen noch jeden Morgen ein Loblied auf den großen Franco gesungen. Inzwischen gehört Golfen in der Geschäftswelt längst zum guten Ton. Auf dem Platz werden jeden Tag mehr Deals abgeschlossen als Bälle geschlagen. Deswegen hat mich mein Vater gegen meinen Willen auf eine Elite-Schule geschickt, das Colegio Sotogrande in Cádiz, wo ich schon mit zwölf meine ersten Abschläge gemacht habe.«

»Und was hat dieser faszinierende Exkurs in Ihre neureiche Erziehung mit Vicentes Tod zu tun?«

»Wozu hat er an einem Anfängerkurs teilgenommen, wenn er bereits fortgeschritten war? Mal sehen, wer noch alles auf der Teilnehmerliste steht.«

Kaum hatte ich die Namensliste aufgerufen, nahm sie das Laptop wieder an sich. »Für einen Tag haben Sie genug in meinen Dateien geschnüffelt. Ich habe Ihnen gesagt, was es über Vicente zu wissen gibt.«

»Den obersten Namen habe ich bereits gelesen: Enrique Modesto.«

Sie ruckelte ihre Brille auf der Nase zurecht und rief weitere Dateien auf. Nach einer Weile schüttelte sie den Kopf. »Zumindest wissen wir, dass Señor Modesto nicht der Mörder ist«, meinte sie. »Ich sehe mir gerade seine gestrige Abrechnung an. Er hat um 22:19 Uhr die Rechnung im Restaurant abgezeichnet und um 1:44 Uhr die Rechnung in der Bar. 892 Euro für eine Flasche Champagner, zwei Flaschen Wein, drei Whisky und zwei Magenputzer der Hausmarke. Kein normaler Mensch kann da zwischendrin noch einen Mord begehen.«

6

Doña Esmeralda übersah, dass Enrique Modesto aufgrund seines Berufes kein normaler Mensch sein konnte. Ein positiver Magnet hat auf einen negativen etwa dieselbe Wirkung wie eine Bar auf einen Investmentfuzzi und seine Leber ist das leistungsfähigste Organ seines Körpers, noch vor dem Hirn. Natürlich hätte Modesto zwischen zwei Gläsern Whisky zum Strand schleichen, Garrocho die Pitchgabel in die Brust rammen und anschließend weiterbechern können. Andererseits gibt es nicht viele Menschen, auch nicht viele Investmentberater, die denjenigen, der ihnen Getränke für 1000 Euro spendiert hat, anschließend umbringen.

Zunächst zog ich mich um, ich war ja nun suspendiert, und wenn das einen Vorteil hatte, dann den, dass ich endlich das Sakko mit dem Emblem loswurde. Natürlich stand mir eine Wohnung in der Villa auf dem Monte León zur Verfügung, sogar eine recht geräumige, in der ich aber viel zu nah an meiner Arbeitgeberin war, um mich in meiner Freizeit frei zu fühlen.

Ich fuhr in mein Zuhause nach Playa del Inglés, eine Erdgeschosswohnung in einem zehnstöckigen Haus mit einem zauberhaften Namen und einer ebenso zauberhaften Aussicht auf die daneben liegende Schnellstraße. Es war hauptsächlich mit Touristen belegt, die sich spätestens am zweiten Tag beim Hauswart beschwerten.

Es gibt Leute, die behaupten, Playa del Inglés sei zu laut, zu künstlich, zu voll und zu vollgebaut, um dort angenehm leben zu können. Ich gehöre zu diesen Leuten.

Andererseits hatte das bunte Wirrwarr auch etwas für sich – vom Youngster bis zum Methusalem, von Isländern bis zu Griechen, von Frauen in Bulgari-Sandaletten bis zu Herren mit Socken in den Sandalen kam dort alles zusammen. Herrlich, im Café zu sitzen und all diese Menschen zu beobachten, wie sie mit Faltplan oder Google Maps durch die Stadt irrten, vorbei an Hotels, Bungalow-Siedlungen, Restaurants, Minigolfplätzen, Souvenirläden und Palmen, die alle gleich aussahen.

Früher hatte ich in Las Palmas nördlich der Altstadt gewohnt, im hippen Triana-Viertel, aber ich hatte die Wohnung nach meinem Ausscheiden als Beamter aufgegeben, da sie weitab der Clubs lag, für die ich arbeitete. Jetzt hatte ich zwei Zimmer mit Bad, knapp 38 Quadratmeter, die Küche so groß wie ein Bett, die Terrasse so groß wie ein Wäscheständer, der Garten so groß wie ein Handtuch. Die Einrichtung war nichts Besonderes, ein paar Stühle, ein Sofa und zwei Lautsprecherboxen in Kühlschrankgröße, eine typische Junggesellenbude. Die Vorbesitzer hatten ein paar Möbel dagelassen, ich hatte ein paar mitgebracht und jetzt standen sie alle beieinander wie Fahrgäste an einer Bushaltestelle.

Als ich die Jalousie hochzog, blickte ich direkt auf die englischen Nachbarn, die sich sonnten und dabei aussahen, als lägen sie ununterbrochen seit Weihnachten dort, eine Haut wie Kochplatten auf Stufe zehn. Der Anblick tat ein bisschen weh, deshalb öffnete ich die Jalousie nur so weit, dass schmale Streifen der Sonne auf die kanarisch braunen Fliesen fielen.

Beinahe hätte ich eine Jeans und ein T-Shirt angezogen, aber dann fiel mir ein, dass ich bei meinen Ermittlungen mit Leuten wie Modesto zu tun bekäme, die sich mal eben so 892 Euro hinter die Binde kippten, von denen sie sich an die letzten 220 sicher nicht mehr erinnerten.

Meine Wahl fiel auf einen sandfarbenen Leinenanzug, den ich nur anzog, wenn ich eine Frau zum ersten Mal zum Essen ausführte. Ich trug ihn ungefähr zweimal im Jahr. Also sah ich zweimal im Jahr glücklich aus.

Dabei fiel mir Amaranta ein, die ich, auch wenn ich sie schon fast mein halbes Leben kannte, noch nie zum Essen ausgeführt hatte. Man nennt so etwas »professionelle Distanz«. Bei der Polizei waren wir Kollegen …

Wir hatten schon eine ganze Weile nicht mehr telefoniert oder uns Nachrichten geschickt. Ich sah kurz auf dem Handy nach, knapp fünf Monate war das her. Per Kurznachricht hatte ich ihr von meinem neuen Job berichtet und sie hatte ein paar nette Worte und ein paar noch nettere Emojis zurückgeschickt. Nicht gerade überschwänglich. Trotzdem, wenn ich sie um Hilfe bitten würde, wäre sie für mich da. Ich wusste es einfach. Amaranta würde mich nicht hängen lassen. Genau das war das Problem – jetzt, wo ich sie brauchte, käme es mir schäbig vor, sie zu kontaktieren. Doch saß sie an der Quelle, bei der Nationalpolizei.

Ich hielt das Handy in der Hand und wählte die Nummer, nun fehlte nur noch ein Tastendruck, und ich wäre mit ihr, ihrem Anrufbeantworter oder ihrem Freund verbunden. Der ging nämlich gerne an ihr Telefon, wenn sie es mal aus der Hand legte.

Genau in diesem Moment klingelte es. Eine unbekannte Nummer. Meine Finger waren schneller als mein Verstand und ich nahm das Gespräch an.

»*Sí.*«

»Señor Lozano? *Buenos días.* Hier ist Doktor Leonor Fortunada, Ihre vom Gericht zugeteilte Verhaltenstherapeutin. Sie haben die letzten drei Sitzungen versäumt, und wenn Sie nicht gerade auf dem Weg zu mir sind, verpassen Sie Ihre vierte.«

»Nein, ich bin eigentlich bei Dokto…«

»Meine Praxis hat Ihnen in den letzten Monaten mehrere Nachrichten auf der Mailbox und per E-Mail hinterlassen, abgesehen von den zwei ausführlichen Briefen mit der Information, dass mein Vorgänger erkrankt ist. Wenn Sie in spätestens drei Stunden nicht bei mir erscheinen, melde ich dem Gericht Ihre Weigerung zu kooperieren, und wenn das geschieht, tragen Sie die Konsequenzen.«

Ich erwiderte, so freundlich ich konnte: »Der vorherige Therapeut war viel flexibler als Sie.«

»Ja, ich weiß. Zwei Termine in fünf Monaten.«

Die so viel bewirkt hatten wie zwei Tanzstunden Flamenco – vorher wie nachher trat ich meinen Tanzpartnerinnen die Füße wund. Das war einfach so. Jedenfalls seit drei Jahren.

»Las Palmas, Calle Churruca neunzehn, erster Stock, um vierzehn Uhr. *Adiós*, Señor.«

Vierzehn Uhr, das war zu schaffen, wenn ich sofort losfuhr, um Enrique Modesto zu suchen, den Investmentberater.

7

Sechzehn Schläge mit dem Handballen genügten, um das Faltdach meines Mini-Cooper-Cabrios zu öffnen: Baujahr 2004, 230 000 Kilometer unter dem Fahrersitz, die Karosse grün wie ein Laubfrosch. Auf der Fahrt von fünfzehn Kilometern ließ ich mir bei offenem Verdeck das Hirn durchpusten. Ich parkte auf den Plätzen für die Angestellten, da man mir eingeschärft hatte, das Hotel immer nur durch den Personaleingang zu betreten. Daher steuerte ich, nachdem ich den Wagen abgeschlossen hatte, direkt auf das Hauptportal für die Gäste zu. Es bestand aus einem gewaltigen, etwa zehn Meter hohen und breiten Rundbogen aus elfenbeinfarbenem, schimmerndem Stein, der mit blauen Ornamenten abgesetzt war. Darüber, in der Mitte, das goldene Würgeschlangensymbol: SC.

Der Marmorboden im Foyer glänzte wie weißer Speck. Ich hatte schon größere und höhere Säle gesehen, etwa das Hauptschiff des Petersdoms. Wie in den übrigen Gebäuden und Gärten, herrschte ein maurischer Stil vor – geschwungene Formen, Mosaike, schmiedeeiserne Kronleuchter, ein Kachelbrunnen hier, ein Kamel dort, ausgestopft mit einer Jahresproduktion an Zeitungen. Dezent angebrachte Lautsprecher verteilten Vogelgezwitscher. Doña Esmeralda liebte Vögel und hatte dieses Arrangement für alle ihre Hotels verfügt. Elektronische Vögel machen nun mal weniger Dreck. Zur Linken die Rezeption, hell und krumm wie der Stoßzahn eines Mammuts, nur zehnmal größer. Zur Rechten ein Palmenhain mit gelben Lesesesseln und niedrigen Teetischen, auf denen alles stand, nur kein Tee. Der Kilometer dazwischen war mit nichts angefüllt als Luft, abgesehen von ein paar Hotelgästen, die sie atmeten.

Die meisten Menschen verlangsamten ihren Schritt, wenn sie in das Ambiente des Hotels eintauchten, sie sprachen gedämpfter und ihr Herz schlug zweimal pro Minute weniger. Den anderen war nicht mehr zu helfen. Wen dieses Arrangement zu keiner Verhaltensänderung veranlasste, der war ein hoffnungsloses Opfer der beschleunigten Welt. So wie jene Halbwüchsigen, die zwar alles filmten und fotografierten, aber nichts länger als eine halbe Sekunde betrachteten.

Zunächst lief ich einmal quer durch die Anlage, um mir den Zugang zum Strand und den benachbarten Golfplatz anzusehen. Den gleichen Weg war ich in der Nacht zuvor gegangen, nachdem ich die Reiseleiterin auf frischer Tat ertappt und sie den Behörden übergeben hatte: von der Lounge über die große Terrasse an der Poollandschaft vorbei durch den Palmengarten. An einer Abzweigung führte ein Weg zum Strand, welcher heute begreiflicherweise gesperrt war, der andere zum 18-Loch-Golfplatz. Der Verschlag, in dem die Hilfsmittel wie Trolleys, Entfernungsmesser, Handbücher, Schirmmützen und Pitchgabeln lagerten, war unverschlossen. Man musste nur den Deckel einer Truhe anheben und hineingreifen.

Dem Tipp eines Hotelangestellten folgend, fand ich Señor

Modesto auf einem sattgrünen, von Palmen bestandenen Rasen neben einem abseits gelegenen Gartenpool. Himmlische Ruhe. Kinder unter sechzehn waren dort nicht erwünscht, ein Ansinnen, dem man sanft Nachdruck verlieh, indem der Handyempfang in diesem Areal grottenschlecht war. Ein paar Mauern waren lediglich aus dem Grund errichtet worden, dass Wogen von verschiedenfarbigen Bougainvilleen über ihnen zusammenbrachen.

Modesto ruhte auf einer Sonnenliege, mit einem Mojito in der Hand, der über einen Strohhalm mit seinem Rachen verbunden war, durch den die Flüssigkeit in kleinen Schüben rann, als bekäme er eine Infusion. Er sah nicht aus wie auf den Fotos in seinen Bestsellern. Darauf war er ein grau melierter Sechziger mit vollem Haar, Toupet natürlich, und dritten Zähnen wie Diamanten erster Güte, außerdem stilvoll, reflektiert, hellsichtig, alles überblickend und zugleich durchschauend, sozusagen kurz vorm Auffinden des Steins der Weisen. Nun gut, in der Badehose sieht kein Mensch über sechzig aus wie auf dem Bewerbungsbild, vor allem wenn sie eine Nummer zu klein ist. Der Modesto auf der Sonnenliege, obwohl dieselbe Person, war nicht der ausgebuffte, weltgewandte Artist, der mit Dow Jones, Dax, FTSE 100 und IBEX 35 jonglierte. Er sah vielmehr ein bisschen aus wie Señor Galvez, mein verwitweter, verdrießlicher Hauswart, der den Tag gewöhnlich in Gesellschaft einer Flasche Tempranillo vor dem Fernseher verbrachte, nebenher die Beschwerden der Touristen auf dicken Blöcken notierte und dessen Wochenhöhepunkt es war, die Abholung des Mülls penibel zu überwachen.

»*Buenos días*, Señor Modesto.«

Ich zog mir eine Sonnenliege heran und setzte mich auf die Kante, während der Angesprochene seine Sonnenbrille in die verschwitzten Zweithaare schob und die Racheninfusion widerstrebend einstellte.

»Mein Name ist Fabio Lozano, ich untersuche den Tod von Vicente Garrocho.«

»Sie auch? Ich habe erst vor einer Stunde mit der Polizei gesprochen. Die haben mich angewiesen hierzubleiben. Zur Verfügung zu stehen, wie die das nennen.«

»Ja, das war die Nationalpolizei«, betonte ich auf eine Weise, die ihn annehmen ließ, ich sei von einer anderen Behörde, ohne dass ich dies behauptete. Ich zückte den Ausweis meines Segelclubs und hielt ihn Modesto gerade so lange hin, dass er es noch nicht einmal erkannt hätte, wenn da in Blockbuchstaben gestanden hätte: ICH WURDE ENTFÜHRT, BITTE HOLEN SIE HILFE.

»Meinetwegen, dann erzähle ich es eben noch mal.« Um sich über die Störung hinwegzutrösten, verleibte er sich zwei Strohhalme voll Mojito ein.

»Dieser Garrocho hatte einen Narren an mir gefressen. Sobald ich im Hotel war, verfolgte er mich auf Schritt und Tritt. Ich sei sein Idol, hat er gesagt, und ich, na ja, fühlte mich geschmeichelt. Die Hälfte der Zeit. Die andere Hälfte war ich genervt. Das war es auch schon. Wenn ich jeden umbringen würde, der mich nervt, wären Sie das nächste Opfer.«

Ich grinste. »Um dem vorzubeugen ... Darf ich Ihnen einen weiteren Mojito bestellen? Von Ihrem sind nur noch Minzblätter übrig, die trinken sich so schlecht.«

»Tja, warum nicht? Dann habe ich wenigstens etwas von dem Gequatsche. Sehen Sie, ich wiederhole mich nicht gerne, schon gar nicht am selben Tag. Kein Wunder, dass der Staat pleite ist, so ineffizient, wie ihr arbeitet. Wenn ich nur vier Jahre was zu sagen hätte ...«

Würdest du in einem Jahr unter der Guillotine liegen, dachte ich, lächelte freundlich und orderte den Mojito bei einem vorbeilaufenden Kellner.

»Vicente Garrocho hat Ihnen auch Drinks ausgegeben, richtig?«

»Ein paar, vor einer Woche ungefähr. Es war eine vordergründig nette Geste, und zwar noch in der Phase, als er mich nicht genervt hat. Jedenfalls nicht mehr, als Leute seines Alters das gemeinhin tun.«

»Was war an den darauffolgenden Tagen?«

»Er drängelte mir seine Großzügigkeit geradezu auf, um mir im Gegenzug irgendwelche genialen Finanztipps zu entlocken. Tricks gegen Drinks, sozusagen. Natürlich bezahlte er die Getränke nicht selbst, sondern rechnete sie als Spesen ab, das kennt man doch. Schließlich bot ich ihm an, mich einfach als Referenz anzugeben und den Betrag, der für die VIPs vorgesehen ist, in die eigene Tasche zu stecken. Damit verdiente er vermutlich mehr Geld, als wenn er sein Sparschwein schlachtete, um in Aktien zu investieren.«

»Der Vorschlag kam von Ihnen?«

»Ich wollte meine Ruhe haben, und Leute wie dieser Garrocho, die nach mickrigen Beträgen gieren wie räudige Hunde nach einem Knochen … bäh. Er hat sich bedankt, also habe ich Recht behalten. Ein Kleingeist mit einer Fantasie, die auf einen Dessertlöffel passt. Wenn Sie mich fragen, hat man ihn umgebracht, als er irgendein kümmerliches, krummes Geschäft am Strand abwickelte, das mir übrigens so egal ist wie er selbst.«

Wenn dieser Miesepeter den Mund aufmachte, sehnte ich mich geradezu nach meinem Hauswart.

Plötzlich verfiel Modesto in nachdenkliche Schweigsamkeit, was vor allem daran zu erkennen war, dass er den frischen Mojito auf seinem Bauchnabel abstellte, ohne ihn eines Blickes zu würdigen. Eine gemeine Freude stahl sich auf seine Lippen, die sich dort recht wohl fühlte, von mir aber vorzeitig vertrieben wurde.

»Ist Ihnen noch etwas eingefallen, Señor Modesto?«

»Wie? Nein. Warum fragen Sie?«

»Vermutlich, weil es so aussah, als wäre Ihnen noch etwas eingefallen.«

»Wenn ich eines nicht leiden kann, dann Leute, die meinen, Gesichtsausdrücke deuten zu können.«

Er machte allerdings den Eindruck, als könne er noch sehr viel mehr nicht leiden. Hätte die Redewendung, dass Geld nicht glücklich macht, eine Galionsfigur gebraucht, wäre Modesto ein heißer Kandidat dafür gewesen.

»Was den gestrigen Abend angeht«, sagte ich, »haben Sie Vicente Garrocho da gesehen?«

»Nein. Eigentlich nicht. Nur sehr kurz.«

Wie er es schaffte, drei verschiedene Aussagen in sechs Wörter zu packen, war beeindruckend. Vielleicht entstanden seine Bestseller auf die gleiche Weise.

»Ich bin ganz Ohr.«

»Er … das war … Garrocho hat mich abgefangen, als ich aus dem Aufzug kam und ins Restaurant wollte. Nicht das gewöhnliche Buffetrestaurant, sondern das *Alhambra*.«

Die nachfolgende Pause benötigte der Miesepeter zum Nachdenken. Diesen Teil seiner Geschichte präsentierte er heute also nicht zum wiederholten Mal.

»Bitte, erzählen Sie weiter, Señor.«

»Erzählen? Was denn?«

»Worum ging es bei dem Gespräch?«

»Um … das Übliche. Worum es immer geht, wenn mich jemand von der Seite anspricht. Er hat sich zum x-ten Mal nach einer Geldanlage erkundigt.«

»Für den Inhalt des Sparschweins?«

»Danach habe ich nicht gefragt. Er war aufdringlich.«

»Das sagten Sie bereits.«

»Weil Sie immer wieder das Gleiche wissen wollen.«

»Was ist dann geschehen?«

»Wann?«

»Als er sie am Aufzug abgefangen hat.«

»Gar nichts.«

»Gar nichts? Sie sind stumm nebeneinanderher gelaufen?«

»Ach so, Sie meinen … Wir haben etwas getrunken und geplaudert und noch etwas getrunken …«

»… und geplaudert, schon klar. Was haben Sie ihm empfohlen, Señor?«

Modesto grinste so nervös wie vor fünfzig Jahren, als seine Spanischlehrerin ihn über den *Don Quixote de La Mancha* abfragte.

»Na, was wohl?« Modesto war auf der Suche nach seiner Sicherheit, was ihm wieder den Mojito in Erinnerung rief. Ein paar Wasserperlen kullerten vom Glasboden in alle Richtungen seines behaarten Kugelbauches, und während er antwortete, massierte er sie langsam weg, so als kuriere er Darmbeschwerden.

»Aktien von Chipherstellern und Robotik-Unternehmen. Das ist die Zukunft. Xeung zum Beispiel. Die haben nicht nur ordentlich was in der Pipeline, sondern machen derzeit auch eine hervorragende Performance.«

Was man von Modesto nicht behaupten konnte. Mann, war der lausig.

Ich hätte ihn nur zu gerne in den verbalen Schwitzkasten genommen, so wie ich es in meiner Zeit als Polizist mit all den Lügnern und Leugnern getan hatte. Aber dann hätte der Miesepeter sich bei meinem Vorgesetzten beschweren wollen und alles wäre aufgeflogen. Also dankte ich ihm für seine Hilfsbereitschaft und den Aktientipp, wünschte ihm einen erholsamen Tag und beglich die Mojito-Rechnung aus eigener Tasche.

8

Ich brauchte noch ein paar Informationen und die waren mit dem *guagua* unterwegs, dem Bus. Die Haltestelle in der Nähe des Hotels hätte gleich zwei Preise gewonnen. Den ersten für die Aussicht. Über ein karstiges Plateau hinweg, das mit braunem Mondgestein angefüllt zu sein schien, ging der Blick ganz von selbst südwärts Richtung Meer. Sattes Blau, das in der Ferne verblasste und in einem feinen milchigen Streifen endete, der nach oben hin wieder azurblaue Töne annahm. Gelegentlich ein Schiff, das sich aus dem blendenden Ozean schälte und wieder darin verschwand. Windsurfer, die Schmetterlinge der kanarischen Strände. Ein paar Seevögel, die in der Steilküste brüteten und sich ohne einen Flügelschlag in die Höhe schraubten.

Den zweiten für das Bauwerk an sich. Doña Esmeralda hatte die Behörden so lange mit Eingaben und Telefonaten bedrängt, bis man das baufällige Vorgängermodell abgerissen und kürzlich durch ein ästhetisch formvollendetes Exemplar aus Stahl und Glas ausgetauscht hatte. Wenn diese Frau sich etwas in den Kopf setzte, konnte sie lästig wie eine Schmeißfliege sein, und eine modernistische Bushaltestelle erschien ihr wohl unabkömmlich, um aus viereinhalb fünf Sterne zu machen.

Drei Busse kamen, entluden ihre Passagiere, nahmen neue auf und fuhren weiter.

Zeitlich wurde es langsam eng. Die Therapeutin hatte sich angehört, als würde sie um 14:01 Uhr zum Hörer greifen und das Gericht verständigen.

Endlich stieg Raqui aus dem Bus. Eigentlich hieß sie Raquel, so war es auch auf die dunkelblaue Kellnerinnenweste gestickt. Sie zog ihre Uniform immer schon zu Hause an, um sich das Umkleiden im Keller zu sparen, da der Bus oft Verspätung hatte, ihr Chef jedoch nicht.

Raqui war 29 und ledig, und beides, vor allem aber Letzteres, machte ihr zu schaffen. Sie hatte ein fülliges, warmes, bildschönes Gesicht mit hoffnungsvollen dunklen Augen, die, wenn sie einen adäquaten Mann ohne Ehering erblickten, leider allzu schnell ihre Absichten verrieten. Ansonsten war sie bezaubernd. Sie lächelte mit tiefen Grübchen.

Die meisten Hotelangestellten kannte ich nur oberflächlich, aber Raqui hatte mir dabei geholfen, die belgische Betreuerin von Langfinger-Reisen zu überführen. In meinem schriftlichen Bericht an die Chefin wollte ich sie ausdrücklich erwähnen, das hatte ich ihr versprochen, obwohl sie mich nicht darum gebeten hatte.

»Señor Lozano! Nanu, was ist los?«

»Einfach Flaco«, bot ich ihr bereits zum dritten Mal an.

Doña Esmeralda hatte mich schon mehrmals dafür gerügt, dass ich allzu schnell einen vertraulichen Tonfall anschlug. Sie siezte eigentlich jeden, man munkelte, sie habe sogar ihren verstorbenen Mann gesiezt. So gesehen war es ein Wunder, dass sie sich bereits ein, zwei Wochen, nachdem ich bei ihr angefangen hatte, darauf einließ, mich bei meinem Spitznamen zu rufen.

»Es ist nur, weil …«, stammelte Raqui. »Wegen Señora Reyes Beltrán. Sie sind ihr direkter Untergebener, und wenn sie mitbekommt, dass ich …«

»*Vale, vale*, ich habe verstanden. Dann eben nur, wenn wir unter uns sind. Okay?«

Sie lächelte und ihre Grübchen schienen kleine Herzen auf den Wangen zu bilden. Gleich danach fiel ihr Blick auf meine unberingten Hände, aber vermutlich lief das bei ihr ganz automatisch ab, so wie Teenager zuerst prüfen, ob die Sneakers ihres Gegenübers etwas taugen.

»Können wir gehen, während wir reden?«, fragte sie. »Ich muss mich sputen.«

»Ich mich auch.« Von der Bushaltestelle führte ein gewundener, asphaltierter Weg, gelegentlich unterbrochen von Stufen, etwa fünfzig Höhenmeter, insgesamt gut zweihundert Meter hinunter zum Hotel. Von dieser Position aus, gewissermaßen von hinten oben, verlor das *Siete Cielos* ein wenig von seinem orientalischen Charme. Parkplätze und Stromgeneratoren passen nun mal nicht in das Bild von Tausendundeiner Nacht. Aber es war noch immer ein riesiger weißer Palast vor einem azurnen Blick in die von weißen Segeln gesprenkelte Unendlichkeit.

»Vicente Garrocho ist tot«, platzte ich heraus.

Sie blieb stehen. »Was? Unser junger Vize-Empfangschef?«

In aller Kürze schilderte ich die Umstände, und Raqui hörte aufmerksam zu, so als lausche sie den Lokalnachrichten, die von Verkehrsunfällen und Wohnungsbränden berichten. Sie hatte für Garrocho nichts übrig, aber auch nichts gegen ihn gehabt, durfte ich ihrer halb betroffenen Miene glauben.

Sie legte all ihr Mitleid in einen einzigen Seufzer, aus dem sie zu neuer Lebendigkeit emporstieg. »Tut mir wirklich leid. Das ändert aber nichts daran, dass mir mein Chef den Kopf abreißt, wenn ich heute zu spät komme. Ich muss mich wirklich sputen.«

Wenn Raqui sich sputete, war sie immer noch halb so schnell wie die gazellengleiche Yoga-Lehrerin, die uns gerade mit einer Matte und anderem Equipment unter den Armen bergab überholte.

»Hast du in den letzten Tagen irgendetwas an ihm bemerkt?«, fragte ich. »Mit wem hat er länger zusammengesessen, ich meine, im Restaurant, der Bar oder so? Du wirst doch flexibel da und dort eingesetzt, du bekommst so etwas doch mit.«

Sie dachte sichtlich angestrengt über die Frage nach. »Da wohnt so ein komisches Ehepaar bei uns, mit denen hat er im hintersten Eck des Restaurants einen Kaffee getrunken. Aber irgendwie … Er hat sich mit denen nicht gestritten oder so, trotzdem war es kein gutes Treffen. Schwer zu erklären. Wie wenn ein Mann seinen Schwiegereltern zu erklären versucht, warum er fremdgegangen ist. Weißt du, was ich meine?«

Ich nickte. »Touristen?«

»Das ist es ja, sie waren *Canarios* wie du und ich. Sie haben ein bisschen wie meine Eltern und Großeltern ausgesehen, jedenfalls so, als könnten sie sich das *Siete Cielos* gar nicht leisten. Ach ja, da war noch jemand dabei, so eine Dachlatte von knapp zwei Metern, ein Typ im schlecht sitzenden Anzug. Der wollte die Rechnung bezahlen, aber Garrocho hat sie auf sein Spesenkonto schreiben lassen. Zwei, drei Tage ist das her.«

Raqui war zwar schon leicht aus der Puste, aber ich ließ nicht locker. »Noch jemand, mit dem du ihn gesehen hast?«

»Ja, also … Er hat sich seit einigen Monaten mit einer *chica* getroffen, ein süßes Ding in heißen Höschen, jünger als er, um die zwanzig. Ich habe die beiden ein paarmal zusammen in seinem Büro gesehen. Der Empfangschef lässt sich von uns alle naselang Kaffee und Limonade bringen und im Vorbeilaufen habe ich die beiden knutschen sehen, ich meine Vicente und die *chica*. Er hätte nur die Jalousien herunterlassen müssen, aber nein … Unter Diskretion hat Vicente verstanden, dass er die Klotür zumacht, bevor er sich hinsetzt, mehr nicht. Wo ist der bloß erzogen worden?«

Gar nicht, dachte ich.

»Da fällt mir ein, neulich habe ich ihn mit einer anderen gesehen, sehr viel blonder und sehr viel mehr …« Sie hielt beide Hände in etwa vierzig Zentimetern Abstand vor die Brüste.

»Verstehe.«

»Etwa sein Alter.«

»Wo hast du die beiden gesehen?«

Sie lachte herzlich. »In einem eleganten Geschäft für Handtaschen in Meloneras, die so viel kosten, wie ich in vier Wochen verdiene. Hatte aber nicht den Anschein, als hätten die beiden viel Spaß. Er redete die ganze Zeit auf sie ein, aber sie hatte nur Augen für die Handtaschen. Wie er das bloß gemacht hat? Gleich zwei hübsche Frauen. Ich meine, so attraktiv war er nun auch wieder nicht, oder? Ein bisschen bubihaft.«

»Da fragst du den Falschen, Raqui. Du bist vom Fach und siehst gerne zweimal hin.«

Für ein paar Sekunden fiel ihr die Kinnlade herunter, bevor sie urplötzlich in schallendes Gelächter ausbrach. »Stimmt schon, mit Typen kenne ich mich aus. Du zum Beispiel.«

»Was ist mit mir?«

»Du bist mit niemandem fest zusammen, ist doch so? Trotzdem bist du nicht auf dem Markt. Da ist irgendwo jemand.«

Ich antwortete nicht.

»Na also!«, rief sie, als hätte sie eine unwiderlegbare Beweiskette vorgelegt. Sie glaubte tatsächlich, die Männer zu kennen, was es noch viel erstaunlicher machte, dass sie jedem zweiten hinterhersah.

Wir waren am Personaleingang angekommen, wo ein Dutzend Raucher für fünf Minuten abschalteten. Obwohl die *Canarios* äußerst redselige Leute sind, sprach fast keiner, und wenn, dann nur ein paar Worte.

»Kannst du mir die Namen derjenigen besorgen, von denen du gesprochen hast?«, fragte ich und setzte meine grünen Augen ein.

»Ich weiß nicht wie.« Sie redete leiser, sobald wir das Hotel betraten. »Aber frag doch Mateo ... Señor Áldaran, unseren Marketingleiter. Ich glaube, er war mit Garrocho befreundet.«

Das Leuchten in Raquis Augen – so viel wusste ich von den Frauen – galt nicht mir. Und wenn ich noch einen Zweifel daran hatte, dass Mateo Áldaran auf Raquis Liste begehrenswerter Junggesellen ziemlich weit oben stand, dann wurde er von ihrer nächsten, beinahe enttäuscht vorgetragenen Bemerkung zerstreut.

»Aber er hat eine Woche Urlaub.«

Welche Hotelkellnerin kennt schon den Urlaubsplan des Marketingleiters?

9

Der Name war mir an diesem Tag schon einmal begegnet. Áldaran war von Doña Esmeralda beauftragt worden, ein Auge auf ihren Schützling zu haben und ihn vor Dummheiten zu bewahren. Das hatte ja wohl nur suboptimal geklappt. Er fand das auch, als ich ihn auf dem Handy anrief und ins Bild setzte, denn er stimmte sofort einem Treffen am späten Nachmittag zu – obwohl er sich gerade auf einem Segeltörn rund um Teneriffa befand.

Doch zunächst stand die Therapiestunde an, die erste seit drei Monaten, die dritte überhaupt.

Vor einem halben Jahr war ich vom Gericht dazu verdonnert worden. Geschah mir ganz recht. Wieso hatte ich auch – zum ersten Mal seit einem Vierteljahrhundert, seit ein Klassenkamerad mich einen feinen Pinkel genannt hatte – eine Prügelei angefangen? Was nie zu etwas gut ist, schon gar nicht, wenn es zum Job gehört zu deeskalieren.

Die Praxis von Dr. Fortunada lag zwischen dem Hafen im Nordosten und der beliebten Playa Las Canteras im Nordwesten der Hauptstadt, ganz in der Nähe von zwei Parks. Die Einrichtung hatte eindeutig eine weibliche Note, aber nicht übertrieben. Holz herrschte vor, Plastik und Metall gab es kaum. Trotzdem kam die Sachlichkeit nicht zu kurz, was durch die spärliche

Einrichtung erreicht wurde. Alles in allem die typische Therapeutenkulisse: eine Stehlampe hier, ein Bambus da, eine Packung Papiertaschentücher dort.

»Kein Sofa?«, fragte ich, nachdem wir uns begrüßt hatten. Das Sprechzimmer des Therapeuten, bei dem ich zuvor gewesen war, hatte praktisch nur aus Sitz- und Liegegelegenheiten in allen Farben und Formen bestanden.

»Sofas laden dazu ein, ins Fabulieren zu kommen. Ich sehe meinen Patienten gerne in die Augen, das hilft beiden Seiten dabei, sich zu konzentrieren.«

Sie bot mir Platz auf einem Holzsessel mit gemütlichem cremefarbenem Polster und breiten Armlehnen an, sie selbst setzte sich auf dessen Gegenstück etwa zwei Meter entfernt. Ein kleiner Tisch mit einer roten Orchidee, Wasser, Kaffee, Gläsern und Tassen stand zwischen uns.

Leonor Fortunada war einige Jahre älter als ich, zwischen 35 und 40, und nur wenig kleiner. Sie hatte unglaublich lange brünette Haare, die sie auf eine Weise, wie es nur Frauen verstehen, zu einem Turban formte. Dazu der blasse Teint und die madonnenhaft sanft blickenden Augen – perfekt war das Renaissancegesicht. Sie hätte eine Farnese sein können auf einem Gemälde von Tizian.

Ihrem Dialekt nach stammte sie aus Valencia, das für seine schönen Frauen berühmt war, und konterkarierte die Weichheit ihres Gesichts mit einem femininen Business-Look: Schuhe mit breiten Absätzen, hoch geschlossene Bluse, eine Kamee auf dem zweiten Knopf, alles in den Farben eines schokoladigen Desserts.

Ohne noch einmal auf meine versäumten Termine zu sprechen zu kommen, fragte sie: »Haben Sie derzeit Ärger?«

»Sieht man mir das an?«

»Ich habe heute Morgen eine telefonische Anfrage vom Gericht erhalten, Sie betreffend.«

Ich beugte mich nach vorne, legte die Unterarme auf den Knien ab, schob die Finger ineinander, grinste bitter und sagte: »Verstehe.«

»Ich nicht. Hat es wieder mit Ihren ehemaligen Kollegen zu tun?«

»Seit drei Jahren hat fast alles mit ihnen zu tun, noch mehr als in der Zeit, als ich noch mit ihnen zusammengearbeitet habe.«

»Inwiefern?«

»Letzte Nacht finde ich eine Leiche am Strand, rein zufällig. Andere Leute finden Muscheln für ihre Kettchen, knutschende Liebespaare, allenfalls eine vertrocknete Qualle. Und über was stolpere ich? Über einen Menschen, noch dazu einen toten, den ich flüchtig kenne. Peralta bekommt den Fall, er hechelt herbei … Mein Ex-Kollege, müssen Sie wissen, ist eine Bulldogge, er lässt nicht los, wenn es ihm keiner befiehlt. Er zerrt an Ihrem Hosenbein, bis Sie nackt und blutig dastehen.«

Sie schlug ein Bein über das andere und faltete die Hände. »Erzählen Sie mir mehr von Peralta.«

Ich lehnte mich im Sessel zurück und bemühte mich, der Therapeutin in die Augen zu sehen. Doch tropfte mein Blick immer wieder auf den flauschigen lindgrünen Teppichboden. Ihr von Peralta zu erzählen, hätte bedeutet, auch meine Geschichte vor ihr auszurollen, das war schließlich der Sinn des Ganzen. Eine Therapie ohne Ehrlichkeit, ohne Ausführlichkeit, ist die größtmögliche Zeitverschwendung, und ich musste mir ein für alle Mal die Frage beantworten, ob ich mich nun darauf einlassen oder ewigen Widerstand leisten wollte. Ich ließ mir eine Minute und Dr. Fortunada ließ sie mir auch. Vielleicht auch zwei. Und weil sie sie mir ließ, beschloss ich, mir einen Ruck zu geben.

»Bis vor vier Jahren waren wir Kumpel. Nicht besonders enge, man kommt nicht so richtig an ihn heran und an mich wohl auch nicht jeder. Ab und zu haben wir eine Bergtour mit den Fahrrädern gemacht, da zog er mir immer davon, und ich durfte auch schon mal als sein Sparringspartner haarscharf an einer Gehirnerschütterung vorbeischrammen. Was er anfängt, nimmt er verdammt ernst. Gerade weil er ein Vollprofi ist, haben wir so gut zusammengearbeitet.«

Ich atmete tief durch. So ausführlich hatte ich die Geschichte noch nie vor jemandem ausgebreitet, den ich nicht kannte. Erst zu drei Menschen war ich derart offen gewesen, zu meinen beiden besten Freunden und zu meiner Schwester. Alle anderen bekamen die Kurzversion zu hören, die vieles unerwähnt ließ.

»Vor knapp vier Jahren ist unser *inspector jefe*, der Leiter unserer Einheit, in den vorzeitigen Ruhestand gegangen und sein Vize ebenfalls. Es dauerte nicht lange und der Konkurrenzkampf brach aus. Vier Namen wurden gehandelt. Zwei davon waren ältere Kollegen, beide Mitte fünfzig, und dann waren da noch Peralta und ich.«

»Wollten Sie denn Chefinspektor werden?«

»Ich hätte Peralta den Erfolg gegönnt. Er hatte zwei Dienstjahre mehr als ich, kam gut mit den Medien zurecht ...«

»Ihre Erfolgsquote war höher.« Señora Fortunada ließ die rechte Hand auf meine Akte sinken, wo sie liegen blieb. »Die höchste auf den kanarischen Inseln, die achthöchste in ganz Spanien. Besonders hervorgehoben wird Ihre ausgeprägte Intuition.«

»Kann sein. Ich war ehrgeizig, aber mir hätte es gereicht, Vize zu werden. Ich meine, ein dreißigjähriger Chefinspektor in einer der wichtigsten Einheiten der Nationalpolizei ...«

»Inspektor Peralta ist nur wenige Monate älter als Sie.«

»Ja, aber er ist eine Führungspersönlichkeit, er motiviert die Leute, treibt sie zu Höchstleistungen, holt alles aus ihnen heraus.«

»Vor fünf Minuten war er noch eine Bulldogge.«

»Er ist beides. Das Kollegium mag ihn nicht, aber es folgt ihm.«

»Und Sie? Was sind Sie?«

»Ich bin all das nicht.«

»Schön, aber was sind Sie?«

»Ich bin eher … *Madre de Dios*, was Sie alles wissen wollen. Ich bin ein … Individualist.«

»So sehen Sie sich?«

Ich stand auf, ging zum Fenster und beobachtete eine Frau im Haus gegenüber, die Wäsche auf dem Geländer ihres kleinen Balkons aufhängte. So wie meine Mutter in Deutschland es gerne machte. Ich lächelte.

»Ich denke, das habe ich von ihr.«

Nach einem Moment, in dem nur die gedämpften Geräusche des Verkehrs auf der Calle Churruca zu hören waren, fragte Señora Fortunada: »Von Ihrer Mutter?«

Ich wandte mich ihr wieder zu. »Sie sagt, was sie denkt, eckt überall an und gibt erst auf, wenn es zu spät ist, um noch irgendwas zu retten. Weil sie so ist, wie sie ist, hat sie fast alles verloren, und das war eine ganze Menge. Bis auf ihren Frisiersalon in Deutschland, der ist ihr geblieben. Die meisten halten sie für ziemlich dumm.«

»Und was denken Sie?«

»Dass diese Menschen recht haben. Und unrecht. Denn meine Mutter wäre todunglücklich, wenn sie sich ändern müsste. Für Klugheit und Glück gibt es keine Gebrauchsanweisungen, oder? Drücke diesen Knopf und alles wird gut. Sei optimistisch, erkenne dich selbst, bla, bla, bla. Das versuchen sie uns doch seit einiger Zeit einzureden, all diese Glücksforscher. Worüber reden wir eigentlich gerade?«

Mit einer Geste bat mich die Therapeutin, wieder Platz zu nehmen, und ich folgte ihrer Bitte, ohne zu zögern. Ich öffnete einen Knopf meines Hemdes, lockerte den Kragen und schob die Ärmel des Leinenanzugs bis fast zum Ellenbogen hoch.

»Sie glauben also, Sie hätten diesen individualistischen, man könnte auch sagen eigensinnigen Charakterzug von Ihrer Mutter. Was ist mit Ihrem Vater?«

»Von ihm habe ich nichts. Außer ein passables Handicap beim Golf und eine Menge Ärger.«

»Aber augenscheinlich hat er mit dem, was damals vorgefallen ist, bevor Sie kündigten, mehr zu tun als sonst jemand.«

»Sie wissen, was damals passiert ist. Jeder Spanier weiß, was damals passiert ist. Sogar die Spatzen wissen es.«

Sie lächelte und betrachtete mich aufmerksam. Es war das erste Mal, dass sie mehr als das übliche aufgesetzte Therapeutinnenlächeln zeigte, das den Patienten sowohl Freundlichkeit als auch Offenheit signalisieren sollte, und zwar aus dem gleichen Grund wie die Bambuspflanze: zur Beruhigung.

Ich schenkte mir Wasser ein und trank einen Schluck, stellte das Glas ab und ließ mich in den Sessel zurückfallen, als wäre ich erschöpft. Wahrscheinlich war ich das auch. Ich kraxele lieber einen ganzen Tag lang auf den Roque Nublo hinauf, als zehn Minuten über meinen Vater zu sprechen.

Sie sagte: »Mir ist bekannt, was in den Zeitungen stand und was in den Talkshows gesprochen wurde. Aber welche Folgen es für Sie als Sohn hatte, wissen vermutlich nur ganz wenige.«

Ich ließ erneut Zeit verstreichen. Zeit und Kraft, die ich brauchte, um gedanklich einen Felsbrocken den Hügel hinaufzurollen. Doktor Fortunada hätte wohl gesagt, der Stein stehe für die Selbstüberwindung.

»Also schön«, sagte ich schließlich. »Ramiro Lozano Cazal. Don Ramiro. Der große Lozano, der immer noch größer werden wollte. Der amerikanische Traum, auf Spanisch geträumt. Vom Niemand bis zum Oberboss des fünftgrößten Industrieimperiums des Königreiches … Mietwagen, Verkehrsbetriebe, Import-Export, Abfallwirtschaft, Recycling. Zu dumm nur, dass man keine Söhne recyceln kann, die sich weigern, in die eigenen Fußstapfen zu treten. Aber er hat schließlich doch noch einen Weg gefunden, meine Laufbahn, die ihm nicht behagte, zu beenden. Es war nichts weiter nötig, als den größten Korruptionsskandal zu verursachen, der je das Land erschüttert hat. Amtsleiter, Abgeordnete, Gouverneure, Banker, Wirtschaftsprüfer … Gibt es irgendjemanden, den mein Vater nicht geschmiert hat?«

»Sie, nehme ich an. Ihre Einheit. Ihre Behörde.«

Ich sah sie an. Ihre großen braunen Augen strahlten Klugheit und Wärme zugleich aus.

»Stimmt. Aber jeder hielt es für möglich, dass es doch passiert ist, allen voran meine Kollegen. Meine Erfolgsquote, meine Belobigungen, meine anstehende Beförderung … alles nur gekauft worden, murmelten sie, erst hinter vorgehaltener Hand, und dann immer lauter.«

»Peralta?«

»Anfangs war er keiner der Wortführer, die gegen mich Stimmung machten, aber er strengte sich auch nicht groß an, um zu mir zu halten. Sie warfen mir jeden verfügbaren Knüppel zwischen die Beine, gaben mir falsche Informationen und so weiter. Zwangsläufig führte das meinerseits zu Fehlern, die Fehler führten zu Spott und der Spott zur Verachtung. Peralta hat sich den Todesstoß vorbehalten. Mithilfe eines jüngeren Kollegen sorgte er dafür, dass eine Verhaftung, die ich vornehmen sollte, gründlich schiefging und die Verdächtigen wieder auf freien Fuß kamen. Ein Absolutes No-Go bei uns. Er grinste mich nur blöde an, und daraufhin erläuterte ich ihm fein säuberlich, warum er das größte Arschloch zwischen dem 26. und 28. Breitengrad sei.« Ich machte eine beschwichtigende Geste. »Entschuldigung.«

»Nein, bitte verwenden Sie die Sprache, die Sie für angemessen halten. Oder auch für unangemessen, wenn Ihnen danach ist. Was hat Peralta getan?«

»Was beleidigte Bulldoggen so tun. Er hat mich auf der Stelle vermöbelt. Das kostete ihn die Beförderung zum Chef. Er bekam einen Verweis und ich bekam die Stirn mit zwölf Stichen genäht. Er wurde nur Vize. Und ich wurde Türsteher. Eine echte Lose-lose-Situation.«

Dr. Fortunada erwiderte zunächst nichts. Sie betrachtete mich wie einen Felsen, der menschenähnliche Züge aufwies.

»Dieser junge Polizist, der Peralta geholfen hat …«

»Es war der Typ, mit dem ich vor sechs Monaten im *Marrakesh* in Streit geraten bin.«

Sie sah mich an wie ein Kind den Eisverkäufer, wenn die Kugel zu klein ausfällt. Ich atmete tief ein. Sie würde ja doch keine Ruhe geben, bevor ich ihr mit meinen eigenen Worten schilderte, warum der Richter mich zu dieser Antigewalttherapie verdonnert hatte.

»Vor sechs Monaten war ich Türsteher im *Marrakesh*, als ein junger Inspector der *policía nacional* in den so gut wie überfüllten Club eingelassen werden wollte, privat wohlgemerkt. Wir erkannten uns sofort. Der Youngster glaubte selbstverständlich, seine Dienstmarke verschaffe ihm einen Vorteil beim Einlass. Das hätte sie bei jedem anderen Türsteher vermutlich auch. Aber nicht bei mir. Ich sagte ihm, er sei dran, wenn er dran sei, in zwanzig bis dreißig Minuten. Das wollte er nicht auf sich sitzen lassen und veranstaltete ein Riesentheater. Die aufgebrezelte Schönheit in seinem Arm hatte wohl nicht wenig damit zu tun, offenbar kam der Steinzeit-Macho bei ihm durch. Er wurde beleidigend, provozierte einen Streit und peng hatte ich eine Anzeige wegen Angriffs auf einen Polizeibeamten an der Backe. Ich verlor meinen Job und musste die Hälfte meiner Ersparnisse als Strafe zahlen und hätte es nicht zufällig die freie Stelle bei Doña Esmeralda gegeben …«

»Sie vermuten, dass …«

»Peralta hat den Kollegen angestiftet.«

»Es war also eine Verschwörung? Ganz sicher? Es gibt nur eine Handvoll angesagter Clubs auf der Insel, darunter das *Marrakesh*, und Sie standen bereits seit Monaten dort an der Tür. War es nicht eine Frage der Zeit, dass Ihnen irgendwann ein Ex-Kollege begegnet?«

»Ich sage doch, Peralta steckte dahinter. Oder das Früchtchen selbst. Oder ein anderer aus der Einheit. Die wollen mich tiefer und tiefer fallen sehen.«

»Ich möchte, dass Sie über meine letzte Frage nachdenken, Señor Lozano. Wäre es nicht möglich, dass der Ex-Kollege Ihnen zufällig vor dem Club begegnet ist? Dass es sich nicht um eine Verschwörung handelte? Eine Situation trat ein, und die Entscheidung, wie Sie darauf reagieren, lag bei Ihnen. Es hätte auch andere Wege gegeben, damit umzugehen, als der Provokation mit Gewalt zu begegnen.«

»Ich war Türsteher und Türsteher sind dazu da, notfalls Gewalt einzusetzen. Ebenso wie Leibwächter und Polizisten. Ich kenne mich da aus.«

»Haben Sie schon einmal darüber nachgedacht, einen Job in einer ganz anderen Branche anzunehmen?«

Hatte ich nicht. Ich bin sicher nicht Polizist geworden, um Gewalt anzuwenden, so wie jemand ja auch nicht Konditor wird, um die Kunden dick zu machen. Aber Dr. Fortunada hatte einen wunden Punkt berührt … Obwohl ich von mir selbst behaupte, keine gewalttätigen Neigungen zu haben, habe ich immer in Berufen gearbeitet, in denen Gewalt eine Option ist.

»Machen Sie sich bitte bis zur nächsten Sitzung Gedanken, welche Berufe Sie interessieren könnten. Wenigstens einen, besser drei.«

»Wozu?«

»Das ist ein Spiel, und ich schätze Sie so ein, dass Sie Spielen grundsätzlich nicht abgeneigt sind.«

Mit diesen Worten stand sie auf, ging zum Schreibtisch und

schrieb eine Notiz, die sie mir übergab. »Wir sehen uns am Montag wieder.«

»Schon?«

»Sie haben einiges aufzuholen. Betrachten Sie die Bemerkung gerne als doppeldeutig, wenn Sie mögen.«

»Was ich eigentlich meinte … sind wir für heute schon fertig?«

»Das ist wie mit einem Halbverhungerten, Señor Lozano. Wenn man ihn mit einer zu großen Portion füttert, behält er sie nicht bei sich.«

Dr. Fortunada begleitete mich zur Tür. Sie hatte etwas an sich, das ich mochte. Ihre Augen, das Gesicht, die Frisur, ihre Gesten, ihre Stimme. Sogar was sie sagte, löste bei mir kaum Ablehnung aus, und wenn, dann so kurz, wie man braucht, um auszuatmen.

»Bitte nennen Sie mich Flaco. Sie können mich gerne weiter Siezen, aber Señor Lozano, das gefällt mir nicht. Schon seit der Schulzeit bin ich für alle Flaco. Für alle, auf die es ankommt, meine ich.«

»Flaco, der Magere, Zarte. Nicht viele Jungen wollen so gerufen werden.«

Ich lachte, ohne zu wissen, warum. »In meiner Klasse war ich der Sportlichste, na ja, Fußball, Segeln, Mountainbiken, Ringen … Es gab ein paar Witzbolde auf meiner Schule und ruck, zuck hatte ich meinen Spitznamen weg. Mir hat er gefallen. Ich wollte nie wieder anders heißen.«

Die Erklärung hätte ausgereicht, um eine offizielle Namensänderung zu beantragen, aber ich hatte das Bedürfnis, weiterzusprechen.

»Bis ich achtzehn war, hatte ich nur Sport im Kopf.«

»Und danach?«

»Frauen, glaube ich.«

»Und nach den Frauen?«

»Meine Arbeit als Polizist.«

»Wie gesagt, unsere Zeit für heute ist um. Deswegen werde ich Sie jetzt nicht fragen, womit Sie Ihren Kopf seit drei Jahren füllen.«

10

Ich hatte mich mit Mateo Áldaran auf Puerto de Mogán als Treffpunkt verständigt, da es auf seiner Segelroute am nächsten lag. Der kleine Ort im Südwesten galt unter Touristen noch immer als Kleinod, obwohl dort inzwischen fast jährlich ein neues Hotel eröffnete. Trotzdem war sein Ruf als Geheimtipp nicht kaputt zu bekommen. Es musste mit dem betulichen Yachthafen zu tun haben, der Sehnsüchte hervorrief, und natürlich mit der Altstadt, die nicht wirklich alt war und sich überaus gelenkig an einen Berghang schmiegte. Sie war allerdings weiß und voller Greisinnen, die auf schiefen Stühlen vor ihren Häusern Kaffee tranken. Wir Menschen lieben nun einmal weiße, sich an einen Berghang schmiegende Häuser, vor denen Greisinnen auf schiefen Stühlen Kaffee oder sonst was trinken.

Besonders beliebt war das Hafenviertel mit den sauberen, kubistischen Häusern und breiten Gassen, über denen sich Arkaden spannten, die mit Bougainvilleen in berauschenden Farben bewachsen waren. Die vielen Läden für handgemachten Schmuck und Krimskrams taten ein Übriges und fertig war die Postkarte.

Meine Eltern hatten sich dort einst kennengelernt, 35 Jahre zuvor, an der geschützten Badebucht mit dem ruhigen Wasser. Der blutjunge Ramiro, ein Taxifahrer mit löchrigen Taschen, der sich für nichts als schnelle Autos interessierte, und die ebenso blutjunge Gesi aus Köln, die gerade ihre Friseurinnenlehre beendet und sich mit einer Urlaubsreise belohnt hatte.

So, wie die Beziehung meiner Eltern verlaufen war, gab es für mich mehr Gründe, das Städtchen zu meiden, als es aufzusuchen. Allerdings hatte vor einigen Jahren ein guter Freund in der Nähe eine Strandbar eröffnet.

Na schön, Chili nannte sie Strandbar, tatsächlich musste man sich 57 Stufen den Berg hinauf motivieren. Ich nahm die Zufahrtsstraße hintenherum, die wegen Steinschlaggefahr gesperrt war – mit einem Absperrband, was bei *Canarios* etwa so viel Wirkung erzielt wie anderswo in der Welt ein Schild vor dem Supermarkt mit der Aufschrift: »Hausverbot für Ladendiebe.« Die ausländischen Gäste hingegen waren schwer beeindruckt, aus Angst um ihre Mietwagen. Hatten sie es also endlich über die Treppe nach oben in die Freiluftbar namens »Chili« geschafft, erwartete sie ein Feeling wie in einem Möwennest. Links und rechts die klotzigen Klippen, unten das brausende, schäumende Meer und dahinter die blanke Freiheit.

»*Hola*, Chili, wie geht's?«

»*Madre de Dios*, Flaco! Ich dachte schon, du wärst mit deiner alten Lady nach Monte Carlo ausgewandert.«

»*Amigo*, ich war vor drei Wochen das letzte Mal hier.«

Wir umarmten uns kurz, und Chili gab mir einen Klaps auf die Wange, irgendetwas zwischen Tätscheln und Backpfeife, wie es seine Art war. Aber bei den Oberarmen kam da schon etwas auf meine Wange zu.

»Früher warst du fünfmal pro Woche da, *amigo*.«

»Ich hatte ein längeres Gespräch mit meiner Leber.«

»Zum Glück haben die meisten Gäste hier weniger redselige Organe, sonst könnte ich einpacken.«

Das Flair in der Bar war karibisch. Strohschirme, bunte Lichter und Deckchen, der Duft von Kokos … Über den Äther nuschelte Bob Marley.

Ich setzte mich Chili gegenüber auf einen Barhocker. Er war ein Mann von 42 Jahren und 190 Zentimetern mit Pranken wie King Kong, der stabilen Haut eines Krokodils und den sanftesten Weltschmerz-Augen, die ich je gesehen habe. Das rührte, wie fast alles an ihm, von seiner Jugend in den kolumbianischen Kakaoplantagen her, wo er schon mit zwölf Jahren schuften musste. Zwei Jahrzehnte Frondienst hatten seinen Körper hart, seinen Geist geduldig und seine Seele edel gemacht.

Chili, der eigentlich Gustavo Chil hieß, rupfte ein bisschen frische Minze für die Mojitos auseinander, während er eine Schubkarre voll Tratsch vor mir auskippte. Es war unglaublich. Er öffnete seine Bar an sechs Tagen in der Woche um sechzehn Uhr und schloss sie um eins, schob sich anschließend eine Pizza rein und ging danach sofort schlafen. Vormittags kaufte er ein, was er für die Bar brauchte, aß noch schnell ein *bocadillo*, und weiter ging's. Trotzdem konnte er eine Story nach der anderen erzählen, als wäre er über Nacht auf Weltreise gewesen.

»Flaco, was ist los? Lass mich nicht plappern wie ein Radio. Sag schon, warum bist du hergekommen? Viertel nach vier, das ist nicht deine normale Zeit.«

»Ich treffe mich mit jemandem. Er kann mir vielleicht etwas über einen Mann erzählen, der mit einer Pitchgabel ermordet wurde.«

»Ja, das ist ein gutes Thema für eine Strandbar bei schönem Wetter.«

»Es ist wichtig.«

»Hast du Ärger? Entschuldige, blöde Frage. Wann hast du mal keinen Ärger?«

»Ich ermittle. Sieh mich nicht so an, ich muss ermitteln, mir bleibt nichts anderes übrig.«

Chilis Blick ging über seine rechte Schulter den Hügel hinauf, wo ich zwanzig Meter entfernt geparkt hatte.

»Du fährst eine alte Karre und ermittelst. Zieh einen Trenchcoat an und du bist Inspektor Columbo. Du weißt doch, was ich immer sage. Ein Mann braucht …«

»… ein eigenes Haus, eine gute Frau und ein schnelles Auto, ich weiß.«

»Ja, nur die Reihenfolge stimmt nicht.«

»Zuerst die Frau?«

»Rate noch mal, Schlaumeier.«

11

Mateo Áldaran traf eine halbe Stunde später ein als vereinbart, was bei einer Anfahrt mit dem Segelboot nicht außergewöhnlich ist, zumal er von Teneriffa herüberkam. In der Wartezeit trank ich eine neue Low-Alcohol-Kreation meines Freundes, einen *Kalima Sunrise*, der tatsächlich so harmlos war, dass man ihn bei Sonnenaufgang zum Frühstücksei hätte trinken können. Vom Gegenstück, dem *Kalima Sunset*, nahm ich dagegen nur einen Strohhalm voll. Er war die kanarische Entsprechung des *Long Island Ice Teas* und beinhaltete mehr verschiedene Spirituosen, als die Kanaren Inseln haben.

Áldaran bestellte einen *cortado* und wir setzten uns an einen der Tische am Rande des Abgrunds, nur ein paar Meter oberhalb einer Kolonie Eidechsen, mit Blick auf Badebucht, Hafen und Altstadt. Er war allein gekommen.

»Haben Sie Zeit oder wartet jemand auf Sie?«

»Auf der *Torre del Mar*? Nein, da wartet niemand.«

»So heißt Ihr Boot? Das ist eine Stadt auf dem Festland, richtig?«

»Da komme ich her.«

Der Marketingleiter des *Siete Cielos Hotels Gran Canaria*, dem ich nie zuvor begegnet war, war ein 29-jähriger Andalusier mit dem Gesicht eines Seifenopern-Schauspielers. Bronzebraune Haut, weiße Klamotten, T-Shirt und Shorts, Segelschuhe und sehr kurze schwarze Haare, viel kürzer als meine. Wie aus dem Messekatalog eines Segelbootherstellers sah er aus. Kein Härchen auf den Wangen, nicht der bei Twens so beliebte Dreiwochenbart, nicht der Macho-Zweiwochenbart, nicht mal ein Schnellwuchs-Zwölfstundenbart. Und zwanzig Jahre jünger, als ich erwartet hatte. Das Leuchten in Raquis Augen bei der Erwähnung von Mateo Áldarans Namen ergab nun Sinn. Denn die Ringfinger waren keusch, der Kerl gewiss alles andere als …

»Mann, ich fühle mich richtig mies«, sagte er und fuhr sich mit beiden Händen von vorne nach hinten und wieder zurück über die Stoppeln auf seinem Schädel. »Vicente unterstand meiner Verantwortung und jetzt ist er tot.« Er wiederholte: »Tot. Ich kann das noch gar nicht fassen. Mann, ich hätte … Hätte ich ihn doch nur mitgenommen zum Segeln.«

»Er war ein erwachsener Mann. Sie sollten ihn ein bisschen im Auge behalten, nicht rund um die Uhr babysitten.«

»So sieht sie das, ja?«

Mit »sie« meinte er natürlich Doña Esmeralda. Die quälende Sorge, unsere Chefin könnte ihm eine Mitschuld an dem Todesfall geben, lag in seiner belegten Stimme und steckte ihm in den Fingern, die aneinander zogen, als müssten sie sich gegenseitig melken. Ich hatte mich, als ich ihn angerufen hatte, natürlich mit meinem Namen vorgestellt und den Eindruck gehabt, dass Áldaran genau wusste, wer ich war und welche Funktion ich in Doña Esmeraldas Gefolge einnahm.

»Mir gegenüber hat sie nicht durchblicken lassen, dass sie von Ihnen enttäuscht wäre oder so etwas in der Art. Garrocho ist gegen Mitternacht gestorben und Sie haben Urlaub. Im Gegenteil, Sie wird Ihnen hoch anrechnen, dass Sie Ihren Törn unterbrochen haben, um mir ein paar Fragen zu beantworten. Ist ja nicht selbstverständlich.«

Er ging nicht darauf ein. Vielleicht, weil er den Törn nur unterbrochen hatte, um Punkte bei der Chefin zu sammeln. Aber möglicherweise war er auch nur bescheiden, ich wollte nicht gleich schlecht von ihm denken.

Er trank von dem Kaffee, den Chili ihm brachte, und entspannte sich ein wenig. Sein linker Fuß fand eine vorübergehende Ruheposition auf der Stuhlkante. »Puh, der Schreck steckt mir noch immer in den Knochen. So ein schlechtes Anlegemanöver wie vorhin habe ich seit Jahren nicht hingelegt. Die Lotsen haben mich für eine Sardelle gehalten.«

Ich lächelte in mich hinein. Den Begriff, der einen Anfänger auf dem Wasser beschreibt, hatte ich schon länger nicht mehr gehört.

Áldarans Nervosität war verständlich. In seinem Alter eine Stelle als Abteilungsleiter innezuhaben, noch dazu in einem Viereinhalb-Sterne-Hotel und unter der Ägide von Doña Esmeralda … Die Hoteldirektoren, ihr Stellvertreter, die Empfangschefs, die Personalleiter, die Restaurantchefs, die Küchenchefs, fast keiner war unter fünfzig. Die Doña vertrat ein innovatives Konzept, was ihre Hotels anging, und versperrte sich keinen Neuerungen, auch jenen nicht, die sie für idiotisch hielt, wie Pilates und Jet-Skis. Aber was die Führungskräfte betraf, war sie stockkonservativ und schätzte, wie auch beim Wein, eine gewisse Reife. Sie galt als pingelig und vergaß nichts, vor allem keine Fehler. Ihre drei Lieblingswörter im Umgang mit dem Personal waren »unbedingt«, »jetzt« und »makellos«.

»Ich glaube, ich brauche noch einen Espresso«, seufzte Áldaran. »Nein, etwas Stärkeres.«

»Segeln Sie nachher noch?«

»Ich nehme lieber ein Taxi und hole das Boot morgen ab. Ein paar Tage Urlaub bleiben mir noch.«

»Etwas Starkes, ja? Dann empfehle ich Ihnen Chilis neueste Spezialität, einen *Kalima Sunset*. Den setzen sie auch zum Sprengen in den Steinbrüchen ein.«

Áldaran lächelte schwach. Allmählich kam er vom Baum runter, was auch nötig war, denn ich erhoffte mir ein paar einträgliche Antworten von ihm. In den Gesprächen mit Raqui und Modesto hatte ich mehr Fragen als Atemluft gesammelt.

»Lieber nicht ganz so explosiv«, bat der Andalusier. »Ein Manzanilla tut es auch.«

Ich bestellte also zwei doppelte trockene Sherry bei Chili, und die Zeit, bis er sie brachte, gab ich Áldaran, um sich zu sammeln. Mal dahingestellt, ob ihm eher Garrochos Ableben zu schaffen machte oder die davon ausgehende Gefahr für seine Karriere.

»*Salud.*«

»*Salud.*«

Die Bar füllte sich mit Gästen. Zumeist Engländer, wie an ihrer kolibrifarbenen Oberbekleidung unschwer zu erkennen war.

»Vielleicht fangen wir damit an, dass Sie mir erzählen, was genau Sie in Bezug auf Vicente Garrocho tun sollten. Ich meine, ganz praktisch. Wie hat das ausgesehen, wenn sie ihm ›auf die Finger‹ geschaut haben?«

»Hat sie Ihnen das nicht erzählt?«

Ich zögerte. Es war für mich besser, die Personen, die ich befragte, im Unklaren darüber zu lassen, was mein Auftrag war und was ich in Eigenregie tat.

»Sie wissen ja, wie die Doña ist. Sie gibt einem ein Ei mit auf den Weg und erwartet, dass man mit einem Korb voll Hühner zurückkommt.«

Áldaran trank den Manzanilla und gab Chili das Zeichen für einen weiteren.

»Vicente war … schwierig«, sagte er. »Oft wie ein trotziges, verschlossenes Kind. Eines mit großen Problemen. Auf einen klassischen Aufpasser oder Mentor hätte er allergisch reagiert, damit wäre gar nichts gewonnen gewesen. Von allen Führungskräften stand ich ihm altersmäßig am nächsten. Daher ist das Los wohl auf mich gefallen. Ich beschloss, mich ein bisschen mit ihm anzufreunden. Die Betonung liegt auf ein bisschen. Mal mittags essen gehen und so. Er war viel anhänglicher, als ich mir das vorgestellt hatte. Er suchte geradezu meine Freundschaft. Na ja, irgendwann bin ich an den Punkt gekommen, an dem ich mich entweder darauf einlassen oder ein Stoppschild setzen musste, mit allen Konsequenzen.«

Logisch, dass ein junger, aufstrebender Marketingleiter sich für Ersteres entschied.

»Sie haben seinen Freund gespielt?«

Er trank vom zweiten Manzanilla und bestellte sofort das Sprengmittel hinterher, den *Kalima Sunset*.

»In der Kantine habe ich mich immer öfter zu ihm gesetzt und ihn bei der Gelegenheit irgendwann zu einem Segeltörn eingeladen, unter dem Vorwand, einen zweiten Mann zu brauchen. Ich glaube, er hatte nicht viele Freunde in seinem Leben. Der Ausflug hat ihm gefallen, von da an hatte ich leichtes Spiel.«

Er warf mir einen beschämten Blick zu, der sich nach einer Sekunde verflüchtigte.

»Es ist fast zu schnell gegangen.«

»Was?«

»Dass er mir vertraute. So etwas braucht doch normalerweise Jahre. Aber er … Vicente wollte unbedingt die Mittagspausen mit mir verbringen und in unserer Freizeit waren wir segeln, sind manchmal in Clubs gegangen und so. Am meisten hat ihm aber das Segeln gefallen.« Er biss sich auf die Lippe und ballte die Faust. »Dummer Kerl. Lässt sich umbringen. Dummer Kerl.«

Áldaran schien nicht stolz auf seine Rolle als bezahlter *amigo* zu sein, und es war ja auch keine dieser Anekdoten, die man später mal seinen Enkeln erzählt.

»Also haben Sie einiges mitbekommen von dem, was in Vicentes Leben passierte.«

»O ja!«, erwiderte Áldaran.

Viel zu schnell trank er von dem Cocktail, den ihm Chili gebracht hatte und der hinter einem safrangelben Mantel und erfrischendem Eiswürfelgeklingel eine Bombe verbarg. »Zum Schluss hat er mir buchstäblich sein Herz ausgeschüttet, das wollte ich gar nicht, das war mir viel zu viel. Ich wurde zu seinem Bruder, seinem Psychiater, seinem Beichtvater … Ich kann nur sagen, dass er sehr unter seiner Situation gelitten hat. Sie wissen schon, keine richtige Familie zu haben. Auch der Job hat ihn nicht ausgefüllt. Er hat mit Fotografieren angefangen und mich ein paarmal mitgenommen. Ist das wichtig?«

»In einem Mordfall kann man anfangs oft Wichtiges nicht von Unwichtigem unterscheiden. Vor allem die Zeugen können das nicht, also erzählen Sie gerne drauflos.«

»Zeugen?«

»Er hatte seine Brieftasche bei sich, als man ihn fand. Sehr wahrscheinlich hat ihn jemand umgebracht, den er kannte.«

»Trotzdem, das sind vertrauliche, sogar intime Einzelheiten, die ich selbst Doña Esmeralda nie berichtet habe. Mir geht es nicht gut damit, sie ihrem Adjutanten gegenüber auszuplaudern. Der Polizei, na gut, das ist was anderes, aber Ihnen?«

Er trank den Sunset-Drink jetzt in so großen Schlucken, dass der Sonnenuntergang sicherlich bald auch sein Erinnerungsvermögen verdunkeln würde, und ich hatte nicht vor, diesen einmaligen Zeugen entwischen zu lassen.

Daher beschloss ich, ihm das ganze Paket vor die Füße zu knallen.

»In Ordnung, dann wird Doña Esmeralda von Ihren Skrupeln erfahren, und wissen Sie, was sie dazu sagen wird? ›*Eso es desagradable* – das ist unerfreulich.‹ Das sagt sie immer, bevor sie unters Bett greift und die Steinzeitkeule hervorholt. *Eso es desagradable* ist nicht wirklich Spanisch, ist Esmeraldisch für: Ich schnappe mir seinen Skalp.«

Áldaran leerte den Drink in einem Zug und ich übernahm das Nachbestellen. Ein Blick zu Chili genügte.

Für einen kurzen Moment hatte ich volles Verständnis für Áldarans Lage. Dieser Moment dauerte exakt so lange, wie es brauchte, die Arme auf dem Tisch zu verschränken, mich weit nach vorne zu beugen und mein Gegenüber zu fixieren. Als ich den Mund öffnete, überwog bereits wieder das volle Verständnis für meine eigene Lage.

»Deswegen frage ich zum letzten Mal und alle drei auf einmal, den Bruder, den bezahlten *amigo* und den Seelentröster: Wer sind die beiden älteren *Canarios* und wer ist der Lulatsch, mit denen sich Garrocho neulich im Hotel unterhalten hat? Was hatte er mit Señor Modesto zu schaffen? Wie heißt die Frau, mit der er andauernd in seinem Büro herumknutschte? Und mit welcher Blondine ging er gerne Handtaschen shoppen?«

12

Drei Sonnenuntergangs-Drinks später saß Mateo Áldaran auf dem Beifahrersitz meines Wagens, um 0,6 Liter Hochprozentiges reicher und eine Million Gehirnzellen ärmer. Ein paar Geheimnisse war er ebenfalls losgeworden und nicht besonders reuevoll deswegen. Er gehörte offenbar zu jenen Glücklichen, die, wenn sie ihre Skrupel einmal überwunden haben, nicht zu dem Hindernis zurückblicken, sondern mit großen Schritten vorwärtsstürmen, um doch noch als Erster über die Ziellinie zu laufen. Seine Erzählungen waren weitschweifig. Mit dem Füllmaterial, das er den Fakten hinzufügte, hätte man eine Talkshow bestreiten können. Seine Stimme hörte sich inzwischen an wie eine verzogene Schallplatte und sein Verstand war kurz vorm Absaufen. Während er ungelenk am Autoradio herumfingerte, auf der Suche nach der richtigen Begleitmusik für unsere abschließende Plauderei, sortierte ich die Informationen und trennte Qualität von Dutzendware. Trotzdem, mit den Namen derer, die ernsthaft Grund hatten, Garrocho auf den Mond zu schießen, hätte ich immer noch ein öffentliches Klo vollkritzeln können.

Ich sagte: »Kurz zusammengefasst: Vor drei Jahren, als er 22 Jahre alt war, hat Vicente einen Jungen überfahren. Oben in den Bergen, in der Dämmerung. Der *chico* ist ihm mit dem Fahrrad direkt vor die Kühlerhaube gerollt. Richtig?«

»So hat Vicente es mir erzählt«, nuschelte Áldaran und nickte heftig.

»Die Untersuchung hat ergeben, dass er weder zu schnell gefahren ist noch Alkohol im Blut hatte. Bis dahin trank er so gut wie gar nicht. Allerdings schleppte er aus seiner Schulzeit noch zwei Verurteilungen wegen Körperverletzung mit sich herum, beides Prügeleien mit Klassenkameraden. Sie hatten nur geringe Strafen zur Folge, verschlechterten aber seine Karten bei dem Unfallprozess. Korrekt?«

»Bei dem Vergleich«, murmelte Áldaran.

»Okay, dem Vergleich«, stellte ich richtig. »Die Familie Balbuena, die Eltern des Jungen, akzeptierte einen Geldbetrag. Viel zu hoch, als dass Vicente ihn allein hätte aufbringen können, doch die Summe wurde gezahlt, und damit war die Sache vom Tisch.«

»Vom Tisch.«

»In Ordnung. Drei Jahre später lag sie aber wieder auf dem Tisch. Und die Balbuenas saßen mitsamt ihrem Anwalt um den Tisch herum.«

»Ja, aber ich habe keine Ahnung, was dabei herausgekommen

ist. Vicente ist nicht mehr dazu gekommen, es mir … mir zu …
Jenna weiß bestimmt mehr.«

»Vicentes Freundin.«

»Sein Mädchen, seine Prinzessin, seine Lady, sein …«

»Er hat sich mit den Begrifflichkeiten nicht festgelegt, einigen
wir uns darauf.«

Áldaran regte sich ein bisschen auf. »Aber es war ihm ernst
mit ihr.«

»Ja, das habe ich notiert.«

»Die beiden wollten heiraten.«

»Hier steht es, sehen Sie. Gleich neben Jennas Nachnamen.«

Das war ein dicker Hund. Jenna war die Tochter von Devin
Koppler, jenem Deutschen, dem die *Schatzinsel* gehörte, die größte
Ladenkette für Modeschmuck und Spielwaren auf den Kanaren,
besonders beliebt bei den Kindern der Touristen. Mateo Áldarans Einschätzung zufolge hätte Koppler eher einen Marsmen-
schen als Ehemann seines einzigen Kindes akzeptiert als Vicente
Garrocho.

»Und die üppige Blonde, mit der er sich nebenher getroffen
hat?«

»Ich weiß nichts. Jedenfalls nichts von einer blonden Üppigen.«

»Wir haben noch gar nicht über Señor Modesto gesprochen«,
stellte ich fest, während ich Richtung Pasito Blanco abbog, wo
mein betrunkener Fahrgast wohnte. »Bekommst du das noch hin
oder bist du schon im Fluss des Vergessens ertrunken?«

»Hä, von welchem Fluss redest du da?«

Auf einmal duzten wir uns. Wieso auch nicht? Segeln war
unser gemeinsames Hobby, Schnüffeln ebenfalls, und wir waren alle beide Opfer von Doña Esmeralda. Vor allem Letzteres
verband. Außerdem war das der übliche Umgangston auf den
Kanaren.

»Modesto. Erzähl mir was über ihn.«

»Einer unserer Kardinäle«, lallte Mateo.

»Kardinäle?«

»So heißen die VIPs auf Esmerasch… Esmerilinisch.« Er nahm einen neuen Anlauf. »Bei Doña Esmeralda. Leute, denen man den Ring küsst, vor denen man katzbuckelt, du verstehst? Verstehst du, *amigo*? Sie können nichts falsch machen, haben immer recht und natürlich kommen sie in den Himmel. In den siebten Himmel.«

Er lachte, was sich fast wie ein Schnarchen anhörte. Dann wandte er sich wieder dem Radio zu, das sich beharrlich weigerte, ihm die richtige Musik zu spielen.

»Schön, aber was war mit Vicente und ihm?«

Mateo zuckte mit den Schultern. »Was weiß ich?« Erneutes Schulterzucken. »Über Modesto hat er nichts gesagt.« Ein weiteres Schulterzucken. »Er war der zweite Empfangschef. Es war sein Job, sich um die Kardinäle zu kümmern … Hier ist es.«

Ich kam vor Áldarans Haus zum Stehen. Es war Mittwoch und in dem winzigen Flecken am Meer war nach Einbruch der Dunkelheit nichts mehr los. Pasito Blanco war eigentlich kein Ort für 29-Jährige, aber der Yachthafen und die makellosen Häuser machten was her, und das fahlgelbe Licht der Laternen erzeugte eine nostalgische Stimmung, wie in einem alten Film. Dazu passte der VW-Käfer, hinter dem ich parkte, vortrefflich. Er war meerblau mit weißem Dach, und ich wäre am liebsten ausgestiegen, um ihn mir genauer anzusehen.

»Meiner.« Er grinste. »Baujahr '68. Ich schraube regelmäßig daran herum, an die zehn Stunden im Monat.«

»Jesses.« Ich hätte gerne weiter mit ihm über harmlose Dinge wie aufregende, aber wartungsintensive Autos gesprochen. »Die Kardinäle«, sagte ich stattdessen.

»Vicente war für die Kardinäle verantwortlich«, wiederholte er sich. »Er hat sich auf sie gefreut. Einmal sagte er zu mir: ›Endlich, Mateo, endlich vertraut man mir etwas Wichtiges an.‹« Sein schwankender Blick glitt zum Beifahrerfenster hinaus, wo nichts passierte, außer dass eine Katze vorbeitrottete, die sich alle paar Meter äußerst gelenkig an den unmöglichsten Stellen kratzte.

»Hat er deswegen den Kaninchenkurs belegt? Um in der Nähe eines Kardinals zu bleiben?«

Mateo sah mich an, als könne er durch mich hindurchblicken. »Vicente war so stolz in den letzten Tagen. Die Fotos … Er hätte nicht … Ich meine, das ist so unfair. So sinnlos. Es ist …«

Mateo ballte die Faust und warf den Kopf gegen die Nackenstütze. Er ächzte, als hätte er eine Gräte verschluckt, dann schniefte er sogar. Eigentlich war er nicht der Typ dafür, er wirkte eher, als würde er abwechselnd den Coolen und den Heißblütigen geben. Andalusische Wechseldusche, das übliche Programm der Männer von Sevilla. Aber der Alkohol verändert Menschen und sei es nur für einen Abend. Dies war so ein Abend. Und dann dudelte auch noch Pedro Guerra über den Äther, nostalgische Gitarre, begleitet von sterbenstrauriger Stimme.

»Es ist nur … Zum Schluss war er wirklich wie ein kleiner Bruder für mich. Ein paarmal wollte ich ihm alles sagen. Dass ich nur sein Aufpasser war und so.«

Mateo betrachtete die Katze, die inmitten eines Lichtkegels auf etwas zu warten schien, von dem sie selbst nicht wusste, was es war.

»Aber ich hatte nicht den Mumm dazu. Er war gerne mit mir zusammen. Mit seiner Jenna und mit mir. Dann war er nicht mehr der Junge, der sein ganzes Leben herumgeschubst worden war und dem nichts gelang. Ich hatte Angst, es könnte ihn aus der Bahn werfen. Wo er sich doch in den letzten Monaten so gut gemacht hatte. Nicht den Mumm, nicht den Mumm …«

Den Selbstvorwurf wiederholte er in Abständen, die immer länger wurden, und gerade als ich ihm anbieten wollte, ihm beim Aussteigen zu helfen, riss Mateo sich vom Anblick der Katze los.

»Fabio Flaco Lozano … Im Seglerclub in Las Palmas, da hängt eine Plakette …«

Ein bei Betrunkenen wie auch bei Schockierten gar nicht so seltener abrupter Themenwechsel.

»Juniorenmeisterschaften«, erklärte ich wortkarg, bevor mich Mateos Hundeblick dazu verleitete, Schlagsahne obendrauf zu geben. »Eine Regatta vor siebzehn Jahren, bei der ich den Dreh raushatte. Ein bisschen Glück war auch dabei.«

»Du … du bist … Ist ja irre. Segeln wir mal zusammen?«

»Mal sehen, ob es sich ergibt.« Ich drückte mich absichtlich so aus, als wäre es eine Angelegenheit des Zufalls, ob eines Tages ein Segelboot an seine Tür klopfte.

Zusammen auf dem Meer zu fahren, gemeinsam ein Boot zu steuern und eine Insel zu umrunden, das war etwas anderes, als nebeneinander in einer Bar oder im Auto zu sitzen. Das war etwas zutiefst Persönliches. Es ging dabei um Vertrauen, um das riskante Spiel mit den Elementen, um das Gleichgewicht der Egos, um Autorität, Dominanz und Anpassung. Es ging um viel, viel mehr, als Nichtsegler das verstehen können. Man kaut ja auch nicht mit jedem, dem man ein paar Fragen gestellt hat, denselben Kaugummi.

»N' komm schon. Ehrlich, ich bin keine Flasche, nein, bin ich nich. Ich bin nich so gut wie du, *compañero*, hab aber auch was drauf. Ich lass uns schon nich kentern.«

Er wurde mir ein bisschen lästig, auch wenn ich nichts gegen ihn hatte. Mateo Áldaran war ganz in Ordnung. Für einen Bürohengst. Für einen vom Festland. Alles in allem. So einigermaßen.

»Gut, dann segeln wir eben mal zusammen.«

»Hey, super, perfekt. Versprochen?«

»Als Nächstes soll ich auf den heiligen Nikolaus schwören, oder wie? Mach, dass du rauskommst. Gönn dir eine kalte Dusche, bevor du schlafen gehst, und am besten auch eine Aspirin.«

Mateo öffnete die Beifahrertür und schwankte, ohne sie wieder zu schließen, die paar Meter bis zum Hauseingang. Den Schlüssel fand er erst nach einigem Suchen. Kaum hatte er ihn ins Schloss gesteckt, fiel ihm noch etwas ein, und er torkelte den Weg zurück.

»Flaco?« Mateo stellte sich mit seinen Segelschuhen auf das Trittbrett und streckte den Kopf durch das geöffnete Dach des Cabrios, an dem er sich festhielt. »Flaco?«

»Was ist?«

»Hast du heute das mit mir gemacht, was ich sechs Monate lang mit Vicente gemacht habe? Hast du mich angeschw…? Hast du mir etwas verschwinn… verschwiegen?«

Gar nicht mal schlecht, dachte ich. Der Knabe war nicht zufällig Marketingleiter geworden, mit einem Haus in Pasito Blanco, einem Segelboot und dem Vertrauen unserer gemeinsamen Chefin.

»Stimmt«, gestand ich. Wenn ich wollte, konnte ich lügen wie gedruckt – bei der Kriminalpolizei brachten sie einem das als Erstes bei und als Angestellter von Doña Esmeralda verlernte man es zumindest nicht. Doch ich wollte plötzlich nicht mehr lügen. Vielleicht, weil Áldaran und ich in gewisser Weise im selben Boot saßen. Wir mussten tun, was die Chefin von uns verlangte, und stießen dabei an unsere Grenzen. Vielleicht aber auch nur, weil Geständnisse gegenüber einem Betrunkenen so viel taugen wie Tore aus dem Abseits.

»Die Polizei hat sich in den Gedanken verliebt, ich könnte der Mörder von Vicente sein. Und Doña Esmeralda hat mich bei vollem halbem Gehalt suspendiert. Mit einem Bein bin ich arbeitslos, mit dem anderen im Knast. Da dachte ich mir, dass es auf eine Lüge mehr oder weniger gegenüber einem Bürofuzzi nicht ankommt.«

Wortlos sah Mateo mich durch das offene Dach an. Er machte weder einen beleidigten noch traurigen noch verständnisvollen oder sonst einen Eindruck. Er sah aus wie ein Besoffener, dem man gerade ein Gemälde von Goya erklärt hatte.

»Keine Ahnung, ob du überhaupt noch verstehst, was ich sage. Aber wenn man mir meinen Job wegnehmen will ... Nein, wenn meine Ex-Kollegen mir mal wieder meinen Job wegnehmen wollen, das wäre dann das dritte Mal, also da werde ich stinkig. Ich werde diesen Mord aufklären. Es gibt nicht viele Dinge, die ich wirklich gut kann, aber mit Morden kenne ich mich aus. Was auch immer ich dafür tun muss, das tue ich. Ich springe über japanische Klingen, ich wandere vierzig Jahre durch die Wüste, ich mache Mateo Áldaran besoffen und quetsche ihn aus. Ich finde das Schwein und liefere es mit einem Schleifchen bei der Nationalpolizei ab.«

Damit ließ ich den Motor an und ein paar Sekunden später fuhr ich los. Im Rückspiegel sah ich Áldaran, der nur ein paar Schritte von der Katze entfernt im Lichtkegel der Laterne stand und mir nachstarrte.

»Hey!«, rief er durch die Nacht.

Ich bremste, legte den Rückwärtsgang ein, was erst beim dritten Versuch klappte, und rollte langsam die Straße zurück, an den parkenden Autos vorbei.

Ich blickte nach oben zu Mateo, der kein bisschen gescheiter wirkte als noch zwanzig Sekunden vorher.

»Gehen wir ... am Samstag segeln?«

Ich hatte nicht vor, mich mit dem Bürschchen anzufreunden. Obwohl wir nur vier Jahre auseinanderlagen, waren wir sehr verschieden, zu verschieden. Andererseits war ich schon ein gutes halbes Jahr nicht mehr gesegelt.

»Meinetwegen, Andalusier. Gute Nacht, und vergiss nicht, dich unter die kalte Dusche zu stellen.«

13

Ich hatte noch keine Lust, nach Hause zu fahren. In einer kleinen Bar in Las Palmas, in die ich früher ab und zu gegangen war, sah ich mir bei einem Glas *vino tinto* und einer großen Schale *pappas arrugadas* mit *mojo* zusammen mit einer Hundertschaft Fans die Übertragung der zweiten Halbzeit eines wichtigen Fußballspiels an. Unión Deportiva Las Palmas gegen Athletic Bilbao. Der Abstiegskampf nahm an Fahrt auf und das torlose Unentschieden half keinem, am allerwenigsten der Trinklaune der Gäste in der Bar. Hätte die Unión gewonnen, hätten die Fans aus Freude gesoffen, hätte sie verloren, aus Traurigkeit.

Nach dem Abpfiff und der sich anschließenden ausführlichen Analyse leerte sich das Lokal schnell. Ich blieb mit einer deprimierenden Pfütze *vino* und zwei Kartöffelchen zurück, die mich vom Teller aus anstarrten wie das Monster eines schlechten Comics.

»Noch einen *tinto*?«, fragte der Wirt.

»Nein, ich gehe gleich.«

»Na und, was macht das schon?«

»Auch wieder wahr.«

So lief das eine ganze Weile. Ich kannte den Wirt nicht besonders gut, einen Mann, der seine fünfzehn verbliebenen Haare einmal quer über seine Platte legte und mit etwas festklebte, das nach Dachpappe roch. In diese Bar war ich früher nur gegangen, um mir einige Auswärtsspiele meines Clubs anzuschauen. Die Gespräche, die ich dort führte, drehten sich fast ausschließlich um U. D. Las Palmas, mit Menschen, deren Namen ich nicht kannte. Ich hätte mich auch mit Freunden verabreden oder die Spiele in Chilis Bar verfolgen können. Aber ab und zu brauche ich dieses Eintauchen in eine ganz andere

Welt, jenseits vom abgeschirmten, tiefenentspannten Chic des Monte León hier, dem Getöse der Zappelbuden dort oder den Gesprächen mit Freunden über Alltagsprobleme wie Kinder, Handwerker und am Strand aufgefundene Leichen. Die Kneipenwelt abseits meines aktuellen Wohnorts war erholsam simpel. Außer Toren gab es keine guten, außer Gegentoren keine schlechten Nachrichten. Keiner fragte einen, was man arbeitete, warum man arbeitete, ob man gestern zufällig über eine Leiche gestolpert sei …

»*Hola*, hätte dich fast nicht wiedererkannt.«

Ich blickte hoch und brauchte eine Sekunde, um zu begreifen, dass Amaranta leibhaftig vor mir stand, eine zweite Sekunde, mir zu überlegen, ob das Zufall war, und eine finale, um eine passende Reaktion zu finden.

Gerade, als ich aufstehen und sie mit *besitos* begrüßen wollte, wie sich das für vor langer Zeit abservierte Liebhaber gehört, setzte sie sich auf den Hocker neben mich.

»Der helle Leinenanzug macht dich so distinguiert.« Aus ihrem Mund klang das Wort verdammt aristokratisch. »Treibst du noch Sport?«

»Fast jeden Tag.«

»Golf?« Wieder Ironie.

»Alle paar Monate mal.«

»Hm.« An Amarantas schlanken, drahtigen Armen rannen Schweißtropfen entlang, und ihr labbriges Shirt war an Brust und Taille feucht. Die schwarzen Haare hatte sie zu einem Pferdeschwanz gebunden. Ihr Gesicht schien mir härter zu sein als früher, irgendwie kantiger, so als sei es gemeißelt und dann glatt poliert worden. Aber sie hatte noch immer die Fähigkeit, durch ein Verziehen der Mundwinkel um einen Millimeter ihre ganze Ausstrahlung ins Weiche zu verändern.

»Ich wohne nur sieben Straßen von deinem früheren Apartment entfernt, Flaco. Weißt du das?«

»Nein. Woher weißt du, wo ich mal gewohnt habe?« Da fiel es mir auch schon selbst ein. »Es steht in den Akten.«

»In jeder Menge Akten.«

Amaranta war noch nie in meinem Apartment gewesen, in keinem seit der Akademie, und ich nicht in ihrem. Wir hatten uns immer an neutralen Orten getroffen, dem Fitness-Center oder am Strand, und anfangs natürlich in der Bude der Polizeischule. Wir waren im selben Eintritts- und im selben Abschlussjahrgang gewesen. Ein paar Jahre hatten wir sogar im selben Dezernat gearbeitet, Drogen und organisierte Kriminalität, bis ich zu den Kapitalverbrechen gewechselt war. Danach hatten wir uns immer seltener gesehen, ohne je ganz den Kontakt zu verlieren.

Wie nüchtern und banal sich doch unsere Beziehung zueinander beschreiben lässt. Dabei war sie alles andere als das.

Sie steckte sich die beiden übrig gebliebenen Runzelkartoffeln in den Mund und bestellte ein Wasser mit Zitrone.

»Noch einen?«, fragte der Wirt mich und diesmal hatte er auf Anhieb Erfolg.

Sie wartete, bis sie den Bissen heruntergeschluckt hatte. Schmunzelnd sagte sie: »Immer noch Unión Deportiva, kanarischer *vino* und *pappas arrugadas*?«

»Wieso nicht?«

»Die meisten Leute lassen ihren Lokalpatriotismus mit der Zeit schleifen.«

»Die meisten Leute wissen nicht, dass *pappas arrugadas* das einfachste, leichteste, köstlichste und verführerischste Allround-Gericht der Welt sind, Pasta und Reis weit überlegen.«

Es tat mir gut zu sehen, wie ihre Zunge auf den lächelnden Lippen spielte. Ich beobachtete, wie sie die Zitrone zerquetschte, das Glas hob und den Inhalt zu drei Vierteln in einem Zug leerte. Sie hatte sehr gepflegte, kurze Fingernägel, orange lackiert, denn das war ihre Lieblingsfarbe. Das passte gut zu ihrem ockerfarbenen Teint, unterstrich die Aktivität und Direktheit, die sie ausstrahlte, und milderte die gelegentliche Strenge ihrer Mimik.

Inzwischen hatte ich begriffen, dass die Begegnung kein Zufall war. An jedem anderen Abend vielleicht, an diesem nicht.

»Du hast also mitbekommen, was los ist.«

»Es hat nicht viel gefehlt und deine frühere Einheit hätte eine Runde Cava spendiert. Aber das machen sie wohl erst, wenn du in ihrer Pfanne brutzelst.«

Der Wein kam und ich prostete Amaranta zu. »*Salud.*«

»Hast du deinen Job verloren?«, fragte sie geradeheraus. So war sie. Genau wie ich.

»So gut wie. Hat was mit halb voll und halb leer zu tun, ein komplizierter Algorithmus meiner hochverehrten Arbeitgeberin.«

Amaranta schnappte sich ein paar Pistazien, die auf dem Tresen herumlagen, schälte sie und warf sie sich aus fast einem halben Meter Entfernung in den Mund.

»Doña Esmeralda … Als du mir vor ein paar Monaten was von einem Bodyguard-Job geschrieben hast, dachte ich an einen Magnaten oder Sänger. Gibt ja genügend Promis, die zeitweise hier wohnen und deren Haus zur Pilgerstätte wird. Aber die Alte … Ich dachte, sie hätte längst alles verkauft.«

»Sie würde eher ihren einzigen Sohn verkaufen als auch nur eines ihrer sieben Hotels.«

»Kennst du ihre Enkelin?«

»Klar, warum fragst du?« Dabei wusste ich genau, warum. Alba Reyes hatte für ihre jungen Jahre schon reichlich auf dem Kerbholz.

»Weil deine Chefin nur Ärger mit ihr hat. Und wir auch. Alba wird öfter mit Koks aufgegriffen als die Hafendirnen mit geklauten Herrenuhren. Eine Drogensache nach der anderen. Uns gehen langsam die Ausreden aus, wieso wir sie nicht vor Gericht bringen. Na ja, ein paarmal haben wir es schon versucht, aber Omas langer Arm hat sie bisher immer wieder aus dem Sumpf gezogen. Irgendwann ist natürlich Schluss.«

Amaranta machte keine Konversation. Sie hasste Small Talk so sehr, dass sie ihn verhaften und ohne Kaution einsperren würde, wenn sie könnte. Auf subtile Weise teilte sie mir mit, dass Doña Esmeralda jetzt schon bei der Polizei in der Schuld stehe und dass sie deswegen für ihren Angestellten keine weiteren Schuldscheine unterschreiben könne. Kam auch nur ein einziges Indiz zu den bisherigen Verdachtsmomenten gegen mich hinzu, würde sich mein volles halbes Gehalt in ein volles nicht vorhandenes verwandeln. Vor die Wahl gestellt, mein Leben oder das ihrer einzigen Enkelin zu vermiesen, fiele der Matriarchin die Entscheidung sicher leicht.

»Besser, ich studiere schon mal die Stellenanzeigen.«

»Tu das.«

Ich sah Amaranta direkt in die Augen, was sie zum Anlass nahm, den Rest des Wassers zu trinken.

»Für diesen kleinen Wink hättest du mich auch einfach anrufen können. Das hast du nicht gemacht, weil die Nationalpolizei natürlich die Verbindungsnachweise meiner Telefone überprüft und deine Nummer dort auftauchen würde. Kondolenzbesuche sind aber auch nicht dein Ding. Und das, was du mir eben gesagt hast, meine Güte, Amaranta, dafür rennst du nicht um Mitternacht durch die Stadt. Auch nicht für mich.«

Sie funkelte mich kurz an, sagte jedoch nichts und begann stattdessen erneut, an den Pistazien herumzufingern.

»Ich war es nicht, Amaranta. Ich habe den Typen nicht ermordet. Verflucht, er war gerade erst der Krabbelgruppe entwöhnt. Solche Kinder pflege ich nicht umzubringen, schon gar nicht dienstags.« Als sie nicht reagierte, fügte ich hinzu: »Diejenigen, denen ich sonst die Pitchgabeln in die Brust ramme, sind gestandene Männer.«

Sie verdrehte die Augen und stand auf. Ich hielt sie locker am Arm fest.

»Ich hatte gar keinen Grund, so etwas zu tun.«

Sie wiegte den Kopf so stark, dass ihr Pferdeschwanz wippte wie ein echter Pferdeschweif.

»37 Verhaftungen, Flaco, so viele hast du bei deiner letzten Einheit vorgenommen. Dazu 92 damals beim Drogendezernat. In 51 Fällen ist es zur Gewaltanwendung deinerseits gekommen.«

»Hallo, hallo, das sind keine Modemacher, über die wir hier reden. Keine Marionetten, die sich zwischen zwei Shows was reinschnupfen, sondern Drogendealer, Mafiosi, Knochenbrecher, Revolverhelden mit echten Revolvern, die unter die Kategorie leichte Artillerie fallen. Ich habe noch nie jemanden erschossen und auch nur einmal jemanden mit meiner Dienstwaffe verletzt, an einer Hand. Aber er hat auch eine Pistole auf mich gerichtet, das war also Selbstverteidigung. Was die Zahl der Nasenbrüche, ausgerenkten Schultern und verstauchten Handgelenke angeht … Ich habe nie eine Frau verletzt und auch keinen Mann, der deutlich schwächer war als ich.«

»Schönen Dank für die ausführliche Auskunft. Weißt du, wie meine Statistik beim Drogendezernat aussieht? 146 Verhaftungen, davon 17 mit Gewaltanwendung. Du bist fast ein Dutzend Mal ermahnt worden, ich noch nie.«

»Aber ich …«

Sie hob beide Hände, als ergebe sie sich. »Ich will nicht darüber streiten.«

»Du hast eine seltsame Art, nicht darüber zu streiten.«

»Was ich meine, ist …« Sie seufzte ausgedehnt, als puste sie in ein Röhrchen. »Deine ehemaligen Kollegen suchen nicht mehr nach einem Motiv, mit dem sich der Mord erklären ließe. Sie suchen nur noch nach dem Anlass.«

Ich war noch nicht so lange aus dem Business heraus, dass ich den Hinweis nicht hätte einordnen können.

»Peraltas Theorie besagt also, dass ich im Zorn zugestoßen habe. Wie gut, dass ich zufällig eine Pitchgabel bei mir trug, das wichtigste Accessoire eines jeden Bodyguards. Jetzt muss er sich nur noch überlegen, warum ich so wütend geworden bin. Motiv aufgegriffen, nach dem Anlass wird gefahndet.«

Ihre Hände klatschten flach auf den Tresen. »Warum verteidigst du dich vor mir?«

Sie hatte recht. Ich fragte sie nicht, ob sie mir glaubte, denn für gewöhnlich haute sie einem Fragen um die Ohren, deren Antwort man kannte.

»Die Gerichtsmedizin hat festgestellt, dass die Pitchgabel nicht besonders tief in den Körper eindrang«, sagte sie. »Leider hat sie eine Arterie verletzt und daran ist der Kleine gestorben. Es könnte also jemand gewesen sein, der deutlich schwächer ist als du.«

»Dann muss die Kleidung desjenigen, der zugestoßen hat, mit Blut besudelt worden sein. Es sei denn, der Mörder wäre in Badehose oder Bikini unterwegs gewesen und hätte sich sofort nach der Tat im Meer gewaschen. An meinem Hemd, am Sakko und der Hose war jedoch kein einziger Blutfleck, das spricht gegen mich als Täter.«

Sie sah mich in einer Weise an, wie Frauen Männer ansehen, wenn sie ihnen auf die Sprünge geholfen haben.

»Danke, Amaranta.«

»*De nada, amigo.*«

»Hast du sonst noch was für mich?«, fragte ich und lächelte sie an. Möglicherweise zu stark, zu lang, zu offenherzig, zu blöde …

»Hey, ich bin kein Kaugummiautomat, der noch was ausspuckt, wenn du an ihm rüttelst.«

»Ich will ja nicht, dass du …«

»Und du bist nicht der süße Junge mit der Zahnlücke.«

Langsam kramte ich einen zerknüllten Zwanziger aus der

Sakkotasche und legte ihn, notdürftig geglättet, auf den Tresen. Seit Amaranta aufgetaucht war, lag mir eine Frage auf der Zunge, störend wie ein Haar im Mund. Mal verkrümelte sie sich weit nach hinten, mal kitzelte sie meine Lippen.

»Danke, dass du hergekommen bist, Amaranta. Ganz ehrlich, deine kleinen Hinweise helfen mir sehr.« Ich trank einen letzten Schluck im Stehen und wandte mich von dem halb vollen Glas ab. »Auch, dass du an meine Unschuld glaubst.«

Sie beobachtete mich ein wenig belustigt und zugleich ein wenig misstrauisch, wie einen Magier, der dabei ist, das weiße Kaninchen aus dem Hut zu zaubern.

»Ich glaube, so viel Süßholz hast du in den ganzen zwölf Jahren nicht geraspelt, die wir uns kennen, Flaco.«

»Hatte ich denn vorher schon mal Grund, dir dankbar zu sein?«

Es klang genauso hart nach, wie es auszusprechen gewesen war. Trotzdem war die Frage berechtigt, und wenn jemand die Wahrheit vertrug, dann sie.

Sie sah mich nicht an, während sie mir voraus ins Freie trat. Mir graute vor dem Abschied, denn ich wusste, ich würde Amaranta lange Zeit nicht wiedersehen. Jeder Monat, der ohne ein Wort oder einen Blick verstreichen würde, verliehe dem nächsten ein Fundament, und irgendwann wäre das Hindernis für ein weiteres Treffen zu hoch, um es zu überwinden. Vielleicht war es besser so. Nur konnte ich das im Moment nicht glauben.

Kaum war die Kneipentür hinter uns zugefallen, nahm ich allen Mut zusammen. Ist das überhaupt Mut, wenn man ohnehin nichts zu verlieren hat?

»Wie geht es Carlito?«

Meinen alten Rivalen bei seinem Kosenamen zu nennen, kam mir seltsam vor und irgendwie auch falsch. So bezeichnet man nur Menschen, die man mag oder über die man sich lustig machen will, und beides war hier nicht gegeben. Früher hatte ich ihn Carlos genannt. Wir waren alle drei zusammen auf der Polizeiakademie und befreundet gewesen. Eine typische Dreiecksgeschichte, bei der zwei Jungs um ein Mädchen warben, mit einem Gewinner und einem Verlierer.

»Gut so weit. Sein Vater ist kurz vor Weihnachten gestorben, und Carlos will mehr denn je eine Familie gründen, die er seiner Mutter präsentieren kann, bevor sie … na ja.«

Es gab nicht viele Themen, die Amaranta unangenehm waren. Ihrem kurzen Zögern nach zu schließen war dies eines. Noch bevor wir drei uns auf der Akademie kennenlernten, hatte Amaranta den Heiratsantrag eines Jugendfreundes abgelehnt, und seit sie mit Carlos zusammen war, zwei von seinen, soviel ich wusste.

»Wohnt ihr inzwischen zusammen?«

»Nicht richtig. So halb.«

»Aber er würde gerne. Hat er dir einen dritten Antrag gemacht?«

»Ich glaube, das geht dich nichts an. Ich bin sogar ganz sicher, dass es dich nichts angeht.«

Ich nickte und reckte die Nase in die Höhe. Die Nacht war kühl, wie die vorherige. Tau würde am nächsten Morgen auf Autoscheiben und Sitzpolstern liegen, wie Tränen auf einem Gesicht, aber binnen einer Stunde von der Sonne getrocknet werden, so wie die Tränen und verletzter Stolz von der Zeit.

Ich wandte mich halb von Amaranta ab und ihr sogleich wieder zu. Es gab etliche Möglichkeiten, sich zu verabschieden, doch keine erschien mir passend.

»Na dann …«

»Carlos arbeitet jetzt in deiner früheren Einheit.«

Der Gedanke wäre mir nie gekommen, selbst wenn ich oft an ihn gedacht hätte, was nicht der Fall war. Seine Noten waren immer zu schlecht gewesen für die Top-Dezernate der Nationalpolizei und er war viele Jahre lang Fällen von Kreditkartenbetrug nachgegangen. Wenn er nun tatsächlich im Morddezernat arbeitete, bedeutete das einerseits, dass er zusammen mit Peralta mit meinem Fall betraut sein könnte, und andererseits, dass Amaranta an diesem Abend weit mehr getan hatte, als »nur« die Kollegen einer anderen Einheit zu hintergehen.

»Da ist noch was«, sagte sie. »Peralta hat einen weiteren Verdächtigen. Wen, darf ich dir nicht sagen. Wirklich nicht. Dafür ist er zu bekannt.«

»*Vale*, ich verstehe.«

»Jetzt sag mir schon, was ich für dich erledigen soll.«

Ich blinzelte und nickte, gab ihr einen Zettel. »Kannst du diesen Knilch hier überprüfen? Im besten Fall findest du raus, wo er am Mordabend war.«

»Mateo Áldaran? Geht klar. *Chao*, Flaco.«

»Warte! Ich will …«

»Nein, ist schon gut.«

Ehe ich es mich versah, hatte eine Seitenstraße sie verschluckt. Ich starrte auf die leuchtende Digitalanzeige der gegenüberliegenden Apotheke, es war 01:46 Uhr.

14

Am nächsten Morgen um acht, nur mit karierten Boxershorts bekleidet, erhielt ich ein Einschreiben, das mir per Kurier überbracht wurde. Die *Policía Nacional* lud mich für den nächsten Vormittag vor. Peralta machte also ernst. Zumindest optisch sah es so aus, als zöge er mich als Täter in Betracht. Tatsächlich machte er sich vielleicht auch nur einen Spaß daraus, und seine Ermittlungen gingen in eine ganz andere Richtung, in jene, die Amaranta in der Nacht zuvor angedeutet hatte. So oder so, Peralta würde die Information über die Vernehmung genüsslich an Doña Esmeralda weitergeben und damit einen weiteren Nagel in den Sarg meiner ohnehin trostlosen Karriere schlagen, vielleicht den letzten. Fehlte nur noch, dass die Nachricht an die Presse durchsickerte – »Leibwächter der *baronesa* in Mordfall verwickelt«.

Ich kochte mir einen Kaffee, der so stark war, dass beinahe der Löffel darin steckenblieb, schnitt mir eine dicke Scheibe kanarischen Ziegenkäse ab, setzte *pappas arrugadas* auf den Herd, die nur ich zum Frühstück esse und sonst wirklich niemand auf der Welt, und öffnete den Laptop.

Da ich für Doña Esmeralda den Hoteldetektiv gespielt hatte, war mir der Zugriff auf die Datenbank des *Siete Cielos* ermöglicht worden. Schnell stellte ich fest, dass meine Chefin keine Zeit verloren hatte, mich nach der gestrigen Suspendierung zu sperren. Damit blieben mir zwei Möglichkeiten, um an die Adresse der Balbuenas zu kommen. Von dem Ehepaar hatte Áldaran mir erzählt, die beiden hatten ihren Sohn bei einem Autounfall verloren und Vicente Garrocho hatte sich einen Tag vor seinem Tod mit ihnen getroffen. Ich konnte jemanden um einen Gefallen bitten, der Zugriff hatte, also Raqui oder Mateo Áldaran. Die Servicekraft hatte nur begrenzt Einsicht in die Daten der Gäste. Der Marketingleiter wiederum setzte eine glorreiche Karriere aufs Spiel und er war mir nicht unsympathisch genug, ihm das zuzumuten.

Mir blieb nur, Doña Esmeraldas Passwort zu benutzen. Es war zwölfstellig und schrecklich unkompliziert: der Vorname und das Geburtsdatum ihrer Enkelin Alba. Lange kannte ich es noch nicht, gerade mal 24 Stunden. Sie hatte es in meinem Beisein eingetippt, als sie Garrochos Account öffnete, und ich kann nun mal hervorragend über Kopf lesen und mir Namen und Zahlen gut merken. Das Problem lag jedoch auf der Hand – die Doña wäre sicherlich nicht begeistert von diesem Diebstahl und Missbrauch.

Ich beschloss, Gewissensbisse zu haben und sie tapfer zu ertragen, während ich mir Zugang zur Hoteldatenbank verschaffte. Was ich brauchte, fand ich in zwei Minuten. Außer Modesto und Garrocho hatten noch drei weitere Personen den Kaninchenkurs belegt, darunter ein österreichisches Ehepaar, das seine Flitterwochen im *Siete Cielos* verbrachte. Interessanter für mich war jedoch die 27-jährige Ynéz Pons Prado, geboren in Barcelona, wohnhaft in Playa de Arinaga, Gran Canaria. Sie war bereits abgereist. Warum buchte sich eine Frau, die nur dreißig Kilometer entfernt wohnte, in ein Luxushotel ein?

Schließlich suchte ich mir noch alles über das Ehepaar Ximena und Manuel Balbuena zusammen, wohnhaft in Fontanales, Gran Canaria. Sie hatten am gestrigen Morgen um 09:11 Uhr ausgecheckt.

15

Obwohl ich gleich nach dem letzten Happen *pappas* losfuhr, traf ich erst in Fontanales ein, als die Sonne schon hoch am Himmel stand. Auf der Insel sind dreißig Kilometer wie dreihundert anderswo und das Dorf lag sehr zentral in der Mitte von hundert Bergen und tausend Kurven. Die vier, fünf Dutzend Häuser waren weiß, die Türen und Fenster ziemlich einheitlich in der Farbe Siena gestrichen, die Bürgersteige gepflegt und mit Mosaiken verziert. Es gab eine Kirche, eine Madonnenstatue, eine Käserei, eine Bodega und einen Fußballplatz, die kanarischen Big Five, also alles, was ein Einheimischer braucht, um glücklich zu sein.

Der Fußballplatz war alles, was ich von Fontanales kannte. Ich hatte früher gegen die örtliche Jugendmannschaft gespielt, bestimmt ein Dutzend Mal, morgens abgeladen von einem Bus, der mich nachmittags wieder schluckte. Ich wusste rein gar nichts über das Dorf, außer, dass die Jungs dort besser kickten als die im Süden der Insel, wo ich herkam. Die Hänge waren grün von Kiefern, Zedern und Buschwerk. Ein paar kleinere Plantagen hier und dort, hauptsächlich Tomaten und Bananen. Ziegen, die leichtfüßig über Geröll sprangen, um an ein paar Grashalme zu gelangen, die noch nicht abgeweidet waren. Irgendwo bellte ein Hund, sei es aus Liebe, Ärger oder Einsamkeit.

Ich betätigte den Messingklopfer an einer der sienafarbenen Türen und wartete, bis ich ein Geräusch aus dem Inneren hörte. Dann trat ich einen Schritt zurück und wartete. Eine ältere Nachbarin im Haus zur Linken öffnete ein Fenster und begutachtete mich derart schamlos, dass ich mein Äußeres überprüfte: Jeansshorts, Schuhe, T-Shirt, Arme, Beine, Augen und Nase, alles an seinem Platz. Sie zeigte mir die zwei Zähne, die ihr noch geblieben waren. Ich war wohl ihr Typ. Ein Greis, der im Schatten einer Platane auf einer Bank saß, schien das anders zu sehen. Die vier jungen Männer auf der Bank daneben spielten Würfel und beachteten mich nicht weiter.

Die Tür öffnete sich. »*Sí?*«

Señora Balbuena war eine kleine, kompakte Frau von etwa sechzig Jahren mit jener warmen großmütterlichen Ausstrahlung der gereiften Frauen der kanarischen Inseln, auf die man hier zu Recht stolz ist. Sie trug ein geblümtes Kittelkleid, das ihr über die Knie gerutscht war, zwei Klumpen als Schuhe und einen weiteren auf dem Kopf, braun und rund wie eine Schokoladeneiskugel. Das Gebilde wurde von einem Band zusammengehalten wie etwas, das sonst in der Sonne zerfließen könnte.

»*Sí?*«, wiederholte sie, die Augenbrauen weit nach oben gezogen.

»Entschuldigen Sie die Störung, Doña«, wählte ich die höflichste aller möglichen Anreden. »Mein Name ist Flaco. Flaco Lozano, und wenn es keine Umstände macht, würde ich Ihnen gerne ein paar Fragen stellen. Es geht dabei um …« Ich zögerte. Denn es ging nicht nur um den Tod Vicente Garrochos. Aus der Sicht von Señora Balbuena stellte sich das vermutlich anders dar. »Es geht um den Tod Ihres Sohnes und die Vereinbarung, die Sie mit Señor Garrocho hatten.«

»Schickt dich die alte Dame?«

Ich nickte. Alte Damen gab es viele und eine davon konnte mich geschickt haben.

Sie sah mich eine Weile an, auf die unnachahmliche Art still leidender Mütter, und bat mich ins Haus. »Komm herein, *mi niño.*«

Mi niño. Wenn ich im Ausland war, vermisste ich das am meisten. Die zwei Wörtchen einfach nur mit »mein Junge« zu übersetzen, trifft nicht den Punkt. Sie stellen vielmehr sofort eine fast zärtliche Nähe von älteren weiblichen zu jüngeren männlichen Menschen her, auch bei solchen, die einander fremd sind. Man fragt lediglich nach dem Weg, man setzt sich zu jemandem auf eine Parkbank, man stellt einer Kassiererin eine Frage, klopft an eine unbekannte Tür und wird mit einem herzlichen *mi niño* begrüßt und verabschiedet. Solcherlei vertrauliche Anreden gibt es einige, wie zum Beispiel auch *guapa* – Schöne –, das vor allem Frauen jeden Alters austauschen.

Im Haus war es kühl, dunkel und still, leider auch ein wenig muffig und staubig, so als habe jemand kurz vorher mitten im Wohnzimmer die Teppiche ausgeklopft. Sämtliche Türen quietschten, einmal, wenn die Klinke gedrückt, und noch mal, wenn die Tür aufgestoßen wurde. Señora Balbuena überlegte kurz, sich mit mir an den Esstisch aus schwerem kanarischem

Wurzelholz zu setzen, führte mich schließlich aber in den Patio, wo sich einige weiße Klappstühle fast im Gewirr der Pflanzen verloren. Ein Flammenbaum in der Mitte, der gerade seinem Namen alle Ehre machte und rot glühend blühte, dominierte alles. Entlang der Mauern standen stattliche Topfpflanzen in allen Farben: Wandelröschen, Bougainvilleen, Oleander. Dazwischen eine kleine Voliere für einen singfreudigen Kanarienvogel.

Señora Balbuena setzte sich zu ihrem Strickzeug und dem Wasserglas, nahm die Wolle auf, die heruntergefallen war, und begann ihre Arbeit an einer Babydecke von Neuem. Dann erst bot sie mir einen Platz an.

Als ich meinen Besuch erklären wollte, unterbrach sie mich.

»Wir sollten warten.«

»Worauf?«

»Dass mein Mann erscheint. Oh, es wird nicht lange dauern. Er sitzt draußen unter den Platanen und ist garantiert neugierig zu erfahren, mit welchem Mann ich da ein Schwätzchen halte. Nimm dir Wasser, wenn du magst.«

Mit dem Strickzeug in Händen deutete sie auf eine Karaffe und Gläser und ich bediente mich nicht nur aus Höflichkeit. Die lange Anfahrt hatte mich durstig gemacht.

»So, Flaco heißt du also, *mi niño*?«

»Wenn es Ihnen nichts ausmacht, mich so zu nennen, Doña.«

»Du musst mich nicht behandeln wie eine Königin. Und auch nicht wie ein rohes Ei. Wir, mein Mann und ich, werden dasselbe auch nicht mit dir tun, da sei mal sicher.«

Häme beschlich ihr Gesicht, kannte sich dort jedoch nicht aus, verlor die Orientierung und verlief sich wieder.

»Sie wussten, dass ich komme? Und wer ich bin?«

»Der Anwalt meinte, dass irgendwann jemand kommt, der uns hinters Licht führen will.«

»Ist Ihr Anwalt ein schlaksiger, groß gewachsener Mann?«

Ungerührt strickte sie weiter. »Ja, und du bist der, der uns hinters Licht führen will.«

»Es gibt keinen Grund für Sie, mich zu fürchten, Señora Balbuena. Es sei denn, Sie haben Vicente Garrocho umgebracht.«

Sie blickte auf und setzte die Arbeit dennoch fort. »Wir haben ihn nicht umgebracht.«

»Er hatte Ihren Sohn auf dem Gewissen.«

»Dazu müsste er ein Gewissen besessen haben. Ich will nicht sagen, dass er ein schlechter Mensch war. Aber er hat nicht begriffen, was er uns angetan hat. Wie ein Kind, das versehentlich ein fremdes Spielzeug kaputt gemacht hat. Er hat zehnmal Entschuldigung gesagt und damit war die Sache für ihn erledigt.«

»Hat er Ihnen denn nicht eine Entschädigung gezahlt, im Rahmen eines Vergleichs?«

»Das hat er. Na und? Was ist das schon? Bezahlt hat er sie ohnehin nicht selbst, sondern die alte Dame. Du weißt gar nichts, *mi niño*. Vor allem nichts von Müttern, das steht schon mal fest. Wie solltest du auch, du bist ja ein Sohn.«

»Sie wollen sagen, dass Vicente noch mit etwas anderem bezahlen sollte als mit Geld?«

»Ximena!« Eine brummige Bassstimme gebot ihr Einhalt.

Der wuchtigen Mahnung folgte zunächst lediglich ein Schlurfen von Füßen, die es für unnötig hielten, sich auch nur einen Zentimeter höher zu heben, als für die Fortbewegung unbedingt nötig war. Endlich erschien ein ziemlich kleiner Mann, es handelte sich um den Greis von draußen. Seine Hose sah aus, als hätte er darin Gartenarbeit verrichtet, was nicht sein konnte, da das Haus, abgesehen von den Topfpflanzen im Patio, keinen Garten besaß. Das Hemd hatte er unsauber hinter den Gürtel gesteckt und das gerippte Unterhemd hätte dringend einer Wäsche bedurft. So wie er selbst.

»Sie machen jetzt besser, dass Sie fortkommen«, sagte er, was angesichts seiner Statur und des müden Gesichts nicht besonders einschüchternd wirkte. »Sonst wird es Ihnen leidtun.«

»Was könnte Ihnen ein zarter Knabe wie ich denn schon antun?«, fragte ich.

Seine Frau lachte auf, indem sie einmal kurz den Kopf zurückwarf und ihn wieder nach vorne schwingen ließ. »Die alte Dame schickt ihn«, sagte sie.

Er sabberte ein wenig. »Bringen Sie Geld?«

»Nein.«

»Dann scheren Sie sich zum Teufel.« Mit dem Handrücken wischte er sich den Speichel ab, der ihm überreich aus dem Mund schoss. »Sie haben nichts Gutes im Gepäck, nur Ärger, und davon haben wir genug.«

»Ein junger Mann ist tot, Señor Balbuena.«

»Ja, ein junger Mann ist tot. Unser Sohn, Señor. Unser kleiner Rayco, Señor. Er wäre inzwischen erwachsen. Er wollte zur See fahren, Kapitän werden. Irgendwann. Jawohl, Señor. Aber Sie … Sie kümmern sich nur um den verwöhnten Bengel, der ihn überfahren hat wie einen Hund. Raus mit Ihnen!«

Señora Balbuena stieß einen langen Seufzer aus, ließ das Strickzeug in den Schoß sinken und stand auf.

»Ich habe dir ja gesagt, dass du hier nicht willkommen bist. Heute Morgen habe ich *bizcochos* gemacht, möchtest du ein Stück, *mi niño*?«

Der Napfkuchen mit Honig, Rosinen und Mandeln wurde traditionell so süß zubereitet, dass ich davon schon Zahnschmerzen bekam, wenn ich nur an ihn dachte. Aber ich hätte den ganzen Kuchen aufgegessen, um mit dem Ehepaar Balbuena im Gespräch zu bleiben.

»Wenn es Ihnen nichts ausmacht.«

Sie ging in die Küche, während ich mit dem Mann zurückblieb, der zweimal innerhalb von zwei Minuten versucht hatte, mich aus dem Haus zu werfen, und der sich nun wie ein entwaffneter Krieger zurückfallen ließ, in seinem Fall auf einen wackligen Klappstuhl.

»Was mit Rayco passiert ist, tut mir sehr leid«, sagte ich nach einem Moment des Schweigens.

»Hohle Phrasen, nichts weiter. Sie schickt Sie wirklich ohne Geld her?«

Ich spielte die Rolle des Boten weiter. »Ja.«

»Ohne irgendetwas?«

»Ohne irgendetwas.« Ich hoffte, er würde mir endlich verraten, wer »sie« war. Nachfragen konnte ich ja schlecht.

»Dann sagen Sie ihr, dass ihr das nicht gut bekommen wird. Und Ihnen auch nicht. Sie werden schon sehen. Eine Schweinerei ist das. Als würden ihr noch mal hunderttausend Euro wehtun.« Er zog ein Stofftaschentuch hervor, das schon so manche Triefnase gesehen hatte, und schnäuzte sich. »Sagen Sie doch mal selbst.«

»Ich stimme Ihnen zu.«

»Jetzt, ja. Weil Sie hier sitzen, mitten im Feindesland, und Angst haben.«

»Ich glaube, Sie unterschätzen mich«, erwiderte ich, weil ich Señor Balbuena nicht darauf hinweisen wollte, dass dieser sich überschätzte.

»Wenn das so ist, dann reden Sie mit ihr. Sagen Sie ihr, wie es uns geht.«

»Gerne. Wie geht es Ihnen denn?«

Diese Frage brachte den kläffenden Hausherrn aus dem Konzept. Seine Lage zu beschreiben, fiel ihm schwer, sei es, dass ihm die Trauer, sei es, dass ihm der Stolz die Worte raubte.

»Das geht Sie nichts an. Hören Sie zu, wir wollen nur das Geld, mehr nicht. Wir wollen keinen Ärger machen, so wie unser Anwalt, das Schlitzohr.«

»Sind sie das denn nicht alle, die Anwälte?«

Señor Balbuena sah mich verdutzt an. »Da haben Sie etwas

verdammt Richtiges gesagt.« Er zog eine zerknitterte Visitenkarte aus der Hosentasche, zusammen mit dem Taschentuch.

»Da! Das ist alles, was wir jemals von ihm bekommen haben. Ach ja, und eine saftige Honorarforderung natürlich.«

Ich fischte mir das, was ich gebrauchen konnte, von der dargebotenen Hand meines Gegenübers. Eine Adresse in Las Palmas, nicht die allerbeste. Und die Telefonnummer war mit Kugelschreiber durchgestrichen und ersetzt worden.

»Er war mit Ihnen im *Siete Cielos* und hat für Sie ein Gespräch mit Vicente Garrocho arrangiert, richtig?«

»Das wird er uns ganz sicher auch noch berechnen, dabei hat es gar nichts gebracht. Ich sage Ihnen, der Mann schläft schlecht, wenn er am Tag vorher nicht irgendjemandem ein paar Moneten abgeluchst hat.«

Señor Balbuena schien plötzlich zu bemerken, dass er schon seit einer geschlagenen Minute keine Drohungen mehr gegen mich ausgestoßen hatte. Daher entriss er mir die Visitenkarte und starrte mich an, als hätte mein letztes Stündlein geschlagen.

»Und Sie sind keinen Deut besser. Sie arbeiten für die da oben, für die feinen Herrschaften, die sich aus allem herauswinden und ehrliche Leute wie uns über den Tisch ziehen. Solche Kerle wie Sie sind nicht besonders beliebt bei uns in den Bergen. Besser, Sie lassen sich hier nie wieder blicken.«

Er stob davon, ins Innere des Hauses, wobei er einige grollende Geräusche ausstieß, die nach einem Gewitter klangen, das es sich anders überlegt hatte.

Einen Augenblick später erschien seine Frau im Patio, mit einer Tasse Kaffee in der einen und einem Teller *bizcocho* in der anderen Hand. Der Honigkuchen leuchtete in perfektem Gelb, das die tausend Kalorien vergessen ließ, die in ihm lauerten.

»Hat er dir den Kopf gewaschen, *mi niño*?«

»Er hat sich bemüht, sein Bestes zu geben.« Ich tat ein Stück Zucker in den Kaffee, rührte um und trank.

»Dass du dich nicht schämst, uns arme Leute zu bedrängen. Ein gut aussehender Junge wie du als Handlanger der Reichen. Bäh! Ich hätte Rattengift in den Kaffee tun sollen. Habe ich vielleicht auch, wer weiß?«

Die Eheleute Balbuena unterschieden sich nicht so sehr voneinander, wie es auf den ersten Blick wirkte, zumindest nicht im Umgang mit mir. Der Mann versuchte, ein furchterregender Kettenhund zu sein, schaffte es aber gerade mal zum nervigen Kläffer. Seine Frau war ein gutmütiges Mütterchen, das sich zwischen ihren Wohltaten immer wieder daran erinnern musste, mich als Feind zu betrachten.

Ich probierte von dem *bizcocho*. »Eine Leiche im Patio, das macht doch nur Schmutz und Ärger. Außerdem, warum sollten Sie mich umbringen? So einen kleinen Angestellten wie mich, der Ihren Kuchen atemberaubend gut findet.«

»Ja, wirklich? Es war auch nur Spaß.«

»Da bin ich erleichtert. Schließlich bin ich aus dem einzigen Grund hier, um etwas über Ihr Gespräch mit Garrocho zu erfahren.«

»Wozu? Es ist schiefgegangen.«

»Weil er sich geweigert hat, noch einmal zu zahlen?«

»Nein, weil sie sich geweigert hat, noch mal zu zahlen.«

Diese Frau, wer immer sie war, hatte Garrocho offenbar vor fünf Jahren aus der Patsche geholfen. Sie musste ihm also gewogen gewesen sein und über nicht unbeträchtliche finanzielle Mittel verfügen. Da boten sich zwei Möglichkeiten an: seine anonyme Mutter oder …

»Sie meinen Doña Esmeralda.«

»Wen denn sonst? Du musst es doch wissen, immerhin arbeitest du für sie. Sag ihr, dass der Tod ihres Schützlings nichts daran ändert, dass wir eine Nachzahlung verlangen. Sonst wenden wir uns an die Presse und alles fliegt auf. Egal, was in der Vereinbarung steht. Soll sie uns ruhig vor Gericht bringen, das macht uns nichts aus. Wir haben nichts zu verlieren. Nichts, außer diesem Häuschen, auf dem eine Hypothek liegt. Hast du schon mal versucht, ein Loch zu klauen? So ist das bei uns. Sie kann uns nichts anhaben, die feine Dame. Aber wir ihr durchaus.«

Ich lief ein paar Schritte durch den Patio. Der Innenhof machte auf den ersten Blick einen gepflegten Eindruck, doch wenn man genauer hinsah, waren überall Spuren des Verfalls zu erkennen, am bröckligen Mauer- und Ziegelwerk, an den ausgefransten Fenstern, den abgelatschten Schuhen der Besitzerin, ihren drei Laufmaschen … Sogar meine Kaffeetasse hatte einen Sprung.

Für sich selbst hatten die Balbuenas die einhunderttausend Euro gewiss nicht ausgegeben und für sich selbst würden sie sich auch weder zu einem Mord noch zu einer Erpressung hinreißen lassen.

Der Flammenbaum in der Mitte des Patios war an die zwanzig Jahre alt und in die Rinde waren zwei Namen eingeritzt: Rayco und Alfonso. Der eine Sohn war tot …

»Sprechen wir über einen Kompromiss«, sagte ich.

»Keine Kompromisse«, erwiderte sie. »Einhunderttausend.«

»Doña Esmeralda kann Alfonso auch auf andere Weise helfen. Oder sie kann ihm mächtig schaden.«

Das saß. Was auch immer, entweder die Drohung oder die Erwähnung ihres zweiten Sohnes, verfehlte seine Wirkung nicht. Señora Balbuena, die sonst nicht auf den Mund gefallen war, benötigte eine halbe Minute, um zu reagieren.

»Was kann sie für ihn tun?«

»Kommt darauf an, welche Probleme er hat.«

»Geldprobleme. Haben Leute wie wir je andere? Ich dachte, das wäre klar.«

»Alle Geldprobleme rühren irgendwoher. Erzählen Sie es mir und wir sehen weiter.«

Es war ein doppelter Bluff. Weder hatte ich ein Mandat von

Doña Esmeralda, in ihrem Namen zu verhandeln, noch lagen mir alle relevanten Informationen vor.

»Warum sollte ich dir trauen?«

»Ich habe grüne Augen.«

»Du hast eine große Klappe, mehr nicht.«

»Einigen wir uns auf eine große Klappe und grüne Augen.«

Sie zupfte an ihrem schief sitzenden Kleid herum. »Der Anwalt sagt, wenn wir damit an die Presse gehen, verdienen wir die hunderttausend genauso, wie wenn wir das Geld von der Doña bekommen. Also, warum sollten wir uns auf halbe Sachen einlassen?«

»Der Anwalt ist ein Gauner, das hat auch Ihr Mann gesagt.«

»Mein Mann, der Menschenkenner.« Wieder warf sie lachend den Kopf zurück und bewegte ihn stumm wieder nach vorne. »Seinetwegen sitzen wir doch in der Patsche. Er hat das ganze Geld, das wir vor fünf Jahren bekommen haben, unserem Ältesten gegeben. Und nun ist alles futsch. Für ihn hat er sogar seine Plantagen verpfändet, die Bananen, Avocados und Tomaten. Das alles gehört bald der Bank, so wie unser Haus. Sehr viel schlimmer kann es ein Advokat auch nicht machen, selbst wenn er ein Gauner ist.«

»Ah, und da sind Sie auf den Gedanken gekommen, der goldenen Gans ein weiteres Ei zu entlocken.«

»Ja, aber die Gans ist nun tot, stell dir vor, und wir müssen uns anders behelfen. Du findest den Kuchen wirklich gelungen?«

»Sehr.«

»Gut, erzähl das deiner Doña. Und sag ihr auch, dass wir nichts zu verlieren haben.« Damit zog sie mir Teller und Tasse unter der Nase weg. »Genug jetzt. Geh und lass dich nur noch mit guten Nachrichten hier blicken, sonst garantieren wir für nichts.«

»*Gracias, abuelita.*«

Großmütterchen, das hörte sie gerne, sie lächelte kurz und brachte mich noch quer durch das Haus der quietschenden Türen bis zur Pforte.

Als hätte sie eine ganze Nacht darüber nachgedacht, sagte sie zum Abschied: »Du bist ein anständiger Junge, *mi niño*, nicht wie die Alte, für die du arbeitest. Ist dir mal der Gedanke gekommen, dass es deine Doña ist, die von Garrochos Tod am meisten profitiert?«

Bevor ich ihr eine letzte Frage stellen konnte, fiel die Tür buchstäblich vor meiner Nase ins Schloss.

16

Als der Wagen nicht ansprang, wusste ich sofort, dass es nicht seine Schuld war. Ich kannte die Karre. Sie war wie ein gealterter Rockstar, hustend, röchelnd, saufend, launisch bis zum Abwinken. Aber sie hatte noch nie keinen Mucks von sich gegeben, das war gegen ihr eitles Naturell, das stets um Aufmerksamkeit buhlte. Ein kurzer Blick in den Motorraum genügte, um meinen Verdacht zu bestätigen. Wer auch immer das Auto sabotiert hatte, hatte sich keine Mühe gegeben, es als Panne zu verkleiden. So ziemlich jedes Kabel war durchtrennt worden.

»Gott, wie plump, Señor Balbuena.«

Ich rief den Pannendienst an, der versprach, in spätestens zwei Stunden vor Ort zu sein, was bedeutete, dass es vier werden würden. Ich klemmte eine Nachricht für den Abschlepper samt Schlüssel und Postadresse hinter den Scheibenwischer und bestellte ein Taxi, das mich am Fußballplatz, der nur zweihundert Meter entfernt etwas außerhalb an einer Nebenstraße lag, abholen sollte. In dreißig Minuten sei der Wagen da, sagte man mir, und das stimmte meistens.

Von Norden kam kühleres, schlechteres Wetter heran, tief hängende Wolken, die in behäbigen Schwaden über die grünen Hügel waberten. Die Sonne war nur noch wie ein Scheinwerferlicht, das sich durch mehrere Lagen dicken Tuchs zu kämpfen versuchte, und der zuvor schmeichelnde Wind schickte frische Böen über die Haut.

Gerade, als ich feststellte, dass ich eine leichte Jacke hätte mitnehmen sollen – die für einen erfahrenen *Canario* das Gleiche ist wie der Regenschirm für einen Engländer –, bemerkte ich zwei Gestalten, die sich aus dem Nebel schälten. Junge Männer in Jeansshorts, T-Shirt und alten Turnschuhen, dem typischen Erntehelfer-Look. Vielleicht war es die Art, wie sie ihre Knüppel hielten, die mich sofort erkennen ließen, dass sie nichts Gutes im Schilde führten. Und noch bevor ich den Kopf in die entgegengesetzte Richtung drehte, wusste ich, dass sich von dort zwei weitere *chicos* näherten. Es waren die vier, die ich vorhin vor dem Haus der Balbuenas hatte würfeln sehen.

»In Ordnung, ich will niemandem wehtun«, rief ich, was bei meinen Kontrahenten weder Belustigung noch Besorgnis hervorrief.

Ihre bierernsten Mienen verrieten mir, dass ich nichts sagen oder tun konnte, um sie von ihrem Vorhaben abzuhalten. Außer vielleicht: »Ich biete das Doppelte.« Sicherlich war das Doppelte mehr als die 37 Euro, die ich dabeihatte.

Sie waren nur noch sechs, sieben Meter von mir entfernt, und es wurde Zeit zu überlegen, welche der drei Kampf- und Verteidigungssportarten, die ich beherrschte, zum Einsatz kommen sollte. Ringen hatte ich als Zwölfjähriger in der Schule gelernt, Boxen als Jugendlicher, als ich mich gegen die Halbstarken in meinem Viertel behaupten wollte, und Ju-Jutsu auf der Polizeiakademie. Ich wählte die vierte Verteidigungssportart: Weglaufen.

Mit beiden Händen griff ich in den sandigen Boden und schleuderte den beiden Gruppen von Angreifern jeweils eine

Fuhre Dreck entgegen. Den Hügel hinauf wäre ich im Nachteil gewesen, da ich mit meinen 82 Kilo schwerer war als die vier drahtigen Männer, daher rannte ich die ebene Straße entlang. Doch ich machte einen Fehler, der mir zwar nach nur wenigen Sekunden bewusst wurde, aber da war es schon zu spät. Anstatt zum Dorf zu flüchten, lief ich in die andere Richtung. Leider zeigte auch mein Ablenkungsmanöver nur kurz Wirkung und die vier kamen mir gefährlich nahe. Ich änderte meine Taktik und hechtete den steilen Hügel hinauf, wo es jede Menge Buschwerk und Geröll gab. Als ich eine gute Stelle fand, drehte ich mich kurz um, versetzte dem vordersten *chico* einen Tritt vor die Brust, sodass dieser im Fallen seine nachfolgenden Kumpane behinderte, und setzte die Flucht fort.

Auf dem Hügelkamm angekommen, blickte ich über eine wellige Landschaft, die in mindestens fünf Grüntönen schillerte, je nachdem, wo die Sonne sich durch den Dunst stahl und welche Vegetation vorherrschte. Doch bot sie weder phänomenale Versteckmöglichkeiten noch war sie besiedelt. Ein Häuschen hier, eine Laube dort, das war alles. Um zum Dorf zurückzukehren, hätte ich auf dem dicht von Ginster bewachsenen Hügelkamm balancieren müssen.

Inzwischen waren die vier *chicos* wieder aufgerückt, also stürzte ich mich die andere, noch steilere Seite des Hügels hinunter. Man konnte es wirklich stürzen nennen. Zweimal überschlug ich mich. Seltsamerweise machte ich trotzdem Boden gut.

Meine Verfolger gaben nicht auf. Sie meinten es wirklich ernst. Und sie waren im Vorteil. Ich hatte keine Ahnung, wohin ich rannte, merkte nur, dass ich mich immer weiter vom Dorf entfernte.

Als ich endlich an eine Straße gelangte, konnte ich es kaum glauben. Das musste die GC-70 sein.

Wie das jedoch so ist – wenn man andere Verkehrsteilnehmer

braucht, sind sie nicht da. Braucht man sie nicht, sind es zu viele und man wünscht sie zum Teufel.

Die bergige, kurvenreiche Landstraße war meine beste Chance, auf jemanden zu treffen, dessen bloßes Erscheinen die Angreifer zum Rückzug zwingen würde. Zugleich kam ich auf ihr langsamer voran als die vier *chicos*, die wieder aufholten. Es war hoffnungslos. Bevor ich zu müde sein würde, um zu kämpfen, stoppte ich und wandte mich, einen Felsen im Rücken, den Verfolgern zu.

Ganz fit waren sie auch nicht mehr. Der eine hatte sich bei meinem Tritt und dem anschließenden Sturz jede Menge Schrammen geholt, ein anderer hatte offenbar schlimmes Seitenstechen. Zwei von ihnen hatten ihre Knüppel verloren.

»Also gut, ihr seid nur noch halb so stark wie vorhin«, rief ich. »Vier halbstarke Halbstarke gegen einen Ex-Bullen, Ex-Türsteher und Ex-Bodyguard. Wollt ihr euch das wirklich antun?«

Es gelang mir, zwei aus der Truppe zu verunsichern, und von den anderen beiden wollte keiner den ersten Angriff starten. Sie gaben sich gegenseitig Zeichen, der jeweils andere solle zuschlagen. In diese Lücke hinein startete ich eine Attacke. Ich überraschte den einen Knüppelträger mit einem Tritt in den Schritt und den zweiten fast zeitgleich mit einem Schlag auf die Nase. Ich ging davon aus, dass die beiden Zaudernden daraufhin die Flucht antreten würden.

Es war nicht das erste Mal, dass ich mich verrechnete. Genau genommen war meine Bilanz, was das betraf, nicht besonders gut.

Ich musste mehrere Treffer einstecken, darunter einen Leberhaken, und konnte im Gegenzug nur einen der Kontrahenten außer Gefecht setzen. Die verbliebenen drei gaben es mir ordentlich und wäre nicht in diesem Augenblick ein Auto mit quietschenden Reifen in den Pulk der Angreifer gefahren … Zwei von ihnen gingen zu Boden, ich selbst blieb nur um wenige Zentimeter verschont.

Durch die offene Scheibe des Seitenfensters drang eine Frauenstimme: »Steigen Sie ein.«

Geblendet vom Sonnenlicht, konnte ich die Person auf dem Fahrersitz nicht erkennen.

Verdattert blickte ich auf die drei am Boden liegenden *chicos*, die sich alle einen Arm, ein Bein oder einen Fuß hielten. Der vierte war so perplex wie ich über das, was gerade geschehen war.

Ohne nachzudenken, sprang ich in den Wagen, der eine Sekunde später einen wahren Raketenstart hinlegte.

17

Siebzehn Kurven lang sagte ich nichts. Ich war benommen von der Schlägerei, und die abenteuerliche Fahrweise der jungen Frau, die dem BMW alles abverlangte, raubte mir zusätzlich den Atem. Sie war ungefähr zwanzig Jahre alt, hatte mittellange strohblonde Haare mit ein paar blauen Strähnen in der Farbe ihrer Augen, der Farbe ihrer Fingernägel, der Farbe ihrer Fußnägel und der ihres Lieblingsgetränks, das in einem Pappbecher in der Mittelkonsole schwappte. Sie hatte helle Haut, einige blasse Sommersprossen, eine spitze Nase und einen kleinen, trotzigen Mund. Über einer sehr kurzen, engen Shorts trug sie ein weißes Top, das bis knapp über den Bauchnabel reichte, sodass man das Piercing gerade noch sehen konnte. Sie sah aus, wie eine Zwanzigjährige aussieht, die denkt, an ihr sei eine neue Britney Spears verloren gegangen.

»Danke«, sagte ich. »Sie waren zur rechten Zeit am rechten Ort und haben das Herz am rechten Fleck. Aber ich glaube, Sie können jetzt langsamer fahren.«

»So fahre ich immer.«

»Tut mir leid, das zu hören. Vielleicht nehmen Sie etwas Rücksicht auf einen alten Mann, der ein altes Auto sein Eigen nennt.«

»Haben Sie Angst?«

Ihre Stimme klang spöttisch, selbstbewusst, fast herausfordernd, und ich vermutete, dass das ihre übliche Tonlage im Gespräch mit Männern war.

»Ja, ich habe Angst. Was die vier Jungs nicht geschafft haben, könnte einem entgegenkommenden Lkw gelingen, nämlich mich auf den Friedhof zu befördern.«

»Mir würde es nicht anders ergehen.«

»Schön, aber Sie können nicht erwarten, dass mir das genauso wichtig ist wie meine eigene Haut.«

Ich fand meine Furcht nicht unbegründet. So, wie sie die Kurven nahm … Nämlich so, als wären es keine.

»Diese vier Jungs, wollten die Ihnen eine Abreibung verpassen? Vielleicht, weil Sie ein Arschloch sind?«

Eine Frau, die zufällig Augenzeugin der Schlägerei geworden wäre, hätte sich anders ausgedrückt. Immerhin hätte es sich auch um einen Raubüberfall handeln können oder um ein verpatztes Drogengeschäft.

»Woher wissen Sie, dass es vier waren?«

»Das konnte ich sehen.«

»Konnten Sie nicht. Den einen hatte ich längst ausgeknockt, er lag ziemlich verdeckt unter einem Felsvorsprung.«

Sie nahm die nächste Kurve besonders lässig, was beinahe die Dose des koffeinhaltigen Erfrischungsgetränks aus der Halterung kippen ließ. Ich bewahrte sie davor und gönnte mir einen kräftigen Schluck. Die Verfolgungsjagd hatte mich ausgedörrt.

»Sie sind mir schon in Fontanales aufgefallen«, sagte sie. »Ich konnte auch aus der Entfernung erkennen, dass die Jungs etwas mit Ihnen im Schilde führen. Also habe ich mich bemüht, an Ihnen dranzubleiben.«

»Auf die Idee, die Polizei zu rufen, sind Sie nicht gekommen?«

»Sie sind jetzt in Sicherheit, oder etwa nicht?«

»Sicherheit würde ich das hier nicht nennen. Hören Sie, da vorne ist der *Mirador Astronómico Pinos* …«

»*Pinos de Gáldar*, das weiß ich selbst.«

»Halten Sie dort.«

»Warum?«

»Weil ich Sie darum bitte, Señorita Koppler. Oder darf ich Jenna sagen?«

Sie nahm den Fuß vom Gas, sah mich kurz an und geriet sogleich ins Schlingern. Daraufhin bemühte sie sich, die Straße wieder fest, geradezu halsstarrig, ins Visier zu nehmen. Natürlich lag ihr *die* Frage auf der Zunge, aber sie hätte sie sich eher abgebissen, als ihre Überraschung einzugestehen.

Ich machte es ihr leicht. »Sie verbringen schon fast ihr ganzes Leben auf der Insel, Jenna, und doch ist da ein winziger Akzent in Ihrem Spanisch. Da ich selbst einen deutschen Hintergrund habe, ist er mir sofort aufgefallen. Dazu der deutsche Wagen, den sich in Ihrem Alter nur verwöhnte Töchter leisten können. Dann noch die Haut, die Haare … Erzählen Sie mir nicht, dass Sie sich zufällig in Fontanales aufgehalten haben. Sie sind mir also gefolgt, ja?«

Sie bog auf den Aussichtspunkt *Pinos de Gáldar* ein und bremste so schmissig, wie sie zuvor gefahren war. Ein Mietwagen voll Touristen fuhr gerade ab. Zwei nicht mehr ganz junge Männer, die sich gegenseitig den Rücken tätschelten und dabei die atemberaubende Aussicht genossen, nahmen kaum Notiz von dem BMW und uns beiden.

»Ich muss aussteigen«, sagte ich. »Habe vorhin einen Leberhaken abbekommen, der mir in die Seite drückt. Wenn Sie wollen, fahren Sie ohne mich weiter. Ich lasse das in Fontanales bestellte

Taxi hierherkommen, Sie müssen sich nicht weiter bemühen. Nochmals Danke für die Rettung.«

Ich stellte mich ans äußerste Ende der Plattform. Mein Blick ging in die Weite, über ein nebliges Tal sattgrüner Pinien hinweg, die einen frischen, feinwürzigen Nadelduft verströmten. Dahinter die Wogen der Bergrücken, die sich bis zum Meer erstreckten, majestätisch im Wechselspiel von Sonne und Wolken. Und ganz in der Ferne schwebte, über einem Teppich aus gleitendem Dunst, die Spitze des Teide, Teneriffas mächtigem Vulkan.

»Ich war neugierig auf Sie.« Jenna Koppler trat neben mich. Sie war einen Kopf kleiner als ich, recht zierlich, mit Armen kaum dicker als Bambusstöcke.

»Weil ich Ihren Freund tot am Strand gefunden habe? Sie hätten mich einfach darauf ansprechen können. Kein Grund, mir über die ganze Insel zu folgen.«

»Vicente war mein Verlobter«, korrigierte sie gereizt. »Und gegen Sie wird ermittelt.«

»Woher wissen Sie das?«

»Das geht Sie nichts an.«

»Sehr viel sogar, denke ich.«

»So, denken Sie? Sie hören sich nicht an wie ein typischer Gorilla.«

»Lenken Sie nicht ab.«

Erst durch Jennas Seitenblick bemerkte ich, dass die beiden Touristen ins Auto gestiegen waren und den *mirador* verließen. Als ich mich der jungen Frau wieder zuwandte, stand sie ein paar Meter von mir entfernt und hielt, die Arme ausgestreckt, eine Pistole auf mich gerichtet.

18

Wir waren allein auf der Aussichtsplattform. Der Wind kam von Norden, teils heftige Böen, die an uns zerrten. In schneller Folge fielen Sonne und Schatten, Schatten und Sonne auf uns und die fliehenden Wolken schienen zum Greifen nah. Fotomotiv. Nach Südwesten die Pinien und Berge, das Blau und der Vulkan. Nach Nordosten die Caldera, ein runder Talkessel, in dem sich der Nebel staute. Zum Sterben schön.

Ich war 33, und zum dritten Mal in meinem Leben blickte ich in den Lauf einer Waffe, die auf mich gerichtet war, mit der Absicht, mich zu töten. Das erste Mal war ich 24 gewesen, ein grüner Junge im Drogendezernat, und ein kleiner senegalesischer Dealer machte Ernst. Zweierlei rettete mich: ein Hechtsprung zur Seite und Amarantas beherztes Eingreifen. So ist das bei der Polizei, man verdankt einander das Leben. Dann ein Bekiffter im *Beatles*, mein erster Job als Gorilla, wie Jenna es ausgedrückt hatte. Zuerst kickte ich ihm die Waffe aus der Hand, dann ihn selbst von den Socken. Die Pistole war geladen gewesen.

Es gibt keine Faustregel, wie man mit einer solchen Situation umgehen sollte, da es keine »solche Situation« gibt. Jede ist anders.

»Du hast ihn umgebracht, gib es zu!«, rief Jenna.

»Falsch.«

»Lüg mich nicht an!«

»Ich sage die Wahrheit.«

»Tust du nicht. Denk bloß nicht, ich drücke nicht ab. Ich tue es. Wirklich. Also, gib es zu!«

Sie duzte mich plötzlich, vielleicht weil man das so macht, bevor man jemanden über den Haufen knallt.

Ich hob die Arme, obwohl sie es nicht verlangt hatte. »Nimmt dein Handy alles auf und hast du auch das Mikro angeschaltet? Geständnisse, die durch eine Drohung zustande kommen, werden vor Gericht nicht anerkannt.«

»Das ist mir scheißegal. Ich will es hören.«

»Was du hören willst, ist doch, dass du denjenigen gefunden hast, der Vicente umbrachte. Du bist die große Rächerin und ich stehe zufällig in der Schusslinie. Statt auf mich, hättest du die Pistole auf irgendeine x-beliebige Person richten können, von der man dir gesagt hat, dass gegen sie ermittelt wird. Wer war es? Von wem hast du meinen Namen? Peralta?«

Ihre Stirn zuckte kurz.

»Also nicht Peralta. Schade, darauf hätte ich gewettet. Señor oder Señora Balbuena?«

Ich machte einen halben Schritt auf sie zu.

»Nicht näher kommen!«

Ich ging weiter auf sie zu, ganz langsam, wie ein Chamäleon.

»Ein nach Mojito duftender Börsenmakler namens Modesto?«

»Stehenbleiben, habe ich gesagt.«

»Das schnucklige Pärchen, das gerade eben noch hier war, wird dich sehr wahrscheinlich beschreiben können, und wenn nicht dich, dann zumindest dein Auto. Ein Zweisitzer-BMW-Cabrio, darauf fahren die voll ab, jede Wette.«

»Ich werde schießen!«

»Sie werden sogar die exakte Farbe wiedererkennen. Schwule interessieren sich sehr für Farben. Wie heißt sie? Birkengrün? Korallenatoll? Latte menta?«

»Das reicht! Noch ein Schritt, und du bist tot.«

»Bin ich nicht, das ist nämlich bloß eine Schreckschuss-Pistole. Ein Imitat. Was für Halloween oder Karneval.«

»Du Spinner, das ist …«

Blitzartig schlug ich ihr auf die Hand. Im hohen Bogen kullerte die Waffe den Hang hinunter, wo sie nach ein paar Metern zwischen Bäumen und Büschen verschwand.

Ich stand nahe bei Jenna und blickte in ihre zornigen, enttäuschten, ängstlichen Augen.

»Denk nicht mal dran«, sagte ich. »Kannst du Ju-Jutsu, Karate oder Taekwondo? Wenn nicht, bleibt dir nur, dein Knie ganz schnell zu heben, um du weißt schon was zu treffen und mich vor dir zusammenbrechen zu lassen. Aber meine Hände sind schneller als dein Knie, also lass es.«

Wir starrten uns weiterhin gegenseitig an. Jennas Kinn schob sich leicht nach vorne. »Du hast Vicente ermordet.«

»Wenn ich es getan hätte, würde ich deine 55 Kilo einfach hochstemmen und dich in die Caldera werfen wie einen alten Fernseher, den man loswerden will.«

Nun versuchte sie es doch. Sie hob das Knie, um mir in den Schritt zu treten. Ab und zu sage ich die Wahrheit. Wie angekündigt waren meine Hände schneller. Sofort versuchte sie, mich zu schlagen. Ich blockte ab.

»Jenna, du hast entschieden zu viele feministische Filme gesehen, in denen triebgesteuerte Gorillas wie ich von jungen, intelligenten Frauen wie dir auf die Bretter geschickt werden. Statt hier Aerobic zu treiben, nenn mir lieber einen Grund, weshalb ich deinen Verlobten hätte umbringen sollen. Hm? Einen einzigen. Keinen? In Ordnung. Also, jemand hat dir einen Tipp gegeben und du hast ihm geglaubt. Entweder eine Person, die du gut kennst, oder jemand, der von Amts wegen einen Vertrauensvorschuss hat.«

Ein Kleinbus bog auf den *mirador* ein, ihm entströmten zwei Dutzend Touristen, die sich unter babylonischem Sprachgewirr über die gesamte Fläche verteilten, bestückt mit Handys und Hüten. Das Ganze nannte sich Paparazzi-Stopp. Auf Gran Canaria passiert das jede Minute irgendwo.

Jenna ging zu ihrem Auto.

Ich folgte ihr nicht. »Habe ich denn keine Antwort verdient?«, rief ich.

»Ich kann es nicht beweisen, aber du warst es.« Sie setzte sich ans Steuer und ließ den Motor an.

»Zwar kann ich es nicht beweisen, aber ich war es nicht. Darf ich mitfahren?«

»Ich wollte dich gerade erschießen. Bist du verrückt?«

»Diese beiden Sätze muss man sich mal auf der Zunge zergehen lassen. Egal, du hast also Angst vor mir, ja?«

»Du bist ein Mörder.«

»Und du bist die Frau, die mich um ein Haar abgeknallt hätte. Sieh mal, die Touristen hier haben uns zusammen gesehen, und würde ich dir gleich etwas antun, dann wäre ich dran, oder?«

Als Jenna zögerte, rief ich den Leuten lautstark zu: »*Excuse me, may I have your attention please* – ich bitte um Ihre Aufmerksamkeit.«

Ungefähr drei Viertel der Leute blickten zu mir her.

»*That's it. Please remember my face. Thanks, have a nice day* – Bitte prägen Sie sich mein Gesicht ein. Danke und schönen Tag noch.«

Ich wandte sich von der teils kopfschüttelnden, teils lachenden Menge ab und stellte mich neben Jennas Wagen. »Darf ich jetzt einsteigen? Ehrlich, ich habe Vicente nichts getan. Er hat mir mal auf den Schuh gekotzt und deswegen sind wir keine Buddys geworden. Ende der Story. Mehr war da nicht. Und wenn doch, dann würde ich es gerne erfahren, damit ich mich verteidigen kann.«

Sie dachte offenbar ernsthaft, wenn auch nicht besonders schnell, über meinen Vorschlag nach. Endlich sagte sie: »Mit diesem Affentheater eben hast du mich nicht beeindruckt.«

»Schade, es ist eine meiner besten Nummern. Ach, noch was, sag nicht immer solche Sachen, hast mich nicht beeindruckt und so. Vorhin, als du mir die Pistole entgegengehalten und mich freundlich um ein Geständnis gebeten hast, da war mir klar, dass du nicht schießen würdest. Weißt du, Leute, die schießen wollen oder meinen, es tun zu müssen, die drücken einfach ab und reden nicht vorher drüber.«

Sie zog eine Schnute. »Noch irgendwelche Weisheiten, Gorilla?«

»Für dich Flaco. Und ja, eine Erkenntnis habe ich noch. Du glaubst nicht mehr, dass ich es war. Vor ein paar Minuten, da war das noch anders. Inzwischen …«

»Einsteigen«, unterbrach sie mich.

»Moment«, erwiderte ich. »Vorher hole ich noch die Pistole aus den Büschen.«

19

Wir fuhren die Serpentinen Richtung Süden. Blühende Mandelbäume sprenkelten die zerklüftete Landschaft. Frisches Rosa zwischen dem Grün des spärlichen Grases, dem Gelb des Ginsters und dem dominierenden Braun der karstigen Hügel. Wenn ich zurückschaute, sah ich die Wolken, die sich von Norden über die Gipfel schoben und ins Tal strömten wie ein gigantischer Wasserfall in Zeitlupe.

Je weiter wir vorankamen, desto steiler fiel die Straße ab und desto kurviger wurde sie. Jennas Fahrstil war diesmal weniger aggressiv, aber auch weniger aufmerksam. Sie verschaltete sich gelegentlich und unter Mindestabstand verstand sie Ellbogenreichweite. Zusammen mit dem Blick über die Leitplanken hinweg in den tiefen Abgrund erinnerte mich die Fahrt an meine Kindheit.

»Im Auto meines Vaters ist mir regelmäßig übel geworden«, erzählte ich. »Bevor er den Mietwagenverleih eröffnete, war er Taxifahrer, und ich dachte, es läge daran. An seiner Art, die Kurven zu nehmen. Irgendwie … schmalzig.«

»Wieso schmalzig?«, fragte sie verdutzt, aber es hörte sich auch widerwillig an.

»Ich weiß nicht, schmalzig ist das Wort, das mir dazu einfällt. Vielleicht auch theatralisch oder gekünstelt. So, als wollte er, dass wir alle bemerken, wie toll er Kurven fahren kann. Wie auch immer, später stellte sich heraus, dass ich die Ausdünstungen der fabrikneuen Armaturenbretter nicht vertrug. Da war PVC drin oder irgendein anderes Zeug mit drei Buchstaben. Er hatte ja immer nur Neuwagen. Das Zeug habe ich eingeatmet und mir wurde übel.«

»Warum erzählst du mir das? Um mich einzuwickeln?«

»Nein, weil mir gerade aufgegangen ist, dass es vielleicht doch an seiner Art lag, die Kurven zu nehmen. In einem Cabrio kann die Übelkeit ja nicht von irgendwelchen Ausdünstungen herrühren.«

Sie gab einen entnervten Laut von sich und drosselte das Tempo.

Letztendlich war Jenna Koppler weder konsequent noch zielstrebig in dem, was sie tat, und das wiederum erinnerte mich an einen jungen Mann in ihrem Alter. Dieser hatte, genau wie sie, einen enorm erfolgreichen Vater sowie eine hervorragende Schulbildung, von der man sich die Frage stellte, was damit anfangen? Der Unterschied war wohl, dass die meisten Väter von ihren Töchtern wenig erwarten, außer, dass sie keinen Idioten als Schwiegersohn anschleppen. Ramiro Lozano Cazal hingegen hatte von seinem Sohn Folgsamkeit, Loyalität, Ehrgeiz, Geschäftssinn und vermutlich auch eine gewisse Anbetung erwartet. Der ewige Widerspruch der Väter, die sich aus dem eigenen Holz geschnitzte Söhne wünschen, zugleich aber verlangen, dass sie sich anpassen und unterwerfen.

Von ihrem Werdegang her unterschieden sich Ramiro Lozano und Devin Koppler nicht sehr. Sie hatten beide klein angefangen und waren extrem groß geworden. Jennas Vater, so hieß es, war als Gras rauchender Student auf die Kanaren gekommen, um sich zwischen zwei Semestern den Hippies auf La Palma anzuschließen, die in Höhlen wohnten. Er hatte sich in eine Canaria verliebt, war hiergeblieben, um einen Tabakladen zu eröffnen, bald darauf einen zweiten und dritten. Von Monat zu Monat erweiterte und veränderte er das Sortiment, weg vom Tabak, hin zu Kinderbedarf, eine völlig logische Entwicklung. Von Jahr zu Jahr wuchs die Anzahl der Läden, und ehe man es sich versah, war aus dem Hippie ein Bonze geworden, der auf dem Millionärsberg von Gran Canaria residierte, weit weg von den Höhlen, die ihn einst fasziniert hatten.

»Mir ist gerade aufgegangen, dass wir viel gemeinsam haben«, sagte ich und bemerkte keinen Widerspruch bei Jenna. »Mein Vater hat fast jede wichtige Entscheidung kritisiert, die ich getroffen habe, und wenn ich keine Entscheidung getroffen habe, dann hat er das auch kritisiert. Als ich 25 war, sagte er, es sei an der Zeit für mich, eine Familie zu gründen. Das wollte ich aber nicht. Ich war zu sehr mit meiner Arbeit verheiratet. Mit der falschen Arbeit, aus seiner Sicht. Polizeibeamter. Er war der Meinung, dass Berufe, in denen das Wort Beamter vorkommt …«

»Ich weiß, worauf du mit deinem Gequatsche hinauswillst«, presste sie übellaunig hervor und forcierte das Tempo erneut. »Um von dir selbst abzulenken, suchst du nach einem anderen Verdächtigen. Mein Vater konnte Vicente nicht leiden. Und wenn schon. Er hat damit nichts zu tun, okay?«

Sie versuchte, einen Lastwagen zu überholen, musste das Manöver aber mittendrin abbrechen, weil ihr ein Fahrzeug hupend entgegenkam. Wacklig, weil sie sich eine Träne aus dem Gesicht wischte, ordnete sie sich wieder hinter dem Lkw ein.

Ich legte die Hand auf ihren rechten Oberarm. »Okay.«

Sie schaltete einen Gang runter.

Eine Minute lang sprach keiner von uns.

»Heute Morgen, ganz früh, war die Polizei bei uns«, sagte sie. »Sie haben meinen Vater verhört und das Haus durchsucht.«

»Schlimme Sache. Aber wer hat dir gesagt, dass ich auch unter Verdacht stehe?«

»Ich weiß es nicht.« Als sie die Verwirrung in meinem Gesicht bemerkte, ergänzte sie: »Letzte Nacht … Ich war fertig, völlig verheult und konnte nicht schlafen. Da bin ich in die Küche getapst und habe Paps telefonieren hören. Keine Ahnung, mit wem. Er hat seinen Anwalt gefragt, wer der Hauptverdächtige ist. Da wusste er noch nicht, dass er selbst ins Visier genommen wird.«

»Und die andere Person hat meinen Namen genannt?«

Sie nickte. »Paps hat ihn wiederholt. Flaco Lozano. Den Namen hatte ich schon einmal gehört. Gar nicht so lange her, eine Woche, vielleicht etwas weniger. Ausgerechnet von Vicente. Er …«

Sie schluckte ein paarmal, es fiel ihr schwer, die Worte ihres ermordeten Liebsten wiederzugeben.

»Er sagte so etwas wie: ›Ich habe etwas herausgefunden. Eine große Sache. Sehr groß. Ich hatte so eine Ahnung, und seit heute weiß ich, dass ich richtig liege.‹«

»Das war's schon? Mehr nicht?«

»Er wollte mir nicht verraten, worum es ging, und ich habe nicht nachgebohrt. Es kam mir nicht wichtig vor. Nichts kam mir wichtig vor, wenn ich mit ihm zusammen war, außer er selbst. Ach so, ja, und dann hat er deinen Namen genannt.«

»Wie denn?«

»Was heißt wie? Er hat ihn ausgesprochen, einfach so.«

»Ja, aber …«

»Er hat mich gefragt, ob ich dich kenne, ich sagte nein, da sagte er, du bist Doña Esmeraldas Leibwächter. Dann wiederholte er, dass das, worauf er gestoßen ist, so groß ist, dass es ihm Angst macht.«

Jenna bog in die Straße ein, die auf den Monte León hinaufführte. Sie fuhr nun wie eine Novizin, brav und keusch. Von unten wirkte der Millionärshügel völlig unscheinbar, nur wie eine weitere sandige, steinige Erhebung. Erst, wenn man die auf halber Höhe gelegene Gemeinde Montaña la Data durchquert hatte, fiel die Größe der höher gelegenen Fincas auf. Eine verdeckt stehende Polizeistreife lieferte schließlich den Grund für die plötzliche Zurückhaltung der Fahrerin. Sie lächelte den Beamten zu, winkte kurz, und hinter der nächsten Kurve gab sie wieder Gas für die letzten Kilometer.

»Hat Vicente mal den Namen Modesto erwähnt?«, fragte ich.

Während Jenna den Schaltknüppel vor und zurück und vor und zurück hebelte, je nach Kurve und Gerade, sagte sie: »Kommt mir bekannt vor, aber von Vicente habe ich ihn nicht gehört, da bin ich mir ziemlich sicher. Wer ist das?«

»Ein Investmentfuzzi vom Festland. Hat er mit dir mal über seine Finanzen gesprochen?«

»Vicente?« Jenna lachte, was ihr augenblicklich unangenehm war. Sie wurde sofort wieder ernst. »Das Letzte, was Vicente interessierte, war Geld. Er hat nie darüber gesprochen, es war ihm nicht wichtig, es hat ihn sogar gelangweilt. Bei kleinen Beträgen war er sehr spendabel. Wenn wir ausgingen, achtete er nie auf die Ausgaben. Aber teure Autos, teure Klamotten und so weiter, da machte er sich nichts draus. Seine Uhr hat vierzig Euro gekostet. Kein Imitat von Cartier oder so, wie man sie hier an jeder Ecke bekommt. Nein, ein No-name-Produkt. Er hat dazu gestanden, dass er …«

Jenna schluchzte, was gar nicht mehr zu dem knallharten Mädchen passte, das fuhr wie der Teufel und mit einer Pistole herumfuchtelte. Es machte sie fertig, von ihrem Verlobten in der Vergangenheitsform zu sprechen. Vicente war tot, sie würde nie wieder in seinen Armen liegen, und nun, da ihre Rache missglückt war und nichts für sie zu tun blieb, wurde ihr das erst so richtig bewusst. Sie war eine ganz normale Zwanzigjährige, für die eine Welt untergegangen war. Die Zukunft.

Sie verschaltete sich und peitschte das schuldlose Fahrzeug die letzten Meter den Hügel hinauf. Dann ließ sie den Wagen im Leerlauf in den Sonnenschein der Millionärssiedlung rollen, vorbei an der Villa eines ehemaligen italienischen Ministers, den der Volkszorn mitsamt seinen aufgespritzten Starlets und sechs Millionen veruntreuter Steuergelder aus der Heimat vertrieben hatte, an der Villa eines afrikanischen Obristen, der mal Armeechef gewesen war und fünf Kinder mit fünf Frauen gezeugt hatte, an der Villa eines portugiesischen Fußballstars, der tatsächlich in Portugal spielte und nicht ein einziges Tattoo vorzuweisen hatte, an der Villa eines deutschen Fernsehkochs in weißen Sneakers, der kaum Essbares kochte, eine Grimasse nach der anderen schnitt und sein Gesicht stolz in die Kamera hielt. Vorbei auch an kanarischen Kiefern in ihrer unübertroffenen Würde. Vorbei an Palmen, deren lange, glänzende Wedel in der Nachmittagssonne funkelten. Vorbei an einem streunenden Hund, ausgedörrt wie das Land, der im Schatten einer Magnolie döste. Vorbei an einer Canaria, die sich an dem riesigen Staubsauger in der einen und dem Putzeimer in der anderen Hand fast totschleppte. Vorbei an einem Schwarm kleiner, grüner, krächzender Sittiche, die munter auf und ab sprangen wie Gummibälle. Vorbei an einem Fliesenleger, der an seinem Auto lehnte und es schaffte, gleichzeitig mit dem Handy zu hantieren, in ein *bocadillo* zu beißen und sich im Schritt zu kraulen.

Jenna gelang es gerade noch, vor ihrem Haus zum Stehen zu kommen, bevor die Tränen sie überwältigten. In einem wilden Gefühlsausbruch schlug sie sich auf die Oberschenkel einmal, dreimal, viermal, fünfmal, kreischte wie ein aufsässiger Pavian und verfiel ebenso schnell, wie sie sich erbost hatte, in Lethargie.

Ich schwieg eine Weile, rührte mich nicht, während Jenna

über das Lenkrad gesunken war wie über eine Reling bei schwerem Seegang.

Als ich glaubte, der Zeitpunkt wäre richtig, sagte ich: »Ich finde die Person, die ihn umgebracht hat. Ich finde sie nicht nur, weil sie mir unglaublich auf den Senkel geht. Sondern auch für Vicente.«

Sie sah mich an, ziemlich lange sogar. »Bullensprüche.« Ihre Stimme klang schon wieder fest, beinahe eisig. »Probst du so etwas vor dem Spiegel?«

»Klar. Mit einer Hantel in der einen und einem *Playboy*-Heft in der anderen Hand. Und jetzt hätte ich gerne, dass du mich deinem Vater vorstellst.«

20

Jenna führte mich durch die Garage ins Haus. Keine normale, alarmgesicherte Garage, sie hatte vielmehr die Dimension eines Tennisplatzes und bot Raum für sechs Autos und eine Werkstatt mit allem Drum und Dran. Ich erkannte drei Oldtimer: ein Austin Healey Zweisitzer Cabrio in Rot von 1959, in dem sich Fünfzigjährige zwanzig und Sechzigjährige vierzig Jahre jünger fühlen, einen VW Karmann Ghia, silbergrau mit weißen Sitzen, in dem man nur überzeugend wirkt, wenn eine Zigarre im Mundwinkel qualmt und ein Strohhut auf dem Kopf ruht; und einen Jaguar MK 2 in Nachtblau, die stilvolle Art, um vor der Kirche vorzufahren. Außer Jennas Torpedo-BMW gab es noch zwei weitere alltagstaugliche Autos, die dem Hausherrn vorbehalten waren. Einen Porsche, mit dem der moderne Geschäftsmann von Welt heutzutage zur Arbeit fährt, und einen Cadillac Escalade

SUV mit schlappen fünf Meter zwanzig Gesamtlänge für kleinere Besorgungen.

Es fiel mir schwer, beim Anblick dieser Oldie-Schönheiten an etwas anderes zu denken, aber seit ich bei den Balbuenas geklopft hatte, war mir nicht viel Zeit zum Nachdenken vergönnt gewesen. Dabei ist der Kopf das wichtigste Instrument eines Detektivs, viel wichtiger als der Hut.

In Ordnung, ich glaube an Zufälle. Wenn ich einen Bandscheibenvorfall habe und meine Kusine in Deutschland hat am selben Tag auch einen Bandscheibenvorfall, dann ist das ein Zufall. Wenn ich aber eine Leiche am Strand finde, deshalb unter Mordverdacht gerate, kurz darauf eine Knüppelbande hinter mir her ist und eine leicht durchgeknallte Millionärstochter mir den Lauf einer Pistole quasi ins Nasenloch steckt, und das alles innerhalb von nicht einmal achtundvierzig Stunden, dann ist das kein Zufall. Dann gibt es für all das eine gemeinsame Ursache. Einen Puppenspieler.

Vielleicht war ich gerade auf dem Weg zu ihm.

»Hier geht's lang«, sagte Jenna. Ihre Tränen waren getrocknet, von der Haut aber noch nicht vergessen und von der Stimme auch nicht.

Wir betraten die Küche, die wirkte, als hätte noch nie jemand darin gekocht, sozusagen das Schönheitsideal der Küche des neuen Jahrtausends. Das war vermutlich derselben Perle zu verdanken, die auch die Marmorböden im angrenzenden Salon so funkeln ließ, dass man Lust bekam, sich darin zu betrachten. Was schade gewesen wäre, denn dann hätte man den Blick in den Ausstellungsraum eines Möbeldesigners verpasst.

Die ausländischen Reichen auf dem Monte León ließen sich in drei Kategorien einteilen, was die Gestaltung und Einrichtung ihrer Villen betraf.

Die Eigentümer der ersten Kategorie bemühten sich, kanarisches Flair zu etablieren oder das, was sie dafür hielten. Das sah dann aus wie in einem jener Restaurants, vor denen immer mindestens ein Touristenbus parkte. Bunte Fassaden, berankte Arkaden, Korbmöbel, schmiedeeiserne Kandelaber an Wänden und Decken, Dattelpalmen in Töpfen, die auf kaffeebraunen Fliesen standen. Kategorie Nummer zwei zeigte nach außen dasselbe Bild, betrat man aber das Haus, befand man sich unverhofft in Oberammergau, Oxford oder Oslo. Die Dritten pfiffen auf all das. Sie bauten und richteten sich so ein, als könnte das Haus genauso gut in Indien, Brasilien, Monaco oder Los Angeles stehen, und zu dieser Sorte gehörte Devin Koppler.

Das Gebäude war ein Komplex aus vier weißen, rundlichen und weitgehend verglasten Einheiten, die eine Art Kleeblatt formten. Den Mittelpunkt bildete ein Patio, in dem zwölf ausgewachsene Zitronenbäume standen, die schwer trugen und einen ebensolchen Duft verströmten. Jedes Kleeblatt hatte dieselben Maße, etwa zehn Meter im Durchmesser, angefüllt mit amerikanischem Design, japanischer Technologie und polynesischer Kunst.

»Wahrscheinlich ist mein Vater draußen. Wenn er zu Hause ist, dirigiert er am liebsten von dort aus das Geschäft.«

Der Garten war weit weniger imposant. Nur halb so groß wie der von Sanssouci und die Rasenfläche war tatsächlich nicht ganz so perfekt wie die des Golfplatzes des *Siete Cielos Gran Canaria*. Gelegentlich eine Palme. Kleine Inseln aus rotgelben Wandelröschen im weiten Grün. Beim quadratischen Pavillon war Koppler schwach geworden und hatte ihn im antik-englischen Stil erbauen lassen, mit gravierten Sprossenfenstern und einem Spitzdach.

Der Gärtner, an dem wir auf dem Weg zum Pavillon vorbeigingen, war ein Chinese im Rentenalter, was mich erstaunte, da die auf den Kanaren lebenden Chinesen zumeist kleine Läden besaßen oder in denen ihrer Familien mitarbeiteten. Er schnitt gerade eine runde Hibiskushecke.

»*Zàihuì*«, sagte ich.

Der alte Mann hob den zerknitterten Kopf, antwortete entsprechend und zeigte mir eine der 36 Arten des Lächelns aus dem Reich der Mitte. Ich hätte zu gerne gewusst, welche.

»Du kannst Chinesisch?«, fragte Jenna.

»Ganz passabel, ich kann ›Guten Tag‹ sagen.«

Sie rang sich ein Lächeln ab, das ihr fast wehzutun schien, und so lächelten wir zu dritt, obwohl es nichts zu lächeln gab. Sie bat mich, kurz zu warten, weil sie ihren Vater erst informieren wollte, bevor sie mich zu ihm führte.

Von dem Punkt aus, wo ich stand, konnte ich den First von Doña Esmeraldas Villa erkennen. Sie und Koppler waren Nachbarn, aber das bedeutete auf dem Monte León nicht viel. Man teilte sich hier keinen Gartenzaun oder so. Hundert Meter lagen zwischen den Grundstücken und beide Eigentümer bemühten sich angeblich seit Jahren, das Land dazwischen zu kaufen. Doña Esmeralda wollte den Garten erweitern, ihrer war recht klein, bestand im Grunde nur aus der Terrasse. Und Koppler besaß, wie ich mit einem Blick über das weite Grün erkannte, keinen Pool. Der Streit ging schon länger.

»Nicht viel zu tun, wie?«, fragte ich den Gärtner.

Er schien mir recht zu geben, jedenfalls verbeugte er sich ein paarmal, wobei er heftig nickte und ein leises Glucksen von sich gab. Es hätte aber gut sein können, dass er dieses Verhalten auch dann zeigt, wenn ich ihn einen Esel nannte.

»Der Roboter mäht den Rasen«, fügte ich hinzu, »und die paar Blumen sind schnell geschnitten.«

Der Chinese wiederholte die Gesten und das Glucksen, und ich machte mir schon Gedanken, wie ich aus der Nummer wieder herauskäme, als er aufstand, mich am Ärmel zog und mir drei Finger seiner knochigen, leicht verdorrten Hand zeigte.

»Drei Tage in der Woche?«, fragte ich.

Er streckte nun auch die übrigen zwei Finger aus. »Fünf Tage. Drei Gärtner. Bald viel Arbeit.«

»Tatsächlich?«

»Viel Arbeit.«

Ich tat, als begreife ich nicht, worauf er hinauswollte, obwohl der passende Gedanke bereits wie ein Eimer Eiswasser über mich gekommen war.

Er streckte einen ledernen Arm in Richtung des angrenzenden, leeren Grundstücks aus. »Wird wunderschöner Garten. Paradies. Meine Neffen und ich machen Paradies.«

Ich klopfte ihm auf die Schulter. »Wenn Sie das in die Hand nehmen, *caballero*, wird das der schönste Garten auf dem Monte León, da bin ich ganz sicher.«

Er verbeugte sich und gluckste erneut, und bevor ich noch etwas sagen konnte, winkte Jenna mich heran.

Es gab schlechtere Arbeitsplätze als den von Devin Koppler. Die braunen Berge im Rücken, der Blick ins Blau. Ein gläserner Schreibtisch, der denjenigen, der daran saß, von drei Seiten umgab – eine Maßanfertigung. Faxgerät, Drucker, zwei Laptops, ein Telefon, ein Handy, ein Stapel Papier, eine Leselampe wie eine Kobra in Angriffsstellung sowie eine Kompanie Stifte, die in Reih und Glied angetreten waren. Alles da, was das Herz des Workaholics höherschlagen lässt. Und irgendwo dazwischen ein paar Blumen, die etwas von einem Grabgesteck an sich hatten. Möglicherweise verfügte der chinesische Gärtner über schwarzen Humor.

Tatsächlich wirkte der Hausherr extrem gestresst. Trotzdem sah er für einen 49-Jährigen noch gut in Form aus. Möglicherweise gab es in einem der vier Kleeblätter einen Fitnessraum, den er tatsächlich nutzte. Koppler hatte eine breite Brust, der Anzug in Größe 50 saß an den Schultern und Oberarmen straff, und das hellgraue Oberhemd wäre wohl aufgeplatzt, wenn es in Bangladesch und nicht von Hackett's in London gefertigt worden wäre. Es passte farblich exakt zu Kopplers Vollbart, der zwanzig Millimeter lang und gepflegter war als die Corgis der seligen Queen.

Das volle, ebenfalls graue Haar hatte er mit einer halben Tube Gel nach hinten frisiert. Natürlich war er braun gebrannt, denn man musste schon Albino oder Ire sein oder besser beides, um auf Gran Canaria keine Farbe zu bekommen.

Er telefonierte noch, als ich den Pavillon betrat. Sein Spanisch war wohltuend fließend und absolut akzentfrei, was man von seinem Betragen und seiner Wortwahl nicht sagen konnte. Er pfiff die Person am anderen Ende der Leitung gerade gehörig zusammen, es ging um eine verpatzte Bestellung Dino-Zahnbürsten, an deren baldigem Eintreffen Wohl und Wehe der ganzen Insel zu hängen schien.

Nachdem er aufgelegt hatte, benötigte er eine geschlagene Sekunde, um ein ganz anderer zu werden.

»Señor Lozano«, rief er mit ausgestreckter Hand, aber ohne zu lächeln. »Es freut mich, Sie endlich einmal in meinem Haus begrüßen zu dürfen.«

Sein Händedruck war ausholend und fest, etwas zwischen Schaufelbagger und Schraubstock. Normalerweise passe ich mich dem Händedruck meines Gegenübers an. In diesem Fall überließ ich Koppler den Sieg, alles andere wäre mir pubertär vorgekommen und meinem Vorhaben abträglich, den Mann näher kennenzulernen. Sieger sind nun einmal redseliger als Verlierer.

»Sie kennen mich, Señor Koppler?«

»Ich glaube, jeder auf dem Monte León hat schon von Ihnen gehört. Es gibt nicht viele Häuser hier oben, die sich einen Butler leisten. Das ist ein wenig … unspanisch.«

Sagte jemand, der sich einen viktorianischen Pavillon in den Garten gesetzt hatte.

»Eigentlich, Señor, bin ich kein B…«

»Bitte nehmen Sie doch Platz. Darf ich Ihnen etwas anbieten? Gin? Sherry? Cognac? Oder sind Sie im Dienst?« Sein Schmunzeln war so fein, dass niemand – außer er war mit diesem herablassenden Schmunzeln aufgewachsen – es erkannt hätte.

»Keinen Alkohol. Ich habe so gut wie nichts im Magen.«

»Ich kann nicht dulden, dass Sie hungrig wieder fortgehen. Was darf ich Ihnen bringen lassen?«

»Falls Sie ein paar *pappas arrugadas* übrig hätten …«

Für einen kurzen Augenblick erinnerte mich Kopplers Blick an den einen brütenden Teichrohrsängers, nachdem ein Kuckuck aus dem Ei geschlüpft war.

»Tja, wenn Sie nach Austern oder einer *tarta* gefragt hätten, aber Runzelkartoffeln … Die gibt es bei uns selten. Überaus selten. Ich werde nachfragen.«

Er betätigte den Knopf einer Sprechanlage und fragte auf Französisch nach. Die Antwort war abschlägig, fast empört. Koppler erbat einen Alternativvorschlag.

»Machen Sie sich keine Umstände«, sagte ich. »Ich trinke, was Sie trinken, und *pappas* hatte ich schon zum Frühstück.«

Ich fing mir einen weiteren Teichrohrsängerblick ein, bevor Koppler einen Tee für zwei orderte. Erst jetzt stellte ich fest, dass Jenna sich inzwischen verdrückt hatte.

»Ich hoffe, Sie mögen Tee.«

»Sie wissen ja, wenn man Durst hat … Sie beschäftigen einen französischen Koch?«

»Einen monegassischen. Zwei Sterne.«

»Kein Wunder, dass Sie keine *pappas* im Haus haben.«

Koppler versuchte, sich ein müdes Lächeln abzuringen, aber heraus kam nur ein kurzes Zittern seiner Lippen. Zu seinem Glück klingelte das Telefon; überhaupt wirkte er wie jemand, der am Telefon seine besten Stunden zubrachte.

Der Anruf hatte offensichtlich nichts mit Dino-Zahnbürsten zu tun, da Koppler sich diesmal kein bisschen aufregte und außer kurzen, brummigen Lauten nichts zu dem Gespräch beisteuerte. Er verabschiedete sich mit einem einfachen »Ja« und legte auf. Nichts deutete darauf hin, dass das Telefonat mit mir zu tun gehabt hatte, außer, dass Koppler währenddessen penibel darauf bedacht gewesen war, an mir vorbeizuschauen. Sogar eine Dose mit Raumspray, Duftnote Chrysantheme, war interessanter als ich.

»Darf ich Sie fragen, wo Sie meine Tochter kennengelernt haben?«

»Das Wo ist weniger entscheidend, Señor Koppler, vielmehr das Wie. Jenna und ihre Rakete mit den roten Sitzen haben mich gerettet.«

»Wie das?«

»Wie Sie vielleicht meinem leicht zerrupften Äußeren entnehmen, war ich in Bedrängnis. Jemand hat mir vier Geparden auf den Hals gehetzt, und jetzt, da ich ihnen entkommen bin, fürchte ich, dass der Auftraggeber beim nächsten Mal einen Königstiger schicken wird.«

»Sie sprechen in Rätseln, Lozano. Vielleicht müssen Butler so reden, um ihre Arbeitgeber bei Laune zu halten, was meinen Sie?«

»Eigentlich bin ich kein B…«

»Ah, da kommt ja schon der Tee.«

Ein beleibtes Hausmädchen in mittleren Jahren brachte ihn und versuchte dabei verzweifelt, das Tablett in angemessener Entfernung von ihrem Oberkörper zu halten, wobei sie tüchtig ins Taumeln und Schwitzen geriet. Sie gab sich alle Mühe, die Kanne, die Tassen und die übrigen Utensilien des Teeservices adäquat anzurichten, erntete jedoch nur einen genervten Blick des Hausherrn, der sie fortschickte.

»Sie kann nichts dafür«, sagte ich, nachdem sie gegangen war. »Portugiesinnen trinken Tee nur, wenn sie krank sind, und niemals kämen sie auf die Idee, Milch hineinzutun.«

»Woher wissen Sie …?«

»In ihrer Schürze steckte ein Klatschblättchen mit dem Bild einer berühmten Fado-Sängerin. Mal ehrlich, welches Regenbogenblatt, außer einem portugiesischen, kümmert sich um Fado-

Sängerinnen? Ein chinesischer Gärtner, ein monegassischer Koch, ein portugiesisches Hausmädchen … Sie scheinen Ihr Hauspersonal wie Ihre multinationalen Oldtimer zu sammeln, Señor.«

»Sie sind ein guter Beobachter, Lozano. Und kennen sich mit Oldtimern aus, ja?«

»Erwischt. Ich habe ein entsprechendes Zeitschriften-Abo.«

»Wenn Sie wollen, machen wir am Samstag eine kleine Ausfahrt. Welchen Wagen bevorzugen Sie?«

»Den Jaguar.«

»Bravo.« Ein Bravo ohne Lächeln, ohne Schmunzeln. Einfach nur ein Wort. »Mal was anderes. Wissen Sie, ich habe meine Marotten. Den Jaguar fahre ich sonst nur von Mai bis August. Mit meinen neueren Modellen ist es dasselbe. Den Porsche ausschließlich im Sommer, den Cadillac im Winter. Sie bringen Abwechslung in mein Leben.«

»Und das ganz ohne schwarze Netzstrümpfe.« Mein armer Scherz wurde von Kopplers Blicken grün und blau geschlagen und ich nahm ihn eilig aus dem Fight. »Sie können mein amateurhaftes Wissen nicht mit Ihren Erfahrungen vergleichen. Wenn jemand wie ich sich mit teuren Automobilen beschäftigt, Señor, ist das dasselbe, wie wenn sich Ihr portugiesisches Hausmädchen über das Treiben der Hollywood-Stars informiert. Ihr Hausmädchen wird niemals mit Bradley Cooper in der Badewanne sitzen und mir wird niemals ein Jaguar MK 2 gehören.«

»Da wäre ich mir nicht so sicher, wenigstens was Sie angeht. Als Sohn von Ramiro Lozano Cazal könnten Sie von heute auf morgen …«

»Gestatten Sie, dass ich das Einschenken übernehme?« Es war unhöflich, als Gast den Gastgeber zu unterbrechen, als kleiner Angestellter auf dem Monte León den Eigentümer der größten Villa. Aber ich hatte in den letzten Monaten schon viel zu lange über meinen Vater gesprochen, nämlich eine geschlagene Viertelstunde, einen Tag vorher bei Dr. Fortunada.

Das Queen-Anne-Service war natürlich aus massivem Silber, die Kanne schwer wie ein Werkzeugkasten. Die Gedecke waren von Versace, 300 Euro pro Tasse, Untertasse extra, und leicht wie ein hingehauchter Kuss. Ich ging damit um wie der Archivar des Prados mit den alten Goyas. Reine Übungssache.

Als mein Vater vor 22 Jahren meiner Mutter, der gelernten Friseurin, die Tür gewiesen hatte, stand die Nachfolgerin schon auf der Fußmatte: Marisol, die Tochter des Bürgermeisters einer spanischen Großstadt. Sie war doppelt so hübsch wie meine Mutter und dreimal so gebildet wie mein Vater. Zehn Jahre lang hatte ich, wenn ich nicht im Internat war, mit ihr unter einem Dach gelebt und ihr dabei notgedrungen auf die gepflegten Hände geschaut. Quasi beiläufig, ohne es zu wollen, hatte ich mitbekommen, wie man einen gehobenen Haushalt führt, Dienstboten einstellt und anleitet, Gäste von Rang bewirtet und eine vierstündige Konversation führt, ohne dabei irgendetwas zu sagen, das normale Menschen interessant fänden. Marisol war für mich die langweiligste Person auf Erden, von ihrem Gesicht und den Körperproportionen einmal abgesehen, aber das Haus war trotzdem immer voller Gäste – Politiker, Unternehmer, Ärzte, Juristen –, die versuchten, den Weinkeller zu leeren. Was ihnen selbstverständlich nie gelang. Als ich etwas älter war, so um die fünfzehn, bat mich meine Stiefmutter, bei Tisch das Einschenken zu übernehmen, und sah mir dabei zu wie eine Ballettmutter ihrem Schützling.

»Wenig Zucker und viel Milch, richtig, Señor?«

»So ist es. Woher ...?«

»Ein Artikel über Sie in einem Wirtschaftsblatt.«

»Sie schmeicheln mir, Lozano. Und machen Ihre Sache ganz hervorragend. Wie Sie sich ausdrücken, wie Sie sich bewegen, wie Sie gewissermaßen aus dem Handgelenk das Gespräch in die gewünschte Richtung lenken. Aber deswegen sind Sie nicht hier, oder? Sie bewerben sich bei mir doch nicht um eine Stelle.«

Ohne etwas zu erwidern, reichte ich ihm die Tasse in die rechte Hand und die Pistole in die linke.

»Da sie gerade mein Handgelenk gelobt haben, Señor ... Es bringt Ihnen Ihr Eigentum zurück.«

Ohne sie zu inspizieren, legte Koppler die Waffe in die Schublade zurück, die ihr eigentliches Zuhause zu sein schien, da er darin eine entsprechende Schachtel öffnete. Er schloss ab und fädelte den Schlüssel wieder zu den anderen an einem großen Bund.

Innerhalb weniger Augenblicke hatte er begriffen, was passiert war, ohne dass ich auch nur ein erklärendes Wort von mir gab.

»Meine Tochter ist harmlos, alles in allem«, sagte er.

»Ich bin völlig sicher, dem würde jeder beipflichten, dem Ihre Tochter, wie mir vorhin, den Lauf einer Pistole auf die Nasenwurzel nagelt.«

Koppler betrachtete die Situation ausgiebig, was einen gedehnten Atemzug in Anspruch nahm. Er öffnete eine weitere abgeschlossene Schublade, holte ein Bündel Scheine heraus und platzierte es auf meinem Teller, auf dem eigentlich ein Stück *tarta de naranja* liegen sollte. Den Orangenkuchen hatte das Hausmädchen vorhin mitgeliefert.

Lauter neue Zweihundert-Euro-Scheine mit Banderole der Bank, also fünfzig davon.

Menschen wie Koppler haben immer dicke Scheine in der Schublade. Sie hervorzuholen, ist das Erste, was ihnen einfällt, wenn sie einem Hindernis begegnen, und als Zweites rennen sie es über den Haufen.

»Schade«, sagte ich. »Bisher ist unsere Begegnung auf gutem Niveau verlaufen.« Als Koppler ungerührt ein weiteres Bündel hervorzog, fügte ich hinzu: »Señor, bitte halbieren Sie das halbierte Niveau nicht weiter, indem sie die Summe verdoppeln.«

Koppler schloss die Schublade ein wenig zu fest, was er sofort zu bereuen schien, da es ein Gefühl verriet.

»Als ich Ihnen eben die Pistole zurückgab, haben Sie nicht mal geprüft, ob sie geladen ist oder Patronen fehlen. Daher vermute ich, dass sie ungeladen war. Nachgesehen habe ich nicht, aber sie war nicht bestückt, oder?«

Er zog eine Zigarrenschachtel hervor und prüfte die Stängel mit Fingern und Nase, einen nach dem anderen. »Sie genießen es, Geheimnisse zu lüften und recht zu behalten.«

»Wer denn nicht? Aber in diesem Fall kann von Lüften keine Rede sein, das Geheimnis ist noch immer gut verborgen unter einem Berg anderer Geheimnisse. Ich weiß nur, dass Ihre Tochter nicht vorhatte, mich zu erschießen, ihre ganze Geschichte war offenbar erfunden, einschließlich Ihres nächtlichen Telefonats, in dem mein Name fiel. Wieso?«

»Ganz einfach. Ich habe Jenna gesagt, sie soll sich an Sie dranhängen, irgendwie mit Ihnen in Kontakt kommen und Sie in mein Haus lotsen.«

»Das nennen Sie einfach? Ich finde es ziemlich umständlich, verglichen mit der Möglichkeit, mich anzurufen und zu fragen, ob ich vorbeikommen möchte.«

»Bei normalen Bewerbungsgesprächen halte ich es auch so. Aber Sie sind ein spezieller Fall. Ihnen wollte ich vorher auf den Zahn fühlen, Sie verstehen?«

»Ich bin eifrig dabei, scheitere aber an den vielen Fragen, die mich ablenken. Warum, zum Beispiel, hat Jenna so eine Show abgezogen?«

»Weil sie aus allem eine Show macht. Weil sie eine unausgeglichene, unberechenbare Wildkatze ist. Weil sie, wenn sie eine Kindergeburtstagsparty plant, keinen Clown engagiert, sondern einen Messerwerfer. So ist sie nun mal. Ich sage ihr, kitzle etwas aus dem Typen heraus, und statt sich aufzubrezeln, schnappt sie sich meinen Revolver. Ich denke über ihre Extravaganzen schon gar nicht mehr nach.«

Ich nickte, so, wie man jemandem zunickt, der in einer völlig anderen Gedankenwelt lebt. Das schien in der Familie zu liegen.

»Vielleicht sollten Sie das ab und zu«, sagte ich, aber er war schon ganz woanders.

Ich übrigens auch. Bereits als ich mit Jenna vor dem Haus vorgefahren war, hatte ich begriffen, dass es in dieser Geschichte keine Haupt- und keine Nebenhandlung gab. Es gab nur eine Handlung, so wie es in einem Wollknäuel, so unübersichtlich es scheinen mag, ja auch immer nur einen Faden gibt.

»Um auf mein Angebot zu sprechen zu kommen …« Er bot mir eine kubanische Zigarre an.

»Danke, aber Bodyguards rauchen nicht.«

»Ich vergesse immer, dass Sie eigentlich Leibwächter sind. Ich habe Sie immer als B…«

»O, nicht so schlimm, diesen Fehler haben schon viele gemacht.«

Er grinste mich an. »Ich bin nicht Ihr Gegner, Lozano. Mal ganz abgesehen von dem fehlenden Motiv … Ich habe Ihnen keine Geparden auf den Hals gehetzt und schon gar nicht meine Tochter. Das ist nicht mein Stil. Ich schlage meine Schlachten selbst.«

Ich lehnte mich zurück und trank wie ein Gentleman einen Schluck Darjeeling, während Koppler die Lippen um eine Zigarre schloss wie um den Mund einer Lolita. Bis sein Kopf umnebelt war von einer Wolke, die sich kaum von der Stelle bewegte, sagte er kein Wort mehr. Menschen wie er fragen nicht, ob der Rauch jemanden stört, und schon gar nicht fragen sie einen Leibwächter oder Butler.

»Glauben Sie mir oder nicht? Wenn nicht, können Sie jetzt gehen, dann haben wir uns nichts mehr zu sagen, und mein Angebot ist hinfällig.«

Absichtlich reagierte ich auf dieses herumwabernde Angebot nicht und probierte lieber den Orangenkuchen. Er schmeckte fruchtig süß, ohne die Bitterkeit der Schalen zu verleugnen. Eigentlich eine ganz andere Art von Kuchen als der *bizcocho* vom Mittag. Und doch steckte in beiden eine widersprüchliche Melange aus Verführung und Feindseligkeit.

»Es käme Ihnen schon sehr gelegen, Señor Koppler, wenn ich etwas gestehen würde, was ich nicht getan habe, oder wenn man meine von Ratten zernagten Überreste zwischen zwei Ginsterbüschen bei Fontanales auffinden würde. Wahrscheinlich würden die Behörden einen Haken hinter dem Mord machen und den zweiten Verdächtigen auf der Liste nicht weiter bedrängen. Manche Polizisten ziehen einfache Lösungen vor, weil schwierige Lösungen für graue Haare sorgen. Peralta ist einer von ihnen. Ich nehme an, Sie kennen Peralta.«

Er füllte den halben Pavillon mit einem endlosen Stoß Zigarrenqualm. »Ihre Beschuldigungen sind unerquicklich, Lozano.«

»Keine Sorge, ich habe nicht vor, sie bei Ihrer Geburtstagsparty vorzutragen.«

Er drehte die kokelnde Zigarre in der Hand, als verlange es ihn nach einer Fingerübung.

»Andererseits«, ergänzte ich, »haben Sie das Geld, sich die besten Anwälte zu leisten, und sind nicht darauf angewiesen, einen Trottel vom Dienst oder gar einen Toten zu produzieren, dem Sie die Schuld in die Schuhe schieben. Vier halbstarke *Canarios*, das ist nicht Ihr Stil. Wenn schon, würden Sie gleich den Königstiger anheuern.«

Er stippte edle kubanische Asche in ein Gefäß, das eigens für edle kubanische Asche gemacht zu sein schien.

»Anheuern ist das Stichwort. Jemanden wie Sie, Lozano, mit guter Beobachtungsgabe und Menschenkenntnis, könnte ich gebrauchen. Ihre blöden Witze muss ich wohl in Kauf nehmen.«

»Damit versuche ich meistens nur den Mangel an Witz bei meinen Gesprächspartnern zu kompensieren. Aber um auf Ihr Angebot zurückzukommen … Ich habe gerade zwanzigtausend

Euro von Ihnen abgelehnt, für die ich nichts weiter hätte tun müssen, als mich eine Viertelstunde vollqualmen zu lassen. Und da glauben Sie, ich stehe jeden Morgen für Sie auf, wenn der Wecker klingelt? Für jemanden, der andere Menschen wegen irgendwelchen Dino-Zahnbürsten zusammenbrüllt?«

»Nun lassen Sie mal die verdammten Zahnbürsten und den Klamauk beiseite.«

Ich stellte die Versace-Tasse, von der mich ein Medusenkopf anstarrte, auf den Tisch zurück. »Señor Koppler, was glauben Sie, was die Polizei denken wird, wenn die beiden Hauptverdächtigen in einem Mordfall eine Geschäftsbeziehung eingehen, kaum dass die Leiche erkaltet ist?«

Der Geschäftsmann trank seine Tasse leer, ließ bewegungslos zu, dass ich sie wieder auffüllte, und nahm eine Denkerpose ein, ähnlich der von Rodins Statue, nur dass Rodins Modell, nach allem, was bekannt war, nicht vom Rauch einer Zigarre eingehüllt war, als es posierte.

»Wissen Sie, mir ist gerade aufgegangen, dass wir ein gemeinsames Interesse haben. Sie, Lozano, und ich, wir haben das gleiche Problem. Das macht uns zu natürlichen Verbündeten, wenn auch sehr verschiedenen. Sie haben Qualitäten und ich auch. Sie fürchten sich vor der Inkompetenz der Polizei, ich fürchte mich vor der Inkompetenz der Polizei. Ich glaube nicht, dass Sie den Kerl umgebracht haben. Und ich bin mir sicher, dass ich den Kerl nicht umgebracht habe. Tun wir uns zusammen, ganz inoffiziell. Ich heuere ein paar Leute an, die unter Ihrem Kommando den Schuldigen finden.«

»Detektive?«

»Ja.«

Ich zögerte. Manchmal zögere ich aus Kalkül, aber meistens, weil es mir Spaß machte. Diesmal kam beides zusammen.

»Ich müsste darüber nachdenken.«

»Gut, dann bleiben Sie doch noch eine Weile hier. Wir haben

viel zu bereden.« Koppler stand auf und drückte die erst zu einem
Drittel gerauchte Zigarre aus, als hätte er seit Langem eine Rechnung mit ihr offen. »Beim Abendessen, in zwei Stunden. Solange genießen Sie die Annehmlichkeiten meines Hauses. Ich
habe noch ein wenig zu arbeiten, aber es wird Ihnen an nichts
fehlen.«

21

Mir fehlte es tatsächlich an nichts, vor allem nicht an Auskünften. In der Zeit, die ich zu vertrödeln hatte, erfuhr ich vom Hausmädchen, dass Kopplers monegassischer Koch erst seit einer Woche auf dem Monte León arbeitete. Vom Koch erfuhr ich, dass er
an einem Zwölf-Gänge-Menü feilte, und vom Kurzwahlspeicher
des Telefons, dass weder der Investmentberater Modesto noch
der Anwalt der Familie Balbuena Unbekannte in diesem Haus
waren. Als dann noch der Pizzabote eine XXL-Pizza Hawaii mit
extra Käse vorbeibrachte, die sich Jenna sofort unter den Nagel
riss, hatte ich eine ganze Menge erfahren, und zwar en passant.
So sehr en passant, dass mir das Ganze wie eine Ostereiersuche
für Erwachsene vorkam. Im Übrigen machte mir Schnüffeln auf
diese Weise überhaupt keinen Spaß.

Man musste keine erfahrene Spürnase sein, um herauszufinden, hinter welcher der 35 Türen, an denen ich vorbeikam, Jenna
zu finden war. Ich musste nur der aufdringlichen Schinken-
Ananas-Geruchsspur folgen, ein paar Gänge entlang, deren Teppiche und Lampen an Hotelflure erinnerten. Hier und da stand
eine Bodenvase oder ein Sessel herum, ohne erkennbare Bestimmung, wie ein Hydrant in der Wüste. Aufgehängte Drucke, die

sich keiner mehr ansah, nicht mal die Putzfrau, die sie abwischte. Es war nun einmal nicht leicht, fünfhundert Quadratmeter mit purer Extravaganz zu füllen, und irgendjemandem war nach der Hälfte die Puste ausgegangen. Eines der wenigen Probleme der Neureichen, manche sagen, ihr einziges Problem.

Letzte Gewissheit, an der richtigen Tür anzuklopfen, erhielt ich von dem Schild, das daran klebte: *Peligro, mordeduras de perro* – Vorsicht, bissiger Hund.

Ich öffnete die Tür.

»Raus«, empfing Jenna mich.

»Warum?«

»Ich habe nicht ›Herein‹ gesagt.«

»Du hast gar nichts gesagt.«

»Idiotischer Gorilla.«

Sie lag auf dem zerwühlten Bett auf der Seite, die eine Hand stützte den Kopf, die andere hielt das letzte Stück Pizza. Käse tropfte zu beiden Seiten in die geöffnete Schachtel, zäh wie Melasse. Zwischen zwei Kissen klemmte eine Dose Breezer. Offensichtlich hatte sie ein intensives Parfüm aufgetragen, das sogar den Ananas-Käse-Schinken-Geruch übertraf und nach exotischen Früchten duftete, Kiwi oder Litschi oder so etwas in der Art. Ich fand, es passte nicht zu ihr. Ein herbes Aroma hätte ihr besser gestanden.

Das Zimmer war doppelt so groß wie meines, als ich noch ein Teenager war, und das wollte etwas heißen. Jenna hatte die Wände überreich mit Fotografien dekoriert, zahlreiche kanarische Landschaften, aber auch ein endemischer Falke war darunter, der zu den geschützten Arten auf den Inseln zählt, eine Eidechse bei Sonnenaufgang, ein springender Delfin bei Playa de Arinaga ... Am eindrucksvollsten fand ich die Studien der *Canarios*, Szenen, die den Alltag, das Leben oder den Charakter der Menschen einfingen: drei Teenager mit Schläuchen vor einem der gefürchteten lodernden Waldbrände, neben ihnen die

Großmutter mit einem Eimer; zwei reife, munter gestikulierende Frauen in Zimmermädchenuniform in einem Bus; ein Familienfest an einer reich gedeckten Tafel im Patio; ein alter Bauer, der im Schatten eines Olivenbaumes seinen Kaffee trinkt. Und noch viele weitere dieser Art.

»Imposant. Deine?«, fragte ich.

Sie lachte, wobei ihr ein Stück Ananas aus dem Mund schoss, das sie aufpickte und trotzig in den Rachen zurückschnippte, als wäre das seine unentrinnbare Bestimmung. »Verpiss dich einfach.«

»Puh, das ist mal was Neues. So eine Antwort bekomme ich sonst eigentlich nur, wenn ich Frauen einen Drink ausgeben will. Oder sie nach einem Date frage. Oder nach der Uhrzeit.«

»Wundert mich gar nicht.«

»Noch nie hat jemand gesagt, ich solle mich verpissen, weil ich ein völlig unverfängliches Lob ausgesprochen habe.«

Sie hob das Stück Pizza an und betrachtete es, als wisse der geschmolzene Käse mehr darüber, wessen Fotos das waren.

»Ja«, sagte sie. »Unsere.«

»Die von dir und Vicente. Oder doch eher Vicentes?«

»Du hast ja keine Ahnung.«

»Deswegen stellt man Fragen, oder?«

Genervt atmete sie aus. »Leute wie du, die ihre Träume vor langer Zeit in einer Schublade beerdigt haben, verhindern überall auf der Welt, dass Menschen wie Vicente und ich aus eigener Kraft das Fliegen lernen.«

»Ja, und noch schlimmer wird's, wenn die Schublade klemmt. Tut mir wirklich leid, dass ich eure Genialität nicht sofort erkannt habe. Meine Begegnung mit Vicente hat ganze 45 Minuten gedauert, und als ich ihn zuletzt lebend gesehen habe, konnte er aus eigener Kraft noch nicht mal aufs Klo gehen, geschweige denn fliegen lernen.«

»Du weißt genau, was ich meine.«

»Ich glaube, du weißt nicht mal selbst, was du meinst.«

»Und wenn, geht dich das einen Scheiß an. Du bist ein Angestellter meines Vaters. Gib's zu, mein Vater hat dich gekauft. Oder um es mit seinen Worten auszudrücken: Ihr seid euch einig geworden, wobei auch immer.«

»Sagen wir mal so, wir sind uns darin einig, dass es Vorteile hätte, sich zu einigen.«

Sie warf das Stück Pizza in die Schachtel zurück und schob sie von sich. »Da kann einem nur schlecht werden.«

»Ja, Pizza Hawaii mit extra Käse ist ...«

»Ich spreche von dir, du Muskelprotz. Vicente war ganz anders. Er hat sich nicht von meinem Vater in die Tasche stecken lassen. Er war unabhängig, hatte Rückgrat, er hatte Charakter.«

»Und dann und wann hatte er zwei Promille im Blut.«

Sie trank einen großen Schluck aus der Dose und wischte sich einen Tropfen von der Lippe. »Du bist ein echter Denkzwerg, weißt du das?«

»Ja, ich habe dank dir heute viel über mich gelernt. Darf ich mich setzen?«

Ihre verdrehten Augen interpretierte ich als maulige Zustimmung. Die Sessel waren schwindelerregend bunt wie Gemälde von Kandinsky, der Teppichboden leuchtete flaschengrün. Es herrschte jene Art von Unordnung, die zur Identität von jungen Menschen zu gehören scheint wie geblümte Kaffeeservices zu alten.

»Dein Verlobter war also unbestechlich?«, fragte ich.

»Absolut. Wir waren verliebt. Mehr als verliebt. Wir waren eins.«

»Man kann eins und verliebt und trotzdem bestechlich sein.«

»Vielleicht hätte ich dich doch über den Haufen knallen sollen.«

»Mit einer ungeladenen Waffe?«

Ich dachte, ich würde damit eine Reaktion in ihrem Gesicht

auslösen, Überraschung, Verlegenheit, eventuell Sarkasmus. Aber da war rein gar nichts. Ihr Gesicht war so gleichgültig wie eine Uhr.

»Ich wollte ein bisschen Spaß haben«, erklärte sie. »Sehen, wie einem Gorilla der Arsch auf Grundeis geht. Außerdem, ich habe meinen Job erledigt, nicht wahr? Du bist hier und mein Daddy ist zufrieden.«

»Dann hat dein Daddy recht und es war alles nur Show, das ganze Programm?«

Sie pulte ein Stück Ananas von der Pizza, steckte es sich in den Mund wie eine Praline und lutschte darauf herum. »Schlau kombiniert. Mit den Losern, die dich verfolgt haben, habe ich aber nichts zu tun. Und jetzt zisch ab. Die Party ist gelaufen.«

Ich beobachtete sie, während sie sich lasziv die Finger abschleckte. In einem stimmte ich ihrem Vater zu, sie war tatsächlich ein wenig … besonders.

»Das Leben ist echt hart für dich, Jenna. Du wohnst in einem großen Haus mit Hausmädchen, das dir die Bettwäsche wechselt, fliegst mit einer als Auto verkleideten Rakete durch die Gegend …«

Jenna machte eine unnatürliche Armbewegung und stieß einen Pfiff aus.

Ich fuhr fort: »Man muss es sich leisten können, Geld zu verachten. Das ist wie mit Veganern. Versuch mal als Grönländer, Fleisch zu verachten, dann bleibt dir bald nichts mehr anderes übrig, als jeden Tag Verachtung in dich reinzustopfen. Besser, man liebt, was man isst.«

Ein Vortrag über Immanuel Kant hätte sie nicht mehr langweilen können als das, was ich da von mir gab, daher nahm ich mir vor, unserer kleinen Party ein bisschen Leben einzuhauchen.

»Wer war eigentlich die blonde Marilyn, mit der Vicente beim Shoppen in Meloneras gesehen wurde? Beine bis über den Bauchnabel … War er mit der auch eins?«

»Du Schwein«, zischte sie. »Du verdammte Drecksau. Du widerlicher, ignoranter, dämlicher …« Sie unterbrach ihre eigene Aufzählung, riss eine Schublade auf, nahm etwas heraus und warf es nach mir. Ein halbes Dutzend Fotos fiel kranzförmig um mich herum zu Boden.

Ich bückte mich und las zwei davon auf. Bilder einer Spiegelreflexkamera, ganz altmodisch, wie für Muttis Fotoalbum. Sie zeigten eine Frau, die exakt meiner oder vielmehr Raquis Beschreibung entsprach und ihre Gliedmaßen wie ein achtarmiger Oktopus auf Beutezug um den Körper eines Mannes gewunden hatte, der es zu genießen schien, verschlungen zu werden. Sein Kopf war leider schon halb in ihr drin. Auf dem zweiten Foto war er besser zu erkennen, auf den anderen noch deutlicher. Kein Zweifel, das glückliche Opfer des blonden Kraken war der miesepetrige Enrique Modesto alias Mister Mojito. Und wenn ich eine Vermutung anstellen durfte, dann handelte es sich bei der Frau um die 27-jährige Ynéz Pons Prado, die zusammen mit Modesto und Garrocho den Kaninchenkurs belegt hatte. Nur so eine Ahnung. Die Jahre bei der Polizei lehren einen, Ahnungen zu haben.

»Warum hast du mir nicht schon vorhin von den Fotos erzählt?«, fragte ich Jenna, die wie eine aus sieben Löchern dampfende Maschine vor mir stand, bereit zu explodieren. »Abgesehen von deinem Versuch, mich umzubringen, haben wir uns doch gar nicht so schlecht verstanden.«

»Ich wusste nicht, was diese Fotos zu bedeuten haben«, rief sie, unschlüssig, ob sie sich auf mich stürzen oder erneut in Tränen ausbrechen sollte. Auch ihre Füße hatten sich noch nicht entschieden, sie zappelten unruhig auf dem Boden. »Aber das muss sogar ein dämlicher Gorilla wie du erkennen, dass Vicente nichts mit dieser Frau hatte.«

»Also schön, er hatte nichts mit dieser Frau. Nichts Sexuelles jedenfalls.«

»Da hast du's! Er hat mich nicht wegen dieser … Er war mir treu und du hörst sofort damit auf, unsere Liebe in den Dreck zu ziehen, du blöder Affe.«

»Ist gut. Entschuldige. Aber man muss dir alles aus der Nase ziehen, Jenna, und der schnellste Weg dahin führt über ein Kitzeln. Jetzt sag schon, woher hast du die Fotos?«

Ihre Füße hörten auf zu zappeln und sie atmete etwas flacher. Wie ein gefällter Baum schlug sie rücklings auf das Bett auf, den Blick zur Decke gerichtet, zu der sie auch sprach.

»Sie lagen in seiner Wohnung im Hotel.«

»Nach dem Mord?«

»Davor. Ich war dort. Ich war dort an dem Tag, als er starb. Ich habe einen Schlüssel.«

»Wo genau lagen sie?«

»In einer Schublade. Ist das wichtig?«

»Warum hast du sie mitgenommen?«

»Ich weiß nicht. Ich wollte, dass … Keine Ahnung.«

»Du wolltest ihn zur Rede stellen. Warum? Die Fotos sind nicht verfänglich für ihn, er ist ja nicht mal darauf zu sehen. Also, was hast du gedacht, als du sie entdeckt hast?«

»Nichts, ich … Ich fand es seltsam. Ich war verwirrt. Ich war verwirrt, deswegen habe ich sie mitgenommen.«

»Sonst weißt du nichts darüber?«

»Nein.«

Sie legte die Hände auf das Gesicht, als wäre das alles, was ihr noch zu tun blieb. Sie machte mir Sorgen. Bei drei war sie auf den Bäumen, bei vier fiel sie wieder runter, bei fünf begrub sie sich in der Erde.

Ich sparte mir weitere Fragen. »Ich nehme die Fotos mit, in Ordnung?«

Sie verabschiedete mich, wie sie mich empfangen hatte. »Raus.«

22

Ich war es von Kindheit an gewohnt, unter den Augen eines Gottes zu speisen, oder vielmehr unter denen von dessen Sohn. Kruzifixe waren in meiner Jugend ein fester Bestandteil des Interieurs gewesen und sie waren mit den größer werdenden Häusern meines Vaters mitgewachsen. Nicht anders im Internat. In den Amtsstuben sowieso, über dem Porträt des Königspaares. Doña Esmeraldas Familie galt seit jeher als fromm, wobei sie die Madonna mit Sohn bevorzugte. Mutter und Kind hingen in diversen Variationen im ganzen Haus auf dem Monte León verteilt, in meiner kleinen Butlerguard-Wohnung als ovale Miniatur im barocken Stil gleich neben dem Esstisch, befestigt mit einem Jahrtausendkleber, der sich vermutlich nur durch Sprengung vom Gestein lösen ließe.

Eine polynesische Gottheit war mal was anderes. Sie stand auf einem meterhohen Sockel und sah aus wie ein schlecht gelaunter Waran, vielleicht war es auch eine Erdkröte. Plötzlich wurde mir klar, wieso Jenna es vorzog, mit Fettfingern auf ihrem Bett zu dinieren.

»Ich liebe die Kunst der Südseevölker«, sagte Koppler, während er den Rheingauer Riesling kostete, den das Hausmädchen ihm servierte, indem sie das Glas bis knapp unter den Rand füllte. »Sie ist geheimnisvoll und kommt trotzdem direkt zum Punkt, schnörkellos.«

»Dieser Gott sieht aus, als würde er mir meinen Wein nicht gönnen.«

»Sie haben ihn noch nicht zu lesen verstanden.«

»Hoffentlich bleibt mir die Gelegenheit dazu, denn je länger ich ihn mir betrachte, desto mehr glaube ich, dass er es nicht auf meinen Wein, sondern auf mich abgesehen hat.«

Mein Witz erlebte erneut eine Bauchlandung, flach auf dem Tisch, wo er bewusstlos liegen blieb. Das passiert meinen Witzen gelegentlich, sie stecken es inzwischen gut weg.

Koppler ließ den Wein samt Glas abräumen und deutete auf einen pfälzischen Grauburgunder.

»Ich weiß, Sie sind mein Gast, aber vielleicht wären Sie so freundlich ...«

Dem Hausmädchen machte es nichts aus, das Einschenken an mich abzutreten. Sie war für jeden Moment dankbar, den sie nicht am Tisch bedienen musste, ließ die Flasche los wie eine entsicherte Handgranate und entfernte sich mit bebenden Schritten.

»Darf ich fragen, was als erster Gang serviert wird, Señor?«

»Muschelsuppe.«

»Dazu empfehle ich einen Malvasía aus Lanzarote.«

»Kanarischen Wein? Habe ich nicht.«

Ich seufzte. »Nun, dann muss es eben dieser hier tun.«

Koppler gab mir ein Zeichen, dass ich mir selbst auch gleich einschenken sollte, und hob mein Glas zum Toast.

»Auf eine gedeihliche Kooperation.«

Die Kristallgläser waren schwer wie faustgroße Steine. Ich wusste nicht, ob Koppler jeden Abend von KPM-Geschirr speiste oder ob das Teil seines Verwöhnprogramms für mich war, aber so oder so gehörte es zu seiner Selbstinszenierung.

»Wofür haben Sie einen monegassischen Zwei-Sterne-Koch angestellt?«, fragte ich.

Koppler schwenkte den Wein im Glas und trank einen gemütlichen Schluck, bevor er sich entspannt zurücklehnte.

»Wofür stellt man einen Koch ein? Um bekocht zu werden, würde ich meinen.«

»Wer soll denn alles bekocht werden? Sie und das Hausmädchen?«

»Ich und meine Tochter.«

»Sie meinen jene Tochter, die gerade eine Pizza verdrückt hat, deren Käsebelag ihr eine Woche lang die Magenwände verkleistern wird? Und was Sie angeht, Señor, Sie gehen fünfmal pro Woche auswärts essen, meist mit Geschäftspartnern.«

Koppler wirkte überhaupt nicht beunruhigt über die bohrenden Fragen. »Stand das auch in dem Wirtschaftsmagazin?«

»Aye, Sir. Mal abgesehen davon, dass ein Zwei-Sterne-Koch aus Monaco größere Ambitionen hat, als auf einem kanarischen Hügel zwischen Kakteen und Vulkangestein zu erstarren. Sie haben keine Verwendung für ihn. Aber er ist prädestiniert für ein Luxushotel. Da ich von keinen größeren Bauprojekten auf den sieben Inseln gehört habe, gehe ich davon aus, dass Sie in Kürze eine Übernahme planen. Natürlich gibt es diverse Kandidaten im Luxussegment, aber diese ganze Aufführung hier lässt nur einen Schluss zu, wer das Opfer Ihrer Ambitionen sein wird.«

Die Suppe wurde aufgetragen. Ein Gedicht für alle, die Muscheln lieben. Der Sud war eine Reduktion aus Wein, Estragonessig, Safran und Gewürzen, verfeinert mit einem Schuss Ziegenrahm. Darauf musste man erst mal kommen.

»Wie finden Sie die Suppe?«, fragte Koppler.

»Sehr gelungen, im Gegensatz zu der Schmierenkomödie vom Nachmittag. Wirklich, mich einzuladen, zwei Stunden lang durch Ihr Haus zu spazieren, mit dem Personal zu sprechen, den Kurzwahlspeicher Ihres Telefons auszuspionieren … Es hätte nur noch gefehlt, dass Sie Ihr Tagebuch aufgeschlagen auf dem Couchtisch platzieren.«

Sein Blick tastete mein Gesicht ab, sank auf den Tisch, kroch langsam zu seinem Teller und in die Muschelsuppe.

Ich sagte: »Mit wem haben Sie vorhin telefoniert? Nicht der Anruf wegen der Dino-Zahnbürsten. Danach, etwa eine Minute lang. Mit Señora Balbuena? Deren Mann? Dem Anwalt der beiden? Sie wussten, dass ich Nachforschungen anstellen würde, und haben beschlossen, mich einzukaufen, wie Sie es mit allen Dingen tun, von Zahnbürsten über Meisterköche bis Hotelketten.«

»Nein, das war schon vorher. Ich hätte Sie ohnehin in den nächsten Tagen kontaktiert. Dass Sie bei mir aufgekreuzt sind, war ein glücklicher Zufall.«

Ich grinste absichtlich in einer Weise, die Koppler verriet, dass ich ihm ebenso glaubte wie einem Radrennfahrer mit positivem Dopingtest, der seine Unschuld beteuerte.

»Nochmals, ich habe Ihnen keine Bande auf den Hals gehetzt«, verteidigte er sich.

»Das mag sein. Aber alles andere, seit ich Jenna begegnet bin, war die große Devin-Koppler-Show. Mir sind nur zwei Dinge unklar und vielleicht hätten Sie zwischen zwei Löffeln Muschelsuppe die Güte, mich aufzuklären. Wie haben Sie Ihre Tochter dazu bekommen, die zweite Hauptrolle zu spielen? Sie ist kein Fan Ihrer Shows.«

»Nein, aber sie will an die Sorbonne gehen, diesen Sommer noch. Irgendwas mit Kunst. Raten Sie mal, wer das bezahlen soll.«

Ich nickte. Das konnte hinhauen. »Die richtige Schnauze hat sie schon für Paris. Und jetzt die Hunderttausend-Euro-Frage: Warum? Warum dieser Aufwand, dieses Theater? Warum ich?«

Koppler griente, wobei sich zwei ganze Zahnreihen von vorne bis hinten zeigten wie bei einem Alligator. Es war das erste Mal, dass ich ihn lächeln sah, und nach fünf Sekunden war seine Tagesration aufgebraucht. Er schob den Suppenteller von sich, wie er alles von sich schob, was er halb ausgelutscht hatte, und wischte sich den Mund mit der Serviette ab.

»Schon mal etwas von Sun Tzu gehört?«

Nun machte sich die Elite-Schule bezahlt, in die mich mein Vater gezwungen hatte. »Chinesischer General, fünftes oder sechstes Jahrhundert vor Christus. Autor eines Standardwerks über Kriegsführung.«

»Sechstes Jahrhundert, sehr gut, Lozano«, lobte er mich wie den Klassenprimus. »Den Krieg gewinnt man, bevor er beginnt, hat dieser kluge Mann einmal gesagt. Es geht nicht darum, den Feind zu zerstören, sondern den Kampfwillen des Feindes zu brechen. Der Rest ist dann ein Kinderspiel. Ich will die *Siete Cielos Hotels*. Ich habe Ihre Doña Esmeralda bereits von allen Seiten eingekreist, und das einzige Schlupfloch, das ihr noch bleibt, führt direkt in das Büro des Notars, wo sie mir den Konzern zu einem Preis verkauft, der mir genehm ist.«

Das erste Gedeck wurde abgeräumt und durch ein Kobe-Rindersteak ersetzt, das mit wildem australischem Bergpfeffer bestreut war. Nach einem Anstandshappen ließ ich Messer und Gabel sinken. Das Öffnen und Einschenken des Margaux übernahm der Hausherr persönlich.

»Und ich nehme an«, sagte ich mit einem traurigen Blick auf das Stück Fleisch, »dass die Familie Balbuena samt ihres toten Sohnes eine der Flanken bildet, mit der Sie Doña Esmeralda bedrängen.«

Koppler ließ ein Stück Rind wie Schokoladenmousse in aller Ruhe auf der Zunge zerlaufen, bevor er nachspülte und sich mir erst dann wieder zuwandte.

»Wie kommen Sie darauf?«

»Es wäre schon ein extrem großer Zufall, dass die Balbuenas über ihren halbseidenen Anwalt, der zufällig auch in Ihrem Kurzwahlspeicher zu finden ist, gerade dann neue Zahlungsforderungen stellen, wenn Sie meine Chefin in die Enge treiben wollen.«

»Sie sind wirklich gut.«

»Ja, und die wirklich Guten verschließen ihre Ohren für Schmeicheleien. Trifft meine Vermutung also zu?«

»Das tut sie. Mehr will ich jedoch nicht verraten. Die Wirkung des Pulvers, das man nicht verschießt, ist oft größer als die des Schusses.«

»Auch von Sun Tzu?«

Koppler formte mit Daumen und Zeigefinger eine Pistole, die er abfeuerte.

»Wenn Sie wollen«, fügte er generös hinzu, »erzählen Sie Doña Esmeralda gerne, dass ich die treibende Kraft hinter der Klage gegen ihren einstigen Schützling war und dass ich jetzt, da sich dieser Punkt erledigt hat, jederzeit ein böses schwarzes Nagetier namens Presse auf sie loslassen kann … Sie essen ja gar nichts.«

Er hatte es geschafft, dass ich mir wie eine Handpuppe in einem Horrorkabinett vorkam, schuldlos mitschuldig und einigermaßen dumm. Ich hatte keine Ahnung, was das alles mit Vicente Garrochos Ermordung zu tun hatte. Keine Ahnung, welche Rolle die blonde Frau auf den Fotos spielte. Keine Ahnung, wie Modesto in der Sache mit drinsteckte. Keine Ahnung, worin Kopplers Druckmittel gegen Doña Esmeralda bestand. Und erst recht keine Ahnung, was ich selbst in diesem Schauermärchen zu suchen hatte.

»Ich weiß immer noch nicht, was Sie von mir wollen, Señor Koppler. Ich meine, außer dass wir uns gegenseitig eine Anklage wegen Mordes vom Hals halten?«

»Ich stehe nicht mehr unter Mordverdacht.«

»Seit wann?«

»Seit«, er blickte genießerisch auf seine Rolex, »etwa einer Stunde.«

»Gratulation. Dann verstehe ich erst recht nicht, was Sie von mir erwarten.«

Koppler zog Papier und Stift aus seinem Sakko hervor, schrieb eine Zahl auf den Zettel und schob ihn über den Tisch, so, wie es bei Angeboten für hoch dotierte Jobs längst üblich ist. Ich habe das schon immer für eine idiotische Sitte gehalten. Als wäre die Höhe der Bezahlung ein unanständiges Wort, das feine Leute nicht in den Mund nehmen. In meinem Fall bestand es aus einer zwei, einer fünf und vier Nullen.

»Teufel noch mal.«

»Der hat wenig damit zu tun, Lozano.«

»Er hat vermutlich sehr viel damit zu tun. Wofür, um alles in der Welt?«

»Als Anreiz, damit Sie für mich arbeiten.«

»Ich sage es nicht gerne … Aber so viel ist meine Arbeitskraft nicht wert. Und das Geld ist mir nicht so wichtig.«

»Ich weiß, ich weiß, sonst hätten Sie Ihrem Vater nicht den Stinkefinger gezeigt, als es um Ihre Berufswahl ging. Ich biete Ihnen, neben dem Geld, eine einmalige Chance. Wie Sie wissen, besitze ich ein großes, prosperierendes Unternehmen, und es wird quasi stündlich größer und größer. Jemand wie Sie, mit hervorragender Beobachtungsgabe und Menschenkenntnis, kann mir alle Informationen besorgen, die ich für meine Geschäfte benötige. Bei mir dürfen Sie nach Herzenslust ermitteln, erkennen und enthüllen. Wenn ich irgendwohin vorstoßen will, sind Sie meine Vorhut. Na, interessiert? Wie viel zahlt Ihnen die alte Krähe da drüben? Achtzigtausend?«

»Sechzigtausend.«

»Ha, geizig ist sie also auch noch. Bei mir bekommen Sie hunderttausend. Aber vor allem einen Job, der Ihren Fähigkeiten entspricht. Probieren Sie mal den Wein. Nicht mal ich komme oft in den Genuss eines Chateau Margaux von 1981. Morgen fangen Sie an.«

»Wieso schon morgen?«

Ich hatte mich geirrt. Kopplers Tagesration an fiesem Grinsen war doch noch nicht ganz aufgebraucht. Er quetschte einen letzten Rest aus der Tube und schob mir einen Umschlag zu. Er war flach und verschlossen.

»Was ist da drin?«

»Wenn Sie dieses Kuvert öffnen, werden Sie verdammt froh sein, für mich arbeiten zu dürfen.«

»Dann sollte ich es vielleicht verschlossen lassen.« Auch dieser

Witz landete k. o. auf dem Tisch. Ich knüllte den Umschlag in meine Hosentasche. »Ich werde ihn später öffnen.«

Koppler verlor ein wenig die Lust an seinem Steak, was er vermutlich mir ankreidete. Zum Glück war der Margaux noch da, an dem trank er sich wieder in Laune.

»Sie hätten gerne ein paar konkrete Antworten, oder?«, fragte er.

»Mit einer würde ich mich schon begnügen. Warum ist es Ihnen so wichtig, dass ich gleich morgen anfange?«

»Um erneut Sun Tzu zu zitieren ...«

»Vielleicht kommen Sie mal ein paar Minuten ohne ihn aus.«

»Wie Sie wollen. Die Reihen um Esmeralda Reyes Beltrán de la Cuesta lichten sich seit einiger Zeit, und ich will, dass sie sich vollends leeren. Vorhin habe ich vom Kinderspiel gesprochen, wenn man den Krieg schon so gut wie gewonnen hat. Nun denn, das ist mein Kinderspiel. Wenn Sie Ihre Chefin auch noch verlassen, stinkt die Niederlage bereits in ihrem eigenen Haus zum Himmel.«

»Und das lassen Sie sich eine Viertelmillion kosten? *Madre de Dios*, was hat sie Ihnen getan?«

»Nichts, was Sie verstehen würden. Nichts, was 99 Prozent der Menschen in diesem Land, nein, was niemand auf der ganzen Welt verstehen würde. Sie hat mein Kaufangebot abgewiesen. Es war fair, ganz ehrlich, aber sie hat es abgewiesen.«

»Das ist ihr gutes Recht.«

»Ich sagte ja, dass Sie es nicht verstehen.« Koppler hob sein Glas und streckte es mir entgegen.

Ich hatte erst einen Bissen von dem Steak gegessen und keinen Schluck Margaux getrunken, seit der zweite Gang serviert worden war. Den Wein trank ich nun, allerdings ohne mit meinem Gastgeber anzustoßen und ohne Stil. Ich leerte ihn in einem Zug. Dreihundert Euro klatschten in meinem Magen auf. Der

Margaux schmeckte elegant, beerig, rund und sehr teuer. Mehr weiß ich darüber nicht mehr.

Ich sagte: »Ich werde nicht für Sie arbeiten, Señor Koppler. Na ja, ich habe es eine ganze Weile für eine prima Idee gehalten. Ungefähr für zwei Sekunden. Auf einer Skala von eins bis zehn rangiert meine Abneigung gegen Sie bei zwölf, und nur meinem Respekt für gutes Essen und hochwertigen Wein verdanken Sie, dass ich kein Massaker auf dem Tisch anrichte.«

Koppler wirkte, als hätte er gerade eine todlangweilige Anekdote gehört. Geschäftsleute von seinem Schlag zucken nicht mal mit der Wimper, wenn nachts um zwei Uhr ein Knallfrosch unter ihrem Kopfkissen hochgeht. *Pokerface forever.* Möglichkeit zwei: Ich lag komplett daneben, Koppler war tatsächlich unbeeindruckt und meine Empörung war wirklich todlangweilig.

»Mit Ihrer Bockigkeit schaden Sie sich nur selbst«, erwiderte er, wobei er seine manikürten Fingernägel zählte.

»Guten Abend, Señor Koppler. Genießen Sie Ihr Steak und Ihre Bosheit.«

23

Als ich den Glaskasten von Esszimmer verließ, blieb Koppler zunächst auf seinem Stuhl sitzen, hielt es dort aber nicht lange aus und holte mich ein. Es fiel ihm leicht, da ich mich zum ersten Mal in meinem Leben in einem Kleeblatt verirrte.

»Sie glauben, Sie könnten ohne Ihren Vater leben, Lozano? Niemand kann das, am allerwenigsten Sie, denn Ihr Vater ist, wer er ist, und Ihre Versuche, ihm zu entkommen, sind erbärmlich.«

»Ja, das könnte hinkommen, aber wenigstens sind sie konsequent.«

Im Bemühen, mich zurechtzufinden, stieß ich die Tür zur Küche auf, wo der monegassische Maître, dessen Mütze höher war als die Tiara des Papstes, soeben das Zitronensorbet mit Lavendelblüten bestreute. Ich gab ihm ein Handzeichen, dass die Suppe hervorragend geschmeckt hatte, versetzte Koppler, der hinter mir stand, einen kleinen Stoß, und setzte meinen Irrweg fort.

»Konsequent? Dass ich nicht lache. Ich habe mich über Sie kundig gemacht, Flaco. Wegen Ihres Vaters haben Sie Ihren Traumjob verloren. Er ist überall, und Sie sind immer nur da, wo Sie gerade sind, irgendwo auf der Rampe nach unten.«

»Schönes Bild. Haben Sie das aus einem Ihrer Albträume?« Ich blieb stehen und machte mit den Händen eine Geste der Kapitulation. »Ich gebe auf. Hat dieses Haus einen Ausgang? Oder ist es tatsächlich die Hölle, für die ich es halte?«

Koppler verschränkte die Arme vor der Brust, sodass sein italienisches Sakko quietschte, und starrte mich an.

»Was genau stört Sie an mir? Dass ich als Geschäftsmann mit harten Bandagen kämpfe? Was glauben Sie, wie die meisten Industrie-, Geld- und Handelsdynastien entstanden sind? Die Rockefellers, die Rothschilds, die Zanettis, hm? Expansion bedeutet Widerstand und Widerstände muss man überwinden.«

»Sprechen Sie jetzt als Rockefeller-Schüler oder als Knappe von Sun Tzu?«

Ich hatte genug gehört und öffnete die erstbeste Glastür, die in den Garten hinausführte. Es war längst dunkel, der Mond war unauffindbar, aber einige in den Boden eingelassene Strahler beleuchteten die Palmen und sorgten für ausreichend Streulicht, um nicht versehentlich über eine der Wandelröschen-Inseln im Rasenmeer zu stolpern. Ich ging am Englischen Pavillon vorbei, wo sich das Grundstück bald seinem Ende näherte.

»Wissen Sie, Lozano, mir war fast klar, dass Sie das Angebot ablehnen würden.«

»Sie sind ja immer noch da.«

»Das Beste hebe ich mir stets bis zum Schluss auf.«

»Halten Sie die Klappe, Koppler.«

»Sie haben nicht deswegen abgelehnt, weil ich Ihre Doña Esmeralda fertigmachen werde. Nicht in erster Linie. Vielleicht empfinden Sie eine gewisse Loyalität zu ihr, aber egal. Nein, Sie haben abgelehnt, weil Sie Angst haben, wie Ihr Vater zu werden: korrupt, gierig, überheblich.«

»Es stimmt, Sie haben Ähnlichkeit mit ihm.«

Ich war an dem Zaun angekommen, der zu dem unerschlossenen Grundstück führte, um das Koppler und Doña Esmeralda seit Jahren stritten. Ein hölzerner Zaun der symbolischen Art war leicht überschritten und ich ging unbeirrt weiter, über Stock und Stein hinein ins Dunkel.

»Für jemanden, der seit mehr als zehn Jahren wegläuft, treten Sie erstaunlich hartnäckig auf der Stelle«, rief Koppler mir hinterher.

Ich ignorierte ihn. Die Umrisse der Villa Esmeralda waren schon zu sehen, hinter einigen Fenstern brannte Licht. Die Doña hörte gerne Chopin oder barocke spanische Gitarrenmusik am Abend, wenn sie zu Hause war. Sie aß gerne um halb neun, meist nur etwas *pata negra*, luftgetrockneten Schinken, sowie Fisch und Gemüse, Portionen, die in den Fressnapf einer Katze gepasst hätten. Bevor sie schlafen ging, etwa eine Stunde vor Mitternacht, ließ sie sich einen Portwein von mir bringen …

Sie war anspruchsvoll. Sie fasste mich nicht mit Samthandschuhen an. Sie fragte nie, wie es mir ging, und schien fast immer woanders zu sein, wenn sie mit mir sprach. Sie tadelte reichlich, aber äußerst behutsam, was sie aus ihrer Sicht von der Notwendigkeit zu befreien schien zu loben. Sie benahm sich wie eine Aristokratin, ohne eine zu sein. Sie musste ständig auf ihrer tollen Familie herumreiten: mein ältester Bruder, der Operndirektor, meine jüngste Schwester, die Schriftstellerin. Sie konnte nicht einfach Fernando und Maria sagen. Sie verlangte von mir, das Silber zu putzen – von mir! Weil ich der Stärkste im Haus war, stärker als die Hausmädchen, schönen Dank auch, und weil Silber nur glänzt, wenn es mit Kraft gewienert wird. Damit hatte sie mich endgültig vom Bodyguard zum Butlerguard degradiert.

Doña Esmeralda rangierte knapp unterhalb der Schwelle zum Drachen. Trotzdem hätte ich lieber für zwei von ihrer Sorte gearbeitet als für Devin Koppler.

Ich hatte mehr als die Hälfte des mit Geröll übersäten Grundstücks hinter mich gebracht, als Kopplers Stimme noch einmal durch die Nacht schallte. Eine halbe Minute war vergangen, seit er das letzte Gift versprizt hatte. Das Beste, hatte er gesagt, hob er sich stets bis zum Schluss auf.

»Vergessen Sie nicht, den Umschlag zu öffnen, Flaco.«

24

Ich saß auf einem Stein, einem besonders großen an der Kante zum Tal, keine zwanzig Meter von der Stelle entfernt, wo ich die Wahrheit erfahren hatte. Seit einer Viertelstunde, vielleicht auch schon einer halben, ließ ich den Blick durch die Finsternis gleiten, die da und dort durch kleine helle Punkte unterbrochen war. In einer mondlosen Nacht wie dieser gehen Land, Meer und Himmel nahtlos ineinander über. Die Sterne am Firmament, die Flugzeuge, die die ankommenden Touristen brachten und die abreisenden wegschafften, die Schiffe der Kreuzfahrtlinien, die

Tanker und Frachter, die Antennen, Sendestationen und Leucht-
türme, die auf sich aufmerksam machten, und die Laternen der
Städte auf anderen Inseln – sie alle waren von dort oben nichts
weiter als blinkende, funkelnde, flackernde, gleitende gelbe, blaue,
grüne, bewegliche, unbewegliche Lichter im großen, dunklen
Kino des Lebens.

Man hätte demütig werden können angesichts dieses gewaltigen Theaters, und ich war es oft geworden, seit ich zeitweise auf
dem Berg wohnte, der am Abend in Stille eingehüllt war. Aber
diesmal wollte es nicht funktionieren. Der Monte León, Doña
Esmeralda, der Job, der Neuanfang, das war nur eine Episode gewesen, wie so viele andere in den letzten drei Jahren, kurz und
auf irgendeine Weise mit schmerzhaftem Ende.

Aus dem Dunkel des Ayagaures-Tals trottete ein Augenpaar
heran, orange, weich und harmlos wie eingemachte Pfirsiche.
Ein Hund, der ein bisschen wie ein Wolf aussah. An allen möglichen Stellen ging ihm das Fell aus, an anderen spross es unge-
hindert zottelig oder klebrig. Er war unterernährt, traurig und
verlaust und er hätte seinem Aussehen nach jederzeit tot umfal-
len können, einfach so, ohne Ankündigung. Ein letztes Fiepen,
und das wäre es gewesen. Einige Meter von mir entfernt setzte
der Rüde sich nieder und sah mich an, ruhig und aufmerksam,
wie in einem Wartezimmer, das man noch nicht kennt.

»Dumm, dass ich das Steak auf dem Teller gelassen habe,
Kumpel. Kobe-Rind für Obdachlose ist eine feine Sache.«

Jeder *Canario* bekommt schon als Kind beigebracht, dass man
sich mit wilden Kötern nicht einlassen darf. Selten sind sie gefährlich, aber man kann ja nie wissen, und es heißt, sie übertrü-
gen Krankheiten und Läuse und ein schlechtes Gewissen und
wer weiß was noch alles. Andererseits sind sie das Produkt aus-
gesetzter Hunde, und es ist eine grässliche menschliche Eigenschaft, sich über Verhältnisse zu beklagen, die man selbst ge-
schaffen hat.

»Komm mit, wir werden schon etwas für dich finden.«

Ich erhob mich von dem Stein und ging betont langsam in Richtung Villa Esmeralda. Erst nach dreißig Schritten wagte ich einen kurzen Blick zurück. Der Hund folgte mir in einiger Entfernung, so, als ob er seine Entscheidung noch nicht final getroffen hatte und sich jederzeit unauffällig ins Dunkel zurückfallen lassen konnte.

Ich betrat meine Dienstbotenwohnung durch den Seiteneingang, der hinter Dattelpalmen verborgen lag. Ich ließ die Tür offen, doch der Hund blieb draußen, so als erinnere er sich an die gute Kinderstube, die er mal genossen hatte. Bisher hatte er keinen einzigen Ton von sich gegeben, kein Winseln, kein Knurren, gar nichts. Stumm und reglos wie ein müder Reisender verharrte er im Halbdunkel.

Die Wohnung, die mir Doña Esmeralda zur Verfügung stellte, benutzte ich so selten wie möglich. Wenngleich bequem und modern, war sie unpersönlich wie ein Aufenthaltsraum, und ich hatte von Anfang an keine Lust verspürt, mehr daraus zu machen. Die Küche benutzte ich nur für den Kaffee gleich nach dem Aufstehen, während des Tages aß ich im Hotel oder bediente mich an den Vorräten in Doña Esmeraldas Küche, die die Hausmädchen verwalteten. Die beiden ließen mich gewähren, ohne sich weiter um mich zu kümmern. Sie redeten eigentlich nur untereinander und das pausenlos. Um 19 Uhr gingen sie nach Hause.

In meinem eigenen Vorratsschrank fand ich nur eine Dose Thunfisch neben einem Glas Marmelade, wie zwei ungleiche Schuhe in einem ausverkauften Laden. Drüben sah es deutlich besser aus. Ins Auge fiel natürlich die *pata negra*, Schinken vom Iberico-Schwein, eine ganze Vorderpfote. Da ich aber nicht wusste, wie viele Zähne mein Gast noch im Maul hatte, hielt ich Entenconfit aus der Dose für angemessener. Ich stülpte es in eine Salatschüssel, füllte eine Schale mit Wasser und brachte alles nach draußen.

Der Landstreicher stellte die Ohren auf, wartete jedoch, bis ich in den Eingang zurückgetreten war, bevor er sich langsam näherte. Mit gutem Gefühl sah ich dabei zu, wie ein Hunger gestillt wurde.

Nachdem der letzte Krümel und letzte Tropfen Wasser vertilgt waren, verschwand der Vagabund ohne Eile, aber mit großer Bestimmtheit in die Nacht, ohne sich zu verabschieden. Er würde wiederkommen, schon morgen, übermorgen und die Nächte darauf, das war so sicher wie der Sonnenuntergang. Ebenso sicher war, dass ich nicht mehr da sein würde, um ihn zu füttern.

25

Eine halbe Stunde später hatte ich meine Sachen gepackt, zwei Plastiktüten voll. Das Allermeiste befand sich in Playa del Inglés, und bei den Dingen, bei denen ich nicht sicher war, wem sie gehörten, meiner Arbeitgeberin oder mir, traf ich eine Entscheidung zu meinen Gunsten.

Ich überlegte, einen Brief zu hinterlassen. Dann dachte ich, dass vielleicht Butler, die fortgingen, Briefe hinterließen, Bodyguards höchstens ein ungemachtes Bett. Ein kurzer Anruf morgen würde genügen. Besser noch eine E-Mail und die Kündigung per Brief hinterher. Nüchtern und sachlich, anders würde es die Doña nicht wollen, und anders würde sie nicht darauf reagieren.

Ich stand schon mit den beiden Tüten im Flur und ließ einen letzten Blick über das Wohnzimmer gleiten, als mir das Blinken des Telefons auffiel. Es war ein brandneues Modell, klein genug, um es leicht zu übersehen, und da mich ohnehin fast jeder auf dem Handy oder in der Wohnung in Playa del Inglés anrief, benutzte ich es seltener als den Bimsstein in der Dusche. Die Mailbox hatte ich zuletzt vor einer Woche abgehört, bevor Doña Esmeralda mich losgeschickt hatte, um die Hoteldiebstähle aufzuklären.

Vier Nachrichten, eine wahre Sensation. Die neueste spielte dieses Supermodell zuerst ab.

Gil Reyes, Doña Esmeraldas Sohn, erkundigte sich, wie es seiner Mutter gehe, und bat um Rückruf. Er gehörte zu den Personen, die sich von Anfang an sehr darüber gefreut hatten, dass jemand im Haus wohnte und auf sie aufpasste. Die beiden hatten ein gutes, wenn auch nicht sehr intensives Verhältnis. In seiner Obhut lag die Aufsicht über die vier *Siete Cielos Hotels* auf Teneriffa, wo er selbst wohnte, auf La Palma und La Gomera, sodass seine Mutter sich auf Gran Canaria und die beiden nördlichen Inseln Fuerteventura und Lanzarote konzentrieren konnte. Die meiste Zeit sprachen sie über das Geschäft, soweit ich das beurteilen konnte. Trotzdem lag Gil viel an ihr und er erkundigte sich alle zwei Wochen bei mir nach ihrem Befinden, vermutlich, weil sie solche Fragen nicht mochte. Wie viel ihr an ihm lag, war seit seiner Krebsdiagnose deutlich zu spüren. Gil war ein zurückhaltender, fast schüchterner Mensch. Die Nachricht, die er auf Band sprach, war kurz, nur drei Sätze, aber er hörte sich an wie jemand, der kurz davor war, zur Toilette zu rennen.

Mateo Áldaran bedankte sich dafür, dass ich ihn am vorherigen Abend in Pasito Blanco abgesetzt hatte, und entschuldigte sich, falls er sich dumm benommen haben sollte. Er wisse überhaupt nichts mehr. Dann sagte er fünf Sekunden lang gar nichts, was viel Zeit ist, wenn man eine Nachricht aufspricht, und noch viel mehr Zeit, wenn man sein Geld damit verdient, Leute zu bequatschen. Auf mich wirkte es, als wolle da unbedingt etwas raus

aus dem Loch, hätte sich dann aber scheu umgesehen und für den Rückzug entschieden. Stattdessen fragte Áldaran nur, ob es bei dem vereinbarten Segeltörn am Samstag bleibe.

Doktor Fortunada lobte mein Erscheinen zur ersten gemeinsamen Sitzung und erinnerte mich sogleich an meinen Termin am Montag, ihr Tonfall schwankte dabei zwischen Heilig-Geist-Nonne und Domina.

Der letzte Anruf, also zeitlich der erste, war von jemandem, mit dem ich als Allerletztes gerechnet hätte.

»Señor Lozano? Mein Name ist Vicente Garrocho. Ich … wir sind uns mal begegnet, glaube ich. Vielleicht erinnern Sie sich. Ich nicht so richtig. Sie haben mir damals aus der Scheiße geholfen, richtig? Tschuldigung, ich meinte … Ich habe mich nie dafür bedankt. Also, weshalb ich Sie anrufe … das ist ein bisschen knifflig. Ich weiß nicht, an wen ich mich sonst wenden soll. Ich bin da an einer Sache dran, einer schlimmen Sache. Über Sie habe ich viel Gutes gehört und da dachte ich … Rufen Sie mich doch bitte zurück. Es ist dringend.«

Garrocho hatte seine Handynummer hinterlassen und dann aufgelegt. Der Anruf war von vorgestern, 18:22 Uhr, etwa sechs bis sieben Stunden vor seinem Tod.

Das sonore Geräusch der internen Sprechanlage war das Letzte, was ich an diesem Abend hören wollte, aber neuerdings passierte ja immer das Allerletzte. Doña Esmeralda kam nie in meine Dienstbotenwohnung, auch klopfte sie nicht persönlich an deren Tür. Es wäre ihr im Leben nicht eingefallen, sich der Gefahr auszusetzen, mich im Pyjama oder Morgenmantel anzutreffen. Lieber betätigte sie zwanzigmal den Summer des Haustelefons.

»Ja?«, rief ich im Ton einer Majestätsbeleidigung in das Mikrofon an der Wand.

»Flaco? Ich habe bemerkt, dass Sie zurück sind. Kommen Sie rüber, aber schnell.«

»Warum?«

»Ich höre wohl nicht recht. Sie sollen zu mir kommen. Sofort! Ziehen Sie sich etwas an. Also bis in einer Minute, ja?«

Mit der Vorladung der Nationalpolizei im Briefkasten hatte der Tag begonnen. Mein Auto war kaputt, ich wusste nicht, ob der Pannendienst es abgeholt hatte und wo es sich befand. Von meiner Flucht hatte ich Muskelkater in den Beinen und Rippenschmerzen von der Schlägerei. Jemand hatte eine Pistole auf mich gerichtet. Ein Widerling hatte mir eine Viertelmillion angeboten, die ich Depp ihm in den Rachen gestopft hatte, und dann hatte ich auch noch erfahren, dass es Doña Esmeraldas Konzern bald an den Kragen ging. Etwa zehn Minuten lang hatte sie mir leidgetan. Jetzt, da ich wusste, was ich wusste, wusste ich nicht, wem ich lieber eine überreife Pampelmuse auf dem Gesicht zerdrückt hätte: dem Mann, der mich einfach nicht losließ, oder der Frau, die mich ein halbes Jahr lang hintergangen hatte. Allerdings war mein Vater Hunderte von Kilometern entfernt, was mir die Entscheidung eigentlich leicht machen sollte.

Für einen Tag hatten sich eine ganze Menge Probleme angehäuft. Doch ich hätte sie alle klaglos hingenommen, wenn ich dadurch den Anruf von Vicente Garrocho auf meiner Mailbox hätte ungeschehen machen können. Ich fühlte mich mies genug, um mir einen doppelten irischen Whiskey hinter die Binde zu kippen, und danach fühlte ich mich betrunken genug, um eine Flasche kanarischen *vino tinto* zu öffnen. Sicherlich, mein Kopf wusste, dass ich an Garrochos Tod nicht die mindeste Schuld trug, aber mein Magen drehte sich trotzdem um und mein Hintern zog mich auf den Sessel nieder, wo ich ein dickbauchiges Glas in derselben Geschwindigkeit leerte, in der ich es gefüllt hatte.

Der Summer ertönte erneut und ich schoss wie die Zunge eines Frosches auf ihn zu.

»Ja?«

»Gehen auf Planet Flaco die Uhren anders? Ich habe Ihnen vor sieben Minuten gesagt, dass ich Sie in einer Minute sehen will.«

Ich riss die Verbindungstür meiner Wohnung auf und stapfte den schmalen Gang entlang, der in die Küche der Villa führte. Die Platte mit *pata negra* und frischem Bauernbrot stand schon bereit, vorbereitet von den Hausmädchen. Wenn die Doña glaubte, dass ich sie bedienen würde, noch dazu bei vollem halbem Gehalt, dann brauchte sie dringend ein Mittel zur besseren Gehirndurchblutung.

Sie saß im *salón*, den sie – Zufall oder nicht – in den spanischen Nationalfarben eingerichtet hatte: goldfarbene Stofftapete, rote Sessel und Sofas. Die alten Originalgemälde waren langweilig: Männerporträts mit Federhut und Jagdhund, die Frauen mit Buch, Fächer und sittsamer Zofe. Die Stehlampen in den Ecken warfen ein warmes Licht auf die Terrakottafliesen, die da und dort von Orientteppichen bedeckt waren. Sie hatte die kupferfarbenen Vorhänge aus Wildseide zugezogen, warum auch immer, da jenseits davon nur die Terrasse und dahinter das Universum gelegen waren.

»Was ist denn das für ein schlampiger Aufzug?« Doña Esmeralda stand neben einem ihrer tausend Vorfahren an der Wand und spielte mit den Perlen der Jadekette um ihren Hals. Ihr Parfüm beherrschte den Raum gemeinsam mit ihrer Gereiztheit.

Ich war noch nicht dazu gekommen, mich umzuziehen. Die Sneakers waren staubig, das Hemd war an der Seite gerissen, und die Prellung am Wangenknochen begann, auch optisch was herzumachen.

»Sie haben viel mit ihm zu tun, dem schlampigen Aufzug«, erwiderte ich. »Wenn Sie mir gleich erzählt hätten, dass die Familie Balbuena Sie erpresst …«

»Wie können Sie es wagen!«, rief sie. »Sie haben meinen Code, *meinen* Code benutzt, um sich in die Datenbank zu schleichen. Aber man sieht, wer sich wann Zugriff zu welcher Datenbank verschafft hat und ich habe die Daten über die Balbuenas nicht abgerufen. Leugnen Sie, dass Sie es waren? Dachten Sie im Ernst, ich bemerke den Verrat nicht?«

»Nein, das dachte ich nicht, es war mir nur egal.«

»Also, das ist doch … Vicentes Tod hat nicht das Geringste mit der Affäre Balbuena zu tun und Sie hatten kein Recht, sich da einzumischen.«

»Erstens weiß man in solchen Fällen immer erst hinterher, ob man das Recht hatte, und zweitens bin ich mir nicht sicher, wie viel dieser Mord mit den Balbuenas zu tun hat. Jedenfalls hat man heute Mittag in Fontanales versucht, mich zu Pflanzendünger zu verarbeiten. Also noch mal von vorne: Sie werden erpresst oder bestreiten Sie das?«

»Sagen Sie mal, was sind denn das für Reden! Sie sind hier angestellt, um …«

»Dann entlassen Sie mich doch.«

»Wie bitte?«

»Na los, feuern Sie mich. Werfen Sie mich hochkant hinaus. Ich bin rotzfrech … pardon, impertinent, ich stecke meine Nase in Sachen, die mich nichts angehen, ich benutze Ihren Code, trage staubige Schuhe und brauche sieben Minuten, wofür andere nur eine brauchen. Womöglich transpiriere ich sogar, weil ich vor vier Totschlägern wegrennen musste. Lauter gute Gründe, mich vor die Tür zu setzen. Ach ja, nicht zu vergessen, ich stehe unter Mordverdacht. Ein Wort von Ihnen, und ich bin schneller weg als jeder andere, den sie vor mir entlassen haben.«

Sie schüttelte den Kopf, setzte die Brille ab, betrachtete sie, als wäre sie ihr noch etwas schuldig, und setzte sie wieder auf. »Das ist doch lächerlich. Ja, ich bin von Ihnen enttäuscht. Andererseits verstehe ich, dass Sie unter Druck stehen. Versprechen Sie mir, nie wieder meinen Code zu benutzen, und ich werde die Sache vergessen.«

»Wie viel hat er Ihnen gezahlt?«, unterbrach ich sie.

»Wer?«

»Mein Vater. Wie viel bin ich ihm wert, in Euro umgerechnet?«

»Ich weiß nicht, wovon Sie reden«, antwortete sie mit der Mimik einer Katze, die mit weißer Schnute neben dem umgestürzten Milchkarton sitzt.

Ich ließ mich in einen der weichen roten Sessel fallen, der mich aufnahm wie Mamas Schoß, und sah zu ihr hoch. Ich konnte mich nicht erinnern, dass ich – mit Ausnahme des Einstellungsgesprächs sowie gestern, als sie mich suspendiert hatte – jemals in ihrer Gegenwart gesessen hatte. Leibwächter, die neben ihren Arbeitgebern sitzen, sind nutzlos. Butler, die das Gleiche tun, sind entlassen.

»Vielleicht stimmt es, was Sie sagen«, murmelte ich nachdenklich. »Vielleicht geht mich die Affäre Balbuena tatsächlich nichts an. Die beiden Alten scheinen es weder als Vorteil zu betrachten, dass Garrocho tot ist, noch als Nachteil, dass man sie mit ihm gesehen hat. Sie wirken kaum beunruhigt, sieht man einmal von einer gewissen Knurrigkeit ab, die bei zwei betagten Bergbewohnern so normal ist wie Stress bei jungen Hochzeitspaaren. Na ja, vielleicht geht es mich ebenfalls nichts an, dass Ihr *Siete-Cielos*-Konzern kurz vor der feindlichen Übernahme durch Devin Koppler steht.«

Doña Esmeraldas Perlenkette zerbarst und Dutzende von kleinen grünen Jadekügelchen hüpften wie junge Äffchen auf einem Trampolin quer durch den Salon. Instinktiv bückte sie sich, aber als sie merkte, dass ich auf dem Sessel keinen Finger rührte, erhob sie sich wieder.

»Und ja, so verrückt es klingt, vielleicht geht es mich noch nicht einmal etwas an, dass Devin Koppler mir vor einer guten Stunde eine Viertelmillion Euro angeboten hat, wenn ich den Job bei Ihnen hinschmeiße, den ich gerade gratis hinschmeiße. Denn seine Motive hatten weniger mit meiner tollen Persönlichkeit als mit seiner schäbigen zu tun. Wie dem auch sei, ich habe abgelehnt. Wissen Sie, warum?«

Sie schwieg.

»Ich dachte, ich schulde Ihnen Loyalität. Ich dachte, diese Frau hat dich vor einem halben Jahr eingestellt, als du kurz davor warst, nicht mehr ein noch aus zu wissen. Wer weiß, vielleicht hätte ich mich als Chippendale-Tänzer bewerben müssen. Oder ich wäre als Sport-Animateur auf einem Kreuzfahrtschiff herumgehampelt. Tja, wenn man nicht mal mehr zum Türsteher taugt … Im dritten Kreis der Hölle sind die Möglichkeiten begrenzt.«

Ich stand abrupt auf und ging einen Schritt auf sie zu, woraufhin sie einen halben zurückwich. In aller Ruhe entfaltete ich das Dokument, das mir Koppler zugespielt hatte: die Kopie eines von meinem Vater unterzeichneten Schecks über eine Million Euro zu Gunsten von Esmeralda Reyes Beltrán de la Cuesta, ausgestellt vor sechs Monaten.

»Was mich aber ganz sicher angeht, und zwar hundertprozentig, ist die Tatsache, dass Ramiro Lozano versucht, mein Leben zu kontrollieren, unter Ihrer tätigen Mithilfe.«

»Er hat es …«, versuchte sie einzuwenden, schrak jedoch vor einer heftigen Geste meinerseits zurück.

»Wenn Sie jetzt sagen, er habe es nur gut gemeint, werde ich stinksauer.«

Es kam durchaus vor, wenn auch recht selten, dass Doña Esmeralda unter dem Eindruck einer Person oder Situation kurz Ihre hervorragendste Eigenschaft verlor, nämlich ihre Beherrschung und die Übersicht zu bewahren. Der Zustand hielt in der Regel nur wenige Minuten an, und sein Ende wurde meistens durch einen Seufzer angekündigt, dem garantiert ein Seitenhieb folgte.

Sie seufzte. »Flaco, Sie haben entschieden zu viele Jahre bei der Polizei verbracht. Darunter hat Ihre Sprache sehr gelitten.«

Sie ging zum Sofa, wobei sie darauf achtete, auf keine der Perlen zu treten, setzte sich, griff in eines der Fächer des Zeitungsständers und schlug ein Magazin für Damenmode auf.

»Ich werde mit Ihnen nicht darüber diskutieren, wie es zu Ihrer Anstellung gekommen ist. Klären Sie das selbst mit Ihrem Vater. Meinetwegen können Sie bleiben. Oder gehen. Was Ihnen lieber ist.«

»Es ist mir lieber zu gehen.«

Seltsam, nach alldem versetzte ihr die Ankündigung einen Stich.

»Also bitte. Aber möchten Sie vorher nicht wenigstens mit Ihrem Vater ...«

»Nein«, fuhr ich sie an, und das schnitt ihr, die weder den Tonfall gewohnt war noch einer Missetat überführt zu werden, den Geduldsfaden entzwei.

»So gehen Sie doch endlich, wenn Sie es nicht erwarten können, hier herauszukommen. Sie erhalten noch den Lohn für diesen Monat.«

»Nein«, widersprach ich. »Fristlos. Und vergessen Sie nicht, das volle halbe Gehalt der letzten zwei Tage zu berücksichtigen.«

»Wie kann man nur so stur sein. Damit schaden Sie sich bloß selbst.«

»Seltsam«, sagte ich. »Dieselben Worte hat Devin Koppler gebraucht, als ich sein Angebot abgelehnt habe. Wenigstens in dem Punkt sind Sie sich einig.«

»Menschen wie Sie vollbringen wahre Wunder«, konterte sie und verschränkte die Arme vor der Brust, so als wolle sie mit aller Kraft etwas zurückhalten, das herauswollte, und das war bestimmt kein Bäuerchen. Gerade als ich mich fragte, ob ich vielleicht doch noch irgendeine hilfreiche Information ergattern könnte, klingelte ihr Telefon.

Ich holte meine Sachen, vergaß auch den irischen Whiskey und die angebrochene Flasche Wein nicht und verließ das Haus durch den Nebeneingang. Es war fast neun, und ich bereute, dass ich das Kobe-Steak nicht gegessen hatte. Ein Teller Muschelsuppe war ja ganz nett, hielt aber nicht lange vor. Die dreißig plus irgendwas Euro, die ich in meiner Hosentasche fand, genügten für ein Taxi nach Puerto de Mogán in Chilis Bar, wo ich mich mit Erdnüssen und Oliven vollstopfen konnte, bis sie mir zu den Ohren rauskamen.

26

Während ich noch auf das Taxi wartete, schoss meine frühere Arbeitgeberin aus dem Haus. Ihre linke Hand wedelte mit einem Zettel, ihre rechte ohne einen Zettel.

»Flaco, Flaco! Gott sei Dank, Sie sind noch da. Gott sei Dank. Sie müssen … Sie müssen …«

Atemlos kam sie vor mir zum Stehen. Ihr einziger Sport bestand darin, morgens in ihre Kleider zu kommen. Das rächte sich nun.

»Sie müssen das … das hier … für mich erledigen.«

»Ich muss mich heute noch betrinken, sonst gar nichts. Außerdem arbeite ich seit einer Viertelstunde nicht mehr für Sie.«

»Es geht um Alba. Sie ist … es geht ihr nicht gut. Möglicherweise ist sie in Gefahr. Ein paar Männer haben sie dorthin gebracht.«

Alba Reyes, ihr einziges Enkelkind, war das erste Mal mit fünfzehn in Gefahr gewesen, als man sie nachts um drei mit einer Flasche Wodka unter dem Arm und einem Tütchen Koks im Dekolleté in Santa Cruz de Tenerife aufgegriffen hatte. Man musste sie quasi von einem Typen losschweißen, in den sie sich zuerst verknallt und dann verkrallt hatte. Juristisch kam sie mit einem blauen Auge davon, aber sie schrieb dem Knaben noch ein ganzes Jahr lang Briefe in den Knast, und als sie ihn vorm Gefängnistor abholen wollte, wurde sie von dessen »Verlobter« und deren Bruder zusammengeschlagen. Ein paar Jahre und Anklagen, einen Umzug von Teneriffa nach Gran Canaria und eine Bewährungsstrafe wegen Diebstahls später, steckte sie also mal wieder in Schwierigkeiten, und diesmal so richtig.

Ich las den Zettel, den mir Doña Esmeralda in die Hand drückte.

»Dort ist sie immer noch?«

»Ja, soviel ich weiß.«

»Von wem haben Sie das?«

»Jemand hat es mir am Telefon durchgegeben.«

»Wer?«

»Ein Mann.«

»Wie heißt er?«

»Ich habe mir den Namen nicht gemerkt. Ist das so wichtig?«

»Wie kommt irgendein x-beliebiger Mann dazu, Sie unter Ihrer Geheimnummer anzurufen und Ihnen mitzuteilen, wo und mit wem Ihre Enkelin den Abend verbringt?«

Sie verdrehte die Augen. »Er ist von einer Detektei, die ich beauftragt habe.«

»Hervorragend, soll doch der Detektiv sie da herausholen.«

»Er sagt, er darf da nicht rein.«

»Aber ich schon, ja?«

»Er sagt, er hat von seiner Geschäftsleitung eine Liste mit Orten, die er nicht betreten darf, und dieser Club gehört dazu.«

Club … lächerlich. Rauchende Vulkanschlote, sinkende Schiffe, brennende Häuser und ganz El Salvador waren angenehmere Orte als das *Sangre Nuestra*. »Unser Blut« – der Name gab bereits einen dezenten Hinweis darauf, dass man es dort mit einer verschworenen Gemeinschaft zu tun bekam. Das Ganze am Rande des berüchtigtsten Viertels der Inselhauptstadt, dem vierten Distrikt, genannt Barrio del Polvorín. Nicht mal die Lokalpolizei ließ sich dort blicken, so hieß es, und wer einen Notruf von dort absetzte, wurde am anderen Ende der Leitung ausgelacht. Man durfte nicht alles glauben, was an Geschichten über das Polvorín kursierte. Ich war mir jedoch ziemlich sicher, dass die Verkäufer von Lebensversicherungen einen großen Bogen um die Gegend machten.

»Was ist das für ein Club?«, fragte Doña Esmeralda und quetschte dabei die langen rostbraunen Finger, als würde sie frieren.

Jedenfalls keiner, der irgendeinem Lokal ähnelte, in dem sie schon mal am Sherry genippt und eine Rumba gewagt hatte. Aber ihr das zu erklären – puh. Sie liebte Gran Canaria, sie liebte alle sieben Inseln, das war die eine Wahrheit. Die andere war, dass sie ihre Heimat nicht kannte, nicht zur Gänze jedenfalls. Sie hatte keine Ahnung von den Nöten in den Bergen, wo die Armee der schlecht bezahlten Zimmermädchen wohnte; keine Ahnung von den Bauern mit ihren Gesichtern wie Rosinen; von den Kunsthandwerkern, deren Glieder schwer wurden. Gedankenlos fuhr sie an den Mietskasernen im Süden von Las Palmas vorbei, an den im Wind zappelnden Vliesstoff-Fetzen der aufgegebenen Bananenplantagen; an den Geisterhäusern, alten Fincas aus schwerem rundem Stein, braun wie in Rum eingelegt, in denen keiner mehr lebte; an den Dörfern, die allmählich austrockneten, nicht aus Wasser-, sondern aus Menschenmangel. Und ganz bestimmt hatte sie aber so was von überhaupt keine Ahnung von den Schwarzhändlern an den Stränden, den Strichern am Hafen, den Taschendieben in den Textilgeschäften, den Schwarzafrikanern im Yumbo Center, die blinkende Hütchen trugen, billiges chinesisches Spielzeug vertrieben und auf ein Zwinkern auch weiße Tütchen.

»Bitte, Flaco, Sie müssen ihr helfen«, beschwor sie mich. »Die

Polizei will nichts unternehmen, da Alba volljährig ist und es keine Hinweise auf ein Verbrechen gibt. Jetzt bleiben nur Sie übrig. Schießen Sie mich auf den Mond, wenn es sein muss. Aber lassen Sie Ihre Wut nicht an dem armen Kind aus.«

»Vielleicht ist das arme Kind ja freiwillig dort.«

»Das kann ich mir nicht vorstellen.«

Mit meiner Fantasie verhielt es sich wie mit meiner Sprungkraft – sie reichte deutlich weiter als Doña Esmeraldas. Alba ein Sorgenkind zu nennen, das war, als würde man Doktor Mabuse einen Spitzbuben schimpfen. Zu ihrem Vater hatte sie wenig Kontakt, zu ihrer Mutter, die ihr Leben mit Sonnenbaden an der Copacabana zubrachte, so gut wie gar keinen. Die besorgte Großmutter machte sich etwas vor, wenn sie sich als Stabilitätsanker für ihr Enkelkind bezeichnete. Das Einzige, was sie stabilisierte, waren Albas Finanzen, die zerrütteter waren als die von Somalia.

Mein gedankenversunkener Blick fiel auf das bestellte Taxi, das sich näherte. Mir war, als würden die gut verborgenen Schnüre des Puppenspielers kurz sichtbar. Nein, es war kein Zufall, dass Doña Esmeraldas einzige Enkelin in Gefahr geriet, während Devin Koppler seine Kontrahentin von allen Seiten bedrängte. Sofern überhaupt eine Gefahr für Alba bestand.

Für die Enkelin einer Chefin, die mich enttäuscht hatte, würde ich meine Haut bestimmt nicht riskieren. Sehr wohl aber für mich selbst. Es war doch so: Wenn ich jetzt alles hinwarf, hätte Koppler sein Ziel doch noch erreicht. Und den Fall konnte ich so gut wie vergessen. Alles hing mit allem zusammen, das stand für mich fest, und wenn es sich so verhielt, musste ich mitmischen, um das Spiel zu verstehen.

Außerdem, ein Detektiv ist auf Informationen angewiesen wie ein Suppenkoch auf eine gute Brühe, und wenn ich sämtliche Informationsquellen eine nach der anderen verschloss, was bliebe mir dann noch, als mich Peraltas Gnade und Verstand auszuliefern? Beides besaß er nur in homöopathischer Dosis. Ich hatte nun einmal bloß Doña Esmeralda als wichtige Auskunftgeberin. Sie kannte Hintergründe, die mir verschlossen bleiben würden, es sei denn, ich täte ihr einen großen Gefallen.

Ich sagte oder besser knurrte: »In einer Stunde weiß ich mehr.«

»Sie machen es? Oh, Flaco, das werde ich Ihnen nie vergessen.«

»Darauf gehe ich jede Wette ein. Wenn ich zurück bin …« Ich hielt ihr am ausgestreckten Arm drei Finger entgegen. »Wenn ich zurück bin, will ich alles über Vicente Garrochos Herkunft erfahren, und zwar die ganze Wahrheit. Alles über Devin Kopplers Attacke auf Ihre Hotelkette. Und alles über Ihre Abmachung mit meinem Vater, verdammt noch mal.«

Sie verkrampfte merklich, so als trüge sie eine Halskrause, schaffte es jedoch gerade so, ein Nicken zu produzieren, während ich die Beifahrertür des Taxis öffnete.

»Soll ich mitkommen?«, fragte sie.

»Auf gar keinen Fall.«

»Sie sind mein Leibwächter, also werden Sie mich ja wohl beschützen können.«

»Ja, das schon. Aber dann kann ich mich selbst nicht mehr beschützen und in diesem Punkt bin ich extrem egoistisch.« Ich hielt die Hand auf. »Ich brauche Geld für das Taxi und so weiter.«

Nach einem kurzen Kopfschütteln lief sie ins Haus und kam mit 300 Euro zurück, in kleinen, gebügelten Scheinen, die sie mir durch das Fenster reichte.

»Ich muss hier also tatenlos herumsitzen und warten?«, fragte sie säuerlich.

»Nein«, widersprach ich. »Sie könnten meine Plastiktüten ins Haus zurückbringen.«

27

Der Taxifahrer weigerte sich, ins Barrio Polvorín zu fahren, und ließ mich am Rehoyas-Park heraus, der zum Nachbarbezirk gehörte. Wir hatten während der Fahrt kaum ein Wort gesprochen, obwohl das Radio nicht lief. Normalerweise führte ich gerne Gespräche mit den *taxistas*, denn man erfuhr durch sie so einiges. Dass ich jedoch auf dem Millionärshügel eingestiegen war, machte mich für den Fahrer zu einem Außerirdischen, einem von Adel überdies, und ich selbst hatte an diesem Abend wenig Interesse an einer Plauderei. Ich musste nachdenken. Nach einer Weile, in der ich mich verzettelte, konzentrierte ich mich daher auf Alba Reyes und die vor mir liegende Aufgabe.

Vom Rehoyas-Park aus ging ich zu Fuß weiter. Ich war erst einmal in der Gegend gewesen, bei einer Drogenrazzia vor etwa sechs Jahren, die vorher verraten worden sein musste, weshalb nur das zutage kam, was für die Halunken Ausschussware war.

Das Barrio sah nicht besser und nicht schlechter aus als die zur Mitte des vorigen Jahrhunderts aus dem Boden gestampften Wohnquartiere vieler großer europäischer Metropolen: überdimensionierte Streichholzschachteln in entzückendem Grau. Die Straßen eine wie die andere. Bei Nacht stellte sich, aus der Distanz betrachtet, beinahe so etwas wie Heimeligkeit ein, die vom ersten Sonnenstrahl eliminiert werden würde. Obwohl mitten in Las Palmas gelegen, wirkte der vierte Distrikt seltsam isoliert, eingehegt von einer Hochstraße und geröllwüstenartigen Freiflächen, die schon bei Tage wenig frequentiert waren und nach Sonnenuntergang das Königreich der dunklen Seite der Gesellschaft bildeten.

Banditen fahren nicht gerne weit zur Arbeit, daher lebten die meisten von ihnen im Barrio del Polvorín und den umliegenden Urbanisationen, was natürlich nicht bedeutete, dass nur Verbrecher dort wohnten. Die Mieten waren günstig, das zog auch jede Menge ehrliche Leute an. Dennoch, die Hälfte der Straßenlaternen war zerschossen oder auf andere Weise zum Erlöschen gebracht worden, und die Stadt war es längst leid, sie zu ersetzen. Ich durchquerte Straßenzüge, in denen Lampen hinter zugezogenen Vorhängen die einzigen Lichtquellen waren. Vergeblich suchte ich nach einer kleinen Bar oder Eckkneipe, in der ich nach dem Weg hätte fragen können, und auch die Hundehalter hatten ihren letzten Rundgang wohl schon in der Dämmerung erledigt.

Irgendwo bog ich falsch ab und stand mit einem Mal vor einer abschüssigen Grünfläche, die mit Pappkartons bebaut war. Die Stützmauer bröckelte seit Langem, den Schutt räumte niemand weg.

»*Buenas noches, compi*«, rief ich einem der Obdachlosen zu, besser gesagt seiner Mütze, denn mehr ragte nicht unter der Pappe hervor. »Kennst du den Weg zum *Sangre Nuestra*?«

Ohne sich der Mühe einer Bewegung zu unterziehen, erwiderte der Angesprochene: »Wenn du den Weg nicht kennst, Kumpel, tust du gut daran, diesen Zustand beizubehalten.«

Ich kratzte mich grinsend am Kopf. »Das ist gewiss ein guter Rat, aber ich kann's mir nicht aussuchen. Genau genommen kann ich es mir doch aussuchen, aber …«

»Was denn nun?«, fragte die Mütze.

»Es geht um ein Mädchen.«

Die Papphütte erzitterte leicht, bevor ich ein ebenso leichtes Kichern hörte.

»Deine Stimme hört sich klug an, Kumpel. Aber sonst ist es nicht so weit her mit deinem Oberstübchen.«

»Sie braucht mich.«

»Wenn sie im *Sangre Nuestra* ist, dann braucht sie Superman. Bist du Superman?«

»Ich lerne noch.«

Eine Weile lang sagte die Mütze nichts. Dann, noch immer ohne eine Regung: »Dreh um, zweite Querstraße links, von da an immer geradeaus. Wenn du auf einen Typen mit dem Unterkiefer einer Hyäne triffst, bist du am Ziel. Also am Arsch.«

»Schönen Dank.«

»Ruhe in Frieden.«

Ich befolgte die Anweisungen, die mich unter anderem über eine ehemalige Rasenfläche führten, degeneriert zu einer Ödnis. Ein paar Plastiktüten, die sich in niedrigen, trockenen Büschen verfangen hatten, wehten trotzig wie zerfetzte Fahnen im Nachtwind. Um nicht in eins der zahlreichen Löcher zu treten, schaltete ich die Taschenlampe meines Handys an.

Neben einigen aufeinandergestapelten Rostfässern stand ein Mann mittleren Alters. Er trug eine Jeans und so etwas Ähnliches wie Cowboystiefel, dazu ein unauffälliges Hemd und ein rot-schwarz kariertes Halstuch, das er verknotet hatte. Er sah aus wie die Typen aus der Zigarettenreklame in den Neunzigern und seine Körperhaltung war entspannter als die eines Bettvorlegers. Fehlte nur noch das Lagerfeuer.

»Sie sind der Detektiv.«

Er sah mich an, als wollte er fragen, wie ich das herausgefunden hatte, aber im letzten Moment bekam er die Kurve. Kaum hatte er sie genommen, fuhr er doch noch voll gegen die Wand.

»Hat man mich Ihnen beschrieben?«

»Nur Detektive oder Tote haben diesen coolen Gesichtsausdruck, wenn sie sich im Barrio del Polvorín aufhalten. Wenn ich Ihnen einen Tipp geben darf, lassen Sie zu, dass Ihr Gesicht Ihre wahren Gefühle ausdrückt, das ist unauffälliger. Und jetzt zum Geschäft.«

Er beherzigte meinen Rat und deutete nervös auf ein Gebäude in fünfzig Metern Entfernung, ein bisschen Garage, ein bisschen Haus, ein bisschen Schuppen, von allem etwas, nur zehnmal größer. Dem Aussehen nach hätte es auch eine Autowerkstatt, eine Schnapsbrennerei oder ein heruntergekommener Boxclub sein können, aber es war das *Sangre Nuestra*.

»Man hat Sie schon angekündigt. Das Mädchen ist immer noch da drin.«

»Und wie ist es hineingekommen?«

»Das war so … Wir hatten sie aus den Augen verloren.«

»Wie lange beobachten Sie Alba denn schon?«

»Seit etwa sechs Wochen, meine Kollegen und ich. Es ist immer nur einer von uns an ihr dran. Sie hat eine Wohnung in der Altstadt, nur wenige Straßen von der Kathedrale weg. Da war sie die meiste Zeit. Einmal in der Woche ist sie in den Süden gefahren, um ihre Großmutter zu besuchen.«

»War sie mal im *Siete Cielos*?«

Er schüttelte den Kopf. »Nein. Oder doch, vor einem Monat ungefähr, bei der Feier am vierten Advent, da ist sie ziemlich lustlos hingefahren, aber lange geblieben und hat sich anscheinend gut amüsiert. War unmittelbar danach ganz happy. Samstags geht sie tanzen und ein oder zweimal in der Woche trifft sie sich mit Leuten ihres Alters, sie essen und trinken was … Nichts Besonderes. Und dann, vor drei Tagen, war sie plötzlich weg. Wir wurden skeptisch, weil sich in ihrer Wohnung nichts mehr getan hat, abends kein Licht, tags kein Geräusch. Da haben wir es gemerkt. Sie kann auch schon ein oder zwei Tage vorher verschwunden sein.«

»Oder drei oder vier.«

Er schien den Geschmack an der Zigarette zu verlieren und schnippte sie ein paar Meter weg. »Wir sind zu den Orten, wo sie sich üblicherweise aufgehalten hat, wenn sie ausging. Fehlanzeige. Unter einem Vorwand haben wir die Hausverwalterin befragt, auch nichts. Drei Tage lang war sie wie vom Erdboden verschluckt und heute Nachmittag taucht sie wie aus dem Nichts vor ihrer Wohnung auf. Sie ist eine halbe Stunde drin, da erscheinen zwei Typen auf der Bildfläche, gehen rein, kommen zwei Minuten später wieder raus, einer links von ihr und einer rechts, setzen sie in ein Auto und fahren los. Ich hinterher. Sie halten erst wieder vor diesem Schuppen hier und das war's. Seither ist Funkstille.«

»Alba ist garantiert im *Sangre Nuestra*?«

»Ich habe sofort Verstärkung angefordert, mein Kollege steht am Hinterausgang.«

»Genauso unauffällig wie Sie, möchte ich wetten.«

»Was soll das? Wir ziehen doch am selben Strang, oder?«

»Im Moment spricht nichts dagegen. Aber sobald ich den Laden betrete, wird aus dem Strang ein Kaugummifaden. Was tun Sie, wenn die mir die Gliedmaßen einzeln rausreißen? Zünden Sie sich noch eine Fluppe an? Rufen Sie Ihren Chef an? Oder Ihre Mutter?«

»Sie können mich mal.«

»Seien Sie bloß nicht so empfindlich. Ich sage ja nur, dass ich den beschissensten Job auf der Welt habe, den man für ein volles halbes Gehalt bekommen kann.«

Ich schüttelte dem Detektiv die Hand und klopfte ihm kameradschaftlich auf die Schulter, so als sei er es, der gleich die übelste Taverne der Insel betreten müsste.

28

Mein Kumpel, die Mütze, hatte nicht übertrieben, was den Unterkiefer des Türstehers betraf. Nur war das nicht das Einzige, was an dem Typen überdimensioniert war. Sogar im Halbdunkel ließen sich die Schenkel und Oberarme dazuzählen, ferner die

Schultern, die Füße und Hände … Die Augen dagegen waren klein wie Hemdknöpfe und seine Haare einem fiesen Kasernenschnitt geopfert worden. Er trug Shorts und ein enges T-Shirt mit der Aufschrift *Bogavante* – Hummer, was auch immer das bedeuten sollte. Vielleicht, dass er gerne Dinge zerquetschte.

»Handy aus«, brummte er, kaum dass ich den Mund aufgemacht hatte.

»Das ist nur die Taschenlampe.«

»Handy aus.«

Ich schaltete die Taschenlampe aus und steckte das Handy in die Vordertasche der Jeans.

»Ich heiße Flaco. Ich suche nach Alba Reyes.«

»Hm.«

»Sie ist brünett, etwa einen Meter siebzig groß, schlank und gerade so volljährig. Ringe unter den Augen, meistens vier. Sie hat eine kleine Narbe auf der Stirn, die die rechte Augenbraue durchzieht.«

Der Hummer hatte davon ein ganzes Regiment, überall auf seiner tätowierten Haut verteilt.

Ich redete einfach weiter. »Ich bin so was wie Albas Anwalt. Hätte ich nicht meine weiße Fahne zu Hause vergessen, würde ich sie jetzt schwenken. Ich mache dir einen Vorschlag. Wenn Alba will, dass ich wieder gehe, dann …«

Er wartete das Satzende nicht ab, sondern öffnete mit langem linkem Arm die Tür, während der rechte eine höfliche Geste machte einzutreten.

Du lieber Himmel! Höfliche Gesten von Typen mit der Visage von Kriegsverbrechern sind seit je ein schlechtes Zeichen. Der Hummer blieb dann auch tatsächlich in Zangenreichweite.

Hinter der Tür befand sich ein langer Gang, der höchstens einmal in der Woche von den verschiedenfarbigen Flüssigkeiten befreit wurde, deren Ursprung und Beschaffenheit wirklich niemanden interessierte. Der Gestank war nur deswegen zu ertragen, weil der Wind durch jede Ritze pfiff. Es folgten eine zweite Tür und ein zweiter Gang, der sauberer war, was nicht hieß, dass er irgendetwas ähnelte, das man als sauber bezeichnen konnte. Ein paar Zimmertüren gingen davon ab, doch der kräftige Arm des Hummers deutete mit einer Scheißfreundlichkeit auf die dritte Tür geradeaus. Bevor ich sah, was dahinterlag, roch ich es: Hasch, Schweiß und Schlimmeres. Außerdem der Geruch von Geflügel. Lebendem Geflügel. Solchem, dessen Gefieder nass ist von Wasser und Blut. Ich hörte Anfeuerungsrufe für einen gewissen *bastardo* und einen *killer*.

Hahnenkämpfe gab es auf den Kanaren schon lange, bevor der erste Tourist sein Handtuch auf dem Strand ausgebreitet hat. Vor gut dreißig Jahren hat dann der Staat erstmals regulierend eingegriffen, indem er »wilde« Kämpfe sowie das Wetten auf Hähne verbot und die *Federación Gallistica Canaria* gründete, die seither reguläre Meisterschaften nach strengen Regeln ausrichtet. Ich ging jedoch davon aus, dass der Hahnenkampf zwischen *bastardo* und *killer* in etwa so reglementiert war wie eine Kneipenschlägerei und dass die beiden Einzigen, die nicht wetteten, die Kombattanten waren.

Hinter der Tür ein Gewirr aus fest montierten Stühlen und Tischen, vermutlich damit sie nicht zweckentfremdet werden konnten, sowie Machos und Flaschen – solchen aus Glas. Auf eine Frau kamen zehn Männer und zwei Monster. Die Luft war eine wabernde blaue Wand. Trotzdem erkannte ich ganz am Ende des turnhallengroßen Raumes ein riesiges Regal mit Getränken, und ehe ich es mich versah, stand ich vor dem uneinladendsten Tresen, den ich je gesehen hatte.

»Setzen«, sagte der Hummer.

»Werde ich auf dem Stuhl kleben bleiben?«

»Setzen.«

Mein Begleiter gab dem Barmann ein Zeichen, der daraufhin hinter einem schwarzen Vorhang verschwand. Einige Minuten lang passierte gar nichts, außer dass *killer*, zur hellen Freude seiner Fangemeinde, *bastardo* besiegte, wodurch etliche Scheine die Besitzer wechselten. Nun fehlte nur noch der Falschspieler, der zusammengeschlagen und gegen das Klavier geworfen wurde. Ich nahm mir vor, nicht falsch zu spielen.

Der Barmann kam hinter dem Vorhang hervor und nickte.

»Hm«, befahl der gesprächige Hummer.

29

Wir durchquerten ein Warenlager, das so voll war, dass es sich bei all den Kisten und Kästen unmöglich nur um Flaschen für die Bar handeln konnte. Garantiert wurden hier Handtaschen von Chanel und Louis Vuitton, die man auf den Kanaren an jeder Strandpromenade von der Decke der Verkäufer weg erwerben kann, mit Sekundenkleber gefertigt … Eine Razzia hätte ein paar hübsche Bilder für das Fernsehen ergeben und bei der Justiz wären kurzzeitig die Blöcke für Haftbefehle knapp geworden. Alles blanke Theorie. Das Dumme war, dass Razzien für die organisierten Verbrecher so planbar waren wie das Weihnachtsfest.

Ich wurde von meinem treuen Begleiter durchsucht. Der Hummer nahm meine Brieftasche an sich, ließ mir aber das Geld.

Eine letzte Tür, und ich war am Ziel. Wo ich angekommen war, wusste ich nicht, nur dass.

Endstation Puff, dachte ich. Ein Saal voll Récamieren, Troddeln, Paravents, leichter Musik und schweren Düften. Pariser Salon meets Sultanspalast. Wer fehlte, waren die Frauen. Vergeblich suchten meine Augen die Kitschmöbel ab. Von Alba keine Spur. Stattdessen halbgare Halbstarke, wie die vier *chicos*, die mich am Tag überfallen hatten, nur im Ghetto-Look mit Cargohose, Bleikette und geripptem Unterhemd. Sie starrten mich an. Die Jungs passten so gut in diese parfümierte Szenerie wie Krokodile in die Wasserspiele von Versailles.

Rechts, etwa acht Meter von meinem Standort entfernt, saßen ein paar Leute über Tische gebeugt da und drehten im Licht von Leselampen eine Zigarette nach der anderen, wofür sie simple Maschinen mit Handkurbel benutzten. Links, ebenfalls etliche Meter entfernt an der Wand, das genaue Gegenteil: Laptops und Drucker auf Bistrotischen und ein paar zumeist junge Männer, die darauf herumtippten.

Ein einziger Lüster spendete Licht von der Decke. Diese war an die zehn Meter hoch, und dass sie mit Ventilatoren bestückt war, erkannte ich nur an den schwachen Lichtreflexionen und dem kühlen Luftzug in meinem Nacken. Letzterer konnte allerdings auch vom Atem meines Aufpassers stammen.

Nach Fenstern, sprich Fluchtmöglichkeiten, suchte ich vergebens. Die Frischluftzufuhr erfolgte über eine Klimaanlage, die ganze Arbeit leistete. Abgesehen von der Gesellschaft, in der ich mich befand, war das hier kein gänzlich unangenehmer Ort, nur eben ein hässlicher.

Der Hummer fasste mich an der Schulter und schob mich sachte voran – was er so unter sachte verstand. Nach zwanzig Schritten knipste jemand eine Stehlampe an und brachte einen Mann in einem breiten, hohen Sessel zum Vorschein. Den Händen nach zu schließen, war er ein dunkler Typ. Den Kopf hielt er gesenkt, als lese er ein Buch. Doch da war kein Buch. Er trug einen hellen, eleganten Anzug und einen Panamahut, der leicht in die Stirn gezogen war. Dass es sich um den Boss handelte, wurde klar, als der Hummer ihm meine Brieftasche in die Hand drückte. Ohne sie zu begutachten, legte er sie zur Seite.

Ich sagte: »Mein Name ist ...«

»Unnötig, dass du dich vorstellst, Flaco.«

Zwei Dinge an diesem Satz waren bemerkenswert. Zum einen stand mein Spitzname selbstverständlich nicht im Führerschein, und so bekannt war ich als Polizist nun wirklich nicht gewesen, dass man mich in Verbrecherkreisen kannte. Irgendwer hatte mich demnach angekündigt. Und zum anderen: Er hatte eine angenehme Stimme, ohne jede offene Aggressivität oder unterschwellige Drohung. Eher weich. So weich, dass es kaum zwei von seiner Sorte geben dürfte. Jener Sorte, die wie ein Klischee aus den kubanischen Fünfzigern gekleidet war und durch ihre schöne Stimme auffiel.

Da gab es jemanden, dessen Name schon zu meiner Akademiezeit und später beim Schnelldurchlauf durch die Dezernate für Drogen, für Wirtschaft und für Betrug überall aufgetaucht war, in jedem Büro, jedem Aktenschrank wenigstens einmal. An seinen richtigen Namen konnte ich mich nicht mehr erinnern, das war inzwischen auch an die zehn Jahre her. An seinen Spitznamen sehr wohl.

»Du musst dich auch nicht vorstellen, Mississippi.«

Er hob den Kopf ein wenig und zum Vorschein kam ein – in Anbetracht seiner Position und der Dauer seiner Bekanntheit – relativ junges Gesicht, etwa in meinem Alter, schlank, ein wenig spitz, dicht beieinanderstehende schwarze Augen, eine etwas zu lange Nase und dünne Lippen. Körperlich war er jemandem wie dem Hummer hoffnungslos unterlegen, sogar drei von seiner Sorte wären einem solchen Kleiderschrank nicht gefährlich geworden. Er sah auch nicht sonderlich brutal aus. Also musste er eine andere Qualifikation haben, um einen kriminellen Haufen anzuführen, denn Bandenchefs stolpern selten durch Erbfolge auf den Chefsessel, und wenn, dann fallen sie gleich wieder runter. Er hatte sich seinen Namen jedoch schon vor fünfzehn Jahren gemacht, mit Anfang zwanzig. Entweder hatte er beste

Kontakte, Geld wie Heu oder eine überragende Intelligenz. Zu einer Anklage gegen ihn, geschweige denn einer Verurteilung, war es nie gekommen.

Seinen Spitznamen verdankte er der Tatsache, dass er seine Karriere einst mit der Organisation von Glücksspielen begonnen hatte, auf einem ausgedienten Frachter, der von Fuerteventura aus zweimal wöchentlich in internationale Gewässer fuhr, Mississippi hieß und an dessen Heckmast eine Südstaatenflagge wehte.

Ich sagte: »Jetzt, wo wir uns vorgestellt haben, ich dich und du mich, will ich zur Sache kommen. Ich weiß, dass Alba hier ist. Alba Reyes. Ihre Großmutter macht sich Sorgen um sie. Ich würde gerne mit ihr sprechen.«

»Das ist alles?«

»Ja. Wenn sie freiwillig hier ist …«

»Das ist sie.«

»Ich würde mich gerne selbst davon überzeugen.«

»Und wenn du dich überzeugt hast?«

Ich sagte: »Sie wurde vorhin von zwei Männern in ein Auto verfrachtet und hierhergebracht. Im Moment stehen die Chancen, dass sie mir die Wahrheit sagt, wenn ich sie frage, eher schlecht.«

»Wenn das so ist, überspringen wir die Befragung vielleicht besser.«

»Irgendwo muss ich ja anfangen. Noch mal, wenn ich den Eindruck habe, dass sie weder entführt wurde noch unter einem anderen Zwang steht, gibt es keine Probleme.«

Der Mann im Sessel lächelte wie über einen besonders feinsinnigen Witz. »Das würde ich so nicht sagen, Flaco.«

Er führte die Fingerspitzen zusammen, sodass die Hände einen Keil bildeten, und blickte über sie hinweg in meine Augen, etwa für vier, fünf Atemzüge, eine ganz schön lange Zeit für einen Blick, zumal er nicht unter Verliebten stattfand.

Er gab ein Zeichen in Richtung der Sofalandschaft und sagte: »Marco, bring sie her.«

Der Befehl galt einem jungen, halbwegs athletischen Mann Anfang zwanzig, der eine löchrige Jeansshorts, ein sauberes weißes Unterhemd und drei fette Halsketten trug. Von der Sorte hatte ich früher beim Drogendezernat drei pro Woche verhaftet. Trotzdem durfte ich ihn nicht unterschätzen. Solche Marcos verstauten ihren Verstand am liebsten in den Fäusten und sie setzten sie bedenkenlos für den Lohn eines Salamibrötchens ein. Er ging weg und kam kurz darauf mit Alba zurück, fasste sie jedoch nicht an.

In seinem Gefolge schälten sich weitere sechs Typen aus der Dunkelheit. Zwei von ihnen hatten denselben wachsamen, unerbittlichen Gesichtsausdruck wie Marco, damit ihnen bloß keine Messerstecherei entging. Zwei hatten überhaupt keinen Gesichtsausdruck, jedenfalls keinen stärkeren als eine Melone, und die Gesichter der beiden übrigen rutschten auf einer Lache aus gepanschtem Schnaps hin und her. Ich konnte mir nicht vorstellen, dass sie mehr als niedrigste Handlanger für Mississippi waren, denn er hatte offenbar nichts mit ihnen gemeinsam.

»Alba, wie geht es dir? Alles in Ordnung?«

»*Hola*, Flaco. Ja, alles in Ordnung.«

Sie sah aus, als hätte sie sieben Nächte durchgemacht, und sie wirkte gehemmt. Ihre langen maronenbraunen Haare hätte sie ruhig mal wieder kämmen können. Und etwas essen, sie wirkte ziemlich abgemagert. So unprätentiös, wie sie war, trug sie eine schwarze Cargo-Shorts und ein viel zu großes, löchriges schwarzes Herrenhemd, dazu schwere schwarze Stiefel, aus denen ihre hageren Beine wie Streichhölzer in einem Holzschuh ragten. Das alles änderte aber nichts daran, dass sie eine hübsche junge Frau war, mit Café-Crema-Augen, leicht hervortretenden Wangenknochen und einem Lächeln, das entwaffnen konnte, wenn sie wollte. Sie wollte aber nur, wenn sie ihre Großmutter um

Geld anschnorrte. In der übrigen Zeit behielt sie ihr Lächeln für sich.

Ich entdeckte keine Anzeichen von Misshandlung an ihr. Sie sprach leise, aber deutlich. Ihre Augen waren nicht weichgezeichnet von Hasch, Alkohol oder härteren Drogen. Mein prüfender Blick war ihr allerdings unangenehm.

Vielleicht bemerkte sie meine erwartungsvolle Miene, denn sie sagte: »Das ist mein Freund.«

Sie sah dabei weder Marco noch mich an und rieb sich unentwegt die Oberarme, als wäre ihr kalt. Dennoch konnte es die Wahrheit sein. Dieser Marco war genau ihr Typ: auf gewöhnliche Weise gut aussehend, jung, verkommen, skrupellos. Auf der langen Liste ihrer Liebschaften standen Drogendealer, Kneipenschläger, Rocker und Einbrecher. Solche Macker zogen sie an, und es hätte wenig Sinn gemacht, sie von so einem Typen wegzuholen, selbst wenn es physisch möglich wäre. Sie würde sowieso zu Marco zurückkehren. Oder ihn rasch durch einen anderen, gleichwertigen Typen ersetzen. Man konnte nur hoffen, dass sie irgendwann zur Besinnung käme, vielleicht, indem sie sich zufällig mal in jemanden verliebte, der keinen Beruf hatte, auf den mehrere Jahre Gefängnis standen.

»Alba, du bist also freiwillig hier?«

»Habe ich doch gesagt.«

»Das hast du nicht.«

»Also gut, ich bin freiwillig hier. Zufrieden?«

»Will ich nicht behaupten. Brauchst du immer eine Eskorte, die dich zu Hause abholt?«

»Das waren Marcos Freunde.«

So kam ich nicht weiter mit ihr. Das musste ich aber, denn acht Augenpaare – die von Mississippi und seinen Schergen – waren auf mich gerichtet, und sie würden nicht ewig, wie bei einem Schachspiel, auf meinen nächsten Zug warten. Ich ging also einen Schritt auf sie zu. Ihre Kleidung roch nach

Bierfass und Cuba Libre. »Was soll ich deiner Großmutter ausrichten?«

Sie schien ideenlos, hob und senkte die Schultern und blickte zu der Sitzgelegenheit zurück, von der sie gekommen war.

»Ist das fair?«, fragte ich. »Kein einziges liebes Wort für die Frau, die dich immer wie eine Prinzessin behandelt hat?«

Alba wirkte zunehmend betroffen, was jedoch nichts daran änderte, dass sie schwieg, sei es aus Hemmung, Einfallslosigkeit oder Desinteresse.

»Vielleicht war genau das der Fehler, was meinst du, Prinzessin?«

»Weiß nicht.«

»Heute weißt du nicht sehr viel. Hängt vielleicht mit der Luftveränderung zusammen. Ein Vorschlag zur Güte: Wir fahren gemeinsam auf den Monte León, du verbringst die Nacht dort, frühstückst mit deiner Großmutter, erklärst ihr alles, und morgen ...«

Als ich einen weiteren Schritt auf sie zutrat, stellte sich Marco mir in den Weg, und keine Sekunde später klammerte der Hummer von hinten seine Zangen um meinen Oberkörper, einschließlich meiner Arme. Ganz ehrlich, ich hatte ihn während der Unterhaltungen mit Mississippi und Alba fast schon vergessen, und das rächte sich nun.

Ich bin kein Kettensprenger beim Zirkus. Ich wusste, der Kraftprotz würde mich auch morgen früh noch im Griff haben, möglicherweise auch noch in einer Woche. Ich könnte verdursten in diesem Griff.

»Was soll das, Mississippi? Ich bin keine Bedrohung für dich«, presste ich aus meiner eingequetschten Brust hervor.

Er schien nachzudenken. Ich fand, er könnte ein bisschen schneller nachdenken, denn in Marcos Hand schnappte ein Messer auf, und er kam einen Schritt näher. Dann noch einen.

Ich lachte.

Ich lache selten, wenn ein Messer vor meinem Hosenbund tanzt. Aber wenn man sich in einer Situation wie meiner befindet, auch beschissene Situation genannt, muss man das Unangemessene tun, weil es das Unerwartete ist.

Ich war schon einmal in einem ähnlichen Griff gewesen, während eines Selbstverteidigungstrainings auf der Akademie. Damals hatte der Lehrer, ein Schrank von einem Mann, in den der Hummer bequem hineingepasst hätte, mich frontal umklammert und behauptet, aus diesem Griff gebe es kein Entrinnen, außer wenn ich ihm mit meinem Kopf einen Stoß auf seine Nase verpasste. Ich sagte, mir falle eine zweite Lösung ein. Er sagte, nein, nur zu. Also drückte ich ihm einen Kuss auf die Lippen. Ich meine, einen richtigen Kuss, mit allem Drum und Dran. Er ließ mich augenblicklich los und ich setzte zum Schulterwurf an. Einen Moment später lag der Geküsste unter mir auf der Matte und ich hatte einen Feind mehr.

Da der Hummer mich von hinten umklammert hielt, war ein Kuss nicht drin, zum Glück, muss ich sagen. Aber mein albernes Gelächter machte Marco unaufmerksam und mit einer schnellen Bewegung trat ich ihm mit dem linken Fuß das Messer aus der Hand und gleich darauf mit dem rechten die Nase platt. Er fiel hintenüber und bewegte sich nicht mehr.

Die Einzigen, die ganz ruhig blieben, waren Mississippi, der unbeeindruckt an einem Zigarillo zog, Alba, die teilnahmslos herumstand, sowie der Hummer. Leider. Alle anderen stürzten entweder auf den bewusstlosen Marco oder auf mich zu. Einer verpasste mir eine Ohrfeige, die sich gewaschen hatte, ein anderer einen Schlag in die Magengrube. Danach zählte ich nicht mehr mit.

30

»Schluss!«, rief Mississippi endlich. Keinen Moment zu früh.
Zweimal am Tag verprügelt zu werden, das musste wirklich
nicht sein. Seine Leute zogen sich ein paar Schritte zurück,
außer dem Hummer, der mich ihm wie ein Geburtstagspäck-
chen präsentierte, als er näher kam, umwölkt von karibischem
Rauch.

Immerhin, ich war noch zweidrittelvoll da, genug, um festzu-
stellen, dass Alba sich langsam und gleichgültig trollte, Marco
noch reglos auf dem Boden lag und Mississippi eine dünne
silbrige Fontäne ausstieß, wie ein Porzellanfisch am Ufer eines
Gartenteichs.

Er war fast einen Kopf kleiner als ich und der Anzug schlot-
terte um seine Knie. Der Hut und das Gehabe waren vielleicht ein
bisschen übertrieben, trotzdem machte der Kerl was her. Es lag
wohl an seinen feinen Gesichtszügen, die genauso gut zu einem
flinken Krawattenverkäufer oder schlauen Witwentröster gepasst
hätten.

»Ich könnte dich umbringen lassen«, sagte er. »Mit einem Fin-
gerschnippen.«

»Warum?«, fragte ich ihn. Erst, als ich das Wort aussprach,
bemerkte ich den ekligen eisenhaltigen Geschmack in meinem
Mund. »Ich wollte nur Alba sprechen, weiter nichts.«

Mich deswegen zu bedrohen und zusammenzuschlagen, ergab keinen Sinn. Mississippi war nicht so erfolgreich – auf seine
Weise und in seinem Metier war er das durchaus –, weil er
unnötig brutal war und Menschen wegen Kleinigkeiten umbrachte.

Plötzlich verstand ich es. Es ging ihm gar nicht um Alba Reyes,
sondern um mich. Er hatte sie lediglich benutzt, um mich her-

zulocken. Inwieweit sie es freiwillig oder unfreiwillig getan hatte, blieb offen.

»Wohin ist Alba gegangen?«, fragte ich.

»Keine Sorge, wir krümmen ihr kein Haar.«

»Es scheint sie nicht zu kümmern, dass ihr Liebhaber bewusstlos am Boden liegt. Sie und Marco sind kein Paar, das kannst du mir nicht länger weismachen. Also, ihr habt mich im Sack, und was jetzt?«

»Das hängt ganz von dir ab. Man hat mir 300 000 geboten, wenn ich dich effektiv aus dem Verkehr ziehe.«

»Puh. Woher wusstest du, dass ich dir in die Falle gehen werde?«

»Das sind ziemlich viele Fragen für einen Mund voller Blut.«

»Solange ich rede, lebe ich noch.«

»Das ist wahr. Unterhalten wir uns also. Ich verstehe, wie du denkst, Flaco. Ich habe meine Augen und Ohren überall, und ich habe nur drei Stunden gebraucht, um alles in Erfahrung zu bringen, was sich über dich zu wissen lohnt. Ich habe berechnet, dass du mit achtzigprozentiger Wahrscheinlichkeit hierherkommen würdest.«

»Beinahe wäre ich nicht gekommen.«

»Was soll ich sagen? Du bist hier, nicht wahr? Wir sind beide Spieler, jeder auf seine Art, und diese Runde geht an mich. Und jetzt reden wir darüber, wie wir dich aus deiner misslichen Lage befreien.«

Es war beruhigend, etwas von Befreiung zu hören, aber mir war sofort klar, dass es kein Schnäppchen werden würde, mich freizukaufen.

»Auf meinem Konto sind etwa 9000 Euro, die reichen gerade so für einen chinesischen Kleinwagen in Weiß.«

Seine Truppe lachte, doch Mississippi verzog kaum eine Miene. Er setzte sich zurück auf die plüschige rote Récamiere und drückte den Zigarillo mit der Sorgfalt und Langsamkeit eines Uhrmachers aus, der das Räderwerk justiert.

»Was willst du von mir?«, fragte ich ungeduldig, erstens, weil ich schon eine Ahnung hatte, was er verlangen würde, und zweitens, weil mir die ewige Umklammerung des Hummers langsam echte Schmerzen zufügte. »Verdammt, kann dein Mann mich wenigstens für einen Moment loslassen?«

»Nein, kann er nicht. Es ist seine Natur, weißt du? Er hat seine Vorzüge und seine Schwächen, seine Oberarme, seine Herkunft, seinen Ruf, seinen Namen, und alles zusammen bildet sein Kapital. Bei jedem von uns ist es ebenso. Denk mal nach, Flaco, worin dein größtes Kapital besteht.«

Das musste ich nicht mehr. Ich lag also richtig mit meiner Vermutung. Ähnliche Ansprachen hatte ich schon hundertmal gehört, wolkige Worte, die die nackte Gier umhüllten: Internatsleiter, die mir bessere Noten in Aussicht stellten, wenn ich meinen Vater zu einer Spende überredete; Klassenkameraden, die mir Geld oder Dates mit ihrer Freundin boten, wenn ich sie als Gäste auf die Yacht meines Vaters mitnähme; Kommilitonen auf der Akademie, die sich drängelten, Lobeshymnen auf mich zu singen, um die Freunde des Lozano-Sohnes zu werden; Frauen, die bei der zweiten Verabredung eine Hochzeit ins Spiel brachten; zuletzt Devin Koppler, der mich schlichtweg einkaufen wollte wie eine Kuchenrolle beim Bäcker. Und Doña Esmeralda hatte meinem Vater auch nicht aus reiner Nettigkeit zugesagt, mich einzustellen.

»Ich glaube, ich weiß, was du meinst, Mississippi. Noch nicht klar ist mir aber, was du konkret erwartest.«

»Hör zu, Flaco, steuerfreie Zigaretten, weiße Tütchen und Louis-Vuitton-Handtaschen aus Pappe machen den kleinsten Teil meines Einkommens aus. Heutzutage haben ich und meinesgleichen die Finger in so gut wie jedem Honigtopf drin. Früher, ganz, ganz früher, waren Ländereien Gold wert. Dann ging es ein Jahrhundert lang nur um Geldkoffer. Heute sind Kontakte das A und O. Als ich bei meinen Recherchen auf deinen familiären Hintergrund stieß, habe ich sofort die Chancen erkannt. Lass uns nicht darum herumreden: Du wirst mein Türöffner zu deinem Vater. Das ist langfristig zehnmal, was sage ich, tausendmal mehr wert als die 300 000, die man mir geboten hat. Und ich muss mir danach nicht mal die Hände waschen.«

»Wonach genau?«

»Die Details arbeiten wir nach und nach aus. Genau genommen, muss ich sie mir noch überlegen. Es ging alles zu schnell. Heute Mittag habe ich ja noch nicht einmal deinen Namen gekannt. Kann sein, dass ich ein paar Wochen oder Monate brauche. Aber du wirst tun, was ich sage. Tust du es nicht, weiß ich, wo du wohnst. Ich denke, das war deutlich genug.«

Er ging zu einem der Tische, wo die Jungs mit den Laptops saßen, und diktierte einen Brief oder Ähnliches. Nach zwei Minuten kam er zurück.

»Lass ihn los«, befahl er dem Hummer.

Endlich war ich frei. Aber an einen Kampf war nicht zu denken. Meine Arme waren eine Viertelstunde lang von der Blutzufuhr abgeschnitten gewesen, sie waren leicht und blass und fühlten sich an, als ließen sie sich pflücken wie Gänseblümchen.

»Unterschreib.«

»Was ist das?«

»Unterschreib!«

Der Hummer drehte uns den breiten Rücken zu, sein Hemd war noch nicht mal verschwitzt, obwohl er meine 82 Kilo für die Dauer eines Violinkonzerts gestemmt hatte. Mississippi breitete das Papier auf dem Rücken aus, verdeckte mit der Hand den Text und gab mir einen Stift aus Hartholz mit einer Bernsteinkuppe, in die ein winziges Insekt eingeschlossen war, vielleicht, um ihn ständig daran zu erinnern, dass man von dem Nektar, von dem man nascht, jederzeit gekillt werden kann.

Das Stück Papier konnte alles sein: ein Geständnis, ein Abschiedsbrief, eine Weinbestellung oder eine Grußkarte für Mississippis Mutter. Wie sah die Alternative zu einer Unterschrift aus? Vom Hummer zerquetscht, von Marco aufgeschlitzt zu werden. Den Luxus, die Folgen meiner Signatur zu bedenken, konnte ich mir nicht leisten. Regel Nummer neun im Handbuch des Detektivs: Wenn du in der Scheiße sitzt, musst du verdammt noch mal da raus. Also unterschrieb ich.

Wir waren uns jetzt ganz nah. Mississippi roch nach Zimt und Tabak. Vielleicht kam er aus der Karibik, sein Spanisch hörte sich danach an. Er hatte Lippen wie ein Mädchen und Zähne wie ein Zahnarzt.

Mississippi gab mir meine Brieftasche zurück. »Du kannst jetzt tun und lassen, was du willst. Bis ich dir diesen Stift sende, mit dem du unterschrieben hast, dann will ich dich binnen 24 Stunden hier sehen. Genau hier, wo du jetzt stehst.«

Ich nickte. Was hätte ich sonst tun sollen? Ich hatte schon bessere Tage gehabt, klügere Entscheidungen getroffen. Was hatte mir dieser idiotische Ausflug nun eigentlich eingebracht, außer lockere Zähne und einen kriminellen Geschäftspartner? Zumindest so viel: Ich war mir nun restlos sicher, dass es einen Strippenzieher gab, einen unbekannten Dritten.

»Sagst du mir, wer dir 300 000 für meinen Skalp zahlen wollte?«

»Ts, ts, ts, nicht doch.« Er legte seinen schlanken braunen Finger an die Lippen.

»Lass mich nicht verhungern, Mississippi. Gib mir was. Irgendwas.«

Keine Ahnung, wieso er sich darauf einließ. Hätte er nicht tun müssen. Vielleicht, weil ich nun schon ein wenig zu seinesgleichen gehörte, zumindest zu seinem »Unternehmen«. »Ich sollte 30 000 sofort und den Rest etwas später bekommen, in ein paar Monaten. Frag mich gar nicht erst, warum.«

Das war ein interessantes Detail für mich, handelte es sich doch um eine unübliche Praxis. Normalerweise wurde die Restsumme gleich nach Erledigung gezahlt. Wieso erst in einigen Monaten?

»Und weshalb gerade du?«, wollte ich wissen. »Ich nehme an, du stehst nicht in den Gelben Seiten.«

Er lächelte fast unmerklich. »Ein Lokaljournalist hat uns zusammengebracht.«

»Sauber. Was die *chicos* mit den Knüppeln von heute Mittag betrifft, das waren nicht deine Leute, oder?«

»Nein.«

»Und wenn du mir jetzt noch …«

»Das war's, Flaco«, sagte er.

Der Hummer machte einen Schritt auf mich zu. Sofort hob ich die Hände zur Kapitulation.

»In Ordnung, keine Fragen mehr.«

Ich war fast schon draußen, als Mississippi mir noch etwas hinterherrief. »Ist dir eigentlich klar, Flaco, dass du eigentlich längst tot wärst? Dass du lebst, hat nur einen Grund, und zwar deinen Namen. Genauer gesagt, den deines Vaters.«

Als wäre mir der Tag nicht schon genug verleidet worden. Nun auch das noch.

31

Amaranta stand nicht auf Typen, die sie um ein Uhr dreißig nachts aus dem Bett klingelten, und sie dampfte aus allen Nüstern, als sie eine halbe Stunde später im Barrio del Polvorín ankam. Ich hatte sie zuerst nur fragen wollen, ob sie von einem

Tunnel wisse, der aus dem *Sangre Nuestra* herausführte. Solche Clubs haben immer einen Tunnel, das ist ein wahres Klischee. Sollte zutreffen, was ich vermutete, nämlich dass Alba sich einen Sport daraus machte, ihren Beschattern zu entgehen, würde sie den Club auf einem anderen Weg als durch den Vorder- oder Hinterausgang verlassen. Ich würde mich an ihre Fersen heften und … Nein, würde ich nicht. Denn während Amaranta mir schilderte, wo der Tunnel endete, bemerkte ich, dass ich mich kaum noch auf den Beinen halten konnte vor Müdigkeit, und bat sie zu kommen. Etwa sechs Flüche später sagte sie zu und ich erwartete sie am Tunnelausgang.

Dieser befand sich ein paar Steinwürfe vom *Sangre Nuestra* entfernt knapp oberhalb eines riesigen *barranco*, einem Kanal, der nach schweren Regengüssen das Wasser sammelte und ins Meer leitete. Ein Trampelpfad führte durch die Ödnis, es war stockdunkel und außer dem Rauschen der nahen Hochstraße war es ruhig um uns herum. Wir kauerten hinter einem Ginsterbusch.

»Was soll das?«, fragte sie mich, so laut es kauernden, lauernden Menschen nach Mitternacht möglich ist. »Was tue ich hier? Was tust du hier? Außerdem solltest du mich nicht anrufen.«

»Tief durchatmen, ich habe ein anderes Handy benutzt, nicht meins.«

»Welches andere Handy?«

»Erzähle ich dir gleich. Du kennst doch Alba Reyes.«

»Wir haben erst neulich über sie gesprochen. Die Enkelin deiner Arbeitgeberin.«

»Doña Esmeralda ist nicht mehr meine Arbeitgeberin, aber das tut jetzt nichts zur Sache. Alba Reyes ist da drin, oder vielmehr war sie da drin, im *Sangre Nuestra*.«

»Mein Beileid. Und weiter?«

»Sie ist irgendwie in die Sache verwickelt.«

»In welche Sache?«

»Vicente Garrocho, der Mord, die Erpressung, die Affäre Balbuena und was weiß ich noch alles.«

»Ich verstehe kein Wort, und ich bin ziemlich sicher, es liegt nicht an mir.«

An dieser Stelle hätte ich ihr die ganze Story aufrollen müssen, um sie zu überzeugen, aber wahrscheinlich hätte ich mich damit nur noch unglaubwürdiger gemacht. Denn die Story war bizarr, geradezu kafkaesk. Allein die Figuren: die einsame Leiche bei Mondschein am Strand, die stadtbekannte Doña und ihre Geheimnisse, deren missratene Enkelin, eine geldgierige Familie mit löchrigen Taschen, ein sturzbetrunkener Schönling mit Segelschuhen, der Multimillionär mit dem Tausend-Euro-Wein, eine Gang mit Knüppeln, eine andere Gang mit Messern, ein Räuberhauptmann namens Mississippi, der knurrige Inspektor und ein geheimnisvoller Strippenzieher … Man hätte ein Musical daraus machen können.

Amaranta hielt nicht viel von Musicals.

Daher sagte ich: »Jemand ist hinter mir her. Zwei Versuche, mir mein zartes Lichtlein auszupusten, an einem einzigen Tag, und dabei bin ich nichts weiter als ein suspendierter Leibwächter. Sag doch mal selbst, es muss etwas mit Vicente Garrocho zu tun haben.«

Sie erwiderte zwar nichts, widersprach aber auch nicht.

Ich atmete tief durch. »Amaranta, ich bin fertig. Ich kann nicht mehr. Dieser Tag war … Stell dir eine Doppelschicht vor, während des Karnevals, der mit dem Nationalfeiertag, dem Tag der Kanaren und der Prozession für die Schwarze Madonna zusammenfällt, multipliziert mit dem Vollmond, dann hast du eine Ahnung, wie es mir heute ergangen ist. Und in ein paar Stunden sitze ich bei Peralta zum Verhör. Ich brauche vorher unbedingt eine Mütze Schlaf. Aber ich darf Albas Spur nicht verlieren. Sie war schon einmal tagelang verschwunden und dann ist sie genau rechtzeitig wieder aufgetaucht, um den Köder für mich zu spielen. Fragt sich bloß, wer dahintersteckt.«

Ich bemerkte erst jetzt, dass Amaranta ebenfalls müde aussah. Körperliche Anstrengung hatte sie immer gut weggesteckt, wohingegen andere Belastungen schnell auf ihre Leistungen durchschlugen. Ihre Eltern waren nicht bei bester Gesundheit. Und dann war da ja auch noch der Heiratsantrag, den Carlos ihr höchstwahrscheinlich gemacht hatte. Ich fragte sie nicht noch einmal danach. Sie hätte mir ein Brett vor den Kopf genagelt, abgesehen davon war es weder der richtige Ort noch die richtige Zeit.

»Wer sagt, dass sie durch den Tunnel rauskommt?«, fragte sie. »Sie könnte genauso gut den Vorder- oder Hinterausgang benutzen.«

»Die werden von zwei Amateuren observiert, *privados*, die allerdings besser in der Werbung aufgehoben wären. Von dem einem habe ich mir vorhin das Handy geliehen, um dich anzurufen. Wenn Alba vorne oder hinten rausgeht, erfahre ich es über Doña Esmeralda.«

»Ist es sicher, dass sie noch drin ist?«

Ich blickte auf meine Schuhspitzen. »Nein, sie könnte schon weg sein.«

»Mann, Flaco. Das heißt, ich verbringe die nächsten Stunden völlig umsonst an diesem entzückenden Plätzchen? Was ist, wenn sie um sieben Uhr noch immer nicht aufgetaucht ist? Ich muss zur Arbeit.«

Ich sah sie lange an, aber außer einem Schemen und einem leichten Funkeln in den Augen war in der Dunkelheit nichts zu erkennen.

»Ich soll mich krankmelden?«, fragte sie. »Und was erzähle ich Carlos?«

»Keine Ahnung, was du Carlos erzählst. Ich weiß nur, dass, außer mir selbst, nur du mir jetzt noch helfen kannst.«

Sie wartete ein paar Sekunden, dann antwortete sie: »Solche Bruce-Willis-Sprüche lassen mich kalt.«

»Danke. Ich wusste, dass ich auf dich zählen kann.« Ich gab ihr einen Klaps auf die Schulter, stand auf und wandte mich zum Gehen.

»Koppler ist vom Haken«, sagte sie in die andere Richtung, so als wäre da noch jemand. »Er hatte kein Motiv, Garrocho zu töten. Denn der hat eine Woche, bevor er ermordet wurde, mit Jenna Schluss gemacht. Es ging von ihm aus. Wir haben entsprechende Nachrichten in seinem E-Mail-Account und auf seinem Handy gefunden. Sich von Kopplers Tochter zu trennen war der größte Gefallen, den er Koppler tun konnte. Ergo …«

Erneut gab Amaranta mir eine Information, die vertraulich war.

»Dafür hängt jetzt Jenna am Haken«, sagte sie. »Jemand hat ihren roten Flitzer am Abend des Mordes vor dem Hotel gesehen.«

»Was ist mit Mateo Áldaran?«, fragte ich.

»Den habe ich überprüft. Den Satellitendaten zufolge lag sein Boot in der Mordnacht im Hafen von Santa Cruz de Tenerife. Ich habe mich gefragt, wohin ein 29-jähriger, lediger Schönling dort wohl gehen würde, habe ein bisschen herumtelefoniert und war erfolgreich. Er war in der *Elephant Shisha Bar*, der Barkeeper und zwei Kellnerinnen beschwören das bei allen Heiligen. Auch sonst ist er sauber. Na ja, fast. Eine Geldbuße, weil er vor zwei Jahren mit einem nicht verkehrstauglichen Auto gefahren ist.«

Ich lächelte. »Sein VW-Käfer.«

»Geht ihr bald mal zusammen segeln?«

»Nicht schlecht kombiniert, Amaranta.«

»Er hat ein Boot, du hast ein Boot, und früher hast du jeden überprüft, bevor du mit ihm gesegelt bist. Ganz so, als würdest du den Verlobten deiner Tochter durchleuchten.«

»Gemeinsames Segeln ist mindestens so ernst wie eine Verlobung. Am Samstag ist es so weit. Ich erzähle dir, wie's war. Ist der Name Enrique Modesto irgendwann mal gefallen? Ein Investmentberater und Buchautor. Er macht zurzeit Urlaub im *Siete Cielos*.«

»Nicht dass ich wüsste. Soll ich was über ihn rausfinden?«

Ich trat von einem Fuß auf den anderen und wieder zurück. »Wenn das möglich wäre.«

»Leg dich schlafen, Flaco.«

Bevor ich schlafen ging, rief ich Doña Esmeralda an und schilderte ihr in groben, oder vielmehr äußerst groben Zügen, was vorgefallen war. Was ich ihr erzählte, passte in einen Strumpf. Und selbst wenn ich ihr nichts vorenthalten hätte, sie hätte trotzdem nur einen Strumpf voll davon verstanden. Ich beruhigte sie insoweit, als dass ich ihr sagte, Alba befinde sich in keiner schlechteren Gesellschaft als vor einer Woche, einem Monat oder einem Jahr, und damit gab sie sich tatsächlich zufrieden. Ich an ihrer Stelle hätte kein Auge zugetan.

32

Fünf Stunden lang war die Welt einigermaßen in Ordnung. Mein Traum führte mich aufs Meer, auf ein Segelboot, wo springende Delfine meine einzige Gesellschaft waren. Nichts passierte. Weder verunglückte ich noch verirrte ich mich, noch wollte mir jemand an den Kragen. Der junge Mann und das Meer, eine kanarische Geschichte mit entspanntem Verlauf und Ausgang.

Dann weckte mich das Klopfen meines kanarischen Hauswarts. Señor Galvez brachte mir die Zeitung. Er bringt mir sonst nie die Zeitung, allein deshalb, weil ich keine abonniert habe. Doch selbst dann hätte Galvez sie mir nicht gebracht.

Der verdrießliche Rentner hielt fünf Sekunden lang Blickkontakt zu mir – etwa das Fünffache von dem der letzten drei Monate – und ging wortlos davon.

Die Story war auf der Titelseite, allerdings im unteren Drittel. *Der rätselhafte Tod des Vicente G.* Es hätte der Titel eines Romans von Agatha Christie sein können. Darunter drei Fotos, eines des Toten, eines von mir und eines von Doña Esmeralda. Freundlicherweise hatte die Redaktion bei meinem Bild einen Augenbalken verwendet, weil man damit ja gleich viel unschuldiger aussieht.

Der dazugehörige Text hielt sich im Großen und Ganzen an die Fakten, aber das war ein schwacher Trost. Dass ein Foto von »Fabio L. (33)« abgedruckt worden war und obendrein darauf verwiesen wurde, dass besagter Fabio L. der Sohn eines Industriellen sei, gegen den gerade mehrere Strafverfahren liefen, kam einer öffentlichen Entblößung gleich.

Der Artikel war lanciert. Keine Frage, ein Fakt, ein Lump.

Ich tippte auf Peralta. Für eine Minute kroch ich in das Hirn meines Rivalen. Er hatte gute Verbindungen zur Presse, die er bedienen wollte und wohl auch musste. So etwas ist bekanntlich immer zweiseitig. Vor die Wahl gestellt, entweder mich im Schaufenster der Schande zu präsentieren oder Jenna Koppler, musste er keine zwei Sekunden überlegen. Koppler war ein großer Fisch und zudem Ausländer. So beliebt auf den Kanaren die Touristen aus aller Welt waren, so wenig gelitten waren die Geschäftsleute aus aller Welt, die in Konkurrenz zu den Einheimischen standen. Dennoch war es ein enormes Risiko, sich öffentlich mit jemandem anzulegen, der zu den größten Steuerzahlern der Inseln gehörte. Falls Peralta Beweise gegen Jenna sammelte, dann in aller Stille, um dann unverhofft zuzuschlagen und der neue Volkstribun der Herzen zu werden.

In Bezug auf mich sah das ganz anders aus. Da durfte man ruhig mal danebenliegen. Da durfte man munter drauflos verdächtigen, auch öffentlich, selbst wenn man bloß dürftige Anhaltspunkte hatte. Das Risiko war minimal, der Genuss beträchtlich. Ich war ja nur der Sohn eines stinkreichen, öffentlich in Ungnade gefallenen korrupten Geschäftsmannes. Vermutlich hatte sich auch herumgesprochen, dass der Stern von Doña Esmeralda im Sinken begriffen war. Fast alles sprach dafür, dass Yago Peralta heute zum ersten Mal seit Jahren die Zeitung las und tatsächlich verstand, worum es darin ging.

Noch barfuß und in Boxershorts und T-Shirt holte ich mir ein paar kalte *pappas arrugadas* aus dem Kühlschrank, haute drei Löffel grünen *mojo* drauf und kochte mir gerade den passenden Kaffee dazu, als das Handy klingelte.

Ich sah auf das Display: ein Gesicht wie eine Mozzarellakugel, eine mit pinkfarbenen Lippen, Augenbrauen wie eine erotische Tänzerin und flockig gelockten schwarzen Haaren – rotsträhnigen natürlich. Alle Kölner Friseurinnen des Ausbildungsjahrgangs 1983 haben rote Strähnen. Und helle Haut. Dieser Haut habe ich es zu verdanken, dass die Spanier nicht sicher sind, ob sie es bei mir mit einem Einheimischen zu tun haben, bevor ich den Mund aufmache. Zum Glück hat mein Vater recht dunkle Haut, sonst würde ich wie ein Norweger durch mein Heimatland laufen.

»Hallo, Mama, wie geht's?«, sagte ich auf Deutsch.

Wir telefonierten normalerweise alle zwei Wochen sonntags vormittags, zuletzt vor eineinhalb Wochen.

»Was heißt hier, wie geht's, wie soll es schon gehen, was ist das für eine Frage, komm mir bloß nicht so.«

Ich setzte mich mit dem Kaffee an den kleinen Esstisch, der gerade so groß war, dass die aufgeschlagene Zeitung mit meinem Augenbalken-Bild darauf passte.

»Wirklich gemein von mir. Ich hoffe, du kannst mir noch einmal verzeihen.«

»Ich mag es nicht, wenn du nicht offen mit mir sprichst. Ich weiß, ich werde älter, aber fang nicht an, mich zu schonen. Dabei kommt nur das Gegenteil heraus. So wie heute. Dein Vater hat mich angerufen. Zum ersten Mal seit neun Jahren, seit deiner Abschlussfeier an der Polizeiakademie, haben wir nicht mehr miteinander gesprochen. Was sagt dir das?«

»Dass ihr ein Kommunikationsdefizit habt.«

»Wenn er mich anruft, ohne dass ihm jemand eine Pistole an den Kopf hält, steckst du in Schwierigkeiten. Letzte Chance für Ehrlichkeit, Großer.«

Ich erzählte ihr alles aus meiner Sicht, von der ich nicht wusste, inwieweit sie sich mit der Sichtweise meines Vaters deckte oder jener, die er meiner Mutter mitgeteilt hatte. Eins stand jedoch fest: Er hatte seine Informanten, mit großer Wahrscheinlichkeit Doña Esmeralda, außerdem den einen oder anderen Polizeibeamten, eventuell auch einen *privado*, obwohl mir eine von den Pfeifen in meinem Schlepptau aufgefallen wäre, und nicht zuletzt meine Halbschwester auf Teneriffa, die heute Morgen, genau wie ich, von ihrem Hauswart die Zeitung gebracht bekommen hatte …

»Ich könnte ihn erwürgen«, rief sie.

»Wen?«

»Deinen Vater. Er hat mir erzählt, was er getan hat. Ohne seine Einmischung hätte diese Hoteltante dich nie angestellt und dann hättest du die Leiche dieses armen Jungen nicht gefunden und dann würde man dir …«

»Mama, vergiss das Atmen nicht.«

Ich war fast überrascht, dass ich zu ihr durchdrang. Sie gab meinem Vater seit jeher an allem die Schuld, was ihr nicht passte: am Fluglotsenstreik in Spanien, an den gestiegenen Mietwagenpreisen, der Wiederkehr des Undercut-Schnitts … Vielleicht war diese Ehe von dem Moment an zum Scheitern verurteilt gewesen, als mein Vater, der Taxifahrer, sein erstes

Unternehmen gründete. Er wollte etwas werden, ein wichtiger Mann, viel zu schnell für meine Mutter, die Friseurin, die dabei nicht mitkam. Als ich acht Jahre alt war, verließ er sie nicht nur, sondern überzeugte auch einen Richter, mich bei ihm zu lassen. Seither war Ramiro Lozano Cazal ihr so verhasst, dass ich manchmal drauf und dran war, ihn zu verteidigen, und das wollte etwas heißen.

Ich hatte eine Nacht über alles geschlafen, eine Nacht, in der sich mein Testosteronspiegel um den Faktor zehn verringert hatte. Was zwar immer noch bedeutete, dass mein Vater mir mal den Buckel herunterrutschen konnte, allerdings war das der Standard in unserer Beziehung.

Ich sagte: »Es war damals meine Entscheidung, die Polizei zu verlassen, anstatt in die Offensive zu gehen. Das war mein Fehler. Auch alles, was danach kam, muss ich mit mir selbst ausmachen. Vielleicht hat das Schlamassel sogar einen Sinn. Vielleicht wartet irgendeine große Aufgabe auf mich, die ich nur noch nicht entdeckt habe.«

Ein wenig lächerlich, so etwas von sich zu geben, wenn man früh am Morgen verschlafen dasitzt, halbnackt, mit einer lauwarmen Tasse Kaffee an einem winzigen Tisch in einer winzigen Wohnung mit einem mürrischen Hauswart, in einer Stadt, die immer einen Kater hat, auf einer Insel, die von Leuten wimmelt, die mich abservieren wollen.

»Jetzt klingst du wie dein Vater.«

Ich trank von dem lauwarmen Kaffee. »Du wirst unglaubwürdig«, witzelte ich. »So etwas kann gar nicht passieren.«

»Reden wir über dein Problem«, sagte sie und ich fühlte mich an die zahllosen Telefonate und persönlichen Gespräche bei unseren halbjährlichen gegenseitigen Besuchen erinnert, als sie mir mit dem gleichen Satz auf den Zahn fühlte. Denn ein Problem hatte ich eigentlich immer. Ich bin wohl der Typ, der die Dinger anzieht wie Teppiche den Staub.

»Mal ganz unabhängig davon, dass dein Vater die Finger in der Sache drin hatte … eine ältere Dame vor angeblichen Feinden zu beschützen, ihr den Stock zu reichen und sie an die Kreislaufpillen zu erinnern, jetzt mal ehrlich, dafür warst und bist du doch zu jung. Das kannst du machen, wenn du sechzig bist. Du bist ein Mann im vollen Saft.«

Ich lachte über die Formulierung und das brachte wiederum sie zum Lachen.

»Nein, ehrlich, Großer, du brauchst einen Job, der nicht nur deine Intelligenz fordert, sondern auch deinem Selbstbewusstsein wieder auf die Beine hilft. Was das angeht, hast du in den letzten paar Jahren an Substanz verloren. Ich denke, das ist die Ursache von so einigen deiner Probleme, die du gerade hast. Aber bei alten Damen wirst du immer weich, die stecken dich einfach in die Tasche, das war schon so, als du noch ein Kind warst. Meine alte Nachbarin hat dir mal einen Fußball geschenkt, daraufhin bist du sieben Sommer lang während deiner Besuche bei mir für sie einkaufen gegangen, ohne einen Cent dafür zu nehmen.«

»Schon gut«, sagte ich. Sie hatte ja nicht unrecht mit allem. So ziemlich allem. Diesem und jenem. Aber ich hatte den Kopf voll mit zahllosen anderen Dingen.

Ich sah auf die Küchenuhr an der Wand. »Ich muss los, Mama. Zum Verhör.«

»Hat dir meine Jammerei irgendwas gebracht?«

Ich lächelte in meinen Kaffee hinein. »Ja, das hat sie. Das hat sie tatsächlich.«

»Dann war's also richtig, dass ich dich angerufen habe?«

»Deine Anrufe sind nie falsch.«

»Hast du eine feste Freundin?«

Ich sah zur Decke und ließ den Blick langsam wie Seifenblasen herunterschweben. »Ja, sie ist so alt wie ich, obwohl sie halb so alt aussieht, hat Haare wie Ebenholz und Körbchengröße D 110. Sie heißt Rosa, und das ist auch ihre Lieblingsfarbe.«

Sie kicherte. »Schon gut, ich hab's nicht anders verdient. Aber ich hätte mich geärgert, wenn ich nicht gefragt hätte.«

Ich wollte schnell weg vom Thema, sie aber auch nicht abwürgen. »Wie seid ihr verblieben, du und Papa?«, fragte ich daher.

»Weißt du, ich finde es falsch von ihm, sich ständig in dein Leben einzumischen. Trotzdem sehe ich ein, dass er es aus Liebe tut, wenigstens zum Teil. Zum anderen Teil aus Schuldbewusstsein. Ohne es zu wollen, hat er dir sehr geschadet.«

Für ihre Verhältnisse war das geradezu eine Lobeshymne auf ihren Ex-Mann.

Wir verabschiedeten uns. Ich war knapp in der Zeit, es war zu spät, noch Kartoffeln zu essen. Eine oder zwei hätte ich wohl geschafft, aber mit *pappas arrugadas* ist es wie mit Pralinen: Es macht nur dann wirklich Spaß, wenn man die ganze Schachtel aufisst.

33

Pünktlich wie ein Deutscher betrat ich die Präfektur der Nationalpolizei in Las Palmas, ein adrettes, hoch aufschießendes Gebäude im Stadtviertel Ciudad Jardin, zwischen dem Doramas-Park und dem Atlantik, das eine Aufnahme in einer Architekturzeitschrift wert gewesen wäre. Eine Mischung aus moderner Kathedrale und Bankenturm. In den großen, blank polierten Fenstern spiegelte sich die aufgehende Sonne, während Menschen in sauberen Uniformen hinein- und hinausströmten, emsig wie die Arbeiterinnen im Bienenstock.

Zum ersten Mal seit Jahren roch ich wieder den Reiniger, mit dem die Flure gewischt wurden, Limone und Plastik im ewigen Kampf um die Vorherrschaft. Allein um dem zu entgehen, hatte es sich gelohnt, die Polizei zu verlassen. Ein paar Stellen waren noch feucht, sogar im Verhörraum, in den man mich brachte. Ein Musterbeispiel an Einfachheit, die reinste Mönchsklause, nur mit einem großen Spiegel, der selbstverständlich keiner war.

Peralta war schon da, als ich schnurstracks zum richtigen Stuhl ging, dem der Delinquenten. Ich setzte mich ohne Aufforderung und es gelang mir, ein knappes »Buenos dias« über die Lippen zu bringen. Peralta erwiderte es, doch hätte der Gutenmorgengruß genauso gut der Akte gelten können, in der er blätterte, ohne aufzublicken. Eine Minute lang sagte keiner etwas. Peralta schien auf irgendetwas zu warten, und als Carlos eintrat und die Tür schloss, wusste ich auch, worauf. Die zogen wirklich alle Register, um mich zusammenzufalten.

Ich hatte nichts gegen Amarantas festen Freund, wir waren früher sogar Kumpel gewesen. Nicht die allerbesten, aber immerhin. Er sprach eher leise, geduldig und wohlüberlegt, selbst wenn er laut, aufbrausend und unvernünftig sein wollte. Bei der Truppe waren derlei Qualitäten weniger gefragt, vermutlich hatte er es nicht leicht mit Peralta und den anderen.

Er hatte dunkles, krauses Haar, das ihm an den Schläfen bereits ausging, ein nettes, rundes Gesicht, das aus einem netten weißen Hemd mit Button-Down-Kragen herausragte, das in einem netten schwarzen Sakko steckte, mit dem man sich sonntags bei den Eltern blicken lassen konnte. Carlos war der Typ, dem man ohne Argwohn die Autoschlüssel gibt, damit er den Wagen parkt. Er ging gerne zum Angeln und zum Paragliding, was sein Glück war, da er sich in den beiden Disziplinen nicht mit Peralta messen musste. Was das Paragliding betraf, hatte er Amaranta damit angesteckt, und da Carlos ein verkappter Romantiker war, konnte es gut sein, dass er ihr den Antrag hoch über den Bergen von Gran Canaria gemacht hatte. Entsprechend hart dürfte die

Landung gewesen sein. Amaranta schätzte es nicht, überrumpelt zu werden, schon gar nicht bei *der* Frage. Ich hätte selbst nicht gewusst, wie ich das bei ihr anstellen sollte.

»In Ordnung, fangen wir an, sind Sie bereit?«, fragte Carlos rhetorisch. »Beginnen wir mit Ihrem …«

»Findest du es nicht ein bisschen albern, mich zu siezen?«, unterbrach ich ihn.

»Wir stellen hier die Fragen«, schnauzte er mich in einem Tonfall an, der nicht einmal ein dreijähriges Kind zum Weinen gebracht hätte.

»Gerne, wenn dir das lieber ist, dann konstatiere ich eben, dass das albern ist. Wir waren zusammen auf der Akademie, haben Seite an Seite gebüffelt, die Prüfungen bestanden, genauso wie die Sauf-Prüfungen …«

»Das tut nichts zur Sache. Spinn nicht rum, Flaco.«

»Na also, geht doch.«

»Zieh hier bloß keine von deinen Shows ab, das berührt mich überhaupt nicht.«

»Macht nichts, Carlito, ich stehe nicht auf dich.«

Carlos lief ein wenig rot an und versuchte, zum verbalen Gegenschlag auszuholen. Keine Ahnung, ob es ihm in diesem Jahr noch gelungen wäre. Kurzerhand übernahm Peralta.

»Du hast dich vorgestern Señor Modesto gegenüber als Polizist ausgegeben. Stimmt das?«

»Ich habe ihm den Ausweis von meinem Segelclub gezeigt und gesagt, ich hätte ein paar Fragen an ihn. Dann habe ich ihm noch seinen geschätzt neunten Mojito des Tages spendiert.«

»Er hat das ein wenig anders dargestellt.«

»Das glaube ich sofort. Señor Modesto stellt die Dinge gerne anders dar, als sie sind. Der Typ empfiehlt Aktien, Herrgott. Übrigens knutscht er nicht nur Mojitos mit Vorliebe.«

Ich legte den Herren von der Nationalpolizei einen Großteil der Fotos vor, die ich von Jenna hatte, und zwar eins nach dem anderen, wie ein Full House. Sie waren zwar ein wenig zerknüllt, weil ich sie die ganze Zeit über in der Hosentasche mit mir herumgetragen hatte, erfüllten jedoch ihren Zweck.

Die beiden sahen sich an und schienen tatsächlich etwas mit dem anfangen zu können, was ich Ihnen da präsentierte. Davon war ich ausgegangen. Natürlich waren sie in den letzten Tagen auf dieselben Spuren gestoßen wie ich, zumindest auf einige davon, während sie Dinge erfahren hatten, die mir verborgen geblieben waren. Ihre Vorgehensweise war mir von früher vertraut. Genau wie ich hatten sie einige Angestellte im Hotel nach Garrocho befragt, sie hatten sich die Datenbank angesehen, waren auf den Kaninchenkurs gestoßen … Aber die Fotos waren ihnen neu.

Peralta sah mir in die Augen und schob die Fotos bis auf eines, das er in der Hand behielt, zu Carlos hinüber. »Überprüf das mal.«

»Jetzt?«

Er musste Carlos nur eine Sekunde ansehen, dann stand dieser auf und verließ den Raum.

Ungefähr zehnmal atmeten wir ein und aus, ein und aus, ein und aus. Der Deckenventilator machte leise Geräusche. Wir nicht.

Bis ich sagte: »Ich habe sie von Jenna Koppler. Woher Jenna sie hat, weiß ich nicht. Sie hat mir dazu eine Geschichte erzählt, die stimmen kann oder auch nicht.«

»Du kennst die Frau?«

»Ynéz Pons Prado, vermute ich. Aus dem Kaninchenkurs.«

Bei der Erwähnung des Golfkurses zuckte er kurz mit den Augenbrauen. Er kannte den Begriff nicht.

»Dem Anfängerkurs«, präzisierte ich. »Modesto und Garrocho haben ihn ebenfalls besucht, wobei Garrocho keinen offensichtlichen Grund dafür hatte.«

»Weißt du, wo die Pons Prado wohnt?«

»Du weißt, dass ich es weiß. Ich habe Doña Esmeraldas Code benutzt, um mir Zugriff zur Hoteldatenbank zu verschaffen, und dabei natürlich digitale Spuren hinterlassen.«

»Ich höre, Flaco.«

Ich stützte die Ellenbogen senkrecht auf den Tisch und das Kinn auf meine Fäuste. »Playa de Arinaga, Calle de Colón 285, zweiter Stock.«

»Warst du dort?«

»Ich hatte es vor. Ich bin nicht dazu gekommen. Jemand hatte etwas gegen mein Auto und dann auch gegen dessen Halter. Vier Schläger sind in den Bergen auf mich losgegangen. Daher stammen die Schrammen und die Schwellung im Gesicht.«

»Gibt es dafür Zeugen?«

»Jenna Koppler. Aber ist das wichtig? Ich meine, muss ich euch jetzt auch noch Zeugen für meine Schlägereien liefern?«

Peralta blickte in die Akten, zog mit einer für ihn sehr ungewöhnlichen Bedächtigkeit etwas daraus hervor und schob es mir über den Tisch zu.

Es war ein Foto der Pons Prado, aber nicht jenes, das ich ihm gegeben hatte, auf dem sie Enrique Modesto umarmte. Auf dem Foto, das vor mir lag, war Ynéz Pons Prado tot.

Als ich sie scherzhaft als Marilyn tituliert hatte, dachte ich mir nichts dabei. Aber sie war dem Schönheitsidol der Fünfziger tatsächlich nicht unähnlich: die blonden Haare kunstvoll frisiert, wenn auch von sinnlicher Unordnung, die Lippen voll und weich, die Haut alabastern glatt und hell. Sie war nicht geschminkt. Ihr Outfit war schlicht, ein leichter silbergrauer Mantel, der ihr bis zu den Knien reichte und in der schmalen Taille von einem Gürtel zusammengehalten wurde. Sie lag in verrenkter Haltung auf einem Felsen, die Glieder von sich gestreckt. Unter dem Mantel hatte sie fast nichts an. Der linke Fuß war blank, am rechten trug sie eine Sandalette mit Leopardenmuster.

»Wo?«, fragte ich.

»Playa de Arinaga. Nicht weit vom *Mirador Risco Verde*, etwa 200 Meter von ihrer Wohnung entfernt. Wir glauben, sie hat sich dort mit ihrem Mörder getroffen. Es kam zu einem kurzen Kampf, sie schlug mit dem Kopf gegen eine Klippe und war sofort tot. Es kann im Affekt oder mit Absicht passiert sein.«

»Wann?«

»In der Nacht von vorgestern auf gestern, zwischen zwei und drei Uhr. Gefunden hat man sie vor zwölf Stunden.«

Zwei Uhr. Ich war bis Viertel vor zwei in der kleinen Bar gewesen, um mir das Fußballspiel anzusehen, zunächst mit hundert Zeugen, dann nur noch mit dem Wirt und Amaranta. Wenn ich danach gleich ins Auto gestiegen und mit einem Affenzahn runter nach Playa de Arinaga gebraust wäre, hätte ich gerade noch rechtzeitig kommen können, um Ynéz Pons Prado umzubringen. Aber ich hatte ohnehin nicht vor, die Bar zu erwähnen, denn dann käme heraus, dass ich Amaranta dort getroffen hatte. Wenn das Gesetz nicht mich erwürgte, dann sie. Ich wollte sie aus der Sache heraushalten.

»Jetzt willst du natürlich wissen, wo ich war«, sagte ich.

Peralta stemmte sich mit seinen sehnigen Armen aus dem Stuhl und ging ohne Ziel langsam im Raum umher. An diesem Morgen hatte er eine schwarze Jeans aus dem Schrank gefischt, ein dunkelbraunes, gepunktetes Hemd, ein hellgraues Sakko, eine knittrige, schwarz-grün-weiß gestreifte Krawatte, deutsche Sportschuhe und zwei blaue Socken, die zufällig zueinander passten Er sah aus, als wäre er am Wühltisch eingekleidet worden.

»Du hältst mich wohl für einen kompletten Idioten«, sagte er.

Ich musste nicht lange über die Frage nachdenken. »Nein«, erwiderte ich. »Nicht für einen kompletten.«

Peralta stützte sich mit den Fäusten auf den Tisch und beugte sich vor. Seine hypnotische Krawatte baumelte nicht weit von meiner Nase entfernt. Er blickte zu mir herunter, ich zu ihm hinauf.

»Deine Fingerabdrücke sind auf der Pitchgabel. Du bedrängst Zeugen. Du loggst dich ohne Genehmigung in eine Datenbank ein und stiehlst Informationen, wie auch ein Killer es tun würde. Du hast keine Alibis, nehme ich an?«

»Nein, sonst würden sie bereits singend auf dem Tisch tanzen.«

»Alles in allem hinterlässt du Spuren wie ein Flusspferd im Poolbereich, und das, obwohl Spuren mal dein Metier waren. Als Mörder bist du eine Vollniete, Flaco, deswegen halte ich dich nicht für den Mörder. In die Datenbank bist du nach den Verbrechen eingedrungen, was keinen Sinn ergibt, wenn du der Killer wärst. Und was deine Alibis angeht, so hast du welche, ohne es zu wissen. Zum Zeitpunkt von Garrochos Ermordung hat dich ein Kellner im Hotel gesehen, und deine Handydaten vom gestrigen Abend besagen, dass du dich im Umkreis von fünfhundert Metern eines Funkmastes in Las Palmas aufgehalten hast. Carlos hat nachgeforscht und einen Barmann aufgetrieben, der dich dort mit einer unbekannten Frau gesehen hat.«

Bis zu meinem Zerwürfnis mit Peralta und der übrigen Einheit hatte ich keine schlechte Meinung von ihm gehabt. Keine wirklich schlechte. Auch keine gute. Keine wirklich gute. Ich dachte nur, er hätte sich im Jahrhundert geirrt. Und im Land. Und im Beruf. Ich sah ihn auf einer texanischen Ranch Kojoten abknallen. Ich sah ihn schwertschwingend auf einem Kreuzzug. Ich sah ihn in einem antiken Ringkampf seinen Gegner mit bloßen Händen erwürgen. Oder Kuba vom Batista-Regime befreien. Ich habe ihn nie als Beamten der spanischen Nationalpolizei gesehen, wie er Kriminalfälle löst. Obwohl er das Seite an Seite mit mir jahrelang getan hat. Ich änderte nun meine Meinung über ihn. Nicht grundsätzlich, aber immerhin um einen Fingerbreit.

Peralta war doch tatsächlich zu logischem Denken und sorgfältiger Recherche fähig, wer hätte das gedacht.

»Danke«, sagte ich.

»Nicht gerne geschehen. Lassen wir unsere Differenzen mal beiseite. Jemand spielt uns gegeneinander aus und bei so etwas werde ich stinkig.«

Peralta wurde bei sehr viel mehr Dingen stinkig, doch tat das im Moment nichts zur Sache. Er zog die Titelseite der Zeitung aus den Akten und sagte: »Das hier, zum Beispiel, war ich nicht. Aber jede Wette, du hast geglaubt, dass ich dahinterstecke.«

»So ist es.«

»Die Zeitung hält sich bedeckt. Informantenschutz. Pressefreiheit … alles Quatsch. Muss jemand mit Einfluss sein, der den Artikel lanciert hat, anders kann ich es mir nicht erklären.«

»Da ist noch etwas«, sagte ich und berichtete ihm von meinem Erlebnis im Barrio del Polvorín, wobei ich jedoch die Hälfte wegließ, rein zufällig jene Hälfte, in der ich meine Seele an Mississippi verkauft hatte.

Peralta pfiff durch die Zähne. »300 000 für deinen Skalp? Junge, Junge. Ich würde den Job schon für ein Kilo Bananen erledigen.« Er lachte. Wenn Peralta lachte, schien sich der Raum mit dem stotternden Motorengeräusch eines Traktors zu füllen. »Da hat dich aber jemand richtig lieb, Flaco. Wie bist du aus der Nummer rausgekommen?«

»Was glaubst du wohl? Mit Gewalt«, log ich. »Ich weiß, du hältst nicht viel von meinen Kampfkünsten …«

»Auf Stuntman-Niveau.«

»Für die paar Wegelagerer hat es gereicht.«

»Na schön, aber an die Ganoven im Polvorín kommen wir so wenig heran wie an die Zeitungsfritzen. Wir wissen immerhin, dass derjenige, der dich zum Fressen gernhat, ein gut gefülltes Bankkonto sein Eigen nennt.«

Carlos kehrte in den Verhörraum zurück. Er sah aus, als hätte er gerade einen fetten Fisch aus dem Wasser geholt. Er war ein wenig aufgeregt und noch ein wenig mehr stolz.

»Chef, ich weiß jetzt, dass die Fotos im *Siete Cielos* gemacht wurden, man sieht das an den Fenstern, den Vorhängen und den Bildern und Möbeln im Hintergrund.«

Er breitete einen Lageplan des Hotels auf dem Tisch aus, von oben betrachtet bildete es die verschachtelte Form der Alhambra nach, des Kalifenpalastes von Granada.

»Das Zimmer, in dem sich die Fotografierten befanden, ist das von Enrique Modesto, Nummer vier, zwei, neun. Das Zimmer, von dem aus die Fotos gemacht wurden, war das von Ynéz Pons Prado, Nummer vier, acht, eins, ziemlich genau gegenüber von der vier, zwei, neun.«

»Wie hast du das so schnell herausbekommen?«, fragte ich.

Carlos holte sich bei seinem Chef zunächst ein zustimmendes Nicken ab, bevor er mir antwortete. »Drei D, Flaco. Ich habe ein Drei-D-Modell hochgeladen und ein paar Berechnungen angestellt.«

»Nicht übel«, sagte ich und meinte es ehrlich. Zu meiner Zeit hätten wir einen ganzen Nachmittag gebraucht, um an diese Information zu kommen. »In Ordnung, schauen wir mal, was wir haben. Eine Frau, die sich an einen reichen Geldscheißer ranwirft. Die beiden landen im Bett, jemand macht Fotos aus ihrem Zimmer heraus. Sie hat also einen Komplizen.«

»Nicht unbedingt«, widersprach Carlos. »Eine in ihrem Zimmer vorinstallierte Kamera könnte alle paar Sekunden automatisch den Auslöser initiieren.«

»Habt ihr eine solche Ausrüstung in ihrer Wohnung gefunden?«, fragte ich.

Carlos' Schneidezähne nagten an seiner Unterlippe. »Nein.«

»Und du hast natürlich ihre Finanzen überprüft, hm, Carlos?«

»Hohe Geldeingänge in unregelmäßigen Abständen. Typisch für eine Erpresserin.«

»Geht's noch, Carlos? Das sind Interna«, ging Peralta dazwischen. »Du bist keiner von uns mehr, Flaco, schon vergessen?«

Ich war bereit, mit den beiden Ex-Kollegen Puzzle zu spielen, doch es stellte sich heraus, dass sie unter sich bleiben wollten.

Peralta sagte: »Die Pons Prado ist unser Problem, nicht deines. Du bist entlastet. Geh nach Hause, serviere deiner Doña den Kaffee, bürste ihre Kleider aus, jage Taschendiebe. Welchen toughen Beschäftigungen auch immer du nachgehst, du wirst uns nicht in die Quere kommen. Wenn du Modesto auch nur eine weitere Frage stellst, buchte ich dich wegen Behinderung der Ermittlungen ein. Erste, letzte und einzige Warnung. Danke für die Fotos. Du darfst gehen.«

Carlos begleitete mich hinaus. Ich brauchte keine Begleitung, ich kannte das Gebäude wie meine Westentasche, und es bestand auch nicht die Gefahr, dass ich einen Locher klaute oder so was. Er lief neben mir her, weil er mir etwas zu sagen hatte. Allerdings ließ er sich damit Zeit. Wir sprachen nicht miteinander, was besonders tragisch war, weil wir nicht besonders schnell vorankamen. Vor uns wurde eine Palette mit neuen Möbeln transportiert, links und rechts war im Gang nicht genug Platz und so trotteten wir stumm wie hinter einem Leichenwagen her.

»Kannst du Peralta etwas von mir ausrichten?«, fragte ich, als es mir zu trist wurde.

»Wieso hast du es ihm denn nicht selbst gesagt?«

»Es fällt mir eben erst ein. Sag ihm einfach nur, er hatte recht, was mich angeht. Die Bemerkung, die er vor ein paar Tagen am Strand gemacht hat, dass mein Vater mir den Job besorgt hat … die war gar nicht so falsch. Ich wusste nichts davon, habe es gestern erst erfahren. Aber inzwischen halte ich es für möglich, dass mein Vater die Finger auch in meiner Polizeikarriere drin hatte, ohne dass ich es gemerkt habe.«

»Wieso erzählst du mir das?«, fragte Carlos. »In den letzten Jahren waren wir nicht besonders dicke.«

»Das ist es ja«, erwiderte ich. »Ich glaube, ich muss anfangen, meinen Frieden mit dieser Phase zu machen.«

Mehr, fand ich, sollte ich Carlos nicht erzählen. Denn wie er sagte, besonders dicke waren wir in letzter Zeit nicht gewesen, und ich sollte wohl besser einen Schritt nach dem anderen machen.

Endlich erreichten wir die Aufzüge. Sie waren ziemlich voll, an eine Unterhaltung war nicht zu denken.

Als wir in der Eingangshalle wieder unter uns waren, sagte Carlos: »Nach allem, was mir zu Ohren gekommen ist, hast du hervorragende Arbeit geleistet. Kriminalfälle löst man nicht, weil Papa einen protegiert, und du hast etliche gelöst.«

Wir kamen an der Drehtür an. »Danke, Carlos. Ich habe vor, in den nächsten zehn Sekunden durch diese Tür zu gehen, sonst wird mir die Begegnung zu filmreif. Falls da also etwas sein sollte …«

Er nickte. »Hast du Amaranta in letzter Zeit gesehen?«

Ich hasse es, zu lügen. Ich hasse es, wie ich Steuererklärungen hasse oder den Eiersalat meiner Schwester. Und doch lasse ich mich notgedrungen darauf ein. Manchmal geht es eben nicht anders.

»Eine Weile schon nicht mehr.« Acht Stunden waren durchaus eine Weile. »Wieso fragst du?«

Er sah mir direkt in die Augen. »Ich habe ihr einen Heiratsantrag gemacht, neulich beim Paragliding. Zuerst hat sie abgelehnt. Vorhin, als ich gerade die Drei-D-Projektion erstellt habe, rief sie an und … Sie hat angenommen. Ich wollte es dir als Erstem sagen, weil wir … weil du … Es war eine gute Zeit, damals auf der Akademie. Schwierig einerseits, aber irgendwie auch unvergesslich.«

Ich sah ihm genauso fest in die Augen und streckte ihm die Hand entgegen, die er ergriff.

»Ja, das stimmt. Meine Glückwünsche, Carlos. Du bist ein anständiger Kerl und Amaranta ebenso. Ich wünsche euch alles Gute.«

Draußen auf der Straße bekam ich Lust, irgendetwas zu tun, was ich niemals oder nur selten tue. Ich dachte an mein Boot, das im Yachthafen von Las Palmas vor Anker lag und eine Menge Liegeplatzgebühren verschlang, ohne sich von der Stelle zu rühren. Ich dachte daran, mich zu betrinken. Mir im Kino einen Zeichentrickfilm reinzuziehen. Um elf Uhr beim Chinesen einen Teller Glasnudeln zu verputzen. Und ich dachte daran, dass man einiges davon miteinander verknüpfen könnte, etwa den Zeichentrickfilm, die Glasnudeln und das Betrinken. Schließlich fuhr ich mit dem Bus einfach nur nach Hause.

Immerhin, dort wartete mein Auto auf mich. Der Abschleppdienst hatte es, nur aufgrund meines hinter den Scheibenwischer geklemmten Zettels, abgeholt, repariert und angeliefert. Hinter demselben Scheibenwischer klemmte die Rechnung, darunter ein paar krakelige Worte, ein schmutziger Daumenabdruck und ein Smiley. Mich überfiel das kleine Glück, auf dieser Insel zu leben, mit diesen Menschen, und ich fand, dass das kleine Glück mich genau zur rechten Zeit überfiel.

34

Doña Esmeralda schlug vor, uns in einem Restaurant in Meloneras zu treffen. Es war nicht weit vom Leuchtturm entfernt, nur durch einen Steg vom Strand getrennt, und hatte eine große, mit dicken Planen überdachte Terrasse. Zur Mittagszeit wurde es von einem bunten Volk frequentiert, was bedeutete, dass Doña

Esmeralda es genauso oft besuchte wie den ugandischen Stamm der Bantu. Sonnenverbranntes Strandpublikum mischte sich mit Leuten, die sich in den nahen Einkaufsstraßen in die Erschöpfung geshoppt hatten. Sie dachte sich wohl, dass ich ihr an einem öffentlichen Ort keine Szene machen würde – was ein schlimmer Trugschluss war. Und, falls ich ihr doch eine machte, dass keiner davon Notiz nehmen würde, auf den es ankam – was kein Trugschluss war.

Ich war vor ihr da und ließ mir absichtlich einen Tisch geben, den sie hassen würde. In meinem Rücken saß eine sechsköpfige spanische Familie, nicht eben ein Schweigeorden. Die Stimmen der lebhaften Kleinkinder sprangen wie Gummibälle durch einen Porzellanladen. Am Tisch daneben saßen zwei gediegene, Aperol-Spritz schlürfende Männer, die so taten, als würden sie aufs Meer schauen, und sie hatten ganz und gar nichts dagegen, dass mein Kopf zwischen ihnen und dem Meer platziert war. Der Tisch, auf den ich blickte, war von drei ausgelassenen Schotten belegt, die so viel Spaß hatten, dass ich mich liebend gerne zu ihnen gesellt hätte.

Ich bestellte *pappas arrugadas,* einen Tintenfisch vom Grill und eine Flasche Malvasía aus Lanzarote, die gerade serviert wurde, als Doña Esmeralda eintraf. Sie trug einen hellen, weiten Hosenanzug, eine Sonnenbrille, die aussah, als hätte sie zwei schwarze Billardkugeln vor den Augen, und einen ihrer unauffälligeren Hüte, der die Form, Größe und Farbe eines Eierlikörkuchens hatte. Statt aufzustehen, wie sie es von mir gewohnt war, hob ich den Hintern nur um zwei Zentimeter und ließ mich auf den Stuhl zurückplumpsen.

Wir sagten kurz Hallo. Sie bekam ein Glas von mir ab, das ich halb mit Weißwein füllte.

»Ich weiß, dass Sie sauer auf mich sind«, sagte sie.

»So weit würde ich nicht gehen. Ich möchte lediglich Ihren Hut demolieren, das war es aber auch schon.«

»Könnten wir trotzdem zuerst über Alba sprechen? Ich versuche sie seit gestern Abend auf dem Handy zu erreichen, aber sie geht nicht ran.«

Ich hatte eine Kurznachricht von Amaranta erhalten. Gegen fünf Uhr war Alba aus dem Tunnel des *Sangre Nuestra* gekommen, begleitet von zwei Nachwuchsgangstern, die sie vor ihrer Wohnung in der Nähe der Kathedrale ablieferten. Sie war ins Haus gegangen, fünf Minuten später wieder herausgekommen, allein in ein Taxi gestiegen und in den Süden gefahren. Bei Arguineguín hatte Amaranta die Verfolgung abbrechen müssen, als der Busfahrer der Linie 6 den entgegenkommenden Busfahrer der Linie 33 traf und die beiden eine halbe Minute lang Neuigkeiten austauschten. Tatsächlich scheitern die meisten Observierungen auf diese Weise: Mein Sohn hat geheiratet, wie geht es dem schlimmen Bein deiner Mutter, was hältst du vom neuen Torwart von Unión Deportiva, alles klar, mach's gut, bis irgendwann mal wieder.

Arguineguín war nur fünf Kilometer vom Hotel *Siete Cielos* entfernt, gut zehn Kilometer vom Monte León.

»Dann wollte sie vielleicht zu mir?«, fragte Doña Esmeralda, als ich ihr die Nachricht vorlas.

»Möglich, aber nicht sehr wahrscheinlich«, sagte ich. »Die Spur verlor sich gegen sechs Uhr, das war vor über sechs Stunden. Das Hotel hätte Ihnen Bescheid gesagt, wenn Alba dort gewesen wäre, und bei Ihnen auf dem Berg ist sie auch nicht aufgetaucht. Aber sie könnte sich mit jemandem getroffen haben, einer Person aus dem Hotel, die dort nicht mit ihr gesehen werden wollte.«

»Das finde ich alles äußerst beunruhigend, Flaco.«

Ich ließ den Satz in der Luft hängen, weil ich fand, dass er dort am besten aufgehoben war. Zu diesem Thema wusste ich nichts Intelligentes mehr beizutragen. Meine Gedanken, Alba betreffend, behielt ich für mich. Hatte Mississippi sie gegen ihren Willen eingespannt? Oder war sie Teil von etwas, das ich noch nicht durchschaute? Albas Verhalten war mir ein Rätsel, aber das war es schon, seit ich sie kannte. Ihr standen dank Geld und Bildung so viele Chancen offen und doch steuerte sie geradewegs in einen Strudel wie ein Badewannenentchen in den Ausfluss.

Vielleicht lag ich selbst mit in der Wanne. Zu meiner Sammlung von Ex-Jobs durfte ich den bei Doña Esmeralda nun hinzufügen. Ich war arbeitslos und, schlimmer, ideenlos.

Ich kippte ein halbes Glas Wein hinunter, es war mein zweites halbes. Die beiden Männer am Nachbartisch sahen mir dabei zu, als hätten sie noch nie jemanden Wein trinken sehen.

»Flaco, ich bin Ihnen sehr dankbar, dass Sie sich letzte Nacht so für Alba eingesetzt haben. Und für mich natürlich auch.«

Die Kartoffeln und der *pulpo* kamen und verhinderten, dass ich mein drittes halbes Glas trank. Ich schaufelte mir ordentlich auf und begann zu essen, was sicherlich vernünftiger war, als zu trinken. Obwohl, das ist Ansichtssache.

»Sie essen früh, Flaco. Nur Touristen essen um halb eins.«

»Ich hatte kein Frühstück, dafür ein Verhör. Beides macht hungrig.«

Ich schnitt dem Tintenfisch einen Fangarm ab, tauchte ihn in Aioli und steckte ihn mir in den Mund. »Wollen wir nicht ein wenig über Ihre Verschlagenheit plaudern?«

Doña Esmeralda nestelte an ihrer Handtasche herum, öffnete sie, blickte hinein, fand darin keine Ausrede, klappte sie wieder zu und seufzte.

»Vor einem halben Jahr«, begann sie, »ist Ihr Vater an mich herangetreten. Ich hatte ihn einige Wochen zuvor bei einer Hochzeit von Kindern gemeinsamer Bekannter kennengelernt. Zwar liegen seine wirtschaftlichen Anfänge auf Gran Canaria, aber er hat kaum noch Kontakte hier. Als er erfuhr, dass Sie Ihren Job in diesem seltsamen Club verloren haben, wollte er etwas für Sie tun und bat mich, Sie anzustellen. Das ist eigentlich schon das Ende der Geschichte.«

Nun trank ich doch noch mein drittes halbes Glas Malvasía.

»Das ist nicht das Ende der Geschichte«, widersprach ich. »Das ist noch nicht mal der Anfang vom Ende. Das ist gerade mal das Ende des ersten Kapitels.«

»Die Geschichte hat nur ein Kapitel.«

»O nein, hat sie nicht.«

»Ist es Ihre oder meine?«

»Meine!«, rief ich so laut, dass ich sogar die Großfamilie hinter mir und die fröhlichen Schotten übertönte. Ich steckte mir eine ganze Kartoffel in den Mund und fragte, noch während ich kaute: »Was, zum Beispiel, ist mit dem Scheck über eine Million, den mein Vater Ihnen ausgestellt hat?«

»Das ist eine andere Geschichte.«

Ich warf das Besteck auf den Teller, wischte mir mit der Serviette den Mund ab und schenkte mir Wein nach.

»Hören Sie zu, Doña. Sie haben keine Ahnung, in welcher üblen Lage ich gestern im *Sangre Nuestra* war und was ich alles dafür tun musste, um dort wieder herauszukommen. Das waren Gangster. Ich denke, ich darf mehr von Ihnen erwarten, als dass Sie mir sagen, was ich sowieso schon weiß. Was ich selbst herausgefunden habe. Sie haben mir etwas versprochen.«

Wie die meisten Reichen wurde sie nicht gerne an die Party von gestern erinnert.

»Ich denke mir nur, dass es für Sie derzeit wichtigere Schauplätze gibt als die gestörte Beziehung zu Ihrem Vater und die Frage, was er sich seine Liebe kosten lässt, oder?«

Aus ihrer Sicht betrachtet war das zweifellos so. Es war logisch und nachvollziehbar und vernünftig. Worauf es aber in einer Geschichte ankommt, die aus meiner Perspektive erzählt wird, ist meine Perspektive. Und ich war mehr denn je der Überzeugung, dass es keine verschiedenen Schauplätze in dieser Geschichte gab, sondern nur eine einzige Arena. Nun gut, was auch immer meinen Vater dazu veranlasst hatte, mich als Butlerguard bei Doña Esmeralda unterzubringen, es hatte wahrscheinlich nicht unmittelbar mit dem Geschehen der letzten Tage zu tun. Doch Devin Koppler hatte mir die Information gesteckt und das hatte einen Grund und dieser Grund wiederum stand in Beziehung zu allem anderen. Irgendwie. Mehr oder weniger. So ungefähr. Herrgott, mehr wusste ich auch nicht. Alles, was ich hatte, waren Ungereimtheiten. Die Rätsel summierten sich zu einem langen Waschzettel mit Fragezeichen, die in meinem Kopf herumsprangen wie Affen in einem Affenhaus zur Fütterungszeit.

Nur um mal die wichtigsten herauszugreifen …

Erstens: Wieso war eine Pitchgabel die Mordwaffe? Niemand, der einen Mord von langer Hand plant, entscheidet sich für Golf-zubehör als Tötungswerkzeug. Andererseits, gegen einen Mord im Affekt sprach der Tatort. Eine Pitchgabel ist schwer und un-handlich, die nimmt man nicht mal eben mit auf einen nächt-lichen Strandspaziergang. Ich ging deshalb von einem Zwi-schending aus, einem Mord unter Termindruck. Für eine lange Vorbereitung war keine Zeit geblieben, vielleicht nur eine halbe oder eine Stunde. Wenn man gerade unterwegs ist und nicht zu-fällig ein scharfes, langes Küchenmesser mit sich führt, ist die Auswahl an Mordwerkzeugen, die in eine Hosen- oder Hand-tasche passen, äußerst begrenzt. Die Pitchgabel war also eine Notlösung gewesen.

Zweitens: Warum hatte Vicente Garrocho sich kurz vor sei-nem Tod ausgerechnet mir anvertrauen wollen, einem Men-schen, den er kaum kannte? Doña Esmeralda war seine Tante und Förderin, Mateo Áldaran sein *amigo*, Jenna Koppler seine *novia*, die Freundin. Entweder hielt er mich für besonders geeig-net oder die drei anderen für ungeeignet, sei es, dass er sie nicht in die Sache hineinziehen wollte, sei es, dass er sie nicht für ver-trauenswürdig hielt.

Drittens: Wenn ich nicht beschattet wurde – wovon ich ausging, denn wenn ich das nicht mal merkte, konnte ich als Bodyguard und Detektiv gleich einpacken –, woher wusste dann jemand, dass ich zu den Balbuenas fuhr, und hetzte mir dort eine Bande auf den Hals? Oder hatten mich Señor oder Señora Balbuena spontan verpfiffen, und wenn ja, wieso hätten sie das tun sollen? Die dritte Frage stellte ich hintenan, da sie im Augenblick zu viele Variablen beinhaltete. Einige Personen hatten gewusst oder hätten wissen können, dass ich Nachforschungen anstellte, und hätten es wiederum weitererzählen können, arglos oder absichtlich.

Viertens: Weshalb wurde die Pons Prado nachts leicht bekleidet auf einem Aussichtspunkt in exponierter Lage umgebracht, in dessen Nähe sich kein Parkplatz befand, was eine Flucht riskant machte? Wie Peralta, so ging auch ich davon aus, dass der Mörder die Pons Prado zum *mirador* bestellt hatte. Die unordentlichen Haare und die Tatsache, dass sie unter dem leichten Mantel so gut wie nichts trug, deuteten darauf hin, dass sie aus dem Bett geklingelt worden war. Nur, wieso hatte der Mörder sie nicht zu Hause aufgesucht? Dort hätte man sie vermutlich erst nach Tagen gefunden, was die Untersuchung erschwert hätte. Ich fand darauf keine Antwort, nahm mir aber vor, schon bald eine zu finden.

Fünftens: Warum hatte der Auftraggeber bei der Bezahlung von Mississippi für meinen Tod eine Art Ratenzahlung vereinbart? Diese Frage hielt ich für einen der Schlüssel, um dem Mörder auf die Spur zu kommen. Im Laufe meiner mehrjährigen Polizeikarriere hatte ich mit etlichen Auftragsmorden zu tun gehabt und immer erfolgte die Bezahlung der Killer nach dem gleichen Muster: zwischen zehn und fünfzig Prozent sofort, der Rest unmittelbar nach Erledigung. Ähnlich wie beim Hauskauf oder wenn man eine dreistöckige Hochzeitstorte vorbestellte. Wieso sollte der Löwenanteil des Honorars erst lange nach Erledigung fällig werden, immerhin 270 000 Euro? Mississippi hatte sich zunächst darauf eingelassen, demnach hatte er fest mit der Bezahlung gerechnet. Erst, als er bemerkte, wen er da beseitigen sollte, machte er einen Rückzieher, und nur, weil ich der Sohn meines Vaters war, konnte ich überhaupt noch solche tiefschürfenden Überlegungen anstellen.

Sechstens: War Alba ahnungslose Göre, Opfer oder Mitspielerin? Ich war inzwischen davon überzeugt, dass Alba Reyes mit meinem Erscheinen im *Sangre Nuestra* gerechnet hatte. Sie war in keiner Weise überrascht gewesen, mich zu sehen, und in der Folge hätte sie mehrere Gelegenheiten gehabt, mir mimisch oder gestisch zu verstehen zu geben, dass sie festgehalten wurde und unter Zwang handelte. Doch da war nichts gewesen, kein Zwinkern, kein Fingerzeig. Ich konnte mir nicht vorstellen, warum sie meinen Tod wollte, es sei denn, sie war im Bunde mit demjenigen, der unbedingt meinen Tod wollte.

Das war nur die Edel-Selektion an Fragen, die sich türmten. Sichere Antworten hatte ich keine, doch hier und da bildeten sich Schemen wie Schatten in der Nacht.

Ich tat gegenüber Doña Esmeralda schlauer, als ich war, als ich sagte: »Doña, Sie haben leider nicht den Vogelblick auf die Dinge, wie ich ihn habe.«

Sie zuckte mit den Schultern. »Was ist so schlimm daran, dass Eltern einem unter die Arme greifen, wenn es mal nicht so gut läuft? Ihr Vater hat immerhin fast drei Jahre nach Ihrem Ausscheiden bei der Polizei abgewartet, bis er eingriff. Jedenfalls hat er mir das damals so gesagt.«

Ich trank das vierte halbe Glas. »Sie lenken ab, und weil Sie keine Politikerin sind, machen Sie Ihre Sache verdammt schlecht. Wir waren beim Scheck stehengeblieben.«

»Der Scheck, das ist …« Sie bemerkte die beiden Männer am Nachbartisch und beugte sich zu mir. »Das ist ein Kredit.«

»Was wollen Sie mit einem Kredit?«

»Sprechen Sie leiser.«

»Wir reden nicht über Fußpilz. Also, was wollen Sie damit?«

Ihr Flüsterton lag, was die Dezibel betraf, knapp über dem von Mineralwasser, das im Glas sprudelt. »Ein paar Löcher stopfen, da und dort. Die letzten Jahre waren unangenehm. Einige meiner Hotels sind defizitär und die anderen fangen die Verluste nicht auf. Von den Banken bekomme ich nicht genug. In so einer Situation ist man nahezu schutzlos, da kam das Angebot Ihres Vaters gerade recht. Glauben Sie mir, ich bin nicht stolz darauf.«

»Stolz«, rief ich und griff nach dem Glas. Eigentlich hatte ich es noch gar nicht richtig losgelassen. Ich war drauf und dran, ihr eine Standpauke zu halten. Ich war drauf und dran, aufzustehen und sie sitzen zu lassen. Ich war drauf und dran, das fünfte halbe Glas Malvasía zu den vorherigen vier zu kippen und das ihre gleich hinterher.

Aber dann musste ich an den Margaux des gestrigen Abends denken, der mich wiederum an Koppler denken ließ, der mich wiederum an Niere süßsauer denken ließ, weil mir von Niere süßsauer immer schlecht wird.

»Reden wir über Devin Koppler«, sagte ich. »Wie weit ist er davon weg, Sie aufzukaufen?«

»Ich weiß wirklich nicht, warum ich mit meinem ehemaligen B…«

»Sprechen Sie es ja nicht aus«, warnte ich sie.

»Warum ich mit Ihnen darüber diskutieren sollte.«

»Was kann es schaden, hm?«

Sie wiegte den Kopf, als würde ihn das lockern. »Koppler hat eine der Banken, denen ich Geld schulde, dazu gebracht, mir den Kredit zu kündigen, und die beiden anderen, mir keinen neuen zu gewähren. Ich müsste eins meiner Hotels verkaufen, eins der gewinnbringenden, um die Verluste auszugleichen. Das *Siete*

Cielos auf Gran Canaria wahrscheinlich, es schreibt mit Abstand die besten Zahlen.«

»Das wäre ja so, als würden Sie die Kartoffel, mit der Sie das Leck im Boot gestopft haben, herausziehen, um nicht zu verhungern. Nicht lange, und Sie saufen ab.«

»Ich bin mir nicht sicher, ob ich es so ausdrücken würde, aber sinngemäß trifft es zu. Ich habe zwei private Investoren, die mich derzeit über Wasser halten. Der eine ist Ihr Vater.«

Ich trank das fünfte halbe Glas. »Deswegen wollte der Drecksack mich also einkaufen.«

»Wie bitte?«

»Wie gesagt, Koppler hat mir ein verführerisches Angebot gemacht. Eine Menge Geld plus einen Job, bei dem ich keinen Orangensaft servieren und Hoteldiebe überführen muss. Mein Vater wäre Ihnen nicht weiter verpflichtet und Sie wären eine weitere Kartoffel los.«

»Bitte reiten Sie die Metapher nicht zu Tode, Flaco. Im Übrigen, erledigt bin ich so oder so. Sobald Ihr Vater erfährt, was vorgefallen ist …«

Doña Esmeralda trank einen ersten Schluck Wein, von dem keine Maus betrunken geworden wäre. Die Schotten brachen in ein Gelächter aus, das die umliegenden Tische erschütterte, und die beiden Aperol-Männer interessierten sich dafür, wie ich mir den Schweiß von der Stirn wischte. Hinter mir gerieten zwei Kinder in Streit um eine gelbe Schwimmnudel, deren Ende von Zeit zu Zeit meinen Nacken traf.

»Wer ist der andere Investor?«, fragte ich.

»Mein Schwager.«

Ich trank das sechste halbe Glas. Ich muss dazu sagen, dass es kleine Gläser waren. Der Rebensaft rann mir vorne kalt die Kehle hinunter und hinten wieder heiß hinauf in meinen Schädel. Ich fing an, ein bisschen was zu verstehen.

»Und das ist die Überleitung zu Vicente«, sagte sie schluckend und nickend. Dann schluckte und nickte sie heftiger. Dann hörte sie auf zu nicken. Dann trank sie gerade so viel, dass die Maus davon betrunken geworden wäre.

»Die Freundin, von der ich Ihnen erzählt habe. Vicentes Mutter, das ist in Wahrheit meine jüngere Schwester Feliciti. Sie hat ihrem Mann nie erzählt, dass sie vor ihrer Ehe mit ihm ein uneheliches Kind zur Welt gebracht hat. Er ist sehr konservativ. Er muss sehr konservativ sein, denn er ist Vorsitzender des Nationalen Automobilclubs. Da die Ehe außerdem kinderlos ist … Wenn er von Vicentes Existenz erfährt und dass ich geholfen habe, die Sache zu vertuschen …«

»Aber wie hat Koppler Wind davon bekommen?«

»Durch einen windigen Anwalt, nehme ich an. Derjenige, der damals den Vergleich mit den Balbuenas ausgehandelt und besiegelt hat. Als das Ehepaar eine zweite Zahlung forderte, hat er sich des Falles noch einmal angenommen und Unregelmäßigkeiten bei Vicentes Namensgebung festgestellt, auf Vicentes Geburtsurkunde. Daraufhin forschte er nach. Ich glaube ohnehin, sein Spezialgebiet ist nicht Vertragsrecht, sondern Erpressung.«

Ich nickte. »Manchmal ist das dasselbe.«

»Jedenfalls, die 100 000 Euro, die er zunächst forderte, hätten meine Schwester und ich ohne Weiteres aufgebracht. Allzu schnell verstand er jedoch, dass er auf eine Goldader gestoßen war, und wollte plötzlich bedeutend mehr von Vicente, also von mir und meiner Schwester. Zuerst 500 000, schließlich eine Million. Ich weigerte mich. Vicente versuchte, mit den Balbuenas zu reden, die inzwischen im Bilde waren. Vergeblich. Sie sind gierig geworden.«

»Die Balbuenas haben ein paar Löcher in den Schuhen zu stopfen. Und was Señor Balbuena angeht, auch im Hirn.«

Doña Esmeralda seufzte. »Wie es letzten Endes dazu kam, dass Koppler und der Anwalt sich getroffen haben, weiß ich auch nicht.«

»Mit Gaunern ist es wie mit Geschäftsleuten, Doña, wenn einer etwas anzubieten hat, was der andere sucht, dann finden sie sich auch. Devin Koppler kauft Menschen ein wie andere Gemüse, und glauben Sie mir, er weiß, auf welchem Markt er Ausschau nach Gemüsehändlern halten muss. Er hat über einen seiner Spitzel von der Erpressung erfahren und sich der Zusammenarbeit des Anwalts versichert, sodass am Ende alle auf ihre Kosten kommen, die Balbuenas, der Anwalt und vor allem er selbst. Erkennen Sie jetzt, dass die Dinge zusammenhängen?«

Sie trank vom Wein, sodass nun zwei Mäuse davon betrunken werden konnten. Dann drei. Vier.

»Das beantwortet hoffentlich Ihre Frage, wie nahe mir Koppler gekommen ist«, sagte sie bitter. »Sehr nahe.«

»Sehr nahe? Er liegt quasi auf Ihnen drauf.«

»Flaco, bitte.«

»Haben Sie keinen Hoffnungsschimmer?«

Sie schüttelte den Kopf.

»Irgendwo? Ein kleines Lämpchen?«

Sie schüttelte den Kopf. »Sobald Ihr Vater und mein Schwager ihr Geld zurückziehen, ist es aus. Und das werden sie irgendwann tun.«

Ich trank das siebte halbe Glas, um den Geschmack hinunterzuspülen, den die Spucke verursachte, die ich für den nächsten Satz brauchte.

»Ich kann mit meinem Vater reden, damit er Sie nicht hängen lässt. Er muss ja nichts von meiner Kündigung erfahren. Vielleicht entschließe ich mich auch, die Stelle nicht aufzugeben.«

Wieso sagte ich das? Vielleicht erklärt es mir mal jemand. Diese Frau hatte mich in ein Höllenloch geschickt und mich meinen Job betreffend angelogen. Außerdem war sie als Arbeitgeberin allenfalls Mittelmaß. Also bitte, warum?

Nach einigem Grübeln komme ich zu dem Schluss, dass alte Ladies mich um den Finger wickeln können. Keine Ahnung, wieso. Ist einfach so. Müsste ich mal mit Doktor Fortunada besprechen.

»Also? Was sagen Sie?«

Sie sagte gar nichts. Sie fingerte an ihren Ringen herum. Sie senkte den Kopf. Dann machte ihr Kinn mehrere kleine Hüpfer. Ich hielt es für wahrscheinlicher, dass sie Probleme mit ihrem Gebiss hatte, als dass sie den Tränen nahe war. Aber wenn Moses das Meer geteilt hatte, war es vielleicht auch möglich, dass Doña Esmeralda eine Gefühlsregung in der Öffentlichkeit auslebte.

Sie leerte ihr Glas, ich schenkte den Rest aus der Flasche nach und bestellte beim Kellner per Handzeichen zwei Brandys. Eventuell auch zwei Ron Arehucas. Oder zwei Sherrys. Bananenliköre. Das Handzeichen, das ich machte, war eindeutig, aber es ließ interpretative Spielräume. Wichtig war eigentlich nur, dass ich etwas bestellte.

»Heute Morgen hat mich mein Sohn angerufen«, sagte Doña Esmeralda. »Er hat die Chemotherapie abgebrochen.«

Ich wusste nicht, was ich darauf erwidern sollte. Ich hatte Gil Reyes nur fünf- oder sechsmal getroffen. Er war freundlich, geduldig und sachverständig. Er wusste immer, wovon er sprach, wenn es um das Geschäft ging. In allen anderen Dingen empfand ich ihn als unsicher und gehemmt. Seine Prognose war, soviel ich wusste, von Anfang an nicht gut gewesen.

Als mir die Schwimmnudel zum wiederholten Mal gegen den Nacken prallte, griff ich sie mir wie den Kopf einer Schlange und wandte mich zu den Eltern um.

»Ob Sie wohl so freundlich wären, Ihre Kinder zu erziehen?«, sagte ich. »Nur heute, nur für eine Stunde. Danke sehr.« Ich ließ die Schwimmnudel wieder los. Den beiden Aperol-Männern warf ich einen Blick zu, der sie veranlasste, ausnahmsweise einander anzusehen.

Als ich mich wieder Doña Esmeralda zuwandte, hatte sie sich gefangen, und ich wusste, sie wollte das Thema nicht vertiefen.

Ich war froh, dass ich das Angebot, bei ihr zu bleiben, vor ihrem Bekenntnis gemacht hatte, sodass es nicht als Mitleidsgeste verstanden werden konnte.

»Sie sind der Zweite, dem ich das erzähle, und dabei möchte ich es belassen, Flaco. Nur Áldaran weiß es noch. Ich habe vor zwei Stunden mit ihm telefoniert, um ihn aus dem Urlaub zurückzuholen. Er segelt gerade um La Gomera herum.«

»Entschuldigung, Doña, es geht mich nichts an und ich bin ja nun auch nicht gerade Ihr Intimus. Aber wieso vertrauen Sie so etwas Persönliches Ihrem Marketingleiter an?«

»Ach, das wissen Sie ja noch gar nicht. Wenn er nicht gewesen wäre, wüsste ich noch nicht einmal, dass, um mit Ihren Worten zu sprechen, Koppler auf mir drauf liegt. Áldaran hat mich vor ihm gewarnt, vor etwa einer Woche. Es gehört zu seinem Job, die Augen und Ohren offen zu halten, und genau das hat er getan. Ich brauche ihn jetzt hier. Im *Siete Cielos Gran Canaria* hat er in den zwei Jahren als Marketingleiter mehrere kleine Wunder vollbracht, und ich hoffe, er vollbringt jetzt noch ein weiteres. Ich gestehe es mir nicht gerne ein, aber er ist einer der wenigen Mitarbeiter, denen ich vertraue. Ich sollte eine ganze Kompanie davon haben, aber so ist es nicht. Sie sind auch einer von den Vertrauenswürdigen, Flaco. Das weiß ich allerdings erst seit gestern Abend.«

Als der Ron Arehucas kam, stürzte ich ihn herunter, ohne zu zögern, und den zweiten gleich hinterdrein. Danach war alles ausgetrunken und ich fühlte mich irgendwie nackt. Ich musste an Gil Reyes denken, auch an Alba, an Vicente …

»Lieb von Ihnen, dass Sie mit Ihrem Vater über meine Lage sprechen wollen«, sagte Doña Esmeralda. »Doch kann er sich kein zweites Debakel erlauben nach seinem … nun ja, Skandal. Die Gerichtsprozesse verschlingen Unsummen, so heißt es, und er musste einige seiner Unternehmen billig abstoßen. Wussten Sie das?«

»Ich weiß eigentlich nur von ihm, dass er lebt.« Das Thema hatte sich für mich erschöpft, da es mich erschöpfte. Länger als ein paar Minuten über meinen Vater nachzudenken, gelang mir nur, wenn ich gerade vor Kraft strotzte, und das war nach einem Tag wie dem vergangenen nicht der Fall. Ich klatschte in die Hände, dass die Luft bebte. »Zurück zum Mord an Vicente. Ich glaube, ich sollte mir Señor Modesto noch einmal vorknöpfen.«

»Wie bitte?«

»Ich denke nur laut, Doña.«

Ihr verlegener Blick wanderte zu den Nachbartischen. »Ich bevorzuge leises Denken.«

»Es ist bestimmt kein Zufall, dass der bekannteste Investmentguru von ganz Spanien gerade auf der Insel weilt, als Sie in Bedrängnis geraten. Wenn Modesto sich räuspert, holen alle die Taschentücher hervor. Koppler benutzt ihn, um die Banken Ihretwegen zu verunsichern.«

»Mag sein … Und weiter?«

»Vicente war hinter Modesto her. Eine blonde Schönheit namens Ynéz war hinter Modesto her. Die Nationalpolizei ist hinter Modesto her. Vielleicht ist sogar der Weihnachtsmann hinter Modesto her. Warum sollen wir nicht auch hinter ihm her sein?«

»Flaco, ich verstehe kein Wort. Was wird die Polizei tun, wenn Sie sich schon wieder einmischen?«

Peralta hatte mich tatsächlich gewarnt, und wenngleich ich ihn normalerweise so glaubwürdig fand wie die Charaktere einer Telenovela, so war der Einsatz diesmal höher. Ich konnte mir keinen weiteren Rückschlag in meinen Bemühungen leisten, den Mord an Garrocho aufzuklären.

Und wieder die Frage nach dem Warum. Wieso mich da noch länger reinhängen? Ich war vom Haken. Ich würde meinen alten Job zurückbekommen, diesmal ohne das Geld meines Vaters. Alles war wie vor drei Tagen.

Und das ist dann auch schon die Antwort. Ich wollte nicht, dass es wie vor drei Tagen wäre. Auch nicht aufgebügelt oder aufgehübscht um ein paar Schleifchen. Nein. Ich wollte endlich wieder einen Job, der mich befriedigte. Und der Weg dahin wäre, Doña Esmeralda einen so großen Gefallen zu tun, dass sie nicht Nein sagen konnte. Na schön, sie konnte Nein sagen. Das machte sie sogar sehr oft. Aber es war eine Chance.

Außerdem tat mir der junge Garrocho leid. Er hatte sich an mich gewendet, gewissermaßen posthum, und ich fand, ich war ihm ein bisschen Engagement schuldig.

Ich fragte: »Wann trifft Áldaran ein?«

»In etwa zwei Stunden. Was wollen Sie denn jetzt mit Áldaran?«

»Sie vertrauen ihm?«

»Ja.«

»Und mir auch?«

»Ja.«

»Eigentlich vertraue ich nur Leuten, mit denen ich schon mal einen draufgemacht habe, aber genau genommen habe ich mit Áldaran schon mal einen draufgemacht. Jedenfalls hat er einen draufgemacht und ich saß nebendran. Das ist immerhin ein bisschen einen draufgemacht. Also werde ich ihm ein bisschen vertrauen. Wenigstens heute. Dann sehen wir weiter. Einverstanden?«

Es war mir herzlich egal, ob sie einverstanden war, aber es hörte sich besser an.

35

Die Polizei hatte Garrochos Zimmer im *Siete Cielos* endlich freigegeben und ich hatte zwei Stunden zu überbrücken. Jede weitere Erläuterung erübrigt sich. Ich musste da rein. Selbst wenn ich gar nichts finden würde. Selbst wenn ich nur gebrauchte Unterhosen finden würde. Ich musste da rein.

Das Zimmer 701 befand sich in einem der fünf Türmchen, die wie weiße Schaumküsse auf das Hoteldach gepfropft waren. Man betrat zuerst einen kleinen Vorraum mit Garderobe. Ich befummelte ein paar Jacken, entdeckte darin aber nichts. Das Hotelzimmer war etwa fünfzig Quadratmeter groß und rund, mit acht bodentiefen Rundbogenfenstern und einem ägyptisch blauen metallenen Himmelbett, in dem vier Leute eine Nacht hätten zubringen können, ohne einander zu begegnen. Öffnete man zwei Fenster, begannen überall die hauchdünnen weißen Voiles zu tanzen wie Salome. Es hatte allen Komfort, Deckenventilatoren, geräumige Schränke und eine dimmbare Beleuchtung. Die Dusche war hochmodern, in dem Sinne, dass sie nicht sofort ihre Bestimmung enthüllte. Das, wofür sie ursprünglich nicht gemacht war, machte sie hervorragend: Sie spielte Vivaldis *Sommer*, sie übertrug Fußballspiele, und wenn einen mitten beim Einseifen die Lust auf ein Käsesandwich überkam, konnte man den Wunsch direkt von dort per Sprachbefehl an den Service übermitteln. Für das, was die Dusche eigentlich tun sollte, benötigte man dagegen eine Einweisung.

Die Turmzimmer wurden selten gebucht. Der Aufzug ging nur bis zum fünften Stock, man musste also zwei Etagen laufen, was nicht jedem, der schon bei 36 Grad zu schwitzen anfängt, gegeben ist. Balkone Fehlanzeige. Der Ausblick war auch nicht gerade berauschend, da er größtenteils auf dem Dach notlandete. In der Ferne zogen ein paar Wolken vorbei, das Meer hingegen war nur von den tiefer liegenden Zimmern aus zu sehen.

Die Zimmermädchen waren nach der Freigabe, die an diesem Morgen erfolgt war, noch nicht da gewesen. Das Bett sah stark zerwühlt aus. Das konnte zweierlei bedeuten. In Garrochos Fall war aber wohl eher schlechter Schlaf als wilder Sex die Ursache, da die andere Seite so makellos war, dass sogar Schneewittchen mehr Spuren hinterlassen hätte.

In den Schubladen fand ich das Übliche vor, falls man es als normal betrachtet, dass Socken farblich sortiert sind. Abgesehen von drei Garnituren fusselfreier Hoteluniformen, hingen in den Kleiderschränken ein paar Chinos, Shorts und Hemden, alles sauber und ebenfalls farblich sortiert, aber schlicht. Dasselbe Bild im Badezimmer. Zumindest in diesem Punkt schien Jenna die Wahrheit gesagt zu haben: Ihr Verlobter hatte es schon als Luxus betrachtet, ein Aftershave zu benutzen, das nicht in Flammen aufging, wenn man ein Streichholz daranhielt.

Ich war nicht enttäuscht, denn ich hatte nichts erwartet. Mir war klar, dass Peralta den Computer, das Handy sowie jeden Fetzen Papier von Garrocho eingesackt hatte, übrig geblieben waren nur ein paar Klamotten, Toilettenartikel und ein ungemachtes Bett in einem möblierten Hotelzimmer.

Ein Wiedehopf machte mich stutzig. Der possierliche Vogel mit dem Irokesenschnitt überwintert gerne auf den Kanaren, und jemand hatte ihn mit der Kamera eingefangen, während er auf einer hohen Sanddüne in Maspalomas einsam sein Lied trällerte. Das in Glas gerahmte Bild war gut einen Meter im Quadrat groß. Zwei Schritte links davon machte der Hafen von Puerto de las Nieves im Nordosten von Gran Canaria seinem nebligen Namen alle Ehre und war in ein unwirkliches Licht aus aufsteigendem Dunst, Sonne und Regen getaucht. Noch ein wenig links davon war der Wasserfall oberhalb des Soria-Reservoirs eingehüllt in regenbogenfarbige Prismen, die wie in die Luft gemalt wirkten.

So bemerkenswert die Fotos waren, zum maurischen Stil des Hotels passten sie nicht. Noch weniger die beiden Schwarz-Weiß-Porträts einiger *Canarios*: eines uralten händchenhaltenden Pärchens am Rande einer Caldera und eines jungen Mannes, der sich, mit einer Fluppe im Mundwinkel, bei Sonnenuntergang aus dem Fenster einer Mietskaserne beugte.

Vicente Garrocho hatte Stimmungen verdammt gut einfangen können, das hatte ich schon in Jennas Zimmer in der Kleeblatt-Villa festgestellt. Seine Lieblingsfotos hatte er offenbar in seiner unmittelbaren Nähe behalten. Auf einem Sessel lagen an die zwanzig Rollen mit weiteren großformatigen Abzügen, unter jedem Bild Notizen, ausschließlich in Vicentes Handschrift, zur weiteren Verbesserung der Aufnahmen, etwa: »Fokus auf die Hände«, oder: »Hintergrund schärfen«.

Doch irgendetwas stimmte nicht. Zwischen den acht Fenstern des Zimmers war Platz für sieben große, gerahmte Fotos, doch nur der Raum zwischen den drei linken Fenstern und den beiden mittleren war ausgefüllt. Die beiden Zwischenräume rechts waren leer, von dem gräulichen Rand einmal abgesehen, den abgehängte Bilder trotzig hinterlassen, als wollten sie gegen ihre Entfernung protestieren.

Gerade, als sich ganz hinten in meinem Kopf ein Zahnrad drehte, das ein zweites in Gang setzte, ein vielversprechendes zweites, klingelte mein Handy.

36

Ich sah in das Gesicht des Mannes auf dem Display: länglich, schlank, dunkel und attraktiv, kurze, dünne, dunkelgraue, in die Stirn gekämmte Haare, sauber rasierte, konturierte Wangen, das Kinn ein wenig spitz, die Lippen leicht gekräuselt, abwägend, gezupfte Augenbrauen. Der Blick war verbindlich und konzentriert, so, als wolle er sagen: Darf ich mich vorstellen, Ramiro Lozano Cazal, Unternehmer, ich möchte etwas für Sie tun, und ich habe schon genau das Richtige im Visier.

Nichts deutete darauf hin, dass dieser Mann mit fünfzehn von der Schule abgegangen war, die Ausbildung zum Koch abgebrochen und sich als Aushilfs-Taxifahrer über Wasser gehalten hatte. Nichts deutete darauf hin, dass er in leidenschaftlicher Liebe zu einer deutschen Friseurin entbrannt war, mit der er ein Kind zeugte und die er daraufhin heiratete. Nichts deutete darauf hin, wie viel Wagnis, wie viel Willen, wie viel Kraft nötig gewesen waren, um zu den fünfzig reichsten Spaniern zu gehören. Alles in diesem Gesicht schien darauf hinzudeuten, dass ihm der Erfolg in die Wiege gelegt worden war, dass er die beste Erziehung an den vornehmsten Schulen erhalten und auf irgendeiner Party des Hoch- und Geldadels seine Angetraute kennengelernt hatte. Die Vergangenheit war in diesem Gesicht nicht erkennbar. Man könnte auch sagen, die Wahrheit.

»Ich dachte schon, du gehst nicht ran«, sagte er.

Ich erwiderte nichts.

»Wie lange ist es her, Fabio?«

Er war der einzige Mensch, der mich noch Fabio nannte.

»Weihnachten«, sagte ich.

»Weihnachten«, sagte er.

»Vorletztes Weihnachten«, sagte ich.

»Vorletztes«, sagte er.

Dann sagte keiner mehr etwas.

»Weshalb ich anrufe … Wie mir scheint, fällt dir gerade alles auf die Füße.«

»Meinen Füßen geht's ausgezeichnet. Es sind immer noch zwei. Die können was ab, meine Füße.«

Ich setzte mich auf den ungemachten Teil des Betts, dorthin, wo Vicente Garrocho vor rund achtzig Stunden seinen letzten Tag begonnen hatte.

»Lass uns bitte offen reden, Fabio. Ich habe meine Mittel, um deinen Lebensweg zu verfolgen, und ich konnte einfach nicht länger mitansehen, wie du Stufe um Stufe tiefer rutschst.«

»Mitansehen«, sagte ich, aber er verstand nicht, wieso ich dieses Wort wiederholte.

»Ein Mann mit deinen Talenten, deiner Erziehung, deinen Möglichkeiten. Deswegen habe ich dir einen Job besorgt, bei dem du mehr zu tun hast, als Nacht um Nacht vor der Tür einer Disco den Gott für ungeduldige Tanzmäuse zu spielen. Ich meine, wenn ich dich gefragt hätte, ob ich dir einen Job besorgen darf, hättest du Nein gesagt, das wissen wir beide.«

»Und du akzeptierst kein Nein.«

»Ich kann sagen, was ich will, und du drehst es irgendwie in etwas Negatives. Was hättest du denn vor einem halben Jahr gemacht? Nach deinem Ausraster gegen diesen Polizisten hättest du noch nicht einmal mehr als Türsteher arbeiten können. Denk bitte mal an Folgendes: Ich habe leider, leider meinen Anteil daran, den Löwenanteil, dass es mit dir und der Polizei nicht geklappt hat. Das nagt durchaus an mir.«

»Nagt es eher wie ein Biber, wie eine Maus oder wie ein Holzkäfer?«

»Ich bin nicht gefühllos, Fabio.«

»Haben du und Doña Esmeralda eure Geschichten synchronisiert?«, fragte ich.

Er schwieg einige Sekunden. »Sie hat mich heute Morgen angerufen, ziemlich früh, und wir haben offen über alles gesprochen.«

»Nur über mich oder auch über anderes?«

»Auch über anderes.«

»Wirst du ihr helfen?«

»Würdest du das gut finden?«

»Hattest du damals deine Finger in meiner Behörde? Hast du mich heimlich protegiert?«

»Willst du eine ehrliche Antwort?«

»Himmel, ich habe noch nie gehört, dass jemand eine solche Frage mit ›Nein‹ beantwortet. Aber ich will dich nicht überfordern, indem ich eine ehrliche Antwort verlange. Ich nehme die, die ich bekomme, und koche mir daraus meine trübe Suppe.«

Er räusperte sich. »Ich bin sicher, du hättest es verdient gehabt, Chefinspektor zu werden.«

Die Sachlage rollte sich wie ein Teppich vor mir aus. Es war möglich, sogar wahrscheinlich, dass er abgehört wurde, jetzt in diesem Moment. Vom Betrugsdezernat, von der Steuerfahndung, der Anti-Korruptionsbehörde, dem Generalstaatsanwalt … Vielleicht standen sie bereits Schlange, um ihn abzuhören. Vielleicht rotierten sie, wechselten sich ab. Und weil er abgehört wurde, musste er um den heißen Brei herumreden. Ich hätte es verdient gehabt – das bedeutete nichts anderes, als dass er die Bestechung bereits geplant hatte. Im besten Fall aus falsch verstandener Liebe zu mir, im schlimmsten aus Gewohnheit, so wie Koppler.

Vielleicht lag es an diesem Zimmer eines Toten, eines toten, jungen Mannes, den ich flüchtig gekannt und beiläufig entdeckt hatte, vielleicht an Doña Esmeraldas prekärer wirtschaftlicher Lage, an ihrem sterbenskranken Sohn Gil, am Telefonat mit meiner Mutter, an Peraltas überraschender Versöhnlichkeit, an

Mississippis überraschender Begnadigung, vielleicht auch nur an etlichen halben Gläsern Malvasía, dass ich nicht die geringste Neigung verspürte, mit meinem Vater darüber zu streiten. Ich hatte es geplant, Gott ist mein Zeuge, aber ich warf das Handtuch, bevor die Lust in den Ring steigen konnte.

»Ich will dir einen Vorschlag machen«, sagte ich.

»Einen Vorschlag?«

Sein Erstaunen war nachvollziehbar. Seit ich ihm seinerzeit mit zwanzig vorgeschlagen hatte, sich seinen Laden sonst wohin zu stecken, hatte ich mich mit Vorschlägen zurückgehalten.

»Kann ich dich in ein paar Stunden wieder anrufen?«, fragte ich.

»Nun ja, ich bin heute Nachmittag in einer Vorstandssitzung von meinem ...« Er hielt inne. »Ruf nur an, mein Junge, dann reden wir über deinen Vorschlag.«

»Danke, Vater. Bis später.«

37

Ich saß ungefähr eine Minute reglos da, immer noch auf dem Bett, und versuchte die Zahnräder wieder in Gang zu setzen, die der Anruf kurzzeitig zum Stillstand gebracht hatte. Ich hörte das leise Schnaufen meiner Nase, das Knistern der wehenden Gardinen, wenn der Stoff aneinanderrieb, das Rauschen der Palmen im Garten, ein wenig Gelächter spielender Kinder und von Zeit zu Zeit ein ganz feines Klirren, wie wenn eine Katze über Scherben läuft. Ich roch den Baumwollstoff der Laken, das Textilspray, mit dem der Betthimmel regelmäßig aufgefrischt wurde, die Möbelpolitur auf den Sesseln und Tischen, den Ledergeruch aus dem offenen Schuhschrank und von Zeit zu Zeit eine Spur von Kiwi und Litschi.

Das alles hörte und roch ich nicht sofort. Es brauchte Zeit. Ich hatte Zeit. Ich holte mein Handy hervor, beantwortete einige Kurznachrichten, machte vom Bett aus Fotos von den Fotos an der Wand. Ich saß da und saß da und saß da. Und dann machte es Klick. Nicht immer, wenn es bei mir klickt, kommt etwas dabei heraus, mit dem man sich auch nur ein Ei braten könnte.

Ich stand auf, ging ein paar Schritte, drehte mich um.

»In Ordnung, setz dich in Bewegung.«

Ich sprach mit einem Bett. Einem Himmelbett. Das nicht die Absicht hatte, sich in Bewegung zu setzen.

»Na komm schon. Oder soll ich dich an den Beinen hervorziehen wie ein Kalb aus dem Hintern einer Kuh? Und die Fotos bringst du besser gleich mit.«

Ein Ächzen, Fluchen, Stoßen, Treten, Krabbeln, es war von allem etwas dabei, bis zuerst die Fotos samt Rahmen und dann Jenna zum Vorschein kamen. Sie gab das übliche Bild ab: zerzauste Haare, knappe Shorts und dazwischen ein Mundwerk wie frisch aus der Gosse geschlüpft.

»Wichser. Elender Wichser.«

»Willkommen zurück in der Welt oberhalb der Unterseite von Betten.«

Sie hielt zwei Bilder in Händen, der Glasrahmen des oberen war wohl gebrochen, als sie sich unter dem Bett auf ihre Beute gelegt hatte. Sie war zweifellos von mir gestört worden. Ich ersparte ihr die Frage, wie sie das Türschloss überlistet hatte. Da gab es zahlreiche Möglichkeiten, aber wie ich Jenna einschätzte, hatte sie die bequemste gewählt: ein paar Scheine mit zwei Nullen. Sie war eben eine echte Koppler, auch wenn sie das nicht wahrhaben wollte.

»Ich dachte mir schon, dass ich deine Fratze bald wiedersehe«, sagte sie.

»Ja, wir haben alle unsere feuchten Träume. Das nächste Mal, wenn du irgendwo einbrichst, lass das Parfüm weg, du riechst wie ein halb vergorener Obstsalat. Aber genug des Small Talks. Ich nehme mal an, du wolltest die Bilder nicht aus künstlerischem Interesse stehlen.«

»Erstens stehle ich sie nicht, sondern bringe sie dorthin, wo sie hingehören, nämlich zu mir nach Hause. Und zweitens ist es genau das, eine Frage der Kunst. Aber ebenso gut könnte ich mit einem Schimpansen über Picasso sprechen.«

»Wir Schimpansen holen auf«, erwiderte ich. »Und wir haben eine sehr feine Nase, die nicht nur Parfüm riecht, sondern auch Falschheit, die kein Parfüm überdecken kann. Lady, du bist die Königin der Falschheit. Geschenkt, dass du gestern im Auto eine Show abgezogen hast, wenigstens teilweise, genau wie später in deinem Zimmer. Das Einzige, was daran authentisch war, ist deine zerlumpte Sprache. Der ganze Rest, du lieber Himmel … Leg die Bilder hin.«

Sie tat nichts.

Ich ging auf sie zu, wurde laut: »Leg die Bilder auf das Bett!«

Irgendwas in meiner stinksauren, kampfeslustigen, fuchsteufelswilden Stimme überzeugte sie. Als ich mich vor ihr aufbaute, lagen die Bilder auf dem Bett.

»Roter Flitzer, die Schränke voller Klamotten, das Haus voller Hausmädchen, das Maul voller Schimpfwörter, das Ticket für die Sorbonne in der Tasche … du bist so glaubwürdig wie ein Rapper, der von Armut singt und sich von einer sieben Meter langen, polierten und mit drei Models bestückten Limousine am Tonstudio abholen lässt. Du hast nicht einen Funken der Klasse, die Vicente hatte. Und jetzt bestiehlst du ihn auch noch, weil es leicht ist, ihn zu bestehlen, da er tot ist, und weil es praktisch ist, ihn zu bestehlen, da er mit seinen Fotos nie an die Öffentlichkeit gegangen ist. Und … darf ich raten? … weil es sich gut macht, wenn man an der Sorbonne Kunst studiert und einen Stapel faszinierender, hoch spannender Fotos mitbringt, die man als seine eigenen ausgibt.«

Ich, der ich einen Kopf größer war, blickte auf sie hinunter, und sie hielt meinem Blick stand. Ihre Scham, sofern sie je existiert hat, war vor langer Zeit von ihr ums Eck gebracht und im Keller verscharrt worden.

»Vicente hat dir vor Kurzem den Laufpass gegeben«, sagte ich. »Die Polizei hat entsprechende Belege gefunden.«

»Ich war schon bei den Bullen. Aber ich hab's nicht getan, ich habe ihn nicht umgebracht, Mann.«

»Vielleicht nicht. Aber noch wissen die Bullen nichts von deiner kleinen Aktion hier.«

»Wegen so ein paar beschissener Bilder hätte ich meinen Ex umbringen sollen? Nee, Mann, echt nicht.«

»Es sind schon Leute für weniger umgebracht worden als ein bisschen Eitelkeit. Glaubst du wirklich, an der Sorbonne merkt keiner, dass du eine künstlerische Luftnummer bist? Irgendwann musst du etwas Neues abliefern, und dann?«

»Vicente hat genug Fotos für drei Jahre Studium hinterlassen, und du kannst nicht beweisen, dass sie nicht mir gehören. Immerhin hängt die Hälfte in meinem Zimmer im Haus meines Vaters und ich wollte hier nur mein Eigentum zurückholen. Behaupte etwas anderes und mein Vater verklagt dich wegen Verleumdung.«

»Die Rollen sind voller Anmerkungen in Vicentes Handschrift.«

Dieses Argument entkräftete sie mit einem langen Heben und Senken der Schultern. »Das kann alles Mögliche oder gar nichts bedeuten. Ich gehe vor Gericht, wenn nötig, und ich bekomme Recht, wirst schon sehen.«

»Warum überhaupt ein Kunststudium, Jenna? Nimm's mir nicht krumm, aber du bist doch nicht im Ernst an Kunst interessiert, oder?«

Sie zog das Gesicht einer Schnepfe. Irgendwann ziehen alle reichen Töchter, die nichts geleistet haben und auch nichts leisten wollen, das Gesicht einer Schnepfe. Und die verwöhnten Söhne gucken wie Mädchen, die wie Schnepfen gucken.

»Es macht sich eben gut im Lebenslauf. Man wird auf Partys eingeladen, wo man sonst nicht reinkommt. Man kriegt interessantere Männer. Man ist von zu Hause weg und muss nicht über Geld reden. Man ist von dieser beschissenen Insel runter. Genügen dir fünf Gründe? So, langsam bin ich ein bisschen gelangweilt von der Konversation. Ich nehme jetzt meinen Kram, und wenn du es wagst, mich aufzuhalten, wirst du deines Lebens nicht mehr froh.«

Sie setzte ihre Ankündigung sogleich in die Tat um, ging seelenruhig zu den verbliebenen Bildern an der Wand und begann, sie abzuhängen, eins nach dem anderen.

»Hast du ihn geliebt?«, fragte ich. »Vicente, hat er dir überhaupt etwas bedeutet?«

»Halt die Schnauze.«

»Na ja, er sah gut aus. Aber er war bestimmt nicht dein erster Freund, der gut aussah. Vor ihm waren da sicher einige mehr. Wie viele? Drei? Vier?«

Ihre Stimme machte einen Hüpfer, einen kleinen Gicks in die Höhe.

»So viele also«, sagte ich. »Du bist reich und hübsch und redest wie ein Bierkutscher. Bestimmt gibt es Männer, die auf so etwas stehen. Zudem verfügst du über alles, um sie bei der Stange zu halten. Bestimmt hat dich noch keiner verlassen, wie?«

Sie hatte das letzte Bild abgehängt, wandte sich mir zu und zeigte ein triumphales Lächeln. »Keiner.«

»Vicente war der Erste.«

Das Lächeln gefror, brach in tausend Stücke, und ein paar Sekunden später war es, als wüsste sie gar nicht, was Lächeln war.

»Dabei hat er überhaupt nicht ins Schema gepasst«, sagte ich. »Er war ein Lämmchen. Als ich ihn damals besoffen in der Bar aufgelesen habe, kam er aus dem Grinsen nicht mehr heraus. Nicht ein einziger Kraftausdruck kam ihm über die Lippen. Er war begabt, unglaublich begabt, und zwar nicht als Frauen verführender Macker mit vier Halsketten und einem Adlertattoo auf dem Rücken, auch nicht als Geschäftsmann oder Hotelangestellter, nein, er war ein ganz anderer, ein ganz eigener Typ. Einer, mit dem du noch nie zu tun hattest. Und jetzt kommt's: Ausgerechnet in den verliebst du dich. In ein Lämmchen. In ein Sensibelchen. Zumindest aus der Sicht seiner Vorgänger war er das.«

Für eine Weile ließ Jenna sich von meinen Worten fesseln, und ich nutzte die Zeit, um mich ihr wieder zu nähern.

»Deine Tränen gestern, im Auto und später in deinem Zimmer, die waren echt. Du trauerst ihm wirklich nach. Sein Tod hat dir wehgetan. Leider nicht nur sein Tod, oder?«

Sie presste die Lippen zusammen, ihre Brust hob und senkte sich in schneller Folge. Schließlich schüttelte sie meinen Blick mit einem einzigen Ruck ab und ging zu dem Stapel mit den zusammengerollten Fotos, nach denen sie von beiden Seiten griff wie ein Schaufelbagger.

Ich sagte: »Keiner von den Typen, an denen dir nichts lag, hat dich verlassen. Just der Einzige, bei dem es anders war, wendet sich von dir ab. Das muss echt hart gewesen sein, weil es sowohl dein Herz als auch dein Selbstverständnis erschüttert hat. Dieser brotlose Fotograf, dieses Kind ohne Eltern, dieses Sensibelchen wagt es, Jenna Koppler sitzen zu lassen.«

Sie brachte die Rollen zu den übrigen Fotos, und während sie an mir vorbeiging, war ihr Blick finster wie die mörderische Tiefsee.

»Was tut mehr weh? Sein Tod oder dass er dich abserviert hat? Abserviert wegen deiner rotzigen Sprache, deiner Blasiertheit, dem Geld deines Vaters und nicht etwa, weil er sich in eine langbeinige Blondine verknallt hatte. Nein, es lag an dir, an Jenna Koppler, der Proleten-Queen des Monte León.«

Sie ließ alles fallen, was sie gerade trug, und stürmte mit erhobenen Fäusten auf mich zu. Das war ein Angriff der Kategorie A. A wie aberwitzig. A wie absurd. Ich packte ihre Handgelenke und schleuderte Jenna auf das Bett, gleich neben mein Handy, das ich nach dem Gespräch mit meinem Vater dort abgelegt hatte. Ich nahm es und platzierte es auf dem Nachttisch.

Jenna weinte. Sie lag da, wo ihr Ex-Verlobter geschlafen, wo sie selbst so viele Male mit ihm gelegen hatte, und konnte nicht aufhören, Tränen zu vergießen.

»Am Abend, als er ermordet wurde, warst du hier und hast nach Beweisen gesucht, dass Vicente eine andere Frau hat. Du hast durch deine früheren Liebschaften ein paar Kontakte zur Halbwelt, nehme ich an, und du hättest deiner Rivalin nur zu gern die Augen auskratzen lassen. Aber dann findest du Fotos, die deine Eifersucht Lügen strafen. Eine Frau und ein Mann, eng umschlungen. Aber der Mann ist nicht Vicente. Trotzdem liegen die Fotos in seiner Schublade. Irgendetwas ist daran so interessant, dass du sie mitnimmst.«

Wie eine Geschlagene saß sie auf der Bettkante und kaute auf den Fingern herum. Keine neue Angewohnheit. Die Haut rund um die Nägel war bereits ganz wund.

Ich setzte mich neben sie und sagte, so sanft ich konnte: »Hör zu, Jenna. Ich weiß, dass du ihn nicht umgebracht hast. Dein roter Flitzer ist viel zu auffällig, als dass du bei einem geplanten Mord damit am Hotel vorfahren würdest. Und der Mord ist zweifellos nicht im Affekt passiert. Eine Pitchgabel trägt man, zumal bei Dunkelheit, nicht einfach so mit sich herum. Du schon gar nicht.«

Auf ihrem Mund zeigte sich eine winzige Spur von Heiterkeit, so flüchtig, dass sie bereits einen Augenblick später Vergangenheit war. »Ich weiß nicht mal, was das ist.«

»Dachte ich mir.«

»Vielleicht bist du doch kein so übler Kerl.«

»Wenn es dir nichts ausmacht, können wir die Entscheidung darüber vertagen. Was die Schnappschüsse angeht ...«

Sie nickte und leckte sich die Lippen »Der Mann auf den Fotos, er war kürzlich bei uns oben auf dem Monte León. Mein Vater hat lange mit ihm geredet, ich weiß nicht, worüber. Zwischendurch wurde es auch mal laut. Als er ging, war das halbe Haus voller Zigarrenqualm. Als ich den Mann auf den Fotos wiedererkannte, da dachte ich ...«

Ich sammelte die zu Boden gefallenen Rollen auf. »Du dachtest, dass dein Vater diesen Mann erpresst, mithilfe dieser Frau, und dass Vicente dahintergekommen ist. Du hast wohl schon so einiges da oben auf dem Berg in eurem Kleeblatthaus mitbekommen, was dich erst auf den Gedanken gebracht hat. Vicente bestärkte deinen Verdacht auch noch, als er Andeutungen machte, er sei etwas auf der Spur, worüber er nicht mit dir reden könne.«

Jenna wischte die Tränen von ihrem geröteten Gesicht. Sie atmete ein paarmal tief durch und versuchte geprügelt auszusehen. Es gelang ihr recht gut.

»Man kann schlecht von mir erwarten, dass ich meinen Vater belaste.«

»Nein, das kann man nicht. Deswegen hast du die Schnappschüsse weder der Polizei noch deinem Vater gezeigt. Der Polizei, das ist ja klar. Deinem Vater ... Du hättest eventuell etwas über ihn erfahren, was du gar nicht wissen willst.«

»Genau.«

»Und als ich dich gestern mit den Fotos von dieser unbekannten Blondine provoziert habe, hast du die Nerven verloren, weil du, trotz allem, Vicente geliebt hast.«

»Ja.« Ihr Blick schwebte federleicht und selig zum Bettlaken, auf dem sie saß, verharrte dort einen Atemzug lang, hob sich dann wie durch einen Luftzug aufgewirbelt in die Höhe und tastete unruhig meine Augen ab. »Das heißt, was willst du damit sagen, trotz allem?«

»O, du hast ihn nicht wirklich geliebt, Jenna. Du hast es vielleicht geglaubt. Aber wenn du Vicente wirklich geliebt hättest, von ganzem Herzen, dann würdest du die Fotos unter seinem Namen veröffentlichen, nicht unter deinem, und auch nicht um ein Studium zu ergattern, das deine Eintrittskarte für Pariser Schickimicki-Partys werden soll. Und wenn dir etwas an deinem Vater liegen würde, dann würdest du ihn jetzt nicht reinreiten, indem du mir Dinge erzählst, die du mir nicht erzählen müsstest. Die Wahrheit ist, dass dir an niemandem etwas liegt, außer natürlich an dir selbst.«

Sie holte tief Luft, und es war nicht schwer zu erraten, was gleich passieren würde.

Genau so kam es.

»Du … Arsch. Du … Null. Du abgefuckter Loser. Mein Vater wird dafür sorgen, dass du nicht mal mehr Brötchen verkaufen kannst, und zwar nirgendwo auf den Kanaren.«

»Das trifft sich gut, ich hab's nämlich nicht so mit Brötchen.«

»Ich nehme jetzt diese Fotos mit und mache damit, was ich will. Wenn ich mich nackt darin einwickele, ist das meine Sache, und wenn ich sie an die Sorbonne schicke, ist das auch meine Sache. Du kannst nichts dagegen tun. Wenn du mich aufzuhalten versuchst, schreie ich Vergewaltigung, dann kannst du mal sehen, durch wie viele Fleischwölfe du gedreht wirst. Deine Ex-Kollegen, die Presse, mein Vater, sie alle fressen dich mit Haut und Haaren auf.«

»Ich heule gleich und flehe um Gnade.«

Mit einer theatralischen Geste warf sie ihre langen Haare mit beiden Händen zurück. Wieder einmal klaubte sie alles zusammen, worauf sie Anspruch erhob, die gerahmten Fotos und die Rollen. Zwischendurch betrachtete sie mich aus den Augenwinkeln. Ich konnte nicht sagen, ob es ihr lieber gewesen wäre, unbehelligt aus dem Zimmer zu spazieren oder Vergewaltigung zu schreien und damit meinen Niedergang in die Wege zu leiten. Beide Varianten hatten ihr Für und Wider und sie überließ diese schwierige Entscheidung mir.

Ich tat nichts. Ich tat nichts, bis sie die Tür öffnete. Ich tat nichts, außer mein Handy vom Nachttisch zu nehmen. Ich tat nichts als ein, zwei Tasten zu drücken. Ich tat nichts, als zuzuhören, wie das Handy sprach: »Wichser. Elender Wichser. – Willkommen zurück in der Welt oberhalb der Unterseite von Betten. – Ich dachte mir schon, dass ich deine Fratze bald wiedersehe. – Ja, wir haben alle unsere feuchten Träume. Das nächste Mal, wenn du irgendwo einbrichst, lass das Parfüm weg, du riechst wie ein halb vergorener Obstsalat.«

»Und so weiter und so fort«, sagte ich. »Ich habe ein paar Minuten nach dem Telefonat mit meinem Vater die Aufnahmetaste gedrückt. Diktierfunktion, wem sage ich das? In deinem Alter kennt man sich mit dem Handy besser aus als im Schulspind. Hier ist alles drauf, Jenna. Wessen Fotos das sind. Was du tust, wenn ich gemeiner, fieser Schimpanse sie dir wegnehme. Deine höchst anspruchsvollen Lebensentwürfe. Nicht gerade was fürs Kaminfeuer am Abend.«

Über den Stapel hinweg, der ihr bis zum Kinn reichte, sah sie mich an. Ihre Zunge beulte ihre Wangen aus, suchte irgendwo ein Ruheplätzchen und fand keines.

Schließlich ließ Jenna alles zu Boden fallen. Es tat einen Riesenschlag, ein paar Rahmen barsten, die Rollen kullerten umher.

Jenna wäre nicht die Proleten-Queen des Monte León gewesen, wenn sie mir im Gehen nicht die ganze Pracht ihrer standfesten Mittelfinger gezeigt hätte.

38

Noch von Vicentes Zimmer aus rief ich Amaranta an und fragte, ob wir uns im Hotel treffen könnten. Jetzt, da ich nicht mehr unter Mordverdacht stand, war das wohl in Ordnung. Sie sagte umgehend zu, ohne mir zu erklären, wo sie sich gerade befand. Da sie sich danach erkundigte, informierte ich sie in aller Kürze über mein Gespräch mit Peralta und die neusten Geschehnisse rund um den Tod der Pons Prado, erwähnte Carlos jedoch mit keinem Wort.

Danach kehrte ich die Scherben der zerplatzten Bilderrahmen zusammen, warf sie in einen Eimer, legte die Fotos ordentlich übereinander und brachte sie in Vicentes Büro. Es war eher ein Terrarium, ein paar gequetschte Quadratmeter in Glas gefasst, mit diversen Dekorationsstücken, damit die Kreatur sich nicht allzu sehr langweilt, und beleuchtet von Deckenflutern. Der Raum lag inmitten des Hotelkomplexes, dessen Verwaltung im Souterrain der Nordseite untergebracht war. Im Hades kam mehr Sonnenlicht an.

Als Vize-Empfangschef – oder Deputy Front Office Manager – hatte Vicente sich um das Wohlbefinden der Gäste gekümmert, sei es, dass jemand statt Tulpen Rosen auf dem Zimmer verlangte, sei es, dass die Matratze zu weich, der Wein zu spanisch, der Kaffee zu schwarz war oder dass die Bildqualität eines isländischen Fernsehprogramms zu wünschen übrig ließ. Kurz, er hatte eigentlich weniger ein Büro gebraucht als Laufschuhe mit guten Einlagen. Acht, eher zehn Stunden des Tages hatte er damit verbracht, menschliche Befindlichkeiten mit Schildkrötengeduld zu ertragen und mit Bienenfleiß zu besänftigen. Ich an seiner Stelle hätte nach drei Tagen jemanden erwürgt.

Kein Wunder, dass er einen Ausgleich gebraucht hatte. Die lichtarme Enge des Büros und die niemals endende Sisyphusarbeit hatten ihn in die Bars getrieben und später, nachdem er das Trinken hinter sich gelassen hatte, zur Fotografie gebracht. Er war bemerkenswert gewesen. Und kaum jemand, mich eingeschlossen, hatte das bemerkt.

Auf seinem Bürostuhl hielt ich ein Nickerchen, begleitet von Überlegungen zu den Mordfällen. Beiläufig bediente ich mich aus einer angebrochenen Packung Gummibärchen, die ich neben dem Computer fand, der ansonsten verwaist mitten auf dem Schreibtisch stand. Keine Haftnotizen, keine Büroklammern, keine Kaffeetasse, nichts, noch nicht einmal ein Telefon. Im *Siete Cielos* telefonierte man ausschließlich mit Handys.

»Warum wolltest du, dass wir uns hier treffen?«

Amaranta lehnte in der Tür. Sie trug noch dieselben legeren Sachen wie letzte Nacht, als ich sie gebeten hatte, sich an Albas Fersen zu heften. Die Sweatjacke hatte sie ausgezogen und um die Hüfte geschlungen. Das schwarze Hemd war nun aufgeknöpft, darunter leuchtete ein gelbes T-Shirt mit einem lustigen Spruch, den ich nicht entziffern konnte, weil ihn das Hemd teilweise verdeckte. An ihren weißen Sportschuhen haftete noch der rotbraune Staub des *barrancos*.

»Im Büro des ersten Mordopfers hoffe ich, einen Hinweis zu finden.«

Sie wunderte sich etwas. »Peralta hat alles mitgenommen, was für den Fall interessant sein könnte, sonst wäre der Raum noch verschlossen.«

Vordergründig sah sie erfrischt aus. Ich nahm an, dass sie, nachdem sie Alba aus den Augen verloren hatte, schwimmen gewesen war, irgendwo hier unten im Süden, wo es Nacktbadestrände gab. Amaranta liebte es, im Meer zu baden, ob mit oder ohne Bikini. Die gelassene Fassade ihres Gesichts war wie auf Butterbrotpapier gemalt, dahinter waren eindeutig Schatten zu erkennen. Vielleicht hatten die Schatten profane Namen wie Hunger oder Übermüdung oder schlechtes Gewissen, weil sie sich krankgemeldet hatte, obwohl sie es nicht war. Vielleicht wollte ich auch nur ein paar Schatten sehen.

»Peralta«, sagte ich, »hat bestimmt alles mitgenommen, was da war und was er brauchte. Mich dagegen interessiert das, was nicht da war. Was auch jetzt nicht da ist. Was vielleicht nie da war.«

Ich wich ihrem Blick aus, indem ich den meinen zum wiederholten Mal über Vicentes Schreibtisch gleiten ließ. Ein Muster an nichts und wieder nichts. Ich öffnete die Schubladen. Darin war weniger los als beim Sonntagstee im Kurpark. Ein paar Haftnotizen, Statistiken und Einsatzpläne, das war alles, was von ihm geblieben war.

Amaranta fragte: »Flaco, was hast du?«

»Nichts. Ich denke nur gerade …« Mein Blick flog über das Regal mit den Ordnern. »Nichts.«

»Bist du sicher?«

Ich ließ die Jalousie herunter und zog sie wieder auf. »Ja. Ich habe nichts. Außer Fragen, dutzende, hunderte, vielleicht tausende von Fragen.«

»Kann ich dir vielleicht eine davon beantworten?«

Ich zog noch einmal die Schubladen auf. »Hm, na ja … Kannst du mir bitte eine Auflistung der Dinge besorgen, die Peralta aus diesem Büro und aus Vicentes Hotelzimmer mitgenommen hat?«

»Ich soll dir eine Liste zukommen lassen?«

Ich setzte mich auf Vicentes Bürostuhl und sah sehr lange zu Amaranta in der Tür. Etwa so lange, wie man braucht, um »piep« zu sagen.

»Ja, wenn's geht. Wenn es dir nicht zu gefährlich wird, heißt das. Und es nicht gegen irgendeinen Kodex oder so verstößt.«

»Sogar gegen mehrere.«

»So ein Pech. Tust du es trotzdem?«

»Du hast dich noch nicht einmal nach meinen Recherchen zu Modesto erkundigt.«

Nun wunderte ich mich ein wenig. »Wann hast du die denn erledigt?«

»Tja, ich bin eben gut, weißt du? Ein Smartphone in der Hand, ein Laptop im Auto ...«

Ich drehte mich einmal auf dem Stuhl um meine eigene Achse wie ein verlegenes Kind.

»Lass hören.«

Amaranta lehnte noch immer in der Tür und verschränkte, wie ich aus den Augenwinkeln erkannte, die Arme vor der Brust.

»Er ist seit über 35 Jahren in der Finanzbranche, viermal ermittelte die Börsenaufsicht gegen ihn, vor neunzehn, vor siebzehn, vor acht und vor fünf Jahren, allerdings kam nie etwas Greifbares dabei heraus. Die Kollegen aus dem Wirtschaftsdezernat nennen ihn den ›Aal‹. Er ist zweimal geschieden und hat sieben Kinder, drei davon mit der aktuellen Ehefrau, einem ehemaligen Fotomodell, das mal in einem Film durchs Bild gehuscht ist und nun glaubt, sie sei Schauspielerin. Er zahlt sich einen Wolf an Alimenten, aber es scheint immer das Doppelte wieder hereinzukommen. Drei Häuser, drei Autos ...«

»... und drei Ehefrauen«, ergänzte ich. »Hört sich an, als würdest du von Donald Trump sprechen.« Ich stand auf und ging zur Tür. »Danke, Amaranta.«

»Ich habe noch etwas über die Pons Prado für dich. Interessiert?«

»Von der habe ich dir doch erst vor einer Stunde am Telefon erzählt.«

»Ja, und ich habe die Stunde in deinem Sinne genutzt.«

Ich war in sie verliebt. Wir waren uns erst vor wenigen Tagen wiederbegegnet, und ich musste mich fragen, wo meine Liebe die ganze Zeit über gewesen war. Kann sich so ein Gefühl einfach verkrümeln? Kann man es einsperren? Wie auch immer, jetzt war es da. Jetzt, wo es nur Ärger machte.

Sie sagte: »Die Pons Prado hatte es faustdick hinter den Ohren. Man hat es dem Engelchen nicht angesehen, dass es zweimal wegen Einbruchs verurteilt wurde, einmal Bewährung, einmal sechs Monate. Früher gehörte sie mal zu einer kleinen Bande, die anderen sitzen aber noch. Sie hat es geschafft, sich vor Gericht einigermaßen herauszureden.«

»Vielleicht haben ihr Schneider und die Visagistin ein bisschen nachgeholfen.«

»Denkbar. Dabei ist sie Spezialistin für Alarmanlagen. Und jetzt kommt's: Etwa zwei Stunden, bevor du Garrocho tot aufgefunden hast, hat Modesto sie angerufen.«

»Heureka.«

»Kannst du damit etwas anfangen?«

»Ich nehme alles, was ich bekommen kann. Kennst mich doch.«

Sie schmunzelte ironisch. »Ja, klar. Tut mir leid, dass ich Alba verloren habe.«

»Ich denke, alles, was ich über Alba Reyes wissen muss, weiß ich inzwischen.«

Sie blieb ungerührt in der Tür stehen, die sie blockierte, obwohl meine Körperhaltung zu erkennen gab, dass ich hindurchgehen wollte. Ich sah sie lange an, diesmal wirklich lange. Das hatte sie die ganze Zeit gewollt. Oder ich wollte denken, dass sie es gewollt hatte.

Ich fragte: »Glaubst du, du kannst mir die Aufstellung besorgen?«

Wir wechselten erneut einen langen Blick, ohne uns zu bewegen. Mikado mit dem Ex. Ich verlor absichtlich. Ich steckte die Hände in die vorderen Hosentaschen.

»Ich werde dir die Aufstellung besorgen.«

»Und das hier auch?«

Ich zog die Hände wieder hervor. Sie nahm meine kurze Wunschliste an sich und überflog sie. Falls sie neugierig wurde, ließ sie es sich nicht anmerken.

»Das da auch.«

»Du bist großartig.«

Einige Augenblicke lang ließen wir uns beide vom Interieur des Büros fesseln, sie vom Teppichboden, ich von der Deckenbeleuchtung.

Amaranta wandte sich ruckartig ab. »Gut, dann bis bald.«

39

Doña Esmeralda hatte kein eigenes Büro im *Siete Cielos*. Sie verstand sich nicht als Geschäftsführerin, sondern als Patronin, eine Art wachender Erzengel, der aufpasst, dass die Dinge nicht völlig aus dem Ruder laufen. Liefen sie ihrer Meinung nach aus dem Ruder, konnte sie binnen Minuten auf die Erde niedersinken und für Ordnung sorgen, was zunächst für ein Durcheinander sorgte. Dann fühlte sie sich bestätigt und griff durch. Es sei mal dahingestellt, ob das klug war.

Nun denn, Erzengel haben keine Büros. Wenn es etwas zu besprechen gab, tat man das in einem großen Konferenzraum, und wenn dieser dafür zu groß war, schnappte Doña Esmeralda sich das Büro des Hoteldirektors. Er war ein vornehmer Herr mit tadellosen Manieren, der sich nicht weiter daran störte, von Zeit zu Zeit ausgesperrt zu werden. Ich glaube, er störte sich überhaupt nur noch an sehr wenigen Dingen. Das Erste, was er morgens machte, wenn er sein Büro betrat, war, das oberste Blatt vom Tischkalender abzureißen, und am

22. Januar sagte ihm der Kalender, dass er noch 307 Tage herumbringen musste, bis er in Rente ging. Inzwischen sprach er mehr von den Aloe Veras in seinem Garten als vom Hotelwesen. Und Doña Esmeralda sprach von Mateo Áldaran als seinem Nachfolger. Ein nettes Geschenk zu dessen dreißigstem Geburtstag im November.

Als Áldaran im Direktorenbüro eintraf, brachte er maritimen Wind mit. Wieder sah er aus wie frisch aus dem Katalog gehüpft: dunkelblaues Poloshirt, weiße Hose, dunkelblaue Segelschuhe. Die Sonnenbrille hatte er in die kurzen schwarzen Haare geschoben und seine ohnehin bronzierte andalusische Haut war von den Tagen auf See fast ins Mokkafarbene gedunkelt. Er trug eine leichte Jacke unter dem Arm und ein nicht zu kühnes, nicht zu verhaltenes Lächeln auf den Lippen, gerade richtig für einen Angestellten, der auf die Chefin trifft. Dafür, dass man ihn zum zweiten Mal innerhalb weniger Tage aus dem Urlaub holte, immerhin dem ersten Urlaub seit vierzehn Monaten, war er mehr als nachsichtig. Er begrüßte uns in aufgeräumter Stimmung.

»Entschuldigen Sie meinen Aufzug, ich bin so schnell gekommen, wie ich konnte«, sagte er an Doña Esmeralda gewandt, die ihm die Hand gab.

»Das weiß ich sehr zu schätzen.«

»Ich hatte keine Ahnung, dass es so ernst ist.«

»Leider ist es das. Doch bevor wir später über diese Sache sprechen, hat mein Assistent noch eine Bitte an Sie.«

Ich war mal eben schnell zum Assistenten befördert worden, ein hübsches Pflaster für meine blutende Seele. Dazu würde ich später am Tage noch einiges zu sagen haben. Vorläufig sagte ich nur: »Setzen wir uns.«

Im Direktorenbüro gab es einen kleinen runden Tisch, auf den gerade eben zwei Tassen, eine Kanne, eine Schale mit Bonbons und eine Baby-Aloe-Vera passten. Áldaran und ich setzten uns auf die beiden Stühle am Tisch, Doña Esmeralda nahm einige Meter entfernt auf dem majestätischen Bürosessel hinter dem Schreibtisch Platz, von wo aus sie gedachte, die Unterhaltung ihrer Untertanen schweigend zu verfolgen.

»Wir haben zwei Probleme«, begann ich und überlegte, ob ich Áldaran duzen oder siezen sollte. Zuletzt waren wir per Du gewesen, aber da hatten wir zusammen auch mehr Promille gehabt als Finger an einer Hand und Doña Esmeralda hatte uns nicht im Nacken gesessen. »Das eine, wofür die Doña Sie braucht, ist Devin Kopplers Übernahmeversuch. Das andere, wofür ich Sie brauche, heißt Enrique Modesto.«

»Der Investmentberater und Buchautor?«

»Genau der. Sie erinnern sich, dass er zurzeit Gast im Hotel ist?«

»Natürlich. Er gehört in die Kategorie der Kardinäle, Vicente sollte sich besonders um ihn kümmern.«

»Ja, das hat er wohl auch. Aber anders, als gedacht.«

Ich berichtete Áldaran das Wenige, das ich über die Causa Modesto wusste oder vermutete. Ich wusste, dass Vicente hinter ihm her gewesen war; dass Vicente diese Fotos bei sich gehabt hatte, von denen man nicht wusste, wer sie gemacht hatte; dass eine blonde Schönheit namens Ynéz Pons Prado sich an Modesto oder dieser sich an sie herangemacht hatte, was ja oft Hand in Hand geht. Ich vermutete, dass die Pons Prado ihr Opfer erpresste und Vicente irgendwie Wind davon bekommen hatte.

Ich sagte: »Denkbar wäre natürlich auch, dass Vicente mit der Pons Prado im Bunde und der Kopf des Erpresserduos war.«

»Das halte ich für ausgeschlossen«, widersprach Áldaran. »Nicht Vicente. Das passt nicht zu ihm.«

»Das soll dann wohl heißen, dass nur Leute, die wie Erpresser aussehen, Erpresser sein können. Ich werde es gleich der Polizei mitteilen, die wird sich freuen. Hätten Sie vielleicht die Beschreibung einer typischen Erpresservisage für mich?«

»Was haben Sie denn auf einmal?«

»Ich kann mit solchen Sätzen nichts anfangen … passt nicht zu ihm. Die Pitchgabel in seiner Brust hat auch nicht zu ihm gepasst. Irgendwoher muss er die Fotos gehabt haben. Bestimmt nicht von Modesto, der würde solche peinlichen Beweisstücke sofort vernichten, wenn er sie in die Finger bekäme. Er ist verheiratet und seinen beiden ersten Frauen zahlt er bereits Alimente. Also, woher stammen die Fotos, wenn nicht von der Pons Prado? Irgendjemand muss sie geschossen haben, hm?«

Ich merkte Áldaran an, dass er versucht war, den Blickkontakt zu Doña Esmeralda herzustellen. Es sprach für ihn, dass er es nicht tat. Er schluckte einmal. Sein Blick umkreiste die Tassen und die Baby-Aloe-Vera.

Schließlich sah er mich unumwunden an. »Ich stecke da nicht so drin wie Sie«, sagte er artig. »Aber ich glaube nicht, dass Vicente jemanden erpresst hat.«

»Nicht einmal für eine gerechte Sache? Etwa, wenn der Erpresste selbst eine Schurkerei vorhatte?«

»Ich …« Er dachte noch einmal darüber nach. Er dachte und dachte. Er konnte gut nachdenken. Er konnte sich aber auch festlegen. Das merkte ich daran, dass er schließlich sagte: »Ich lege mich in diesem Punkt fest. Vicente hat niemanden erpresst.«

Wir sahen uns gegenseitig an, ohne Gegnerschaft, ohne Misstrauen, voller Respekt.

Überraschend für ihn, grinste ich ihn an. »Das nehme ich auch an. Ich wollte nur Ihre Meinung dazu hören und schauen, ob Sie in der Lage sind, diese gegen mich zu behaupten.«

Erneut wollte sein Kopf sich nach links drehen, zum Schreibtisch, aber sein Nacken blieb steif, seine Augen waren weiterhin auf mich fokussiert, und seine Lunge arbeitete gleichmäßig und emotionslos wie ein Beatmungsgerät.

»Müssen diese Spielchen sein?«, fragte er.

»Wir sind jetzt Partner, wenigstens für heute, und ich weiß noch nicht sehr viel über Sie. Außer, dass Sie keine Angst vor Alkohol haben.«

Langsam öffnete sich sein Mund. Ein Wort formte sich auf der Zunge und kroch auf die Lippen, von wo ich es ihm wegschnappte.

»Partner«, wiederholte ich. »Ja, entsetzlich, oder? Viel tiefer kann man nicht sinken. Sie müssen mir helfen, Modesto auszuquetschen.«

»Was genau soll ich tun?«

»Im Grunde alles.«

»Oh, nichts weiter?«

»Ich würde es ja liebend gerne selbst übernehmen. Inspektor Peralta von der Nationalpolizei hat mir allerdings zu verstehen gegeben, dass ich, wenn ich Modesto auch nur noch eine Frage stelle, und sei es die nach seiner Lieblingsfarbe, direkt in den Knast wandere, wegen Behinderung der Justiz, Amtsanmaßung, Hochstapelei. Wenn ich nicht aufpasse, hängt er mir sogar noch das Loch in seiner linken Socke an.«

»Und von mir erwarten Sie nun …?«

»Dass Sie statt meiner Modesto auf den Zahn fühlen, am besten auf den einen, der schmerzt. Je mehr er schreit, desto besser.«

Áldaran ließ sich meine Worte durch den Kopf gehen. Das geschah ziemlich geräuschlos, er benötigte dazu nur einen Stift, der morsend auf den Tisch klopfte und mir nach einer halben Minute den letzten Nerv raubte.

Schließlich sagte er: »In welcher Funktion befrage ich Modesto?«

»Welche hätten Sie denn gerne? Es spielt keine Rolle, in welcher Funktion. Sie sind ein leitender Angestellter des Hotels, in dem er seine Mojitos trinkt.«

»Verstehe ich Sie richtig, es soll eine Unterhaltung zweier Gauner werden?«

»Ja, nur dass Sie in Wahrheit ein unbedarfter Hotelangestellter sind, der bloß vorgibt, ein Gauner zu sein, und einem bewährten Schlachtross von Gauner gegenübersitzen werden. Das dürfen Sie nicht vergessen. Der Mann hat eine Menge zu erzählen. Dinge, die er der Polizei niemals anvertrauen würde, sondern nur jemandem von seinem Schlag, der einen subtilen Druck auf ihn auszuüben versteht. Sie wissen von den Fotos, Sie wissen von der Liebschaft, Sie wissen vom Tod der Pons Prado, außerdem von Vicentes Nachforschungen, vom Kaninchenkurs, von Modestos Verbindung zu Koppler und, nicht zuletzt, von Kopplers Absichten. Sie wissen überhaupt alles, verstehen Sie? Sie sind Gott. Ein alttestamentarischer, strafender Gott. Einer, der Modesto Angst macht. So viel Angst, dass er gar nicht merkt, dass Sie in Wahrheit so gut wie gar nichts wissen. Das ist die Quintessenz der Polizeiarbeit. Den Rest lernt man nebenher, während man Pasteten isst.«

Áldaran begann wieder zu morsen. Ich traute ihm ohne Weiteres zu, dass er verstand, worum es ging und was ich von ihm erwartete. Er war jung, clever, eloquent und als erfahrener Segler konnte er in schwierigen Situationen einen kühlen Kopf bewahren. Ich hätte keinen besseren Amateur für diese Aufgabe gewusst. Trotzdem war er genau das, ein blutiger Anfänger, den ich mit ein paar hohlen Phrasen über diese Tatsache hinwegtäuschte. Tatsächlich glich er einem jungen Rekruten, dem ich zurief: »Marsch, Marsch!«, und der daraufhin ahnungslos über ein Minenfeld rannte. Sollte Modesto das Gefühl bekommen, zum Narren gehalten zu werden, würde er das Gespräch abbrechen oder nur noch Lügen erzählen. Sollte Áldaran es hingegen übertreiben, könnte Modesto versucht sein, mit Drohungen zu reagieren, die mir auch nicht weiterhalfen.

»Ich könnte dabei hops gehen, oder?«, fragte Áldaran.

»Hops im Sinne von zack? Sie meinen, er rammt Ihnen mitten im Interview eine Pitchgabel in die Brust? Oder hops im Sinne von klick, dass Inspektor Peralta Ihnen Handschellen anlegt, sobald Modesto sich bei ihm über Sie beschwert?« Ich wartete die Antwort nicht ab. »Sie treffen sich mit Modesto an einem öffentlichen Ort, am besten in der Cocktailbar im Hotelgarten. Bestellen Sie ihm Mojitos, das hält ihn bei Laune. Peralta wird nicht begeistert sein, aber er ist ohnehin selten begeistert. Ich will Sie nicht anlügen, ein gewisses Risiko ist vorhanden. Peralta könnte seine Wut auf mich durchaus an Ihnen auslassen. Sie müssen das nicht tun.«

Nun tat er es doch. Irgendwann tun sie es alle. Irgendwann müssen junge, clevere, eloquente Bilderbuchangestellte, die tausend Entscheidungen am Tag treffen, sich bei ihren ehrwürdigen Chefinnen mit einem Welpenblick rückversichern. Um sich tätscheln zu lassen. Um sich ein Leckerli abzuholen. Sie können nicht anders. Es liegt in der Natur ehrgeiziger Angestellter, die Chancen zu berechnen, die eine Situation bietet. Ich nahm es Áldaran nicht krumm. Zum Ausgleich blickte ich in die andere Richtung.

»Ich wäre Ihnen äußerst dankbar«, sagte Doña Esmeralda mit der Wärme eines Vorfrühlingstages in der sibirischen Tundra.

Das war offenbar warm genug.

40

In seinem Büro zog Áldaran sich um, die Segelkleidung aus, die Hoteluniform an. Er vergaß, die Jalousien zu schließen, was auf Interesse der weiblichen Angestellten stieß. Wenn Raqui davon hörte, würde sie glatt einen Antrag stellen, um vom Service ins Marketing versetzt zu werden.

Ich verbrachte die Zeit damit herumzutelefonieren, wo sich Modesto alias Mr. Mojito befand. Es war siebzehn Uhr durch, und ich konnte mir vorstellen, dass er gerade die zweite Cocktailrunde einläutete. Egal, wo im Hotelkomplex er sich befand, konnte ich anhand der Datenbank seine Spur nachverfolgen, und war einigermaßen überrascht, als ich feststellte, dass er an diesem Tag noch nicht ein Essen, einen Snack oder ein Getränk bestellt hatte. Das lag daran, dass er das *Siete Cielos* nach dem Frühstück mit einem Mietwagen verlassen hatte und erst vor siebzehn Minuten zurückgekehrt war. Für die Schranke hatte er den digitalen Schlüssel in Form einer Karte benutzt. Vor neun Minuten hatte er sein Zimmer betreten.

Ich nahm den Hörer, wählte seine Nummer und bat ihn mit verstellter Stimme, sich in einer Viertelstunde in der Gartenbar einzufinden.

»Warum?«

»Señor Áldaran, unser Marketingleiter, wünscht Sie einzuladen, wenn es genehm ist.«

»Ist es nicht. Ich kann meine Drinks selbst bezahlen, richten Sie das Ihrem Señor aus.«

»Für diesen Fall bin ich angewiesen, Ihnen mitzuteilen, dass er alternativ Señor Peralta einladen wird.«

»Es ist mir völlig egal, wen ... Sagten Sie Peralta? Wieso? Was hat das zu bedeuten?«

»Das weiß ich leider nicht. Señora Pons Prado würde ebenfalls teilnehmen.«

»Pons Prado, also das … Sie ist doch … In einer Viertelstunde?«

»Sí, Señor. In der Gartenbar.«

»Ich werde dort sein.«

Áldaran band seine Krawatte um und sah mich fragend an, nachdem ich aufgelegt hatte.

Ich sagte: »Wir wissen jetzt, dass er Peralta nicht alles über die Affäre erzählt hat. Sonst wäre er bei der Erwähnung seines Namens und dem der Pons Prado nicht nervös geworden, sondern hätte mich zum Teufel geschickt, und zwar wortwörtlich. Dafür, dass er so viel trinkt, ist er ein ziemlich griesgrämiger Mann.«

Áldaran zog das Sakko an und rückte das Einstecktuch zurecht. Er fuhr sich etliche Male mit dem Kamm über den Kopf. Er hätte dafür auch die flache Hand, die Kleiderbürste oder die zerknüllte Zeitung von gestern nehmen können und nichts hätte sich verändert. Seine Haare waren raspelkurz.

»Ich werde alles vermasseln«, sagte er in Richtung seines Spiegelbilds.

»Da Sie nichts zu verlieren haben, können Sie auch nicht alles vermasseln. Wollen Sie so gehen?«

»Ja, wieso? Stimmt etwas nicht?«

»Señor Modesto könnte sich fragen, warum Sie ohne Schuhe unterwegs sind.«

Wir lachten kurz. Ich war froh, dass wir etwas zu lachen hatten, denn ich bin weit besser darin, Menschen nervös zu machen, als ihnen die Nervosität zu nehmen. Alte Polizistenkrankheit.

Während er sich die Schuhe band, fragte er: »Warum hängen Sie sich immer noch so rein? Jetzt, da Sie aus dem Schneider sind, können Sie doch die Arbeit der Polizei überlassen.«

Ich hätte aus einer Lostrommel voller Gründe einen beliebigen herausfischen können: verletzte Ehre, angeborene Neugier, antrainierte Neugier, Bewältigung persönlicher Komplexe, Rivalität mit Peralta, Siegeswille, Gewohnheit, Langeweile, Trotz, Dienst an meiner Arbeitgeberin ... Ich wählte den einzigen Grund, der nichts mit mir zu tun hatte, jedenfalls nicht direkt.

»Ich bin es Vicente schuldig«, sagte ich knapp.

Áldaran gab sich damit zufrieden.

41

Eine der paradiesischen Zonen der weitläufigen Anlage des *Siete Cielos* war die Gartenbar. Paradiesisch für Kultivierte, denn sie befand sich abseits der von Bierbäuchen gesprenkelten Liegewiesen. Paradiesisch für Liebespaare, denn die Tische standen in kleinen, von Hecken gesäumten Separees, allesamt von einem mit Bougainvillea bewachsenen Eisenpavillon gekrönt. Paradiesisch für Trinker, da die Karte 120 Cocktails, fünfzehn Sorten Gin, zwölf Sorten Whisky und acht Sorten Wodka umfasste. Und, nicht zuletzt, paradiesisch für Lauscher, da die Hibiskushecken zwei Meter hoch und nahezu blickdicht waren. Nur die vereinzelt herumstehenden Springbrunnen beeinträchtigten das Hörvermögen.

Ich schnappte mir eine beliebige Zeitschrift – es war zufällig ein Golfmagazin –, bestellte einen beliebigen Drink – es war zufällig ein *brandy jerez* – und setzte mich in das Separee, das – rein zufällig – an jenes grenzte, in dem Áldaran wartete. Er benutzte seinen Stift mal wieder als Telegrafierstab. Vielleicht erlaubte er sich einen Spaß mit mir, denn er morste dreimal lang, dreimal kurz, dreimal lang: SOS.

Ich blätterte in dem Magazin und erfuhr, dass eine Insel ohne Golfplatz eine höchst betrübliche Sache wäre, für die man nur größtes Mitleid empfinden könnte. Na, da hatte Gran Canaria ja noch mal Glück gehabt.

Als Modesto mit gerade mal dreiminütiger Verspätung an Áldarans Tisch erschien, war er von gewohnter Herzlichkeit.

»Sie sind Áldaran? Was soll das? Warum zitieren Sie mich in den Garten? Wir hätten genauso gut in meinem Zimmer sprechen können.«

»Wollen Sie sich nicht erst einmal setzen? Was möchten Sie trinken?«

»Ich bleibe nicht lange genug, um auch nur eins von beidem zu tun. Wir unterhalten uns in meinem Zimmer oder gar nicht.«

»Ein junger Mann, der hier im Hotel arbeitete, wurde kürzlich am Strand ermordet. Eine junge Frau, die hier im Hotel wohnte, wurde kürzlich auf den Klippen von Playa de Arinaga ermordet. Mit dem einen haben Sie getrunken, mit der anderen geschlafen, und nun sind beide tot. Wenn es Ihnen nichts ausmacht, bleibe ich gerne noch eine Weile am Leben.«

»Sie sind ja nicht mehr ganz bei Trost.«

»Wollen Sie das Risiko eingehen oder mich wenigstens anhören?«

»Solange Sie mich einen Mörder nennen …«

»Sagen wir mal so: Die Wahrscheinlichkeit, dass Sie einer sind, ist höher als bei jeder anderen Person, die ich kenne.«

»Dann haben wir uns nichts mehr zu sagen.«

Ich hörte, wie Áldaran seinen Stuhl zurückschob, aufstand und sich ein paar Schritte entfernte. »Sie machen es mir leicht, Señor Modesto. Vicente Garrocho war nicht nur ein Kollege für mich, er war auch ein Freund, und ich habe lange mit mir gerungen, ob ich Ihnen überhaupt ein Geschäft anbieten soll.«

Dieser Schachzug Áldarans war genial. Er gab Modesto zu verstehen, dass er ihn genauso gut über die Klinge springen lassen könnte, wie sich mit ihm einzulassen. Allein die Verwendung des Wortes »Geschäft« setzte eine Spritze voll Testosteron in dem Investmentberater frei.

Áldaran machte Ernst und ging davon, Modesto musste hinter ihm herlaufen.

»Augenblick noch! Setzen wir uns hierhin, ja?«

Gemeint war der Nachbartisch. Áldaran bestellte zwei Mojitos beim Kellner, und um seinen skeptischen Gesprächspartner zusätzlich zu beruhigen, gab er dem Mann Anweisung, die Tische in den benachbarten Separees mit Reservierungsschildern zu bestücken, damit sie ungestört waren. Wir hatten das vorher mit dem Kellner besprochen, er wusste also Bescheid. Geräuschlos zog ich von meinem Platz an den Tisch um, an dem die beiden zuvor gesessen hatten.

Ich hatte Glück, Modesto war höchstens eineinhalb Meter von mir entfernt.

»Worum geht es?«, fragte er Áldaran in gedämpfter Lautstärke. »Ich habe gegenüber der Polizei bereits umfänglich ausgesagt. Wie Sie sehen, hat man mich nicht verhaftet. Aus gutem Grund. Zu der Zeit, als jemand diese Señora Soundso umbrachte, war ich hier im Hotel, wie sich mithilfe meiner Zimmerkarte nachweisen lässt.«

»Die Zimmerkarte kann von einer anderen Person benutzt worden sein.«

»Warum zerbrechen Sie sich den Kopf der Polizei, junger Mann?«

»Mir geht es weniger um Señora Pons Prado. Wie ich schon sagte, war Vicente ein guter Freund. Mal angenommen, er ist dahintergekommen, dass Sie Teil eines Plans sind, den *Siete-Cielos*-Konzern zu Fall zu bringen. Da er ein Schützling von Doña Esmeralda Reyes Beltrán war, fühlte er sich ihr gegenüber in der Pflicht und heuerte eine attraktive junge Frau an, um Sie zu verführen. Können Sie mir bis hierhin folgen, Señor Modesto?«

»Eine Räuberpistole, die Sie mir da auftischen.«

»Wenn Sie das Risiko eingehen wollen …«

Es wurde still. Der Brunnen plätscherte, ein paar Tauben gurrten, ein Windstoß fegte durch die Palmen. Auf dem nahen Golfplatz schlug jemand ab und bekam dafür Applaus.

»Sie können es gerne behalten, ich habe einen ganzen Korb davon.«

Áldaran hatte das Foto ausgespielt, ein Trumpf zur rechten Zeit, mit einer Nonchalance dargeboten, die mir Respekt abverlangte. Ein Korb voller Fotos, von wegen. Das war mein letztes.

Die Mojitos kamen, und entweder rührte Modesto, unter Schock stehend, den seinen nicht an, oder er trank gleich zehn Strohhalme davon. Eine Weile lang passierte nichts, was ich mitbekommen hätte. Als er wieder sprach, war aus dem aufgeblasenen, miesepetrigen, von seiner eigenen Bedeutsamkeit durchdrungenen Bruder Leichtfuß ein aufgeblasener, von seiner eigenen Bedeutsamkeit durchdrungener kleinlauter Bruder Leichtfuß geworden.

»In Ordnung, ich gebe mich geschlagen. Wie viel wollen Sie?«

»Geld interessiert mich nicht.«

»Was ist bloß los mit den jungen Leuten?«, fragte Modesto. »Eine Marotte, die um sich zu greifen scheint.«

»Erklären Sie mir das.«

»Diese Frau … Ynéz … Als sie mit den Fotos vor meiner Nase herumwedelte, wollte sie ebenfalls kein Geld.«

»Wann war das?«

»Am Tag danach.«

»Wonach?«

»Nach unserer Nacht, was denn sonst?«

Áldaran seufzte genervt. »Und wann genau war das?«

»Sagen Sie mal, Sie wissen ja gar nichts. Ich dachte, Sie sind der dritte Mann.«

»Welcher dritte Mann?«

Bis dahin hatte Áldaran seine Sache sehr gut gemacht, viel besser, als ich erwarten durfte. Aber nun verlor er die Kontrolle über das Gespräch.

»Sie bluffen«, stellte der alte Finanzhase fest. »Außer diesem Foto haben Sie nichts in der Hand. Sie haben weder Ahnung noch Grips, noch Mumm und damit erinnern Sie mich sehr an Ihren Freund Vicente Garrocho. Der war auch eine Niete. Passen Sie nur auf, dass es Ihnen nicht ergeht wie ihm. Und nun entschuldigen Sie mich. Mit Versagern trinke ich nicht.«

»Ich habe immerhin die Fotos.«

»Ihr einziger Trumpf. Machen Sie damit, was Sie wollen. Die kurze Affäre wird mich etwas kosten, eventuell meine Ehe, aber in der Zeit, die die Scheidung dauert, nehme ich doppelt so viel ein, wie ich bezahle. Und Sie zeige ich wegen Erpressung an, Señor Áldaran. Ihrer Karriere wird das kaum förderlich sein. Ich empfehle mich und wünsche eine angenehme Fahrt in die Hölle.«

Modesto schob seinen Stuhl zurück und stand auf. Er hatte den Spieß umgedreht und ich knirschte hinter meinem Busch mit den Zähnen.

»Warten Sie!«, rief Áldaran. »Was, wenn ich mich nun doch mit etwas Geld zufriedengebe?«

Er griff nach einem Strohhalm. Er versuchte, die Niederlage hinauszuschieben, aber ich spürte instinktiv, dass Modesto sich nicht darauf einlassen würde. Genauso kam es.

»Vergessen Sie's. Es heißt immer, Geld stinkt nicht. Verlierer schon. An Ihnen haftet der Gestank des Verlierers.«

Ich war drauf und dran, aus meinem Versteck hervorzukommen, um noch etwas zu retten. Es gab einfach zu viele lose Enden und angefangene Geschichten, und Modesto schien mir im Moment der Einzige, der ein wenig Ordnung in das Wirrwarr bringen konnte. Eine Bemerkung von ihm hatte mich geradezu elektrisiert: der dritte Mann. Man könnte ihn auch den unbekannten Dritten nennen. Derjenige, der mir ans Leder wollte. Der mich zuerst in den Bergen und später von Mississippi erledigen lassen wollte. Eine Person, die im Hintergrund die Fäden zog. Seit meinem Ausflug ins *Sangre Nuestra* war mir klar, dass es so jemanden gab, aber ich hatte bisher nicht viel Zeit gehabt, über ihn oder sie nachzudenken. Und nun wurde er in einem anderen Kontext wieder erwähnt.

Gerade, als ich eingreifen wollte, rief Áldaran hinter seinem Gesprächspartner her: »Und an Ihnen, Modesto, haftet der Gestank des Verräters.«

Ich hielt den Atem an.

»Für Sie immer noch Señor Modesto.«

»Mal sehen, ob die Zeitungen mit Ihnen noch so respektvoll umgehen, wenn Ihre Beteiligung am Angriff auf den *Siete-Cielos*-Konzern herauskommt. Sie stecken mit Devin Koppler unter einer Decke, verunsichern die Banken, wecken Zweifel an der Zahlungsfähigkeit von Doña Esmeralda, und ich wette, der Artikel, mit dem Sie ihr den Todesstoß versetzen wollen, ist schon in der Mache.«

In den Sekunden, die er brauchte, um darauf zu reagieren, fragte Modesto sich natürlich, woher Áldaran diese Informationen hatte.

»Daran … ist nichts Illegales.«

»Das muss es auch nicht. In neun von zehn Fällen wird der Ruf einer Person nicht dadurch ruiniert, dass sie etwas Illegales tut. Es muss nur fragwürdig, unmoralisch, ja, niedrig genug sein und daran lassen Sie es nicht fehlen. Wenn dann noch der

Misserfolg dazukommt … Die Leute lieben Gewinner. Die Leute lieben auch den Verrat, aber keiner liebt den Verräter.«

»Wie die meisten Marketingtypen reden Sie dummes, wirres Zeug. Worin soll mein Verrat denn bitte schön bestehen? Ganz zu schweigen von meinem Misserfolg.«

»Wenn Sie sich wieder setzen, erzähle ich es Ihnen.«

Nicht übel. Áldaran erlangte Stück für Stück die Kontrolle über das Gespräch zurück. Jetzt kam alles auf die Auflösung an. Denn noch hatte er, hatten wir nichts von Modesto erfahren. Wir waren keinen Schritt weiter als zu Beginn der Unterhaltung.

Modesto saß wieder am Tisch und Áldaran holte verbal aus.

»Machen Sie sich auf etwas gefasst, Modesto. Doña Esmeralda ist seit geraumer Zeit im Bilde über Ihre und Kopplers Aktivitäten. Sie hat längst Vorkehrungen getroffen, der Übernahmeversuch wird ins Leere laufen. Wenn herauskommt, dass Koppler Ihnen ein kleines Vermögen bezahlt, damit Sie Ihre Beziehungen gegen ein solides, anständiges spanisches Unternehmen spielen lassen, unter Begünstigung einer macht- und geldgierigen ausländischen Heuschrecke, dann sind Sie als Buchautor und Finanzjournalist erledigt. Was dann die Behörden daraus machen, werden wir sehen. Glauben Sie mir, eine zornige Ehefrau wird schon in wenigen Tagen Ihr geringstes Problem sein.«

Das saß. Ich war beeindruckt. Natürlich, der Großinvestor war ein Bluff, aber ein verdammt guter. Der Spielzug hätte sogar meine Knie buttrig gemacht und ich war gewiss nicht schlecht im Pokern. Modesto ging plötzlich ein verdammt hohes Risiko ein, wenn er standhaft blieb.

Er war mit Aktien groß und reich geworden, was bedeutete, dass Kaufen und Verkaufen, Erwerben und Abstoßen alltägliche Vorgänge für ihn waren. Erfahrene Finanzjongleure sind nicht ihren Aktien treu, sondern ihren Kontoständen. Und die Modestos dieser Welt nehmen keineswegs den Feuerlöscher in die Hand, wenn jemand »Feuer« schreit, sondern die Beine. Es roch verdammt nach der Asche der Loyalität.

»Wenn Sie meinen Namen aus der Sache rauslassen ...«

»Dann kostet das etwas«, sagte ich, als ich hinter der Hibiskushecke hervortrat.

Jetzt, da Modesto einknickte, war ich mir ziemlich sicher, dass er mich nicht an Peralta verpfeifen würde. Damit hätte er sich nur selbst geschadet.

»Sie schon wieder.« Sein Blick spielte Pingpong von mir zu Áldaran und wieder zurück. »Ah, ich verstehe.«

»Das, was Sie verstehen, passt bequem in eine Walnussschale«, erwiderte ich und setzte mich neben ihn. »Sie blicken längst nicht mehr richtig durch, ist doch so. Anfangs war es eine überschaubare Intrige, etwas Kleines, Schmutziges ohne großes Tamtam. Etwas zum Naschen im Vorbeigehen. Und jetzt ist es ein ausgewachsener Doppelmord, hinzu kommt eine Übernahmeschlacht, und Ihnen wird heiß auf der Kochplatte. Ich gebe Ihnen die einmalige Gelegenheit, sich zu verdrücken, und zwar auf Nimmerwiedersehen. Alles, was wir über Sie haben, wandert in den Gully, der ganze Siff. Versprochen. Dafür, Señor Modesto, werden Sie singen. Sie werden singen wie eine Lerche, das lange Lied von vorne bis hinten. Sobald Sie etwas auslassen, und sei es nur eine Silbe, schieße ich Sie vom Baum.«

42

»Alles fing damit an, dass ich den Golf-Anfängerkurs im Hotel belegt habe. Es stimmt, was Sie sagten, ich habe vor Ort ein paar Dinge für diesen Koppler erledigt. Als mir aber die Zeit lang wurde, bin ich auf die Idee gekommen, mein Handicap zu verbessern oder, besser gesagt, überhaupt ein Handicap zu haben. Ynéz, die Pons Prado, hat es raffiniert angestellt. Nicht sie hat mich angesprochen. Sie hat nur alles dafür getan, dass ich sie anspreche. Eins kam zum anderen, ein Cocktail hier, ein Tänzchen da, und ehe ich es mich versah, lagen wir in meinem Bett. Sie war eine Bombe. Sie ging nicht einmal hoch, nicht zweimal, nicht dreimal …«

»Sie verkaufen uns keine Staubsauger, Señor Modesto«, unterbrach ich ihn.

Er trank einen Schluck Mojito und sang mit minzgeölter Stimme weiter.

»Sie hat keine Zeit damit verloren, mir ihre Absichten zu verschleiern. Gleich nach dem Frühstück am nächsten Morgen zeigte sie mir ungeniert die Fotos und verlangte eine Gegenleistung für ihr Schweigen. Ich kann Ihnen sagen, die war abgezockt wie ein echtes Miststück. Das hat die nicht zum ersten Mal gemacht. Ich bot ihr 10 000 Euro, sie hätte sich fast totgelacht. Also bot ich ihr 50 000 da holte sie das Handy hervor und behauptete, sie hätte die Nummer meiner Frau im Kurzwahlspeicher. Ich fragte sie, was sie eigentlich von mir wolle, und sie sagte, sie wolle Insidertipps von mir. ›Das ist alles?‹, fragte ich. Sie sagte, ich solle ihr ja nicht mit Insidertipps zu kommen, die in jeder zweiten Zeitung stehen, sie wolle einen Knaller, etwas Brandaktuelles. Daraufhin erzählte ich ihr zwei, drei Geheimnisse. Na ja, was man in meiner Branche unter Geheimnissen versteht.

Sie schrieb fleißig mit. Irgendwann ging mir die Puste aus. Sie sagte, sie hätte beobachtet, wie ich mehrmals mit Devin Koppler gesprochen habe. Dazu muss ich sagen, dass ich ihn nie im Hotel getroffen habe, sondern immer in Cafés und Restaurants in der Umgebung sowie einmal in seinem Haus auf dem Monte León. Sie muss also tagelang hinter mir her gewesen sein.«

Modesto trank einen Schluck Mojito und sang mit minzgeölter Stimme weiter.

»Natürlich habe ich versucht, meine Treffen mit Koppler kleinzureden. Doch das hat sie nicht gelten lassen, sie wollte alles darüber wissen, also erzählte ich ihr ein Viertel, von dem sie dachte, es wäre die Hälfte, und ich legte danach auf ihren Druck hin noch ein Viertel obendrauf. Schlussendlich verlangte sie dann noch weitere 20 000 Euro, die ich ihr bereitwillig gab. Meine Frau lässt so viel in zehn Minuten bei Swarovski liegen. Das Luder wünschte mir noch ein schönes Leben und ich sah sie nie wieder. Bis mir die Polizei die Fotos vorlegte, auf denen sie tot auf den Klippen lag.«

Modesto trank einen Schluck Mojito und sang mit minzgeölter Stimme weiter.

»Koppler gegenüber habe ich die Sache mit keinem Wort erwähnt, und was die Pons Prado mit meinen Informationen gemacht hat, darüber weiß ich nichts. Ich hielt, was mich persönlich anging, die unerfreuliche Angelegenheit für erledigt, bis mich ein, zwei Tage später dieser junge Mann ansprach. Sein Gesicht kam mir irgendwie bekannt vor. Er war ebenfalls in dem Anfängerkurs gewesen, und ich nehme an, er hat meinen Flirt mitbekommen. Er wollte alles über die Pons Prado wissen, und ich hatte meine Mühe, ihn abzuschütteln. Dass er ein Hotelmitarbeiter war, entging mir zunächst. Dann hatte ich das Gefühl, dass mein Hotelzimmer durchsucht worden war, und er gestand mir ganz offen, dass er dahintersteckte. Er müsse unbedingt mehr über das erfahren, was die Pons Prado da so treibe. Ich war einigermaßen verärgert, aber ich fürchtete allzu großes Aufsehen, daher beschwerte ich mich nicht. Tagelang spielten wir Katz und Maus. Er versuchte, mir die Wahrheit zu entlocken, ich versuchte, ihm zu entkommen. Ich war schon drauf und dran, das Hotel zu wechseln, doch dann ...«

Er trank seinen Mojito leer, Áldaran bestellte ihm einen neuen.

»Sicherlich, als ich von seinem Tod am Strand hörte, kam mir schon der Gedanke ... Aber ich wollte nicht in die Sache hineingezogen werden. Außerdem, die Pons Prado war schon zwei Tage vorher abgereist.«

So ganz ohne Mojito wusste er nichts mit seinen Händen anzufangen und beschloss, so zu tun, als hätte er keine. Sie verschwanden hinter seinem Rücken.

»Mehr fällt mir zu der Sache nicht ein. Ich habe niemanden umgebracht. Ich habe auch niemandem den Tod gewünscht. Nicht einmal der Pons Prado. Meine Güte, was hat sie mir denn am Ende abgepresst? Ich habe schon mehr Geheimnisse während eines einzigen Mittagessens verraten. Na schön, sie war ein Biest. Sie war aber auch verdammt gut im Bett, und wenn ich mir überlege, wie viel man manchmal für weit weniger Vergnügen bezahlt, dann muss ich sagen, das war es mir wert. Jedenfalls bis zu dem Punkt, als der wahre Ärger anfing. Das hier zum Beispiel, das ist verdammt ärgerlich.«

Ich ließ die Geschichte sacken.

Áldaran war offenbar schneller im Sackenlassen, denn er fragte: »Was hat es mit dem dritten Mann auf sich, den Sie vorhin erwähnt haben?«

Modesto verleibte sich einige Strohhalme voll Mojito ein, bevor er antwortete. »Das ist natürlich nur eine Metapher. Ich wollte damit zum Ausdruck bringen, dass ich nicht glaube, dass die Pons Prado diese Sache allein durchgezogen hat. Mal abgesehen davon, dass jemand genau im richtigen Augenblick auf den

Auslöser gedrückt hat. Als ich der Pons Prado meine Insidertipps in den Block diktierte, kannte sie die meisten Fachbegriffe nicht und machte etliche Rechtschreibfehler. Ihr Englisch war quasi nicht vorhanden. Ich fragte mich, was sie wohl mit meinen Tipps anfangen würde, so unbedarft, wie sie schien.«

Modesto vergaß das Trinken nicht und Áldaran und ich sahen ihm eine Weile dabei zu.

»Der junge Mann, dieser Garrocho … Er schien mir intelligent zu sein, aber auch ein wenig unentschlossen. Wie ein Schwimmanfänger, der um den Pool herumschleicht. Seine Methoden, die Wahrheit aus mir herauszuholen … Wenn ich das mit Ihnen beiden vergleiche, war er regelrecht behutsam. Er hat versucht, mich betrunken zu machen. Ist das nicht niedlich? Er hat eigentlich nicht schlecht über die Pons Prado geredet. Ich hatte das Gefühl, dass er sie mochte und sie eigentlich nicht in die Pfanne hauen wollte. Vielleicht war er sogar mit ihr liiert … Sie wissen schon, auf irgendeine romantische Weise.«

»Wie viel hat er von Ihnen erfahren?«, fragte ich.

»Anfangs gar nichts. Mein Verhalten hat ihn natürlich in der Annahme bestätigt, dass da irgendetwas gelaufen ist. Und später, was soll ich sagen? Er hat nicht nur versucht, mich betrunken zu machen, sondern es auch geschafft. Es kann sein, dass ich ihm am Abend seines Todes zu viel erzählt habe. Offen gestanden, ich weiß es nicht mehr. Ich glaube, er war irgendwie aufgeregt. Na ja. Bekomme ich noch einen Mojito?«

Was er bekam, war eine Fettleber. Aber wenigstens hatte er seinen Spaß dabei.

Mir war er längst vergangen.

43

Als ich in Chilis Bar in Puerto de Mogán eintraf, küsste die große gelbe Pflaume gerade das Meer aus flüssiger Bronze. Ein Eimer voll Aprikosenfarbe ergoss sich über den Leuchtturm, den Yachthafen, die Felsen und die weiße Stadt dazwischen. Jene zehn Minuten des Tages, in denen man die Uhren anhalten möchte, in denen man die Ringe für die Heiratsanträge aus den Taschen zieht, Selfies mit sich und dem Horizont macht, den Nacken des Gegenübers umschließt und zur Rumba tanzt, in die Ferne blinzelt, wo Segelboote und Kite-Surfer vorbeiziehen, die letzten Atemstöße des zur Ruhe kommenden Passats genießt und seine Nase in ein Glas *brandy jerez* steckt. Letzteres tat ich. Alles andere taten die anderen.

Das *Chili* war mittelgut besucht, für einen Januarabend gar nicht mal schlecht. Als die bunten Lichter angingen, riefen die Leute »Ooh«, was bedeutete, dass sie Deutsche und Skandinavier waren. Spanier machen nicht »Ooh«, sie fangen an zu lachen, aber nicht über die Lichter, sondern über das »Ooh«. Niemand lachte. Also kein Spanier unter den Gästen. Vielleicht war meine Theorie auch einfach nur Blödsinn, es wäre nicht die erste.

Chili hatte bloß noch eine Kellnerin, die zweite konnte er sich nicht mehr leisten. Er zapfte, rührte und schnippelte, was die Finger hergaben, aber am Ende des Monats kam er gerade so hin. Wenn man ihn ansah, wirkte er zufrieden, und wenn man ihm in die Augen sah, wirkte er glücklich. Er summte oft, während er Limetten schnitt, Eiswürfel zertrümmerte und Erdnüsse in Schälchen auf den Tischen verteilte. Und wenn er nicht summte, führte er Gespräche mit den Menschen, die am Tresen saßen, Gespräche über die Schönheiten der Insel, über Markttage, gestiegene Preise, den letzten *Kalima*, den kommenden *Kalima*, den neuesten Gin, die ältesten Witze, über Gummibärchen und was weiß ich. Nebenher mixte er, und ehe man sich's versah, standen vier fertige Drinks da, die in allen Farben schillerten. Er zwinkerte und lachte. Er freute sich über das, was er schuf, über jedes »Ooh« und jeden Monat, den er durchhielt. Er war genau da, wo er sein wollte.

Ich beneidete ihn. Es war ein gutmütiger Neid. Ich hätte nicht tun können, was er tat. Aber ich hätte tun können, was ich eigentlich tun wollte, und es gelang mir nicht, und ich fragte mich, warum, und ich fand die Antwort nicht, weil es zu viele davon gab.

»Wenn du noch länger mit diesem Blick in deinen Brandy starrst, wird er gären«, sagte Chili. »Kann ich irgendetwas tun, um dich aufzuheitern?«

»Gib mir einen tollen Job, eine klasse Frau, einen Hund, der mich liebt, und dann kitzele mich einmal komplett durch, das müsste genügen.«

»Ich dachte eher an Wasabinüsse.«

»Als Anfang nicht schlecht.«

Ich warf mir drei der grünen Nüsse ein und genoss das Glücksgefühl, als die Schärfe nachließ. Sofort bekam ich Hunger, und ich wählte das Gericht, das man in einer Bar namens *Chili*, dessen Besitzer und Koch Chili heißt, unbedingt wählen sollte. Man sollte es auch deswegen wählen, weil es das Einzige war.

»Hoffentlich kann ich mir das noch leisten. Ich weiß nämlich nicht, bin ich nun voll angestellt, voll halb, halb halb oder gar nicht. Es geht gerade drunter und drüber in dem Würfelbecher, der mein Leben ist.«

Das Chili kostete acht Euro fünfzig. Rubbelte man den Aufkleber von der Karte, kostete es sieben Euro fünfzig. Ich nahm es für acht fünfzig und bot meinem Freund an, seine Karten neu zu drucken, weil die winzigen handgeschriebenen Aufkleber billig aussahen und er keine Zeit für Schönheitsoperationen hatte.

»Flaco, Flaco«, seufzte er. »Du kannst sehr gut auf andere aufpassen, nur auf dich nicht.«

»Da ist was dran, sonst würde ich nicht dein Chili probieren, *amigo. Pappas arrugadas* hast du nicht zufällig da?«

Wir lachten, und er ging kopfschüttelnd fort, um ein paar Drinks zu mixen, und ich dachte über Modesto und all die anderen Figuren nach, die in den vergangenen Tagen meinen Weg gekreuzt hatten: Mississippi, Peralta, die Balbuenas, Áldaran, Carlos, Devin und Jenna Koppler … Und ich dachte an den unbekannten Dritten. Das feige Dreckschwein, das hinter mir her war. Der Typ machte mich mental echt fertig.

Falls es jemand noch nicht mitbekommen hat – ich lasse mir so etwas nicht anmerken. Ich lasse mir überhaupt wenig anmerken. Hat vielleicht mit meiner Kindheit zu tun, als ich auf alles den Deckel draufhielt, was mir als Schwäche ausgelegt werden konnte. Aber irgendwann kommt der Punkt, an dem ich darüber reden muss, was in mir vorgeht. Im Idealfall mit jemandem, der selbst schon mal Schwäche und Ohnmacht erlebt hat.

Als Chili zurückkam, hatte er mein Essen in der Hand, und ich hatte den Bauch voller Wasabinüsse in einer Pfütze aus *brandy jerez*.

»Erzähl, was ist denn diesmal los in dem Würfelbecher, der dein Leben ist?«

»Alles. Multipliziert mit drei.«

»Du hast also einen Fehler gemacht, mit dem du dich jetzt zoffst.«

»Mehrere. Welchen meinst du?«

»Biete mir was an.«

Ich stopfte ein paar Löffel von dem Eintopf in mich hinein. Er war teuflisch gut, aber nicht höllisch scharf. Chili musste auf die empfindlichen Mägen der Nordeuropäer Rücksicht nehmen, die unter Schärfe einen roten Zwiebelring auf dem Heringsfilet verstanden.

Als ich alles hinuntergeschluckt hatte, sah er mich noch immer an.

Ich sagte: »Du willst die volle Dröhnung? Na gut, auf deine Verantwortung. Erstens: Ich bin in ein Problemviertel in Las Palmas gegangen, aus dem ich nur wieder lebend herausgekommen bin, weil ich meine Seele und wer weiß was noch alles an einen Gangster im hellen Anzug verkauft habe. Zweitens: Ich habe festgestellt, dass meine Unabhängigkeit, auf die ich so stolz war, eine Illusion ist, die mir mein Vater gebaut hat. Drittens gehen mir die Drecksäcke dieser Welt gewaltig auf die Nerven. Viertens habe ich zwei Tote an der Backe, die mir heftiger auf den Magen schlagen als deine Wasabinüsse. Und fünftens hätte ich nicht gedacht, dass …«

Ich verleibte mir einen weiteren Löffel Chili ein, auf dem ich extra lang herumkaute.

»Es geht um eine Frau, richtig? In deiner Aufzählung fehlt eine Frau, dabei kommt in solchen Aufzählungen früher oder später immer eine Frau vor. Falls nicht, sollte sie vorkommen.«

»Noch einen *brandy jerez* bitte.«

»Also habe ich recht.«

Chili ging fort, um erneut ein paar Drinks zu mixen, darunter auch meinen, Bier zu zapfen und Gäste zu verabschieden. Ich hatte aufgegessen, als er zurückkehrte und das alte gegen ein neues Glas austauschte.

»Hör mal, Flaco, ich weiß nichts über deine Probleme, aber ich weiß ein bisschen was über dich. Man hält dir ein rotes Tuch hin und du rennst darauf zu. Man hält dir ein gelbes Tuch hin und du rennst darauf zu. Man hält dir ein blaues Tuch hin …«

»Schon gut.«

»Unser aller Leben besteht zu zehn Prozent aus den Dingen, die uns widerfahren, und zu neunzig Prozent aus unserer Reaktion darauf. Deine Reaktion besteht viel zu oft aus blankem Widerstand, gewürzt mit einer guten Portion Trotz. Einfacher ausgedrückt: Dir schlägt der Wind entgegen, du hustest in seine Richtung und wunderst dich, was dir alles in die Fresse fliegt.«

»Das ist wirklich sehr einfach ausgedrückt.«

»*Amigo*, probier doch mal, mit dem Wind zu husten. Ich kann es nur empfehlen.«

Chili musste sich um die anderen Gäste kümmern und ließ mich, der ich in meinen *brandy jerez* starrte, allein am Tresen zurück. Ein paar flackernde Windlichter in bunten Gläsern ergänzten die elektrische Beleuchtung, die sanfte Musik begleitete den Mond, der durch das unermessliche Schwarz segelte, und Chilis Bar wurde zu einer Insel des Wohlgefühls, schwebend zwischen Erde und Himmel. Der *Buena Vista Social Club* mit seinen rumgetränkten Stimmen melancholisierte den Abend.

Einen weiteren Brandy später war ich bereit, mit dem Wind zu husten. Wenigstens, was das Verhältnis zu meinem Vater anging. Anstatt ihn als Problem zu sehen, könnte ich mich anstrengen, ihn als Teil der Lösung zu betrachten. Der Anlauf hierzu war lang, er betrug fast dreißig Jahre, stellte ich fest, als ich das Handy in der Hand hielt und auf die Nummer meines Vaters starrte.

Es klingelte nur zweimal, bis er ranging.

»Habe ich nach meinem achtzehnten Geburtstag je etwas von dir verlangt?«, fragte ich. Es war eine rhetorische Frage, die keine Antwort benötigte. Da gab es nichts, das wussten wir beide. Kein Geld, keine Fürsprache, kein noch so kleiner Gefallen, kein Dankeschön, rein gar nichts. Nicht mal Liebe hatte ich verlangt, nicht mal Respekt. »Ich bitte dich, etwas zu tun.

Es wird dir nicht schmecken, es gibt eine Handvoll Einwände dagegen, und du wirst eventuell darüber nachdenken müssen. Aber es liegt mir viel daran, das sollst du wissen. So, ich lege jetzt los.«

Wir sprachen etwa eine halbe Stunde lang, umgerechnet zwei Brandy, und nachdem ich aufgelegt hatte, rief ich Doña Esmeralda an.

44

Wenn Doña Esmeralda wirklich ungenießbar war, konnte man das nur an einer Verlängerung ihres Baroninnengesichts erkennen, die ungefähr vier Zentimeter betrug. Alles andere war immer gleich: die Habichtaugen, die dünnen, aufeinandergepressten karminroten Lippen, die leicht gerümpfte Nase, die faltigen Finger, die sich fest um etwas klammerten, an diesem Abend eine Handtasche, und der Gang aus entschlossenen, kleinen Schritten auf elegantem Schuhwerk. Nun ja, Doña Esmeraldas Gesicht war eindeutig länger, als sie gegen halb neun eintraf. Der Grund dafür war allerdings nicht, dass ich sie so spät noch angerufen hatte, kurz vor ihrem Abendessen, sondern dass ich sie ins *Chili* bestellte. Man bestellte Doña Esmeralda nirgendwohin, schon gar nicht in eine Bar, in der es von tätowierten *chicos*, Schlappen und Entenschnabelschuhen nur so wimmelte.

Wir setzten uns an denselben Tisch, an dem ich einige Tage zuvor Áldaran befragt hatte. Sie war noch ganz außer Atem vom Treppensteigen und ich bestellte ihr ein Wasser und ein Glas Rosé, da sie den Rotwein aufgrund seiner Jugend ohnehin nicht angerührt hätte.

Es mochte an ihrer Luftknappheit liegen oder auch daran, dass sie sich im Kampf ihres Lebens befand, aber sie ersparte mir jegliche Vorwürfe und kritische Fragen, die mit wieso, weshalb, warum anfingen.

Sie trank vom Wasser, sie trank vom Rosé, und sie stellte beides so auf dem Tisch ab, dass sie mir ihre Handtasche um die Ohren hätte hauen können, ohne Glasbruch zu verursachen.

»Áldaran hat mir von dem Gespräch mit Modesto berichtet«, sagte sie. »Aber er wusste nicht, welche Schlussfolgerungen Sie daraus gezogen haben.«

»Na prima. Ich bin der Detektiv, nicht er.«

Sie wartete einen gedehnten Atemzug lang. »Betrachten Sie es als Zeichen meiner Neugier, dass ich mich hier mit Ihnen treffe. Nun erwarte ich, dass diese befriedigt wird.«

»Zunächst einmal geht es heute Abend um mich.«

»Um Sie?«

»Ist das ein Problem?«

Sie seufzte. »Die letzten Stunden habe ich mit Áldaran zusammengesessen, um darüber zu beraten, wie wir die Banken wieder dazu bringen können, mich als kreditwürdig einzustufen. Señor Modesto hat zugesagt, den Schaden zu korrigieren, den er angerichtet hat. Áldaran hat einen Businessplan erstellt, wie man das heutzutage wohl nennt, und er …«

»Entschuldigung, Doña, aber ich bin nicht hier, um mit Ihnen über Ihre Kreditwürdigkeit zu diskutieren.«

Ihr Gesicht wuchs um einen weiteren Zentimeter und ich wusste, als Nächstes würden die Warum-Fragen kommen. »Warum sind Sie sonst hier?«

»Um mich zu betrinken.«

»Was weder von Reife noch von Einsicht um die Brisanz der Situation zeugt. Erläutern Sie mir, weshalb ich Zeugin dieser sinnlosen Beschäftigung werden soll?«

»Beschäftigung ist ein gutes Stichwort. Ich möchte mit Ihnen über meine berufliche Zukunft sprechen.«

»Halten Sie das für einen guten Zeitpunkt?«

»Ich halte es für den einzigen Zeitpunkt. Die Frage, ob er gut ist, stellt sich somit nicht mehr.«

»Mhm.« Dieses Geräusch aus, oder, besser gesagt, in Doña Esmeraldas Mund signalisierte für gewöhnlich einen vorläufigen Waffenstillstand. Sie würde sich vorerst zurückhalten und mich reden lassen. Danach konnte alles passieren. Ich meine wirklich alles.

»Wieso ist es der einzige Zeitpunkt?«, fragte sie. »Ich befinde mich in der Schlacht meines Lebens, und Sie befinden sich ...«

»... ebenfalls in der Schlacht meines Lebens. Nur scheine ich der Einzige zu sein, der das mitbekommt. Ich nehme diesen Mordfall sehr persönlich, vor allem deshalb, weil der Mörder ihn sehr persönlich nimmt, so sehr, dass er mir mein Licht ausblasen will. Sicherlich haben Sie Verständnis dafür, dass mich das mehr als nur am Rande beschäftigt.«

Sie stellte die Handtasche auf dem Schoß ab, sodass sie mich bei Bedarf mitten im Satz sitzen lassen konnte. »Flaco, Sie strapazieren meine geschundenen Nerven. Was hat denn das nun wieder mit Ihrer beruflichen Zukunft zu tun?«

Ich sagte: »Solche kleinen Dinge wie Anschläge auf das eigene Leben lösen bei manchen Menschen grundsätzliche Überlegungen aus. Woher man kommt. Wo man gerade steht. Wohin man eigentlich will. Was es aufzuräumen gibt. Bei mir jede Menge, leider. Und ich wäre nicht ich, wenn ich nicht alles auf einmal aufräumen wollte, am besten an einem Abend. Vielleicht sind Sie offener für meine Belange, wenn ich Ihnen sage, dass Sie auch etwas von meiner Aufräumaktion haben werden.«

»Versprechen Sie es?«, seufzte sie.

Ich grinste. »Zur Sache also. Ich werde zukünftig für die

Sicherheit Ihrer Hotels und ebenso für Ihre persönliche Sicherheit verantwortlich sein. Ich werde einen kleinen Stab von Mitarbeitern haben, nicht viele, höchstens drei, die sich mit mir die anfallenden Aufgaben teilen. Auch solche, falls Sie mögen, die Ihren Haushalt umfassen. Wir werden uns um alles kümmern, Tag und Nacht, einschließlich Chauffierdiensten. Alles wird organisiert.«

»Von Ihnen?«

»Ja, von mir. Ich bin der Sicherheitschef. Nennen Sie mich gerne Security Manager, wenn Sie das vorziehen. Oder weiterhin Butlerguard, soll mir auch recht sein. Mein Gehalt bleibt zunächst gleich, in einem Jahr sprechen wir wieder darüber.«

»Gibt es noch weitere Bedingungen? Wie viele sind es bis jetzt?«

»Nur noch eine: Mein Vater fliegt raus aus unserem beruflichen Verhältnis. Raus wie Putzwasser. Sie werden von ihm, was meine Person betrifft, keinerlei Forderungen, Wünsche, Anregungen, Klagen oder was auch immer entgegennehmen. Meine Arbeit und das, was Sie künftig mit ihm ausbaldowern, sind zwei völlig getrennte Dinge.«

»Was sollte ich denn mit ihm ausbaldowern, wie Sie es nennen?«

»Dazu komme ich gleich.«

»Flaco, so geht das nicht!«

»Muss es aber. Ansonsten sind Sie mich endgültig los und dürfen eine Party schmeißen.«

Sie atmete tief durch. Ihr Gesicht wurde dabei weder länger noch kürzer. In aller Ruhe holte sie ein Schnupftuch aus der Handtasche und tupfte sich ein wenig Glanz von den Wangen. Dann trank sie vom Rosé und behielt das Glas in der Hand.

»Sie sind ein seltsamer Mann, Flaco. Allein dieser Spitzname … Ich hasse Spitznamen und habe mich nur widerwillig darauf eingelassen, Sie so zu nennen, so widerwillig wie auf das gesamte Arrangement. Doch das darf ich nicht Ihnen ankreiden. Im Gegensatz zu Ihren Untugenden. Sie sind schnoddrig, manchmal bis an die Grenze zur Unverschämtheit, und äußerst renitent. Wenn Sie etwas tun sollen, tun Sie es nur, indem Sie mir mitteilen oder zu verstehen geben, was Sie davon halten. So benimmt sich kein Bodyguard und auch kein Butler und schon gar kein Security Manager.«

Ich trank den Rest meines *brandy jerez*. Ich würde vermutlich bis Ladenschluss bleiben, Chilis Vorräte plündern und mich von ihm nach Hause fahren lassen, um die Taxikosten zu sparen.

»In Ordnung«, sagte ich. »Danke für Ihre Offenheit.«

»Ich bin noch nicht fertig.«

»Ich übrigens auch nicht.«

»Mag sein, aber jetzt rede ich, und zwar über Ihre Tugenden. Wenn ich Sie brauchte, waren Sie immer zur Stelle. Sie sind für Alba und für mich in jenes finstere Loch gegangen, als kein anderer die Aufgabe übernehmen wollte. Das rechne ich Ihnen sehr hoch an, vor allem, da wir kurz vorher eine beträchtliche Meinungsverschiedenheit hatten. Und dass Sie gemeinsam mit Señor Áldaran diesen Modesto verunsichert haben, hilft mir bei meinen Bemühungen, den Konzern zu erhalten. Obwohl Sie nur an sich hätten denken können, und dies mit gutem Grund, haben Sie auch an mich gedacht, die ich es Ihnen nicht immer leicht gemacht habe. Besonders Letzteres zeichnet Sie aus. Hinter der Fassade Ihres äußerst gewöhnungsbedürftigen Humors, sind Sie loyal und fähig. Kurz, Sie sind hilfsbereit.«

Ich zuckte mit den Schultern. »Nur einer dieser schlimmen Charakterzüge, vor denen Eltern ihre Kinder immer warnen, sie sich anzueignen.«

Sie seufzte. »Können Sie ein Lob nicht einfach mal so stehen lassen?«

»Dann würde ich erröten. Und ich ziehe es vor, in Anwesenheit von Damen nicht zu erröten.«

»Wie dem auch sei, aus all diesen Gründen akzeptiere ich Ihr Angebot. Mit sofortiger Wirkung. Und zugleich mit leichten Bauchschmerzen. Aber ich akzeptiere es voll und ganz. So, jetzt entschuldigen Sie mich bitte, ich habe noch die Kleinigkeit zu erledigen, meinen, *perdona*, unseren Konzern zu retten. Sonst wird Koppler demnächst mich wie Putzwasser hinausbefördern.«

Sie stellte das Glas ab, räumte ihre paar Sachen zusammen und stand auf.

»Einen Moment noch, Doña«, sagte ich. »Ich habe versprochen, dass Sie auch etwas von dieser Unterredung haben werden, und nun ist es so weit. Denn es gibt noch ein zweites Angebot.«

45

Ich hatte meinen Vater gebeten, eine Beteiligung am *Siete-Cielos*-Konzern in Betracht zu ziehen. Er zog es tatsächlich in Betracht. Etwa drei Minuten lang. Dann formulierte er sein Angebot. Er brauchte selten mehr als drei Minuten, um eine Sache von allen Seiten zu beleuchten.

Im Raum stand nun eine Beteiligung seinerseits von 33 Prozent am Gesamtkonzern. Dieser sollte in sieben Gesellschaften aufgeteilt werden, jedes Hotel war demnach eine eigene Firma, und mein Vater hielt unterschiedlich hohe Anteile an diesen Einzelfirmen. Bei den Hotels, die bisher Gewinn abgeworfen hatten, würde er künftig mit bis zu 49 Prozent mitmischen, bei den verlustreichen mit zwanzig Prozent. Es sollte Doña Esmeraldas Konzern bleiben, aber sie würde sich einer intensiven Überarbeitung des bisherigen Konzepts nicht verweigern. Der Kaufpreis und die zu investierende Summe waren noch zu verhandeln.

Auf den ersten Blick sprach nichts dagegen, dass die Doña in ernste Verhandlungen mit meinem Vater einstieg. Auf gar keinen Fall seine durch den Korruptionsskandal angekratzte Reputation. Sicherlich, die Menschen draußen im Land, all die Fabrikarbeiter, Krankenschwestern, Zimmermädchen, Polizisten, Verkäuferinnen und Busfahrer, ja, die spuckten aus, wenn sie den Namen Ramiro Lozano Cazal hörten. In den Kreisen jedoch, über die wir hier reden, hat Bestechung einen ähnlichen Stellenwert wie für normale Leute eine Geschwindigkeitsübertretung auf der Landstraße. Wenn mein Vater jemanden umgebracht oder vergewaltigt, wenn er das Postamt in die Luft gejagt oder den König beleidigt hätte, wäre das etwas anderes gewesen. Aber Korruption, *por favor*! Nicht gerade edelmütig, nun ja, aber was soll's? Zu dumm nur, dass er sich hatte erwischen lassen.

Nein, wenn es etwas gab, das Doña Esmeralda wirklich übel aufstoßen würde, dann war es der Gesichtsverlust. Sie, die das Unternehmen groß und bekannt gemacht hatte, war nicht in der Lage, es länger ohne fremde Hilfe am Leben zu erhalten, und dabei war sie schon so viele Kompromisse eingegangen.

Trotzdem glaubte ich, dass sie dem Vorschlag zustimmen würde. Auch wegen ihres Sohnes Gil. Der *Siete-Cielos*-Konzern war ihr zweites Kind, und beide Kinder zu verlieren, noch dazu innerhalb weniger Monate, das wäre zu viel für sie.

»Ihr Vater erwartet meinen Anruf?«, fragte sie.

»Wenn Sie wollen, noch heute Abend. Er arbeitet meistens bis Mitternacht.«

»Und er hat wirklich so viel Geld flüssig?«

»Er sagte, er müsse dafür nur ein, zwei Unternehmen verkaufen.«

Sie nickte lange und nachdenklich, dann wollte sie aufbrechen. Sie bot mir an, mich mitzunehmen, und ich willigte dankbar ein. Vorher ließ ich mir von Chili noch eine Portion Hackfleisch mitgeben. Als wir in ihrem Auto saßen, sie am Steuer, ich nebendran, sprachen wir lange nicht. Erst als wir uns dem Monte León näherten.

»Stellen Sie sich vor, Flaco, Ihr Vater tut das alles für Sie. Nicht für mich, gewiss nicht. Für Sie. Das ist ein gutes Zeichen für Ihr Verhältnis, finden Sie nicht?«

Es war noch kein brennender Busch. Eher eine Sternschnuppe. Vielleicht auch nur eine Kerze im Fenster. Aber ich konnte ihr nicht widersprechen.

Sie fragte: »Was wäre eigentlich gewesen, wenn ich vorhin nicht auf Ihre Bedingungen im Hinblick auf Ihre Wiedereinstellung eingegangen wäre?«

»Nichts wäre gewesen. Das Angebot meines Vaters stand so oder so. Das war meine Bedingung an ihn. Dass er Ihnen hilft, egal ob ich für Sie arbeite oder nicht. Hätten Sie meinen Forderungen nicht zugestimmt, hätte ich niemals wieder ein Jobangebot von Ihnen angenommen. Weil es nicht wirklich mir gegolten hätte.«

»Sie wären lieber ins Bodenlose gefallen?«

»Ich weiß nicht, wohin ich gefallen wäre. In einen Pappkarton im Barrio del Polvorín vielleicht. In irgendjemandes Schoß, irgendjemandes Bett. In einen Flieger, der mich von hier wegbringt. Auf jeden Fall nicht auf den Sessel des Security Managers bei Doña Esmeralda Reyes Beltrán de la Cuesta.«

Sie parkte das Auto in der Garage und wir stiegen aus. Ich war nicht so betrunken, dass ich getaumelt wäre, aber Schwanensee hätte ich auch nicht mehr aufführen wollen. Wir verabschiedeten uns knapp, sie ging zum Haupt-, ich zum Nebeneingang.

Dann lief ich noch einmal zurück und erwischte sie, als sie gerade die Tür schließen wollte.

»Wenn wir mit dem Maulesel und allem anderen am Ende glücklich ins Ziel gekommen sind, werden Sie den Balbuenas dann noch einmal Geld zukommen lassen? Es muss ja nicht so viel sein wie beim letzten Mal.«

»Na schön«, sagte sie verwundert.

»Geben Sie es aber direkt Señora Balbuena.«

Sie nickte und ich ging fort.

»Sie sind ein seltsamer Mann, Flaco«, rief sie mir hinterher.

Ich tat, als hätte ich es nicht gehört. Ich fand, sie hatte recht. Warum machte ich das? Wieso half ich ihr aus der Patsche, obwohl ich mich immer mal wieder über sie ärgerte? Es musste daran liegen, dass ich sie trotz allem mochte. Eine langgesichtige Aristokratin. Das wäre normalerweise eine schockierende Erkenntnis gewesen. Doch für einen Tag hatte ich genügend Erkenntnisse gesammelt und diese letzte ging irgendwie unter.

46

Das Rinderhackfleisch war nicht für mich. Ich gab es roh in eine Schale und wartete vor meiner Tür auf einen Abnehmer. Ich war nicht allein, die gestern angebrochene Flasche Wein war bei mir. So saß ich eine Weile auf der einen kleinen Stufe, die der Nebeneingang hat, und hoffte auf meinen Freund Vagabundo, den Streuner. Die Nacht war kühl, ich fror ein wenig, brachte aber die Lust nicht auf, den Pullover überzuziehen, den ich mir von drinnen mitgebracht hatte. Der Wein war sozusagen meine Zigarette – ich trank einen Schluck, starrte in die Dunkelheit, atmete ein und aus, starrte in die Dunkelheit, trank einen Schluck … In der Ferne, irgendwo im Tal, unterbrach ein lautes Scheppern die leise Nacht, wurde von ihr geduldet, von Stille überlagert, wieder vergessen.

Erst, als die Flasche fast aufgebraucht war, warf ich einen Blick auf meine E-Mails, darunter die Liste der Gegenstände, die Peralta aus Garrochos Büro mitgenommen hatte. Amaranta hatte sie mir vor etwa zwei Stunden geschickt. Die interessantesten Posten waren ein Adressbuch, dessen Inhalt jedoch nicht im Einzelnen dokumentiert war, sowie das Foto einer unbekannten Frau, deren Alter auf um die sechzig geschätzt wurde, brünett, etwa einen Meter fünfundsechzig groß, dezentes Make-up, elegante Kleidung, offenbar ein Schnappschuss aus einiger Distanz. So jedenfalls klassifizierte Peralta die Aufnahme. Ich hatte lediglich die Beschreibung des Fotos vorliegen, nicht das Foto selbst. Man hatte es in Garrochos Schublade gefunden.

»*Hola, chico*, da bist du ja«, murmelte ich in die Nacht.

Vagabundo näherte sich wie ein alter Mann dem Briefkasten, ohne Hast oder Vorfreude, sondern mit routinierter Selbstverständlichkeit. So fraß er auch. Er verschlang alles, bis zum letzten Krümel, und schleckte sich tausendmal das Maul. Erst dann setzte er sich direkt vor mich und erwiderte meinen Blick. Vorsichtig streckte ich die Hand aus.

Man soll das ja eigentlich nicht tun. Man soll aber auch keine Leichen am Strand finden. Man soll sich nicht von Hummern zerquetschen lassen, hoch dotierte Jobangebote ablehnen, mehr als einen *brandy jerez* trinken, und trotzdem tat ich all das. Meistens gingen diese Dinge schief.

Diesmal nicht. Vagabundo blieb entspannt. Er ließ sich die Kehle, den Hals, den Nacken streicheln. Er ließ mit sich reden, sich Vagabundo nennen.

»Hast du Durst? Komm mit.«

Wir gingen ins Haus. Ja, wir. Er trottete mir ohne Extraeinladung hinterher, schnüffelte an den Schuhen im Flur, steckte den Kopf ins Badezimmer. Es lag näher als die Küche, also drehte ich dort den Wasserhahn auf und füllte den Fressnapf. Er trank etwa eine Minute lang, dann schien ihn etwas anderes zu faszinieren.

»Was willst du denn mit der Dusche?«

Er legte die Vorderpfoten auf den Rand der Wanne, der nur etwa zwanzig Zentimeter hoch war, und blickte hinein.

»Ist nicht dein Ernst.«

Es war sein Ernst. Ich drehte den Hahn auf und er ging hinein, setzte sich und ließ sich stoisch berieseln. So etwas hatte ich noch nie gesehen. Konnte ich auch nicht, denn Vagabundo war mein erster Hund. Von da an *war* er mein Hund. Auch wenn er mich nach der Dusche wieder verlassen würde, auch wenn er nie wieder zurückkäme, wenn wir uns nie wiedersehen würden. Wir gehörten jetzt zusammen.

Wenn schon, denn schon, dachte ich und seifte ihn kräftig ein. Nicht viele Hunde kommen in den Genuss eines Shampoos mit Zitronengras-Aroma und Vagabundo schon gar nicht. Er ließ es sich geduldig gefallen, genau wie alles andere.

»Lufttrocknen ist angesagt.«

Draußen setzte ich mich wieder auf die niedrige Stufe neben meinen Wein, mein Handy, meinen Pullover und neben Vagabundo. Stumm lag er auf dem blanken Boden und hechelte, als gehöre er schon seit der ersten Mondlandung zum Inventar. Ich nahm mir vor, falls er mir die Chance geben würde, ihn morgen zum Tierarzt zu bringen. Das war, bevor mir einfiel, dass am nächsten Vormittag Vicente Garrochos Beerdigung stattfinden würde, an der ich unbedingt teilnehmen wollte. Amaranta hatte mir die Info geschickt.

Ich kam nicht um die Liste der Fragen herum, viele alte und ein paar neue. Inzwischen ging ich davon aus, dass jemand den Mörder in der Mordnacht gewarnt hatte, dass Vicente Garrocho kurz davor stand, ihn auffliegen zu lassen – was auch immer er in der Vergangenheit getan hatte oder in der Zukunft noch plante. Er musste schnell handeln und besorgte sich das nächstbeste Instrument, um Vicente zum Schweigen zu bringen. Das erschien mir die plausibelste Erklärung zu sein. Natürlich konnte der

Täter nicht ahnen, dass ich in die Sache verwickelt werden würde, doch als das geschah, setzte er alles daran, mich von meinen Ermittlungen abzubringen, und sei es dadurch, mich krankenhausreif schlagen, dann durch eine Zeitung diffamieren und später sogar ermorden zu lassen. Immer scheiterte er, und wenn ich »er« sage, ist immer auch eine »sie« als Möglichkeit inbegriffen.

Das musste zweifellos frustrierend, wenn nicht gar beängstigend gewesen sein. Beängstigend genug, um sich einer Komplizin zu entledigen. Nun war Ynéz Pons Prado jedoch zu einem Zeitpunkt ermordet worden, als die Anschläge auf mich noch bevorstanden, was mich folgern ließ, dass ihr Tod nichts mit meinen Schnüffeleien zu tun hatte, also um Spuren zu verwischen, sondern womöglich Teil eines Plans von langer Hand war. Sie war ihrem Komplizen, der immer im richtigen Augenblick auf den Auslöser gedrückt hatte, mit einem Mal im Weg gewesen, aber mein Gefühl sagte mir, dass sich dahinter mehr verbarg als nur eine kleine, schmutzige, nicht besonders lukrative Erpressungsgeschichte. Irgendwie hing Doña Esmeraldas Enkelin Alba Reyes in der Sache mit drin, und wenn ich den Namen Reyes hörte, dachte ich unwillkürlich an sehr viel Geld, und wenn ich an sehr viel Geld dachte, dann fielen mir wieder die 300 000 Euro ein, die mein Skalp jemandem wert gewesen war.

Eine weitere wichtige Frage lautete: Wer verfügte über genügend Beziehungen, einen Journalisten zu veranlassen, meinen Namen in einen Zusammenhang mit dem Mord an Garrocho zu bringen? Es musste eine Person mit Einfluss oder Geld sein oder mit beidem ...

Ich trank gerade den allerletzten Klecks Wein, als eine weitere Mitteilung von Amaranta eintraf, die letzte des Tages. Sie schickte mir einen Link zu einer Nachrichtenmeldung, die vierzehn Minuten alt war. In Montaña la Data, nur zwei Kilometer vom Monte León entfernt, war am Abend ein Fahrzeug von der abschüssigen Straße abgekommen, hatte eine Mauer durchbrochen und war in den Abgrund gestürzt, wobei es sich etliche Male überschlug, bevor es auf dem Dach liegenblieb. Es handelte sich um einen Cadillac Escalade SUV. Der Fahrer war Devin Koppler.

47

Man durfte den Friedhof von Fataga getrost als Ort in der Mitte von Nirgendwo bezeichnen, ohne ihm zu nahe zu treten. Er würde sich vermutlich selbst so bezeichnen. Er lag etwa einen Kilometer südlich der kleinen Gemeinde, umgeben von wenig mehr als rotbraunem Sand und Geröll. Umschlossen wurde er von einer zwei Meter hohen, weiß verputzten Mauer, hinter der Fichten und pyramidale Zypressen hervorragten. Die Mauer wirkte schön, kühl und abweisend wie eine integre, würdevolle Frau. Hinter dem Portal verlief, wie mit der Schnur gezogen, ein Steinplattenweg, der von einer niedrigen Begrenzung eingefasst war, ebenso weiß wie die Außenmauer. Auf ihm wälzte sich träge und still die Trauergemeinde voran.

Es war fast alles da, was zu einer Beerdigung gehört: der Priester, zwei Messdiener, ein hölzerner Sarg mit vier Trägern sowie reichlich Blumenschmuck. Die Sonne prallte hernieder, der Wind fegte von den umliegenden Bergen herunter, Wolkenscharen und Staubschleier trieben darüber hinweg, und die zwei Glöckchen der Kirche von Fataga drangen von so weit her heran, dass man sie für eine süße Illusion hätte halten können, einen lieben Streich der Gedanken.

Nur wo waren die Trauernden?

Ein paar Leute waren gekommen, ich kannte sie fast alle, bis auf die Frau um die sechzig, brünett, etwa einen Meter fünfundsechzig groß, gepflegt, dezentes Make-up, elegante Kleidung. Die Ähnlichkeit mit Doña Esmeralda war so verhalten wie ihre Erscheinung, wie ihre Rolle in Vicentes Leben. Sie wollte nicht die Erste hinter dem Sarg sein, daher ließ sie sich immer wieder zurückfallen, wodurch auch ihre ältere Schwester bald winzige Schritte machte, was wiederum Jenna Koppler in die erste Position brachte. In irgendeinem Schrank hatte sie die Klamotten und die Sonnenbrille einer Schwarzen Witwe für Arme gefunden.

Ich hatte ihr Kommen nicht erwartet. Unter normalen Umständen eventuell schon, denn sie war ein launisches Showgirl, das immerzu verrückte Sachen machte. Aber Jennas Vater lag mit sehr schweren Verletzungen im Krankenhaus. Es hieß, er ringe mit dem Tod. Nun denn, das tat er dann wohl ohne den Beistand seiner Tochter. Sie zog es vor, ihren Ex-Freund zu begraben, den sie gestern noch hatte bestehlen wollen. Ein Boogie-Woogie hätte nicht deplatzierter sein können, aber ich glaube, auf den meisten Beerdigungen läuft wenigstens ein Boogie-Woogie hinter dem Sarg her.

Ich verspürte den Impuls, ihr ein Bein zu stellen. Bis mich ein zartes Stimmchen namens Erziehung davon abhielt, weil so etwas auf Beerdigungen angeblich nicht gerne gesehen wird. Im Übrigen, meine eigene Rolle im Leben des jungen Mannes war klein und nicht besonders rühmlich gewesen. Vielleicht hätte Áldaran es wagen sollen, nach vorne zu preschen. Oder sein Vorgesetzter, der Hoteldirektor des *Siete Cielos Gran Canaria*. Oder Peralta, der zu seinem Rächer bestimmt worden war und gemeinsam mit Carlos als Schlusslicht der Prozession folgte. Sogar Señor Modesto war gekommen. Er stand weit abseits, ganz in Dunkelblau, wohl in Ermangelung von etwas Schwarzem in seinem Urlaubskoffer.

Ich fand, dass Garrochos Mutter den Mut haben sollte, sich wenigstens jetzt, wenn schon nicht zu seinen Lebzeiten, zu ihrem Sohn zu bekennen. Als der Weg zum Grab fast geschafft war, hielt ich, ganz Gentleman, der Dame den Arm hin, den sie arglos ergriff, woraufhin ich ihn mit meiner anderen Hand festhielt. Diesmal spielte ich den Hummer. Mit sanfter Gewalt zog ich sie an Jenna vorbei nach vorne und ignorierte den hilfesuchenden Schulterblick, den sie Doña Esmeralda zuwarf. Auf den letzten Schritten war sie endlich dort angekommen, wo sie immer hätte sein sollen: nahe bei ihrem Sohn.

Die Predigt war kurz und steif. Wie hätte sie auch sonst sein sollen, wenn keiner dem armen Geistlichen etwas über den Menschen erzählt hatte, den man begrub. Ein paar lateinische Formeln, ein paar Spritzer Weihwasser, ein wenig Myrrhe, die sich so schnell im Äther atomisierte wie Vicente Garrochos gesamtes Leben, das war's.

Der Sarg wurde in die Erde gelassen, und das Gedrängel nach hinten ging los, weil wieder keiner, außer Jenna, der Erste sein wollte. Man hätte meinen können, es koste Eintritt, den Toten zu verabschieden. Spontan holte ich das Foto aus der Innentasche. Ursprünglich hatte ich es einfach nur, statt einer Handvoll Erde, in das Loch werfen wollen.

»Ich will Ihnen etwas zeigen«, sagte ich und hielt den Abzug von der Größe eines Atlanten in die Höhe. Alle sahen mich an, als sollte ich dringend mal zum Psychiater gehen. Mein Termin war am Montag.

Gestern im Hotel hatte ich dieses Foto aus Garrochos Sammlung instinktiv herausgesucht. Zunächst verstand ich nicht, warum, was bei mir am Tag danach ein Normalzustand ist. Nach dieser Zeremonie, vor diesem Loch, jedoch wusste ich es.

Das Bild in Schwarz-Weiß zeigte einen älteren, verwahrlosten Mann mit einer Blockflöte auf einer Decke am Boden. Er blickte direkt in die Kamera, während er musizierte. Seine Augen glänzten verwaschen, abwesend, beinahe zufrieden. Und der Einzige, der ihm zuhörte, der ihm wirklich zuzuhören schien, war sein Hund.

»Ich kenne diesen Mann«, sagte ich. »Nein, falsch, ich kenne ihn nicht. Ich weiß nur, wo er sitzt und Flöte spielt. Es ist nicht weit weg von meiner Wohnung in Playa del Inglés. Morgens gegen zehn fängt er an, abends gegen acht hört er auf. Ein paarmal habe ich ihm etwas in den löchrigen Hut geworfen und zugenickt. Ich habe mich sogar schon gefragt, warum er gerade dort sitzt, wieso er ausgerechnet Blockflöte spielt, wieso er das geworden ist, was er ist. Aber nicht lange. Einmal um die Ecke, und ich bin ganz woanders. Dieses Foto hat alles geändert. Vicente hat es gemacht. Der Vicente Garrocho, der nun da unten liegt, hat ein Fenster aufgestoßen. Ich werde den Flötenspieler von jetzt an mit ganz anderen Augen sehen. Mit vielen von Vicentes Bildern geht es mir so. Sie zeigen mir die herrliche, verwahrloste, wunderschöne, morbide, strahlende, ewige und elende Schönheit meiner Heimat. Kaum zu glauben, dieser Bengel hatte ein Auge und Herz wie kein Zweiter, den ich kenne. Den ich mal kannte. Den ich gerne besser gekannt hätte. Aber schon bald wird die ganze Insel wissen, wer er war und was er konnte.« Ich ließ das Foto auf den Sarg fallen. »Der Flötenspieler ist wie er. Das hat Vicente gespürt.«

48

Für einen einzigen Tag war das ein richtig schwerer Sack voller Sentimentalität. Vor allem für einen Vormittag. Ich gab Vagabundo die Schuld. Zwei Stunden zuvor hatte ich ihn bei der Tierärztin abgegeben, damit sie ihn entlauste und die Krankheit behandelte, unter der sein Fell litt. Als ich ihn zurückließ, schickte er mir dieses berüchtigte Fiepen hinterher, das Herzen und große Teile des Verstandes zum Schmelzen bringt. Ich war mir wie ein Scheusal vorgekommen. Andererseits war es mir so lieber, als wenn er sich an die Tierarzthelferin herangemacht und mich ignoriert hätte.

Ich stand etwa zwanzig Meter von dem Grab entfernt, lehnte am Stamm einer Kiefer und sah zu, wie die wenigen Menschen zum Ausgang tröpfelten, die zur Beerdigung erschienen waren. Peralta sprach ein paar Worte mit Modesto, gab ihm die Hand, winkte ihm nach und gleich darauf einen uniformierten Polizeibeamten, der am Tor stand, zu sich heran. Die beiden unterhielten sich eine Weile.

Währenddessen tat ich nichts, außer dem Himmel dabei zuzusehen, wie er sich bewölkte. Ein paar heftige Böen ließen die Bäume schwanken und knarren. Die Schatten zappelten auf dem trockenen Boden, der nach Wasser lechzte, aber keines erwartete. Die Natur der Kanaren ließ sich nicht foppen. Wolken ohne Regen waren so alltäglich wie die Musik des Windes.

Mateo Áldaran war drauf und dran, zu mir herüberzukommen, aber etwas hielt ihn davon ab, vielleicht mein Blick, denn der kann manchmal den Charme einer Abrissbirne verströmen, vielleicht aber auch sein schlechtes Gewissen. Er winkte mir nur kurz zu und ich winkte entsprechend zurück.

Das vibrierende Handy in meiner Hosentasche machte mich auf eine neue Nachricht aufmerksam. Amarantas Antworten auf meine kleine Wunschliste vom Vortag. Danke, Amaranta.

»Das war eine bewegende Rede«, sagte Carlos ernst. Ich bemerkte ihn erst, als er unmittelbar neben mir stand, und steckte das Handy so unauffällig in die Hosentasche zurück, dass ich schon dachte, es könnte verdächtig wirken. »Überraschend außerdem.«

Ich nickte ihm zu. »Das war ich dem Kleinen schuldig. Wie du weißt, bin ich seit drei Jahren raus aus der Arena der harten, wortlosen Männer, die nur ihre Handschellen sprechen lassen.«

»Du wirst doch nicht etwa normal werden?«

Ich lächelte. »Bring mich nicht auf Ideen.«

Verdammt, ich konnte ihn gut leiden. Ich mochte ihn zehnmal lieber als Peralta. Nicht umsonst waren wir einst Freunde gewesen. Trotzdem stellte ich mir die Frage, die sich kein Mann in meiner Situation stellen sollte, was aber so gut wie keinen Mann in meiner Situation davon abhielt. Was, zum Teufel, fand sie an ihm? Er war so nett, so korrekt, so auf Harmonie gebürstet, und die Amaranta, die ich von früher kannte, war eher der Schinkenbrot-Typ. Schmeicheleien warf sie mit all dem übrigen Süßkram in die Tonne. Das hatte ich jedenfalls immer geglaubt. Was war nur aus der Frau geworden, die sich gegen acht Männer in der Klasse behauptet hatte? Die nicht mit der Wimper zuckte, wenn ihr Schwerverbrecher Gute-Nacht-Lieder sangen? Ich hätte es eher verstanden, wenn sie auf Peralta abgefahren wäre. Und Peralta sowieso.

Er kam mit seinem Bodybuildergang herbeigeschlendert, der Inbegriff von Kraft und Coolness, und tätschelte mir die Schulter wie jemandem, der den zweiten Platz belegt hatte.

»Das war echt süß, Flaco. Hätte fast geweint. Wär ich aber der Einzige gewesen.«

»Also, ich fand es gut«, sagte Carlos.

Mir wäre es lieber gewesen, er hätte nicht für mich Partei ergriffen.

»Du bist ja auch der Heulpeter unserer Einheit«, erwiderte Peralta, was wiederum mich fast dazu brachte, Carlos zu unterstützen, was keinen von uns dreien glücklich gemacht hätte. Dem Himmel sei Dank wechselte Peralta das Thema. »Also, Flaco, nach deinem Anruf heute Morgen bin ich ausnahmsweise mal deinem Vorschlag gefolgt und habe die Durchsuchung von

Modestos Mietwagen beantragt und angeordnet. Hat leider nichts gebracht und in seiner Hosentasche wird er«, fuhr er plötzlich leise und verschwörerisch fort, »das Zeug wohl kaum herumtragen.«

Ich sagte: »Dann findet ihr«, ich passte mich Peraltas Tonfall grinsend an, »das Zeug eben in seinem Hotelzimmer.«

»Wieso? Er könnte es weggeworfen haben.«

»Hat er aber nicht.«

»Er könnte es in irgendeiner beschissenen Mülltonne zwischen dem Monte León und dem *Siete Cielos* entsorgt haben.«

»Hat er aber nicht.«

»Garantiert?«

»Peralta. Wenn du eine Garantie willst, kauf ein Auto.«

Er knurrte, dass die Durchsuchung des Zimmers noch laufe, aber abgeschlossen sein werde, bis Modesto ins *Siete Cielos* zurückkehre. Ich wusste nicht, was ihm lieber wäre – dass ich mit meiner Vermutung richtig lag oder voll daneben. Im zweiten Fall hätte ich mich blamiert. Peralta würde noch in fünf Jahren von meinem peinlichen Irrtum sprechen, bei dem er nur aus Mitleid mitgespielt hatte. Ein Fest für ihn. Er hätte eher auf eine heiße Braut verzichtet als darauf. Lag ich jedoch richtig, hätte er zwei Mordfälle aufgeklärt. Er, wohlgemerkt.

Dachte er.

Sein Handy klingelte und ich wandte mich ab, schloss die Augen. Jetzt galt es. Ich hatte eine Theorie. O, sie war schön, sie war perfekt wie ein sonniger Maitag, und ebenso labil.

Am frühen Morgen hatte ich mich überwunden und Peralta auf seinem Privatanschluss angerufen. Ich ließ ihn seine bösen Späße mit mir machen, und gerade als ich sinnbildlich zu Boden ging und er seinen sinnbildlichen Fuß auf mein sinnbildliches Gesicht drückte, fragte ich ihn nach der mutmaßlichen Ursache des Crashs von Devin Koppler am Vorabend.

Fett.

Ganz simpel. Jemand hatte die Bremsen des Cadillac Escalade ausgiebig mit einem speziellen Schmierfett bestrichen, sodass sie nicht wirken konnten. Dasselbe war mit den Bremsen von Kopplers Porsche passiert, der noch in der Garage stand. Daraufhin überredete ich Peralta, einen Durchsuchungsbeschluss für Modestos Auto und Zimmer zu erwirken, und an dem Punkt waren wir nun.

Er klappte das Handy zu. »Wir haben ihn.« Er ballte die Faust. »Nicht zu fassen, wir haben ihn. Die Kollegen haben eine halb leere Dose Schmierfett zwischen seinen Socken gefunden, außerdem ein schmutziges Tuch, beides eingewickelt in eine Plastiktüte. Er ist unser Mann, keine Frage.«

Ich wandte mich um, ohne die Faust zu ballen. »Meinen Glückwunsch, Inspektor.«

»Mit Dank entgegengenommen. Ich sag's nicht gerne, aber du hattest deinen Anteil daran. Wenn dein Papa irgendwann verurteilt und im Knast ist, wo er keinen Schaden mehr anrichten kann, darfst du es gerne noch mal bei uns versuchen.«

Armer Peralta. Er war so was von auf dem Holzweg, denn Modesto hatte Kopplers Auto nicht manipuliert. Das Schmierfett war ihm untergeschoben worden und ich war mir fast schon sicher, von wem. Denn einige der Fragen, die ich am Vorabend noch bis tief in die Nacht gewälzt hatte, sah ich als beantwortet an, nun, da das Schmierfett in Modestos Schublade aufgetaucht war. Doch Peralta das zu sagen, hätte erstens nichts bewirkt und mich zweitens um das Vergnügen gebracht, ihm den wahren Täter mitsamt Grußkarte zu liefern.

Carlos war schlauer als Peralta, er merkte, dass irgendetwas nicht ganz stimmte, und runzelte die Stirn. »Modestos Motiv leuchtet mir nicht ein. Ich kann nachvollziehen, weshalb er Garrocho und die Pons Prado umgebracht haben soll. Die Erpressungsgeschichte. Aber Koppler ... Was hat er sich davon versprochen, den auch noch aus dem Weg zu räumen?«

Peralta legte den Arm um seinen jüngeren Kollegen. »Dafür gibt's Verhöre, Kleiner. Uns stehen Dutzende, was sage ich, Hunderte von Varianten zur Verfügung, um den Schuft kleinzukriegen. Flaco weiß, wovon ich rede.«

Ich nickte seufzend. »Ja, Peralta, aber vielleicht solltest du bei deiner Lehrstunde auf jene Varianten verzichten, bei denen der Delinquent genüsslich von Ameisen aufgefressen wird. Trotzdem viel Glück dabei, Modesto zu knacken.«

»Und was machst du jetzt so? Servierst du Doña Esmeralda und ihrer Schwester einen starken Kaffee und Aniskekse?«

»Ich hole meinen Hund vom Tierarzt ab.«

»Wie süß. Jetzt brauchst du nur noch eine Angel und einen Klappstuhl und du bist ein hervorragendes Motiv für den Kleinen im Grab da. Zu dumm, dass er tot ist.«

Als sie fortgingen, warf mir Carlos einen ebenso verlegenen wie hilflosen Schulterblick zu, den ich gut nachempfinden konnte. Es gab nur eines, was schlimmer war, als Peralta zum Partner zu haben, und das war, Peralta zum Gesprächspartner zu haben.

49

Vagabundo war ein völlig neuer Hund. Mit der Halskrause, den luftigen Verbänden, die mit Schleifen verknotet waren, und dem Puder auf dem fleckigen Fell sah er aus wie ein Greis, den man in ein Ballerinakostüm gesteckt hatte. Entsprechend unglücklich blickte er drein. Ich hörte ihn sagen, dass ich ihn so schnell wie möglich aus diesem Irrenhaus befreien sollte, aber sicher bildete ich mir das nur ein.

»Worauf hast du Lust?«, fragte ich ihn, als wir im Auto nebeneinandersaßen. »Fressen, na klar. Aber danach, was dann? Einen Spaziergang? Alles klar.«

Ich fuhr nach Playa de Arinaga, natürlich nicht ohne Hintergedanken. Ich parkte ein gutes Stück vom Aussichtspunkt Mirador Risco Verde entfernt, am anderen Ende des Städtchens, und stromerte mit Vagabundo durch die Straßen und über die lange Promenade. Auch an dem Haus, in dem die Pons Prado gewohnt hatte, kam ich vorbei und lief danach den Weg ab, den sie in der Nacht ihrer Ermordung am wahrscheinlichsten genommen hatte.

Dort angekommen, ließ ich Vagabundo von der Leine, denn nur sehr wenige Touristen tummelten sich hier. Der Hund sprang über die rundlichen Klippen in die Wellen und nahm das vermutlich erste Meeresbad seines Lebens. Es dauerte keine Minute. Binnen Augenblicken föhnte eine steife Brise ihn wieder trocken. Diesen *mirador* hatte ich noch nie anders als windumtost und recht verlassen erlebt. Er war durch Felsen, Treppen und eine gewisse Weite vom Rest des Ortes getrennt. Ich friere nur selten, aber nun schüttelte es mich.

Die Brandung hatte längst sämtliche Spuren fortgewischt, die der Tod von Ynéz Pons Prado sowie die Markierungen der Polizei kurzzeitig hinterlassen hatten. Allerdings war ich nicht deswegen nach Playa de Arinaga gefahren. Der Tatort selbst interessierte mich weit weniger als das Drumherum. Ich sah mich um, sah auf das Meer, die Promenade, die Klippen, das Städtchen. Playa de Arinaga lag in einer Bucht. Die Straßen und Gassen waren fast durchweg im Schachbrettmuster angelegt. Es gab zahlreiche Bars und der Ort war gerade bei jungen Leuten beliebt, die gerne auch mal bis in die Nacht feierten. So schön und lang und belebt die Promenade auch war, es fehlte dem Küstenstädtchen etwas, das beispielsweise Puerto de Mogán aufweisen konnte. Denn trotz der langen, breiten Mole, besaß Playa de Arinaga keinen Hafen. Das Pier war nichts weiter als ein gigantischer Wellenbrecher, der die benachbarten Salinen beschützte, die immer noch fleißig Meersalz produzierten. Und der Strand war auch nicht gerade überwältigend, er bestand aus einem ziemlich schmalen Streifen braunen Sandes.

Vagabundo sah mich an, als wolle er mich fragen, was uns noch länger an diesem windigen, kalten Fleckchen hielt.

»Ist ja schon gut. *Vamos, amigo.* Wir gehen segeln.«

Ich kaufte ein und fuhr in meinen Bungalow nach Playa del Inglés, damit Vagabundo meinen oder vielmehr unseren Zweitwohnsitz kennenlernte. Besonders begeistert schien er nicht zu sein. Ihm, dem ein ganzer Berg gehörte, mussten die sechs Quadratmeter Terrasse samt Garten wie ein Gefängnishof vorkommen. Ich gab ihm Futter und einen Ball. Er verwechselte da was, denn den Ball versuchte er zu fressen und den Futternapf kickte er herum. Ich gab ihm Zeit, in der Zivilisation anzukommen, und ging ins Schlafzimmer, um mich umzuziehen. Danach sah ich aus wie jemand, der zum Segeln eingeladen worden war, aber leider nichts Passendes im Schrank hatte. Ich konnte Weiß nicht ausstehen, vor allem nicht in der Kombination mit Blau, und ganz besonders nicht auf einem Segelboot. Dabei hingen die Bügel voll mit weißen und blauen Sachen.

Bevor ich aufbrach, rief ich Doña Esmeralda an. »Alles in Ordnung bei Ihnen?«

»Danke, dass Sie nachfragen. Heute und morgen wollen meine Schwester und ich ganz für uns sein. Sind Sie in Ihrer Butl… in Ihrer Wohnung nebenan, falls wir doch etwas brauchen?«

»Heute nicht. Ich denke, ich werde morgen dort vorbeischauen. Wir hatten auf dem Friedhof keine Gelegenheit zu sprechen. Haben Sie das von Koppler gehört?«

Sie ließ einige Sekunden verstreichen. »Habe ich. Señor Áldaran hat vor zehn Minuten angerufen. Ist es wahr, dass man Señor Modesto verhaftet hat?«

»Ja.«

»Vielleicht macht diese Tatsache das Arrangement mit Ihrem Vater überflüssig, was meinen Sie? Koppler befindet sich im Krankenhaus, ist womöglich schon tot, zumindest aber für mehrere Monate außer Gefecht gesetzt. Und sein Mitverschwörer sitzt in Untersuchungshaft.«

Nun war ich es, der einige Sekunden verstreichen ließ. »Ist das eine von Áldarans Ideen?«

»Im Gegenteil. Er ist entschieden für den Einstieg Ihres Vaters. Er meint, die Probleme des Konzerns seien grundsätzlicher Natur.«

»Da stimme ich ihm zu. Ein neuer Bankkredit wird Ihre Probleme langfristig nicht lösen. Aber ich bin nur Ihr Sicherheitschef. Sie sollten jedoch auf den künftigen Hoteldirektor des *Siete Cielos Gran Canaria* hören.«

Sie reagierte mit der Wärme einer Champagnerflasche, die frisch aus dem Eiskübel kommt. »Wir werden sehen. Wenn wir mehr Menschen von Áldarans Kaliber hätten, die die Hotels in die Gewinnzone bringen … Lassen wir das. Wie Sie sagten, Sie seien nur der Sicherheitschef.«

»So sieht's aus.«

»Das wäre alles. Ach, übrigens, meine Schwester hat mich gebeten, Ihnen ihren Dank für die Freundlichkeiten auf dem Friedhof zu übermitteln.«

»Richten Sie Ihrer Schwester bitte aus, dass sie im Ausrichtenlassen von Mitteilungen durch Dritte ganz große Klasse ist. Sicherlich hat Vicente diese Eigenschaft besonders an ihr geschätzt.«

Es knackte in der Leitung, das Gespräch war beendet.

50

Vagabundo und ich fuhren nach Pasito Blanco. Ich parkte nahe des Sport- und Yachthafens, und während ich die Mole entlanglief, wurde ich wieder zu dem kleinen Jungen, der zum ersten Mal die Parade der Boote abnahm. Irgendwo zwischen meinem Kehlkopf und der Bauchspeicheldrüse explodierte ein Glücksgefühl, verursacht vom leichten Auf und Ab der Rümpfe, dem Seufzen des Wassers am Kai und dem begeisterten Fiepen Vagabundos, dessen Schwanz schnell und hart wie ein Scheibenwischer gegen meine Beine schlug.

Jollen, Kajütboote, Yachten und Katamarane – es war alles dabei und eins schöner als das andere. Trotzdem bekam ich Sehnsucht nach dem eigenen Boot in Las Palmas, so wie tausend andere Babys nie so schön sein können wie das zu Hause in der Wiege.

Die *Torre del Mar*, Áldarans Boot, war eine Yawl. Der Eineinhalbmaster war komplett in der Trendfarbe Weiß gehalten, von den Segeln bis zum Kiel, und schon ein wenig in die Jahre gekommen. Er hatte sie vermutlich gebraucht gekauft, aber einigermaßen in Schuss gehalten. Eine Regatta kann man mit einer Yawl nicht gewinnen, aber wenn man sich beim Komfort einschränkt, eine Weltumsegelung absolvieren. Ein entschleunigter Kurzurlaub, die sieben Inseln umrunden, das sah mit diesem Boot wie eine machbare feine Sache aus.

Ich kontrollierte meine Schuhsohlen und wischte Vagabundos Pfoten ab, bevor wir die *Torre del Mar* betraten. Nicht dass Áldaran uns eingeladen hätte, es zu tun. Ich wollte nur gerne wissen, worauf ich mich einließ, wenn ich mit ihm einen Törn machte. Mit Landratten, die sich für Delfine hielten, segelte ich nicht gern. Dass die Takelage in Ordnung war, sah ich mit einem

Blick. Zwanzig Jahre zuvor hatte mir mein Segelschullehrer beigebracht, dass man die Qualität eines Seglers am Zustand der
Kajüte erkennt, und weil ich meinen Segelschullehrer bis heute
in Ehren halte, verlor ich keine Zeit an Deck.

Unten war alles in Ordnung. Karten, Codes, ein Funkgerät,
einige Fünf-Liter-Wasserflaschen aus Plastik, zwei Sixpacks Bier,
eine Flasche Rum vom Discounter, eine Flasche Jägermeister,
eine Kühltasche voller Eiswürfel, was man eben so braucht. Ich
hätte allerdings – wenn schon Alkohol – eher Sekt, Campari
und andere Longdrinkzutaten erwartet, etwas, das zu dem schicken Typen passte, dem das Boot gehörte.

»Ich denke, hier sind wir richtig«, sagte ich zu Vagabundo.
»Jedenfalls, wenn wir Schiffe versenken spielen wollen.«

Wir verließen das Boot und gingen hinüber in Áldarans
Straße. Bei Sonne sah alles noch adretter aus als neulich Nacht.
Die von Königspalmen gesäumte Allee ruhte im gediegenen
Samstagmittaglicht und gelegentlich rollte ein fettes Auto im
Schneckentempo vorbei. Die Bewohner waren meist Spanier
der gehobenen Mittelschicht und gehobenen Alters. In den Vor-
gärten spielte man, mit spanischen Spielkarten, das beliebte *Mus*,
bei dem Schummeln ausdrücklich erlaubt war. Das sorgte für
eine gewisse Belebung in den ansonsten gediegenen Runden.
Lautere Geräusche als das gelegentliche Knallen von Sektkorken
vernahm ich nicht.

Ich klingelte bei Áldaran. Es war eine sehr leise Schelle, vermutlich, um Herzstolpern bei den Nachbarn zu vermeiden.

»*Hola*, da wäre ich.« Ich war so willkommen wie jemand, der
die frohe Botschaft überbringt. »Lassen Sie mich raten. Sie haben
unseren Törn vergessen.«

»Ich … Nein … Doch, habe ich. Mein Fehler. Wir haben zwar
Samstag gesagt, aber … Ich dachte, weil wir vorhin Vicente beerdigt haben … Macht nichts, wir können gleich los.«

Das konnten wir allerdings. Er trug Weiß und Blau, das ganze

Tralala, bis hin zu den geschnürten Segelschuhen. Er war so fertig wie ein Model für das nächste Shooting. Fünf Handgriffe, Geld und Schlüssel, und er zog die Haustür hinter sich zu. Wir holten uns noch ein paar *bocadillos* als Grundlage für die sieben Liter Alkohol.

»Nehmen wir den mit aufs Boot?« Áldaran betrachtete meinen neuesten Freund wie ein Analphabet ein Lexikon.

»Ja, falls wir ihn nicht lieber an einer Schleppleine im Wasser hinter uns herziehen wollen. Er tut nichts.«

»Er sieht krank aus.«

»Wer denn nicht? Ein kurzer Urlaub, und er ist wie neugeboren.«

Gemeinsam machten wir die *Torre del Mar* startklar und verließen den Hafen eine Viertelstunde später. Vagabundo legte sich an den Bug, wo er dem Horizont entgegenhechelte.

51

Wir wollten nach Las Palmas, also zunächst ostwärts die Südküste entlang und dann weiter in nördlicher Richtung. Die Ankunft errechneten wir für neunzehn Uhr. Gerade mal zehn Minuten lag der Hafen von Pasito Blanco hinter uns, als der launische Passatwind einsetzte, weshalb wir im Zickzack kreuzen mussten und vorankamen, als würden wir auf einem Rollator fahren. Immerhin stellte ich bei den zahlreichen Manövern fest, dass Áldaran ein guter Segler war. Da die Yawl ihm gehörte, gab er die Kommandos, und er gab immer die richtigen zur richtigen Zeit. Unsere Konversation beschränkte sich eine Stunde lang auf das Segler-ABC, was ich unter normalen Umständen erholsam gefunden hätte, am heutigen Tag allerdings nicht, weil ich nicht zur Erholung mit ihm unterwegs war.

»Wir müssen ja nicht unbedingt nach Las Palmas. Wenn wir wenden, haben wir den Passat im Rücken und schaffen es bis Sonnenuntergang nach Puerto de las Nieves«, schlug ich vor.

Er war einverstanden.

Mit einem einzigen sportlichen Manöver drehten wir in den Raumwind und nahmen ordentlich Fahrt auf. Die nächsten geschätzt neunzig Minuten auf Westkurs würden wir wenig zu tun haben.

»Nette kleine Bar da unten«, sagte ich, sobald es passte.

»Ach, das.« Er verknotete irgendetwas, das nach keinem Knoten schrie. Seine Hände waren ruhig wie Wellenbrecher bei Flaute. »Das ist für morgen. Ich habe ein paar Freunde eingeladen. Ist mein letzter Urlaubstag.«

»Klingt gut.« Ich deutete auf sein Outfit. »Ziehen Sie sich immer schon vierundzwanzig Stunden vorher für den Törn an?«

»Ach, das.« Es war wohl sein Ach-das-Tag. »Ich wollte nachher ein bisschen rausfahren. Kleine Runde gegen die Traurigkeit, Sie verstehen?«

»Sicher, mir kommen die Tränen.«

Er richtete sich auf, sah mich an und lächelte lange. Etwa zwei Sekunden lang.

Er fragte: »Wollen Sie einen Schluck?«

»Nein und Sie auch nicht. Sie sind ein zu guter Segler, um auf See Alkohol zu trinken. Und Entschuldigung, billiger Rum mit Cola, Kräuterschnaps und Sixpacks, das ist nicht Ihr Stil. Sie wohnen in Pasito Blanco, tragen Markenklamotten und sehen aus wie Omas Liebling.«

»Neulich Nacht in der Bar Ihres Freundes habe ich mich aber nicht wie Omas Liebling verhalten.«

»Das war an Land, Sie haben den besten Sherry bestellt und später den teuersten Cocktail.«

»Wie schon gesagt, das Zeug unter Deck ist für meine Freunde und die trinken es gerne.«

»Trinken die auch gerne Eiswasser? Denn nichts anderes wird mit den Eiswürfeln in der Kühlbox bis morgen passieren.«

Er ging an mir vorbei, setzte sich ans Steuer und korrigierte den Kurs ein wenig. Das darf man gerne doppeldeutig auffassen.

»Ich dachte, wir verstehen uns gut. Stattdessen stellen Sie bizarre Vermutungen an. Das ist nicht in Ordnung. Außerdem, was wollen Sie damit eigentlich beweisen?«

Meine Haare flatterten mir in die Stirn und mein Hemd um die Hüften. Bei Áldaran unter der Überdachung flatterte gar nichts, höchstens ein wenig die Nerven.

Wie ein Orang-Utan umklammerte ich zwei Balken und blickte auf meinen Kollegen am Steuer hinab.

»Sie wollten heute noch ablegen, und zwar nicht allein und gegen die Traurigkeit. Mein überraschendes Eintreffen hat das verhindert. Die Eiswürfel, Áldaran, die haben Sie verraten.«

Er zeigte mir zwei lange weiße Zahnreihen, funkelnd wie in der Werbung. »Sie sind ein komischer Kerl. Ziemlich verrückt, aber was soll's? Sie haben Ihre Methoden, um Karriere zu machen, und ich meine.«

»Jaa, aber Ihre sind viel effizienter. Da komme ich nicht hinterher. Allein wie Sie es geschafft haben, zwei Frauen um den Finger zu wickeln, so kurz hintereinander, und nicht irgendwelche Frauen, nein. Ynéz Pons Prado war eine Grazie. Eine mit Vergangenheit, na und? Das hat Sie nicht nur nicht gestört, es kam Ihnen sogar gelegen.«

»Ich habe Ihnen doch gesagt, dass ich die Frau nicht kannte.«

»Und wenn schon, Sie haben mich angelogen. Ich bin schockiert. Wissen Sie, die wirklich guten Fälle, und dies ist ein guter Fall, sind wie ein typischer Bolero. Voll Verführung, erotischem Verlangen, Leidenschaft, Betrügereien, Verrat und Desillusion.

Aber das alles springt nicht ins Auge, es will vermutet und erkundet werden. Von der zarten Blockflöte bis zum Paukenschlag ist alles dabei, und alles vermischt sich, bereits in der Anfangsmelodie kann der Verrat liegen. Wie und wo Sie die Pons Prado kennengelernt haben, weiß ich nicht. Aber Sie beide waren das perfekte Paar.«

»Haben Sie was an den Ohren? Ich habe den Namen dieser Frau gestern zum ersten Mal gehört, als Sie mich instruiert haben, mit Modesto zu sprechen.«

Ich hatte tatsächlich etwas an den Ohren. Im rechten war nichts als das Brausen des Passatwindes zu hören und im linken das aufgeregte Zappeln meines Hemds.

»Die Pons Prado war eine Erpresserin, davon geht inzwischen auch die Polizei aus. Hohe Geldeingänge in unregelmäßiger Folge auf ihrem Konto. Tja. Aber als Serienerpresserin mit einem Faible für Hotelbetten ist man nur erfolgreich, wenn man weiß, wer wann und vor allem wer allein anreist. Da Sie Zugriff auf die wesentlichen Daten der Hotelgäste hatten, suchten Sie schon Tage vor deren Ankunft die besten Opfer aus: wohlhabende Männer, die verheiratet, aber solo unterwegs waren. Ein wenig Recherche, und Sie wussten, was Sie brauchten. Ihre bezaubernde Partnerin erledigte dann den Rest. Sie verlangten nie so viel, dass die Opfer den Wunsch nach Widerstand verspürt hätten. 20 000, 30 000 Euro, vielleicht auch mal etwas mehr … So viel verdienen diese Leute am Tag. Das schreiben die als Werbungskosten ab. Darum ging das Geschäft eine ganze Weile gut. Alle paar Wochen mietete die süße Ynéz sich im *Siete Cielos* ein, rekelte sich auf dem Saunatuch, machte einen auf Poolnixe, ließ sich im Restaurant den Nachbartisch zuteilen, den ganzen Beipackzettel einmal rauf und runter, man kann es sich lebhaft vorstellen. Na ja, ich kann es.«

»Sie blubbern nur. Sie quatschen und blubbern und das alles führt nirgendwohin.«

»Sie sind unter dreißig und daher ungeduldig. Das verstehe ich. Doch das hier ist mein Bolero, ich spiele und Sie tanzen, so einfach ist das. Wenn es Ihnen nichts ausmacht, könnten Sie zwischendurch mal wieder nach vorne schauen, wir rasen nämlich gerade auf die Dünen von Maspalomas zu.«

Áldaran nahm eine leichte Kurskorrektur nach Backbord vor, die uns von der buttergelben Landzunge mit ihren malerischen Sandhügeln wegführte. Eine Minute lang blickte er stur geradeaus, ähnlich wie ein Kind, das die Augen in der Annahme schließt, dann nicht gesehen zu werden.

»Das erste Mal, als ich Ihretwegen stutzig wurde … Ach, das wissen Sie ja noch gar nicht. Meine sieben Fragen zur Erleuchtung. Die zweite lautete, warum Vicente ausgerechnet mich an seiner Enthüllung teilhaben lassen wollte. Also, ich wiederhole, das erste Mal, als ich Ihretwegen stutzig wurde, war an dem Abend, als Sie mir in Chilis Bar erzählten, wie sehr Vicente Ihnen vertraute. Eine Zeit lang stimmte das wohl. Aber wenn das immer noch so war, warum hat er Ihnen dann nicht von seinem Verdacht in Bezug auf die Pons Prado berichtet? Denn wie wir inzwischen wissen, hatte er irgendeinen Verdacht. Klar, er hätte sich auch an Jenna oder Doña Esmeralda wenden können, um seine Vermutungen zu besprechen. Aber mit Jenna hatte er schon gebrochen, und Doña Esmeralda, seine Tante und Arbeitgeberin, konnte er selbstverständlich erst einweihen, wenn er hundertprozentige Beweise vorlegte. Mit Ihnen hätte er ganz informell darüber reden können, von *amigo* zu *amigo*. Doch er tat es nicht. Das hat mich aufmerken lassen.«

»Mein Gott, Vicente war launisch. Was weiß ich, warum er es für sich behalten hat.«

»Ihm war aufgefallen, dass diese Dame deutlich öfter im Hotel abstieg als andere Gäste, das machte ihn neugierig, und er forschte nach. Dabei stellte er in der Datenbank fest, dass Sie regelmäßig intervenierten, wenn es um die Tischreservierungen und sonstigen Buchungen für diesen weiblichen Gast ging. Er heftete sich unauffällig an ihre Fersen und irgendwann sah er sie mit Ihnen. Oder er suchte auf Ihrer Yawl oder in Ihrer Wohnung nach Hinweisen. Wie auch immer, er traute Ihnen nicht mehr. Er erzählte Ihnen nicht mal mehr, dass er sich von seiner Freundin getrennt hatte.«

»Woher wollen Sie das wissen?«

»Wenn er es Ihnen gesagt hätte, hätten Sie es mir bei unserem ersten Gespräch brühwarm weitererzählt, immerhin hätte es den Verdacht in eine für Sie bequeme Richtung gelenkt.«

»Da reimen Sie sich ja ganz schön was zusammen.«

»Ja, ich bin ein Poet, Sie sind mein Sujet und Señor Modesto ist meine Muse.«

Áldaran lachte verächtlich. »Tolle Muse.«

»Unfreiwillige Muse«, korrigierte ich grinsend. »Er hat in der Bar im Hotelgarten vom dritten Mann gesprochen, einem unsichtbaren Dritten, und er hat den Mordabend erwähnt, als ihm eventuell einiges im Rausch entschlüpft ist. Er goss sich an jenem unglückseligen Abend irgendetwas hinter die Binde, von dem Menschen wie er glauben, es mache sie klar im Kopf, auch wenn das Gegenteil zutrifft. Als er dann meinte, klar im Kopf zu sein, wurde ihm klar, dass er Mist gebaut hatte, und er rief seine Erpresserin an. Ich vermute, die hat wiederum Sie angerufen.«

»Das ist eine unbeweisbare Story.«

»Abwarten. Meine Storys sind echte Stehaufmännchen.«

»Ich war auf Teneriffa, Idiot. Ich kann Vicente nicht ermordet haben.«

»Ich weiß. Sie waren in der *Elephant Shisha Cocktail Bar*, bis sie schloss. Das Personal hat das auf Anfrage bezeugt.«

Für jemanden, der soeben ein Alibi bestätigt bekommen hat, wirkte er nicht besonders glücklich. Ich an seiner Stelle wäre es auch nicht gewesen. Ich machte gerade sein hübsches Lügengebäude aus dem Katalog kaputt und frech war ich auch noch. Außerdem sollte ich gar nicht hier bei ihm auf der Yawl stehen, sondern zwei Meter links von Vicente Garrocho in einem frisch ausgehobenen Grab liegen, bekränzt von gelben Chrysanthemen mit einem Spruchband, auf dem »In tiefer Trauer, dein Segelkamerad Mateo Áldaran« stand.

»Sie haben Ihre Komplizin, Señora Pons Prado, die Drecksarbeit machen lassen. Womit wir bei der ersten meiner sieben spannenden Fragen wären, nämlich die nach der seltsamen Mordwaffe. Was genau passiert ist, lässt sich auch für mich nur schwer rekonstruieren. Aber wenn ich raten darf: Sie haben sie erreicht, als sie unterwegs war. Unter dem Vorwand, auspacken zu wollen, lockte sie Vicente an den Strand neben dem Golfplatz des *Siete Cielos*, der um diese Uhrzeit verwaist ist. Als Golfkaninchen wusste sie, wo die Pitchgabeln lagern, die einzige Waffe, derer sie auf die Schnelle habhaft werden konnte. Vicente war ein anständiger Kerl und ein talentierter Fotograf, aber ein Greenhorn als Detektiv. Naiv tappte er in die Falle, weil er zu viel wollte. Um die Pons Prado ging es ihm gar nicht hauptsächlich. Es ging ihm um Sie, Áldaran. Um Ihren Verrat, Ihr Verbrechen. Er hatte begriffen, was für ein falscher Hund und Blender Sie wirklich sind. Er rief mich an, sprach mir auf die Mailbox und ersuchte mich um Hilfe, doch ich war nicht da.«

Schon erstaunlich, was eine kleine Falte, eine Vertiefung von weniger als einem halben Zentimeter oberhalb der Nasenwurzel, mit einem Gesicht anstellen kann. Áldaran hasste mich. Er hasste mich jetzt und von Anfang an.

»Steuern Sie nach Steuerbord«, sagte ich. »Auf diesem Kurs sind wir unterwegs nach Brasilien.«

Er stand auf. »Sie können mich mal. Ich bin hier der Kapitän.«

Ich schubste ihn auf den Stuhl zurück. »Lassen Sie sich das aufs Shirt drucken, wenn Sie wollen. Steuerbord, wird's bald. Wir segeln zurück nach Pasito Blanco.«

Er tat, was ich sagte, aber ich wusste, dass er andere Absichten hatte. Ich stand direkt hinter ihm und hielt mich an der Lehne des Drehstuhls fest, auf dem er saß. Beide blickten wir geradeaus zum Bug, wo Vagabundo sich über die Gischt freute, und darüber hinaus auf die See und die etwa zwei Kilometer entfernte Südküste.

»Sie haben sich am nächsten Tag mit mir in Chilis Bar getroffen und den Betroffenen und Betrunkenen gemimt, und ich muss sagen, Sie haben Ihre Rolle phänomenal gespielt. Das war hollywoodreif, nein, besser, eigentlich war das schon *film noir*. Die Gewissensbisse, die Verzweiflung, die Selbstgeißelung, einfach großartig. Ich war selbst Zeuge, wie Sie sich drei von Chilis Schluckminen einverleibten, davor die Manzanillas und all das. Beeindruckend. Ich glaubte, einen Sturzbetrunkenen bei sich zu Hause abzuliefern, stattdessen haben Sie sich eine Schnellkur im Nüchternwerden verpasst, eiskalte Dusche oder Straußenfeder, was weiß ich. In jungen Jahren habe ich einen Liter Kaffee bevorzugt, bei dem sich mir die Fußnägel aufrollten. Wie auch immer, Sie haben sich noch in derselben Nacht mit Ihrer Geliebten verabredet. Immerhin waren Sie ja nun Mordkomplizen, das bedurfte einer Unterredung. Sie fuhren also nach Playa de Arinaga und trafen die Pons Prado am *Mirador Risco Verde*.«

»Mit meinem VW-Käfer quer über die halbe Insel, Sie spinnen ja. Viel zu auffällig. Irgendwer hätte mich sehen müssen.«

Mein Mittagsspaziergang mit Vagabundo hatte mich auf die Idee gebracht, dass der Mörder nicht durch das Küstenstädtchen gelaufen war, um Ynéz Pons Prado zu treffen. Dort war einfach zu viel los, zu viele junge Leute. Jemand hätte ihn bemerken können.

»Wozu gibt es Segelboote?«, sagte ich. »Meine vierte Frage: Wieso der *Mirador Risco Verde* als Tatort? Weil Sie unbemerkt dorthin gelangen konnten. Sie haben die Wasserstraße genommen.

Playa de Arinaga hat keinen Hafen, der hätte Ihnen auch nichts genutzt, denn Sie wollten ja nicht gesehen werden. In der Dunkelheit ankerten Sie vor der Küste, schwammen zum *Mirador Risco Verde* und erschlugen Ihre Partnerin. Die Frau, die vierundzwanzig Stunden zuvor noch den ahnungslosen Vicente ermordet hatte, war nun selbst ahnungslos.«

»Warum hätte ich das tun sollen, verdammt?«, rief er und donnerte die Fäuste gegen das Steuerrad.

Er fing sich rasch wieder und wandte sich mir zu. Sehr viel ruhiger, mit verfeinerter Mimik und Gestik, fast schon wieder *film noir*, sagte er mit desperater Stimme: »Señor Lozano. Ich bitte Sie. Selbst wenn ich die Pons Prado gekannt hätte und wenn ich mit ihr Leute erpresst hätte und wenn ich ihr gesagt hätte, sie solle Vicente ermorden, was alles Quatsch ist, wieso?«

Ich unterbrach ihn. »Verschlucken Sie sich nicht an Ihren vielen Wenns. Das wäre schade, jetzt, wo es episch wird. Bisher war alles sehr technisch und profan. Da fliegen Pitchgabeln durch die Gegend, es wird gesoffen, geschnüffelt und erpresst. Aber wo ist das große Drama? Ich habe Ihnen einen Bolero versprochen und Sie sollen ihn bekommen. Übrigens sind wir auf Kollisionskurs mit einer Jolle. Sie lassen ein bisschen nach, *capitán*.«

Er korrigierte den Kurs ein wenig, und als er die Hände wieder vom Steuerrad nahm, blieb ein feuchter, glänzender Film darauf zurück.

»Auftritt des großen Schurken. Kürzlich habe ich die Bekanntschaft von Señor Koppler gemacht, und obwohl das in etwa so angenehm war wie eine Magenverstimmung, bin ich doch froh darüber. Denn in den letzten Tagen ist mir so einiges widerfahren, das genau zum Verhalten eines rücksichtslosen Ehrgeizlings passt, dem nichts genug ist, der immer noch mehr will und der selbstverständlich jeden Widerstand zu brechen sucht, der sich ihm in den Weg stellt. Nun denn, ich habe in der Mordsache

Garrocho ermittelt, was irgendwem nicht zu passen schien. Man hetzte mir vier finstere Lümmel auf den Hals, und als das nicht klappte, lockte man mich erfolgreich in eine Räuberhöhle, aus der ich mich erfolgreich befreite. Stellen Sie sich vor, man hatte diesen Kleinkriminellen 300 000 Euro geboten, wenn sie mich ins Jenseits beförderten. Nicht übel, wie? Wer hat schon so viel Geld übrig?«

»Ich ganz sicher nicht.«

Ich grinste. »Da stimme ich Ihnen zu.«

»Wow, ein hellsichtiger Moment des großen Detektivs.«

»Sie haben aber genug Geld, um vier arbeitslosen Bauernsöhnen ein paar grüne Scheine und einen Knüppel in die Hand zu drücken. Dazu braucht man weder ein Vermögen noch Kontakte in die Unterwelt. Anders sieht es da schon aus, wenn man eine Story über meine vermeintliche Verwicklung in den Mord an Vicente lancieren will. Wie gut, dass Sie als Marketingleiter eines Luxushotels mit der örtlichen Presse auf Du und Du stehen. Das ist so üblich. Übrigens wissen Lokaljournalisten auch über die kriminelle Szene der Insel gut Bescheid und könnten jemandem raten, der einen Tipp braucht, an wen er sich wenden muss, um jemanden aus dem Verkehr zu ziehen. Der Gangsterboss selbst hat es mir gesteckt.«

Er grinste mich an, auf eine Art, die mir verriet, dass ich nicht falsch lag. »Hat er nicht.«

»Oh doch. Nur den Namen des Auftraggebers hat er nicht ausgespuckt. Trotzdem, Sie waren es.«

»Sie bluffen. Sie haben nichts. Gerade eben haben Sie selbst zugegeben, dass ich gar nicht die Mittel habe, um jemandem ein paar Hunderttausend Euro zu bezahlen.«

»Ja, das ist ein gutes Argument«, gab ich zu. »Und ich habe auch eine Weile an der Nuss geknabbert. Dann ist mir meine Frage Nummer fünf wieder eingefallen und dass der Boss der Bande erwähnte, er erhalte den größten Teil der Summe erst deutlich später und sei ziemlich sicher, nicht übertölpelt zu werden. Ein unübliches Arrangement bei Auftragsmorden. Offensichtlich war der Hintermann gerade nicht flüssig. Señor Koppler jedoch ist es. Señor Modesto mehr oder weniger ebenfalls. Die Balbuenas hingegen werden nie so flüssig sein, auch in einigen Monaten nicht, und wenn, dann verschleudern sie das Geld lieber für ihren Sohn und dessen Avocadobäume. Nein, mein Lieber, Sie waren der Auftraggeber für Mississippis Bande.«

Wir passierten die Jolle in einiger Entfernung und steuerten auf eine Gruppe von Kitesurfern zu, die wie Äffchen zwischen Wellen und Himmel hangelten.

»An dem Abend in Chilis Bar habe ich Ihnen klar zu verstehen gegeben, dass ich nicht lockerlassen werde, bis ich den Mörder gefunden habe, und dass ich alle Mittel und Hebel dafür habe. Zu diesem Zeitpunkt hatte ich keine Ahnung, dass der Mörder bereits vor mir sitzt und ich ihn vorwarne. Sie haben meine Worte ernst genommen, und Sie wussten, dass ich sie wahr machen würde.«

Er stellte das Steuer fest und verschränkte die Arme vor der Brust. »Nichts als heiße Luft«, sagte er. »Ich höre Ihnen gar nicht mehr zu.«

»Schade, denn jetzt kommt Ihre zweite Dame ins Spiel, das Goldeselchen. Sie heißt Alba und ist eine Katastrophenbraut. Immer verliebt sie sich in die Falschen. Deswegen lässt ihre Großmutter sie auch überwachen, was ihr gewiss nicht entgangen ist. Sie ist der perfekte Köder, um den bekloppten Bodyguard der Doña in die Räuberhöhle zu locken, worauf der bekloppte Bodyguard auch tatsächlich reinfällt.«

Áldaran stand plötzlich auf und versuchte, mich zur Seite zu schieben.

»Ich muss das Besansegel einholen, wir haben zu viel Fahrt.«

Es gab ein kurzes Gerangel, bis ich ihn am Kragen packte und gegen die Außenwand der Steuerkabine drückte. Sehr viel Widerstand leistete er nicht.

»Da Alba nicht über den Intellekt verfügt, so etwas einzufädeln, ist sie nur die Marionette eines durchtriebenen Liebhabers. Lassen Sie mich ein bisschen spekulieren, denn eine Theorie ohne Spekulation ist eine ziemlich trockene Angelegenheit. Dieser Liebhaber hat Alba auf der Adventsfeier im *Siete Cielos* kennengelernt, zu der Doña Esmeralda sie vermutlich zitierte und auf die sie null Bock hatte, wie man so schön sagt. Das jedenfalls hat mir der Privatdetektiv erzählt, der sie beschattet. Aber dann, zwischen zwei Gläsern klebrigem Punsch, das Wunder: ein toller Mann, jung, gut aussehend, ehrgeizig. Er zieht alle Register seiner smarten, aber verdorbenen Persönlichkeit, und Alba fährt schon bald voll auf ihn ab. Sie ist bereit, alles für diesen Mann zu tun, wie schon zuvor für die anderen Schurken. Vorläufig hält er die Beziehung geheim, denn er ist ja noch mit der Pons Prado zusammen. Aber wenn sie tot und er erst einmal der wichtigste Mitarbeiter Doña Esmeraldas ist, wird man ihn mit Kusshand in der Familie Reyes aufnehmen.«

»Lass mich los, du Idiot.«

Einen Scheiß tat ich. Je stärker er versuchte freizukommen, desto zupackender wurde mein Griff. Wir waren uns so nahe, dass sich unsere Nasenspitzen beinahe berührten.

»Devin Koppler will Doña Esmeraldas Konzern übernehmen und Sie, der smarte Blender, tun einmal das Richtige und kämpfen an der Seite der Chefin und ihres bekloppten Bodyguards. Natürlich tun Sie das nicht, weil Sie Charakter haben. Nein, eines Tages soll Ihnen der ganze Kuchen gehören. Was hat man von einem Kuchen, der einem vom Fensterbrett geklaut wird? Also tun Sie alles, um den Übernahmeversuch abzuschmettern. Sie schreiben einen Businessplan und befürworten den Einstieg eines Investors, um den Konzern zu retten, den Sie schon bald leiten wollen. Denn der Erbe der Matriarchin ist erkrankt und halb tot, wie Sie von seiner Mutter erfahren haben, und Alba ist das einzige Enkelkind von Doña Esmeralda. Ynéz Pons Prado steht da nur im Weg, genauso wie Flaco, der lästige Spurensucher. Was sind schon 300 000 Euro, wenn man bald der Ehemann einer reichen Erbin sein wird?«

Mit einem einzigen kraftvollen Schlag gegen meine rechte Schläfe stieß er mich von sich weg. Die drei Sekunden, in denen ich benommen war, nutzte er, um zum Bug zu laufen.

52

Das ist das Gute an einem Boot auf See: der Verfolgte kann nicht weglaufen. Ich konnte mir Zeit lassen, mich zu sammeln und ihn erneut zu konfrontieren. Áldaran stand fast an der Spitze des Bugs, breitbeinig, das linke ein bisschen vor-, das rechte zurückgestellt, um das heftige Auf und Ab der Yawl auszugleichen. Das Hemd flog ihm fast um die Ohren.

Ich rief mit dem Wind: »Das war ein guter, ein epischer, ein märchenhafter Plan. Vom kleinen Diener zum Prinzen von *Siete Cielos*. Nur das mit den Attentaten auf mich wollte nicht so recht funktionieren. Die Bauernlümmel versagten, und die Bande im Barrio del Polvorín, die Sie in aller Eile rekrutiert haben, erwies sich als unzuverlässig. Es waren nun mal keine Mörder wie Sie, sondern eine Ansammlung von ungezogenen Bengeln, Zigarettendrehern und Handtaschenklebern. Deswegen vermutlich sind Sie bei Devin Koppler lieber selbst tätig geworden. Um endgültig sicherzustellen, dass sein Übernahmeversuch scheitern würde, manipulierten Sie die Bremsen seines Autos.«

»Das … das war ich nicht«, schrie er gegen den Wind. »Überhaupt habe ich nichts von dem gemacht, was Sie behaupten. Das war jemand anders. Modesto zum Beispiel. Was ist mit Modesto?«

»Señor Modesto versteht gerade genug von Autos, um den Zündschlüssel zu drehen. Sie hingegen besitzen einen VW-Käfer Baujahr '68, an dem man pausenlos herumschraubt.«

»Ich und Millionen andere Menschen. Das muss nichts heißen.«

»Aber es kann. Im Übrigen – und jetzt spekuliere ich wieder ein bisschen – hat es sicher nicht geschadet, dass Sie mit einer erfahrenen Einbrecherin liiert gewesen waren. Ich hatte mal eine Freundin, die mir beigebracht hat, wie man die Beine im Nacken verknotet, und die Pons Prado hat Sie eben gelehrt, Alarmanlagen auszuschalten. Sicherheitshalber fetteten Sie nicht nur die Bremsen des SUV ein, sondern auch die des Porsche, weil Sie nicht wissen konnten, dass Koppler den Porsche nur im Sommer benutzt, wie er mir selbst gesagt hatte. Kopplers Tochter Jenna hätte es gewusst. Und weil Sie als leitender Hotelangestellter in jedes Zimmer kommen, haben Sie Modesto anschließend die Sachen untergejubelt.«

Er griff nach dem Bootshaken zu seinen Füßen – schwere Ausführung, Massivholz –, und der Eisenhaken sah auch nicht nach Spaß aus.

Das ist das Schlechte an einem Boot auf See. Der Verfolger, der zum Verfolgten wird, kann nicht weglaufen. Regel Nummer 37 in der Spielanleitung für Detektive: Überführe den Täter nicht allein und unbewaffnet an einem einsamen Ort. Ein Boot auf See ist ein verflucht einsamer Ort, getoppt nur von einer Polarstation und einer Raumkapsel.

»Hören Sie!«, rief ich. »Ich weiß, es hört sich an wie der Text eines billigen Krimis, aber das Spiel ist aus, Áldaran. Ich habe gleich nach dem Frühstück sicherheitshalber eine E-Mail an die

Präfektur der Nationalpolizei geschickt. Auch wenn Sie mich mit dem Haken durchlöchern und wie eine Schweinehälfte an den Hauptmast hängen, ändert das gar nichts.«

Das war natürlich eine feixe Lüge, die mir etwas Luft verschaffen konnte, oder auch nicht. Ich wiederhole mich vielleicht, aber wenn man in der Scheiße sitzt, muss man verdammt noch mal da raus. Und wenn dir ein Bootshaken vor der Nase tanzt, sitzt du mittendrin.

»Sie können nichts beweisen. Sie haben nur eine Theorie, nichts weiter. Ihren blöden Bolero.«

»Nicht ganz. Jetzt wird's wieder profan. Man hat Ihre Handydaten zum einen, die GPS-Daten Ihrer Yawl zum anderen. Sie waren immer gerade dann in der Nähe, wenn etwas geschah. Solange Sie nicht verdächtig waren, hat sie das geschützt. Nun, wo Sie verdächtig sind, sind das wichtige Puzzleteile. Aber Ihre größte Schwachstelle ist Alba Reyes. Jetzt gerade sitzt Sie bei Ihnen zu Hause und wartet auf Ihre Rückkehr, habe ich recht? Kommen Sie schon, seien Sie ein Kumpel und machen mir die Freude. Der ganze Rum und Schnaps, die Eiswürfel und das Bier sind für Alba, hm? Ist genau ihr Geschmack. Sie wollten sie an Bord nehmen und feiern, ja? Sie sagen nichts? Na gut, das sagt auch etwas. Wie auch immer, ich bin mir sicher, wenn die Polizei Alba verhört, wird sie zusammenbrechen. Als besonders charakterfest ist sie ja nicht bekannt.«

Áldaran schwang den Haken, der mein Kinn nur um Haaresbreite verfehlte. Jetzt wäre Gelegenheit für einen großen Auftritt des Retters in der Not gewesen, des besten Freundes des Menschen. Lassie hätte gewusst, was zu tun ist. Er hätte meinen Gegner angesprungen, seine Kleidung in Fetzen gerissen, ihm in den rechten Arm gebissen, ihn über Bord gestoßen … Vagabundo gefiel sich darin, das Sonnenbad zu verlängern und nebenher die Showeinlage der beiden Animateure zu genießen.

Mein Gegner schwang den Haken ein zweites Mal, und um

ihm zu entgehen, musste ich einen Satz zurück machen. Ich stolperte und fiel rücklings aufs Deck. Áldaran setzte nach, um mich aufzuspießen. Im letzten Moment konnte ich mich zur Seite rollen, was mich jedoch beinahe über Bord gehen ließ. Ich hielt mich gerade noch an einem Tau fest.

Ich rief: »Vagabundo. Fass.«

Ich hätte genauso gut: »Butter, werde weich«, rufen können, das Ergebnis wäre gleich ernüchternd gewesen.

Bevor Áldaran, der über mir stand, einen weiteren Stoß setzen konnte, trat ich ihm zwischen die Beine. Der Haken fiel ins Meer, der Mann torkelte rückwärts. Ich kam auf die Beine und verpasste ihm einen Kinnhaken, von dem ich mir, offen gesagt, eine größere Wirkung versprochen hatte. Áldaran sprang mich an und wir gingen beide über Bord.

Drei, vier Meter voneinander entfernt tauchten wir auf. Die steingrauen Klippen der Küste erhoben sich etwa einen Kilometer nördlich, links Arguineguín, rechts die Dünen von Maspolamas. Die Kitesurfer hatten wir längst passiert, keiner bemerkte uns – außer Vagabundo. Er wollte nicht allein auf der *Torre del Mar* weiterfahren und machte einen riesigen Satz ins Wasser.

Wem es nicht bewusst ist – der Atlantik ist im Januar ein arschkaltes Gewässer. Von wegen Golfstrom und so. Man kann dort prima Bier kaltstellen und Fieber kühlen. Man kann auch prima in diesem mittleren Wellengang ertrinken, selbst wenn man beide Hände frei hat.

Ich konnte nicht beides gleichzeitig tun, meinen Hund über Wasser halten und einen Mörder zur Strecke bringen. Wie es sich herausstellte, musste ich diese Entscheidung nicht treffen. Áldaran hätte den Versuch machen können, mir zu entkommen. Es sah aus, als wäre er ein mehr als passabler Schwimmer. Er schwamm jedoch auf mich zu, und plötzlich ging es nicht mehr darum, ob ich ihn zur Strecke brächte, sondern er vielmehr mich.

Ich machte die Erfahrung, dass Ju-Jutsu im Wasser nicht besonders gut funktioniert. Vor allem Tritte bleiben wirkungslos. Was bedeutete, dass wir ebenbürtig waren, nahezu gleich alt, ähnlich sportlich, beide entschlossen. Nur, dass Áldaran nicht auf einen Hund aufpassen musste. Meiner rückte mir nämlich, heftig strampelnd, von hinten auf die Pelle. Vagabundo war in den Geröllwüsten rund um den Monte Leon heimisch und hatte höchstens mal mit einem Swimmingpool Bekanntschaft gemacht. Wo wir jetzt waren, herrschte Wellengang und jene tückische Strömung, der jedes Jahr Badende zum Opfer fallen, die die roten und gelben Fahnen missachten. Er hatte also ordentlich zu kämpfen, ganz zu schweigen von den beiden Jungs, die direkt neben ihm aufeinander einprügelten wie zwei stinksaure Wasserballer.

Ich sag es nicht gerne, denn es kratzt an meinem zarten Ego, aber es gelang Áldaran nach weniger als einer Minute, die Oberhand zu gewinnen, und zwar im wahrsten Sinne des Wortes. Er drückte beidhändig von oben auf meinen Kopf und mich unter die Wasseroberfläche.

Regel Nummer 41: Lasse dich von deinem Gegner nicht unter die Wasseroberfläche drücken, denn das ist nicht gut.

Da war ich nun und kämpfte strampelnd um mein Leben. Ich kämpfte etwa fünf Sekunden strampelnd um mein Leben. Dann streckte ich die Arme aus, bekam die Säume von Áldarans Shorts zu fassen und zog ihm die Hose runter.

Nun konnte er seine Beine nicht mehr bewegen und in dem Wellengang war das fatal. Er ging unter, ich stieg auf. Zwei schnelle Atemzüge waren mir vergönnt, bevor Vagabundo sein Heil auf meinen Schultern suchte. Ich tauchte erneut unter, suchte in der atlantischen Brühe fuchtelnd nach Áldaran und fand ihn schließlich. Ich zog ihn nach oben, begab mich in Seitenlage, legte meinen rechten Arm um den halb Bewusstlosen und zog ihn neben mir her. Die linke hatte ich für Schwimmzüge frei, bei Bedarf auch für Vagabundo.

Gefühlt waren wir zwei Tage unterwegs, bis wir alle drei Land erreichten. Es kann aber höchstens eine halbe Stunde gedauert haben. Wir waren erschöpft, aber lebendig. Der Zufall wollte es, dass nur wenige Meter von der Stelle entfernt, wo ich Tage zuvor Vicente Garrocho gefunden hatte, nun einer seiner Mörder vor mir lag.

Ein Rettungsschwimmer des Hotels kümmerte sich um Áldaran, ich mich um Vagabundo, und eine deutsche Touristin bat ich, den Notruf zu wählen.

53

Es war sieben Uhr durch und dunkel, als ich mit Carlos vor dem Nebeneingang der Villa auf dem Monte León saß, ich auf der Stufe, er auf einem Klappstuhl, jeder mit einem *vino tinto* in der Hand. Vagabundo lag schlafend zwischen uns. Er hatte eine schicke neue weiße Halskrause bekommen, in der er ein bisschen wie eine Nonne aussah, und einen Eimer voll Puder auf das Fell, der ihn nach Baby riechen ließ.

Wenn ich mir den ruhigen Abend betrachtete – das Restlicht am Horizont, die Lichter von Montaña la Data, den Wind, der die phantomhaften Umrisse des Ginsters schüttelte, das Liebesgesäusel der Grillen –, dann konnte ich nicht glauben, was für ein Tag hinter mir lag. Einen Mann begraben, einen hinter Gitter gebracht. Auch Alba war verhört und anschließend verhaftet worden. Sie hatte ein Geständnis abgelegt, wie ich es erwartet hatte.

Carlos berichtete mir davon.

»Wie bist du auf Áldaran gekommen?«, fragte Carlos.

»Ich nahm mir gedanklich meine sieben Hauptverdächtigen vor und stellte sie meinen sieben Hauptfragen gegenüber. Um es kurz zu machen: Mein Kopf spuckte Áldarans Namen aus. Ganz sicher war ich mir aber erst, als die Dose Fett bei Modesto gefunden wurde.«

»Wer waren die übrigen Hauptverdächtigen?«

»Unter uns? Devin und Jenna Koppler, Modesto, ein bisschen auch Mississippi, Doña Esmeralda und Alba Reyes.«

»Du hast deine Chefin verdächtigt?«

Ich schmunzelte über die Vorstellung, dass Doña Esmeralda jemandem eine Pitchgabel in die Brust stößt.

»Nicht wirklich. Sie ist zwar undurchschaubar, aber dass sie eine Gruppe von Halbstarken anheuert, ihren Butler zu töten, scheint mir weit hergeholt.«

Carlos lachte. »Also hat Peralta recht gehabt? Du bist ihr Butler?«

»Allenfalls war ich das mal. Aber wenn du mir nicht versprichst, das nachher aus deinen Aufzeichnungen zu löschen, muss ich dich heute noch umbringen.«

Wir prosteten uns lächelnd zu und tranken einen Schluck *tinto*.

»Übrigens, wie geht es dem Mistkerl Koppler?«

»Er ist über den Berg. Trotzdem, es hat ihn schwer erwischt. Bis er der Alte ist, kann es noch dauern.«

»Ich hoffe, er wird nie wieder der Alte. Du weißt, wie ich das meine.«

»Darauf trinke ich.«

Carlos trank mehr als sonst. Er war der einzige Polizist, den ich kannte, der einen ganzen Abend mit einem einzigen Glas Wein oder Bier zubringen konnte und davon noch die Hälfte stehen ließ. Wohingegen Amaranta an 29 Tagen überhaupt keinen Alkohol konsumierte und am dreißigsten Bacchus höchstselbst unter den Tisch trinken konnte.

Er leerte das Glas und schenkte sich selbst nach. »Mir ist noch nicht klar, welche Rolle Alba Reyes spielte.«

»Die der dummen Göre«, antwortete ich. »Sie hat sich, so scheint es, bei der Adventsfeier in den Marketingleiter ihrer Großmutter verliebt und konnte es vermutlich selbst nicht glauben. Vorher hatte sie nur Männer aus der Halb- oder Dunkelwelt, die sie wie Dreck behandelten – ein Charakterzug, den sie seltsamerweise zu schätzen weiß. Plötzlich ist da dieser weltgewandte andalusische Adonis mit dem Segelboot, der sie umwirbt. Sie fühlt sich sofort angezogen und versteht die Welt nicht mehr. Erst als er ihr nach und nach enthüllt, was er vorhat, ist sie wieder in ihrem Element.«

»Du glaubst, er hat sie aktiv beteiligt?«

»Nein, dafür ist sie nicht abgebrüht genug. Man kann ihr keinen Mord zutrauen. Aber es reicht gerade so, dass man sie als Lockvogel für mich ins *Sangre Nuestra* schickt, wo ich kaltgemacht werden soll. Die Sache geht schief, ich komme davon. Alba verlässt die Spelunke, fährt zunächst nach Hause, steigt dann in ein Taxi und fährt in den Süden. Wären ihre Verfolger nicht ohnehin abgeschüttelt worden, hätte sie es im Gewirr des Hafens geschafft. Einmal ums Eck gerannt, und zack in einem Segelboot verschwunden, nämlich Áldarans *Torre del Mar*.«

»Wozu ein Versteck?«

»Ich schätze, er wollte sich erst als Albas Künftiger outen, wenn Doña Esmeralda ihn sowieso schon aus Dankbarkeit wie einen Schwiegersohn anhimmelte.«

»In Ordnung, und wer waren ihre Verfolger?«

Ich konnte Carlos unmöglich sagen, dass seine Verlobte mit mir zusammengearbeitet hatte. Es wäre an ihr, das zu tun – oder andernfalls an niemandem. Ich erzählte ihm also von der Detektei, die Doña Esmeralda beauftragt hatte.

Danach lenkte ich davon ab. »Die *Torre del Mar* diente für weit mehr als nur als Versteck für Alba. Einerseits als unauffälliges

Transportmittel, das er zum Beispiel benutzte, um mitten in der Nacht nach Playa de Arinaga zu kommen, um die Pons Prado zu ermorden. Andererseits war das Boot gewissermaßen Áldarans Alibi. Er machte uns weis, dass er sich ganz woanders aufhielt, dabei war er die ganze Zeit in der Nähe. Außer beim Mord an Vicente, da war er tatsächlich auf Teneriffa. Aber vorgestern zum Beispiel, als Doña Esmeralda ihn aus dem Urlaub heim rief, erzählte er uns, er sei bei Gomera. Dabei war er in der Nacht oder sehr früh am Morgen in Kopplers Garage eingebrochen, um die Bremsen einzufetten. Nur wenig später erschien er weiß wie ein Engel bei der Doña zur Besprechung.«

Die Sprechanlage in meiner Wohnung rief mich summend zum Rapport. Man hatte mich vor nicht einmal vier Stunden am Strand aufgelesen, nass und willenlos wie Treibholz, und *sie* klingelte mich mit ihrem elektronischen Glöckchen herbei, als hätte ich den ganzen Tag Tee trinkend in der Küche verbracht.

Ich ignorierte den Summer.

»Ja, Áldaran hat sich wirklich geschickt angestellt. Allein, wie er neulich Vicente mir gegenüber verteidigt hat, als ich andeutete, dass sein Freund ein Erpresser gewesen sein könnte. Das war Raffinesse vom Feinsten. Er hatte lange Zeit ein sehr gutes Gespür dafür, wann er einen Pflock einrammen konnte, um sich an ihm nach oben zu ziehen, und wann er lieber die Finger davonlassen sollte. *All about Eve* für Karrieristen des 21. Jahrhunderts. Er war nicht gierig, hat mit Ynéz seine Kundschaft nur vorsichtig geschröpft. Erst die Bekanntschaft mit Alba hat ihn gierig und unvorsichtig werden lassen. Schade, dass er nun nicht mehr, wie Modesto, einen Bestseller-Ratgeber daraus machen kann: Anleitung zur Bürointrige, oder so ähnlich.«

Der Summer dröhnte erneut. Ich ging hinein und betätigte die Sprechanlage. »Ja?«

»Endlich. Bitte kommen Sie zu mir herüber, Flaco.«

»Inspektor Arenas von der Nationalpolizei ist gerade bei mir und vernimmt mich.«

»Das finde ich ungeheuerlich. Die sollen Ihnen ein wenig Ruhe gönnen, mit meinen besten Grüßen. Könnten Sie bitte eine Flasche vom Priorat mitbringen, wenn Sie ohnehin auf dem Weg sind? Ich erwarte Sie in fünf Minuten.«

Carlos schenkte sich gerade das nächste Glas ein, als ich wieder nach draußen ging.

»Ich habe es bis hier gehört«, sagte er und steckte das Diktafon ein. »Ich bin sowieso fertig. Das wird alle Fragen beantworten, die Peralta noch hat. Ihm wäre es natürlich lieber, wenn dem nicht so wäre.«

»Wo auf dem Baum ist er?«

»Knapp unterhalb der Krone. Aber du kennst ihn, das würde er niemals zugeben.«

»Ich muss mich bei dir entschuldigen, Carlos. Ich dachte, du würdest ganz unter seiner Fuchtel stehen.«

»Zum großen Teil ist es auch so. Seien wir ehrlich, ich bin nicht gerade für diesen Job geboren worden, oder? Was mir dafür fehlt, muss ich mir mühsam antrainieren, und das geht nicht, wenn Peralta mein Gegner ist. Also lasse ich ihn mein Mentor sein.«

Ich nickte ihm zu. »Klingt weiser, als ich es war.« Die Dunkelheit machte es uns leichter, die freundschaftliche Intimität der Studienjahre wieder aufleben zu lassen. Ein Lob hier, ein Zugeständnis dort, und der alte Geist begann zu sprechen. Aber er konnte jederzeit zurück ins Koma fallen.

»Du kommst doch zu unserer Party morgen?«, fragte er. »Mein Geburtstag. Und bei der Gelegenheit wollen Amaranta und ich unseren Freunden und Familien mitteilen, dass wir heiraten werden.«

Die Einladung fiel in die Kategorie Wurfsendung – nicht verlangt und doch bekommen.

»Ich sehe mal. Ich bin noch ziemlich schwach auf den Beinen.«
Er gab mir die Hand. »Würde mich freuen, wenn's klappt. Und
Amaranta auch.«

Als er ging, haftete er ein Blaulicht auf seinen Wagen, damit
man ihn nicht anhalten und pusten lassen würde.

Ich warf einen Blick auf Vagabundo, der müde den Kopf hob,
als wäre das das Äußerste, was man von ihm an diesem Tag noch
verlangen durfte.

»Schon gut, *chico*. Ich stelle dich der *baronesa* ein anderes
Mal vor.«

54

Die Januarnacht war kühl, angekündigt waren vierzehn Grad,
und auf dem Monte León musste man noch mal zwei davon
abziehen. Doña Esmeralda saß allein im Salon, ihre Schwester
war einige Stunden zuvor abgereist. Sie hatte ein kariertes Plaid
über ihre Knie geschlagen und ein dickes dunkelgrünes Damen-
Tweedsakko um ihre Schultern gelegt. Dazu ihre gekräuselten
rötlichen Haare – sie sah ein wenig schottisch aus an diesem
Abend.

»Würden Sie wohl Feuer machen, Flaco?«

Der offene Kamin wurde selten benutzt, vielleicht dreimal
während des kurzen Winters im Januar und Februar und einmal an Weihnachten. Wirklich nötig war er natürlich nicht. Er
war nachträglich eingebaut worden und passte mit seinem klotzigen, quadratischen Schnitt nicht zu dem barocken Interieur.
Wenn er jedoch erst einmal brannte, waren stilistische Feinheiten
und praktischer Nutzen vergessen, und der Feuerschein und der

angenehme Geruch des Pinienholzes stimmten alle jene milde, die davorsaßen.

»Holen Sie sich auch ein Glas, Flaco.«

Das war nicht der tadelnde »Setzen-Sie-sich-zu-mir-Tonfall« wie vor einigen Tagen, sondern eine freundliche Aufforderung zum Plausch. Natürlich mit Absichten.

Ich kam mit einem Glas, das aus einer anderen Kristallserie stammte als jenes für Doña Esmeralda, und was sie davon hielt, verdeutlichte sie mit einer Verlängerung ihres Gesichts um einen halben Zentimeter. Alles unter zwei war an diesem Abend erträglich, also schenkte ich uns unverdrossen ein.

Keine Zeit verschwendend, fragte sie, kaum dass ich die Flasche abgestellt hatte: »Was passiert jetzt mit Alba?«

»Kommt darauf an, was sie aussagt. Ich nehme an, Sie haben ihr einen guten Anwalt besorgt.«

»Ich, mein Sohn und meine Schwiegertochter.«

»Alba ist noch jung, sie ist beeinflussbar, aus guter Familie. Das hilft vor Gericht.«

»Werden Sie im Zeugenstand ein gutes Wort für sie einlegen?«

Sie hielt das Gesicht starr den züngelnden Flammen zugewandt. Ein Kaminfeuer ist eine gute Entschuldigung, um Blickkontakt zu vermeiden. Es sollte viel mehr Kaminfeuer geben, das ganze Jahr durch, dann müsste man sich gar nicht mehr ansehen.

»Ein gutes Wort für jemanden, der mich wissentlich in eine tödliche Falle gelockt hat?«

»Sie haben gerade selbst Albas Jugend und Beeinflussbarkeit erwähnt. Sie hat es nicht wirklich böse gemeint.« Sie studierte mein Gesicht und sagte: »Ja, darum bitte ich Sie, Flaco.«

»Sie sind wenigstens ehrlich. Dann bin ich es auch. Sie wollen also, dass ich im Zeugenstand lüge.«

»Nein, dass Sie vergessen.«

»Vergessen oder verzeihen?«

»Verzeihen ist nicht so wichtig, das kommt später. Erst mal vergessen, dass Sie im Barrio del Polvorín von ihr in eine Falle gelockt wurden. Dann bleibt von einer möglichen Anklage gegen meine Enkeltochter wegen Mordversuchs nicht viel übrig.«

Ich trank einen Mundvoll Wein, und weil ich einen großen Mund habe, war das Glas danach fast leer. Sie bemerkte es nicht. Sie bemerkte es nicht, weil sie ihre Aufmerksamkeit, ihre Würde, ihre Scham und was weiß ich was noch in diesem verdammten Kaminfeuer verbrannte. Die ungeheuerliche Forderung, einen Meineid zu schwören, überraschte mich überhaupt nicht von einer Frau, die wie sie auf einen Stammbaum blickte, der bis zu den Westgoten zurückreichte. Ich bin mir fast sicher, sie dachte sich nichts dabei. Sie hätte mich mit derselben Selbstverständlichkeit darum gebeten, ein Frühstücksei für sie zu köpfen.

»Sie werden bald Ihren Sohn verlieren«, sagte ich. »Und Vicente, ihr einziger Neffe, ist bereits gestorben. Mir ist klar, dass Sie an Ihr Erbe denken müssen, das nicht unbeträchtlich ist. Aber glauben Sie wirklich, dass Alba die Richtige ist, um irgendwann weiterzuführen, was Sie angefangen haben?«

»Wie Sie kürzlich selbst einmal in einem anderen Kontext bemerkten, Flaco: Sie ist die einzige Erbin. Die Frage, ob sie die geeignete ist, erübrigt sich somit.«

»Sie hat mit Áldaran konspiriert, einem Mörder ...«

Sie fuhr mich an wie eine Furie: »Diesen Namen will ich nie wieder hören, haben Sie mich verstanden?«

»Er ...«

»Und Sie haben mich ihn sogar noch aus dem Urlaub holen lassen, um mit mir die Rettung meines Konzerns zu besprechen.«

»Das habe ich anders in Erinnerung.«

»Hatten Sie ihn da bereits in Verdacht?«

»Sein Name schlich durch meinen Kopf, blinzelte mal hinter einem Busch hervor ...«

»Aber Sie haben ihn benutzt, damit er mit Modesto redet.«

»Ein Kuss der Göttin der Weisheit. Ich ließ den Mörder das Interview mit dem Mordverdächtigen führen. Aber mal im Ernst – erst, als Koppler verunglückte und ich die Unfallursache erfuhr, passte alles zusammen. Um aber ganz sicherzugehen, musste ich Áldaran konfrontieren.«

»Ich will diesen Namen nie wieder hören, haben Sie mich verstanden? Nie wieder«, wiederholte sie streng und wandte sich, nachdem ich mein Einverständnis signalisierte, wieder dem Feuer zu.

Ich wusste nicht, wie ich das Gespräch fortsetzen sollte, und sie genauso wenig, also schwiegen wir. Ich wusste ebenfalls nicht, ob die Audienz beendet war oder ich sitzenbleiben sollte, daher blieb ich der Einfachheit halber dort, wo der Wein sich befand.

Ein ganzes Glas leerte sich in meiner Hand, bevor sie wieder das Wort an mich richtete.

»Man fragt sich, wie ein Kind so werden kann. Ob es an einem selbst liegt. Was man hätte verhindern können. Ich habe darüber gelesen. Es gibt Kinder, die auf die schiefe Bahn geraten, weil sie in schwierigen Verhältnissen groß werden. Andere werden in stabilen Verhältnissen groß. Einige sind abgelehnte Kinder, andere tolerierte, wieder andere geliebte. Sie entstammen reichen und armen Familien, gebildeten und bildungsfernen, religiösen, atheistischen und solchen, die einmal im Jahr zu Weihnachten an Gott denken. Die Eltern sind geschieden, verheiratet, alleinerziehend. Man weiß nicht, wie so etwas entsteht. Kinder sind wie Raupen: Man denkt, man zieht einen Schmetterling groß, und plötzlich schlüpft eine Gottesanbeterin. Es ist beängstigend.«

Es war *not my cup of tea* ihre Familienangelegenheiten zu diskutieren. Ich hatte ihr meine Meinung gesagt, was den Umgang mit dem heimlichen Sprössling Vicente anging. Sie ihrerseits hatte mir unmissverständlich zu verstehen gegeben, was sie von mir in Bezug auf Alba erwartete, und ich musste darüber nachdenken.

Wieso ich es überhaupt in Erwägung zog? Weil es ja stimmte, dass Alba beeinflussbar, jung und nicht die Hellste war. Und weil es keine leichte Sache ist, der Arbeitgeberin eine Bitte abzuschlagen, vor allem, wenn man da herkommt, von wo ich komme.

Sie spürte wohl, dass ich mich nicht weiter dazu äußern wollte. Sie ist normalerweise nicht gut im Spüren, aber möglicherweise hatte Vicentes Beerdigung sie sensibilisiert. Oder es war das Timbre, mit dem ich sagte: »Am Tag, an dem man das Opfer beerdigt hat, werde ich nicht über Gnade für die Täter debattieren.«

Sie schnappte ein. Für dreißig Sekunden. Dann wurde ihr bewusst, dass ich nicht ganz falsch lag. Also schnappte sie wieder auf.

»Sie haben ihn wohl irgendwie lieb gewonnen, meinen Neffen.«

Plötzlich war er ihr Neffe! Doch hatte ich keine Lust, gestrige Schlachten zu schlagen.

»Ich habe Gemeinsamkeiten entdeckt«, sagte ich knapp und hart und trank aus. »Werden Sie mich dabei unterstützen, eine Fotoausstellung zu organisieren? Zuerst in Las Palmas und dann hier im Süden?« ·

Sie nickte. »Dort auf dem Tisch liegt Ihr Vertrag, Flaco«, sagte sie, als ich aufstand.

Er war in dreifacher Ausfertigung bereits von ihr unterzeichnet, ich brauchte nur noch meine Unterschrift daruntersetzen, und er wäre gültig. Das von mir angebotene Gehalt hatte sie erhöht, nicht übermäßig, doch immerhin.

»Nehmen Sie sich bitte zwei Tage frei«, bot sie mir generös an.

»Morgen ist Sonntag«, sagte ich. »Und Montag war schon immer mein freier Tag.«

»Schön, dann sehen wir uns also am Dienstag.«

Ich seufzte innerlich, unterschrieb alle drei Ausfertigungen und ließ zwei davon zurück, als ich ging.

55

Ich beschloss, Carlos' Party am Sonntagabend fernzubleiben. Wenn Amaranta Wert darauf legte, dass ich komme, würde sie mich separat einladen. Das würde nicht passieren, so gut kannte ich sie, und genauso kam es. Stattdessen vertiefte ich meine Freundschaft zu Vagabundo, indem ich mit ihm eine lange Wanderung durch sein ehemaliges Revier machte. Vielleicht, so dachte ich, wäre er ein wenig stolz auf seinen Versorger, wenn die wilden Hunde der Gegend ihn mit mir sähen. Doch wir begegneten lediglich ein paar Eidechsen und einer Schlange, die es auf die Eidechsen abgesehen hatte, sowie ein paar Kindern, die auf Vagabundos Halskrause unterschrieben, als wäre sie ein Gipsbein.

Der Ginster war nun endgültig auf dem kargen Boden erblüht und bildete weiche, weißgelbe und grünliche Kissen zu Tausenden. Bis März könnte die Pracht anhalten und sich mit etwas Glück, wenn dann die für den Monat typischen Regenfälle folgten, verlängern. Möglich war aber auch, dass alles in vier Wochen verdorrt sein würde. Die Kanaren waren nun mal keine sieben Schmusekatzen, sondern wilde, exzentrische Naturen.

Ich begab mich mit Vagabundo in meine Wohnung in Playa

del Inglés, die er nicht mochte und die mir so lieb war wie eine kratzende Decke. Allerdings war ich dort sicher vor etwaigen Wünschen meiner Arbeitgeberin, seien es Kaffeegedecke, Kaminfeuer oder weitere Vergesslichkeiten. Was sie von mir verlangte, war enorm. Was ich von mir selbst verlangte, würde ich ihr nachgeben, war noch enormer, und meine innere Waage schlug deutlich gegen Doña Esmeraldas Wünsche aus. Trotzdem konnte ich sie verstehen. Von ihrer engeren Familie war bald niemand mehr übrig, ihren Konzern musste sie bald mit meinem Vater teilen, und so klammerte sie sich an die einzige Fürsorge, die übrig bleiben würde.

Die Wohnungsanzeigen waren meine Bettlektüre, und da ich mich entschieden hatte, was Alba anging, und zwar gegen sie, schlief ich hervorragend.

Am Montagmorgen stand meine zweite Sitzung bei Dr. Fortunada an. Ich kam pünktlich und drückte ihrer Praxishilfe die Hundeleine in die Hand. Sie sah aus, als hätte sie noch nie einen Hund gesehen, der eine mit lauter Namen vollgekritzelte Halskrause trug, orange Augen hatte und eingepudert war wie eine Comtesse. Dann setzte ich mich auf denselben Stuhl neben demselben Tisch, auf dem dieselbe Orchidee stand und trank Kaffee aus derselben Tasse. Ich weiß nicht, ob Dr. Fortunadas Klamotten dieselben waren, aber sie waren denen von Mittwoch sehr ähnlich. Sie mochte immer noch Hosenanzüge in den harmonischen Farben einer Schwarzwälder Kirschtorte.

»Wie wäre es, wenn wir da weitermachen, wo wir letzte Woche aufgehört haben? Ich hatte zum Schluss zwei Fragen an Sie und habe Sie gebeten, darüber nachzudenken. Zum einen, ob es nicht einfach Zufall sein kann, dass Sie einem ehemaligen Kollegen begegnen, der verlangt, was so viele andere verlangen, nämlich möglichst bald in den Club eingelassen zu werden. Zum anderen erzählten Sie mir, dass Sie als Jugendlicher nur Sport im Kopf hatten, danach Frauen und nach den Frauen Ihre Arbeit.

Worum kreisen Ihre Gedanken, seit Sie Ihre Lieblingsarbeit verloren haben?«

Ich bat sie, die erste Frage zurückzustellen und berichtete ihr in groben Zügen, was in den letzten Tagen alles bei mir gekreist war, und warum. Den Abend, an dem der Brandy in meinem Kopf gekreist war, ließ ich aus.

»Warum erzählen Sie mir das?«, fragte sie langsam und schlug die Beine wie in Zeitlupe übereinander.

»Ich kann mich irren, aber bin ich nicht hier, um zu erzählen?«

»So ist es, und auch, warum es erzählt werden sollte.«

»Es war eine Menge los, seit ich hier vor fünf Tagen raus bin. Ich wollte, dass Sie das wissen.«

»Ist es das, wonach Sie streben? Es soll eine Menge los sein?«

Mir war, als würde ein Vorhang aufgezogen und die Bühne würde sich füllen mit dem, was in den nächsten Minuten von diesem Gespräch zu erwarten war. Ich würde fragen: Was ist falsch daran? Sie würde sagen: Ich sagte nicht, dass etwas falsch daran ist. Ein Wort würde das andere geben und am Ende wäre ich wieder der mit den Aggressionen.

Das war nicht fair. Natürlich war es nicht fair, es war eine Therapiestunde, bei der ich derjenige mit den Kanten und sie diejenige mit der Übersicht war. Dasselbe Prinzip wie in der Hundeschule.

Ich sagte: »Gute Polizisten landen früher oder später immer beim Therapeuten. Schlechte auch. Wer nie dorthin kommt, sind die Mittelmäßigen.«

Ich gebe zu, als Antwort auf ihre Frage nach meinem Streben war diese Bemerkung sprunghaft und seltsam. Andererseits war ich in dieser Praxis, oder nicht? Ich war dort, weil ich sprunghaft und seltsam war.

»Warum die Mittelmäßigen nicht, Flaco?«

»Weil sie sich immer an die Regeln halten. Die Guten und die

Schlechten tun das nicht. Wer sich an die Regeln hält, braucht nach landläufiger Meinung keinen Therapeuten.«

Sie ließ sich abwechselnd von meinen grünen Augen, der roten Orchidee und ihrem rosa Daumennagel hypnotisieren. Der Nagel gewann.

Einige Atemzüge später fragte sie: »Sie waren ein Guter?«

»Ich hatte meine Lichtblicke.«

Sie versank erneut in Gedanken und diesmal blieb ihr Blick zunächst auf der Orchidee und dann auf meinen Augen haften.

»Wenn ich Ihnen die Möglichkeit böte, jetzt zu gehen und nie wiederzukommen, ohne dass Sie deswegen Ärger mit den Behörden bekämen – würden Sie das tun?«

Meine kecke Antwort machte sich schon zum Sprung auf die Zungenspitze bereit, als sie im letzten Moment hinten runterpurzelte.

»Ich … eher nicht.«

»Warum nicht?«

»Es kommt nicht oft vor, dass ich jemandem vertraue, der es gut mit mir meint.« Bis dahin hatte ich selbst nicht gewusst, dass ich ihr vertraute. Aber plötzlich war es eben so. Punkt.

Sie schlug die Beine in die andere Richtung übereinander. »Erklären Sie mir das.«

»Als ich jünger war, ging es den Leuten nicht um mich, den Menschen, sondern den Sohn meines Vaters. Ich konnte echte Sympathie irgendwann nicht mehr von geheuchelter unterscheiden. Inzwischen ist es so weit gekommen, dass ich mich in Gesellschaft von Leuten, die mich schlecht behandeln, sicherer fühle als in der von solchen, die nett zu mir sind.«

»Das ist eine wichtige Erkenntnis, die Sie mir da mitteilen. Sie ziehen die Ehrlichkeit Ihrer Gegner der eventuellen Unehrlichkeit all der anderen Menschen vor, mit denen Sie verkehren, die Ihnen jedoch in weit überwiegender Anzahl nichts Böses wünschen.«

»Es gibt Ausnahmen von der Regel. Ich habe Freunde.«

»Einverstanden. Trotzdem bedeutet das, dass Ihre Gegner Ihre Gegner bleiben, und die, die keine sind, von Ihnen jederzeit dazu gemacht werden können, einfach weil Sie ihnen misstrauen.«

Ich trank Kaffee. Kaffee zu trinken, ist immer eine gute Methode, wenn kein *brandy jerez* zur Hand ist. Methode wofür? Ich weiß es nicht.

»Zeigen Sie Fantasie. Was müsste passieren, damit Sie Ihre Einstellung ändern?«, fragte Dr. Fortunada.

Ich stand auf, die Tasse in der Hand. Was passieren müsste? Meine Arbeitgeberin, zu der ich loyal war, dürfte keinen Meineid von mir verlangen. Leute, die mich zum Segeln einladen, dürften sich nicht als Mörder entpuppen. Die Frau, die in mir spukte, dürfte nicht meinen Freund heiraten, und er nicht sie.

»Ein Wunder«, sagte ich.

56

Als ich mich eine Stunde später auf dem Fahrersitz meines Mini-Coopers niederließ, baumelte am Rückspiegel ein Stift. Es war Mississippis.

ANMERKUNGEN DES AUTORS UND KLEINE SPANISCHKUNDE

Eine der häufigsten Fragen in Zusammenhang mit den Handlungsorten meiner Bücher ist, welche wirklich existieren und welche fiktiv sind.

Wie ortskundige Leser längst bemerkt haben, sind die erwähnten Städte und Dörfer, Täler und Berge, Aussichtspunkte (*miradores*), Buchten und Strände allesamt echt. Meine Beschreibungen orientieren sich an meinen Wahrnehmungen – andere mögen die Stimmung oder Wirkung eines Ortes anders empfinden. Zwei Handlungsorte habe ich erfunden: das Hotel *Siete Cielos* sowie – leider – auch Chilis Bar. Das hängt damit zusammen, dass die ebenso fiktiven Besitzer jeweils prominente Rollen in der Geschichte einnehmen, was sich mit einem real existierenden Hotel bzw. einer Bar nicht vertragen würde. Die Orte, an denen sie sich befinden, sind jedoch authentisch, was bedeutet, sie *könnten* dort stehen. Luxuriöse Hotels wie das *Siete Cielos* gibt es einige im Süden der Insel, jedes mit eigenem Stil. Abgelegene Strandbars dagegen sind seltener, aber das wird schon noch …

Ich habe im Roman versucht, das Leben der *Canarios* und die Allgegenwart der Touristen nebeneinanderzustellen, denn beides ist längst aufs Engste miteinander verwoben. Ohne Touristen wäre Gran Canaria deutlich ärmer, und ohne die kanarische Leichtigkeit und Gelassenheit würden so einige Touristen die Insel nicht besuchen wollen. Man könnte sagen, sie brauchen einander, um die jeweiligen Erwartungen zu erfüllen.

Dennoch bleiben natürlich die Eigenheiten der Völker erhalten und werden von mir gelegentlich auch thematisiert oder liebevoll aufs Korn genommen. Etwa wenn Doña Esmeralda ihren Butlerguard Flaco darauf hinweist, dass er sein Mittagessen zu einer Uhrzeit einnimmt wie sonst nur die Touristen. Tatsächlich tun die *Canarios* fast alles zwei Stunden später als wir Mitteleuropäer, also essen, schlafen, aufstehen, arbeiten, Kuchen verdrücken, feiern ... Ich habe Spanier und *Canarios* – unter Berücksichtigung dieser Tatsache – für halb neun am Abend zum Essen eingeladen, und erhielt trotzdem einen mitleidigen Blick. Vor 21 Uhr setzt man sich dort nicht an den Tisch, und wer es aus irgendwelchen Gründen doch tut oder tun muss, ist in den Augen der Landsleute ein armes Schwein. Skandinavier zum Beispiel, die eine recht frühe Abendmahlzeit gewohnt sind und um neunzehn Uhr schon wieder gesättigt vom Tisch aufstehen, kommen gleichsam von einem anderen Planeten.

Seit vielen Jahren verbringe ich nun schon die Wintermonate auf Gran Canaria. Anfangs glaubte ich – wie auch nicht? –, es wäre wegen des deutlich wärmeren Klimas. Mit der Zeit begriff ich, dass ich noch weit mehr an den Kanarischen Inseln schätze. Die Einfachheit beispielsweise, sei es beim Bezahlen im Restaurant, wo alle ein paar Scheine in die Tischmitte werfen, oder beim Organisieren einer spontanen Party, bei der jeder aus dem Kühlschrank holt, was gerade da ist. Perfektion ist woanders, und sie ist für die Canarios ungefähr so sympathisch wie der knurrende Nachbarhund, bei dem man heilfroh ist über den hohen Zaun zwischen einem selbst und ihm. Glücklicherweise fällt ein Abglanz dieser lockeren Lebenseinstellung auch auf die Residenten, wie ich einer bin. In Situationen, in denen uns früher die Hutschnur hochgegangen ist, zucken wir inzwischen mit den Schultern. Haben wir uns anfangs bei Einladungen den Kopf zerbrochen, was wir wie und wo servieren, schütteln wir inzwischen einfach etwas aus dem Handgelenk. Und da wir es alle tun, und zwar immer öfter, haben die Inseln und ihre Bewohner uns verändert, und zwar auch über den Zeitraum hinaus, in dem wir uns auf den Inseln aufhalten.

So überkam mich an einem warmen, windigen Wintertag auf meiner Terrasse mit Blick auf das Meer die Lust, einen *Canario* zum Helden eines Kriminalromans zu machen. Die gerade erwähnte Lockerheit sollte sich jedoch nicht nur in seinem Wesen widerspiegeln, sondern explizit auch in seinem Mundwerk. Flaco grübelt wenig, dafür handelt er spontan und beherzt. Aus der Ruhe bringt ihn so schnell nichts. Gewissermaßen ist er ein Querschnitt der *Canarios*, die ich im Laufe der Jahre beobachtet und kennengelernt habe, nur zugespitzter. Die gute Bildung, die er genossen hat, und sein reiches Elternhaus haben ihn nicht von der einfachen Lebensweise seiner Landsleute entfernt, sondern ermöglichen ihm lediglich, auch auf glattem Parkett zu tanzen. Ja, zum größten Teil ist die Idee zu Flaco unter kanarischer Sonne entstanden.

Abschließend noch ein paar Worte zur spanischen Sprache. Ein großer Vorteil, Winter-Resident auf Gran Canaria zu sein, besteht darin, Menschen aus aller Welt kennenzulernen, die dort permanent oder zeitweise leben. Zu meinem Bekanntenkreis gehörten oder gehören Schweden, Finnen, Belgier, Österreicher, Schweizer, Italiener, Briten, Iren, Luxemburger, Slowenen, Chinesen und natürlich auch Spanier. Das ist wunderbar. Es hat allerdings auch den Nachteil, dass unsere Verbindungssprache meistens Englisch ist, denn irgendwer ist immer gerade anwesend, der kein Spanisch spricht. Leider macht das lernfaul, und so hänge ich, was meine Sprachkenntnisse betrifft, auf einer Skala von eins bis zehn seit Jahren irgendwo bei drei oder vier fest. Hinzu kommt, dass viele Kellner und Verkäuferinnen nicht nur Englisch, sondern auch Deutsch verstehen. Ich erinnere mich an ein Essen im Restaurant, bei dem ich beharrlich auf Spanisch bestellte und der spanische Kellner ebenso beharrlich seine Deutschkenntnisse zum Besten gab. So ging das den ganzen Abend. Schon verrückt, oder? Je weiter man sich jedoch von den Küsten weg in die Inselmitte begibt, desto nützlicher sind selbst rudimentäre Kenntnisse der Landessprache.

AUSSPRACHE

Im Roman fallen einige spanische Wörter und Begriffe. Hier daher eine kleine Hilfe zur Aussprache, ohne Anspruch auf Vollständigkeit, sowie im Anschluss ein kleines Glossar.

Ein **Akzent** betont einen Vokal. Im Falle des Ortes Mogán liegt die Betonung also auf dem a.

Ein spanisches **doppeltes l** wie in der berühmten *paella* wird wie ein deutsches j gesprochen.

Ein spanisches **j** wiederum wie im Namen Juanita wird wie ein deutsches ch (z. B. in Koch) gesprochen.

Ein **ñ** wie in Doña wird wie nj gesprochen.

Ein spanisches **ui** wie zum Beispiel gleich doppelt in dem Städtchen Arguineguín wird wie ein deutsches i gesprochen. In seltenen Fällen gibt es ein Wort mit üi, zum Beispiel der Ort Agüimes. Dann werden u und i getrennt gesprochen, also A-gu-i-mes.

Ein spanisches **que** wie in *roque* wird ohne das u gesprochen.

Ein **doppeltes r** wie in *barrio* wird gerollt gesprochen, daran arbeite ich (ohne große Hoffnung) noch immer.

Ein **ch** wie in Chili wird wie ein deutsches tsch gesprochen.

Vale bedeutet so viel wie okay, das **V** wird weich ausgesprochen. (Über die korrekte Aussprache von V und B am Wortanfang ließe sich ein ganzes Kapitel schreiben, daher hier nur die Kurzversion.)

Hola (gesprochen Olla) ist die unkomplizierteste Begrüßung und wird auf den Kanaren sehr häufig verwendet.

GLOSSAR

Adiós – informeller Abschiedsgruß: Auf Wiedersehen, Tschüss

Amigo – Freund

Barranco – Schlucht, auf den Kanaren auch: Graben zum kontrollierten Abfluss von Regenwasser

Barrio – Viertel, Stadtteil

Besitos – doppelte Wangenküsschen; typische spanische Begrüßung/Verabschiedung befreundeter und verwandter Personen

Bizcocho – traditioneller Napfkuchen mit Honig, Rosinen und Mandeln

Bocadillo – belegtes Brötchen oder Sandwich

Buenas noches – Gute Nacht, nach Sonnenuntergang auch: Guten Abend

Buenos días – Guten Tag, am Vormittag auch: Guten Morgen

Caballero – höfliche Anrede für einen Herrn

Canario – Kanare, Einheimischer

Capitán – Kapitän

Chao – Spanische Version von Ciao

Chica/chico – Mädchen/Junge

Compañero – Kumpel, Kamerad

Compi – Abkürzung für Kumpel

Cortado – Espresso mit Milch

De nada – Bitte sehr, ebenso: Nichts zu danken

Graçias – danke

Guagua – Bus, vorwiegend auf den Kanaren und in Südamerika verwendet für *autobús*

Hola – Hallo

Madre de Dios – Muttergottes

Mirador – Aussichtspunkt

Mojo – Dressing, Soße; auf den Kanaren gibt es roten und grünen *mojo*, eine mehr oder weniger scharfe Paprikasoße, die zu Fisch oder *pappas arrugadas* serviert wird

Nobleza – Adel

Novia/novio – Freundin/Freund im Sinne von Lebensgefährte/-gefährtin, ebenso: Verlobte/Verlobter

Pappas arrugadas – kleine gekochte Kartoffeln mit Schale und Salzkruste, die verschrumpelt aussehen, daher auch: Runzelkartoffeln; typisches kanarisches Gericht

Perdona – Entschuldige

Por favor – bitte

Privado – Privatdetektiv

Pulpo – Oktopus

Ron Arehucas – Rum der Marke Arehucas

Roque Nublo – höchste Erhebung auf Gran Canaria, wörtlich übersetzt: Wolkenfels

Salón – Wohnzimmer

Salud – Prost, Zum Wohl!

Tarta – Torte, Kuchen

Vale, vale – okay, okay

Vamos – Gehen wir, Los!

Vino tinto – Rotwein

Eine abgelegene Insel.
Eine verschworene Gemeinschaft.
Eine verhängnisvolle
Vergangenheit, die sie einholt.

432 Seiten. ISBN 978-3-7341-0218-9

Zum ersten Mal nach 23 Jahren kehrte Lea in ihr winziges
Heimatdorf auf der Insel Poel zurück. Doch der Besuch
endete in einem schrecklichen Unglück. Bei einem rätselhaf-
ten Unfall kam Leas Schwester ums Leben, Lea selbst wurde
schwer verletzt und leidet seither an Amnesie.

Vier Monate nach dem Unfall reist Lea erneut nach Poel.
Sie will herausfinden, wie es zu dem Unfall kommen
konnte. Sie selbst kann sich an nichts erinnern und ist
auf die Hilfe ihrer alten Freunde angewiesen – doch
deren Berichte widersprechen sich. Die Jugendfreunde
scheinen ein Geheimnis vor Lea zu verbergen, das
weit in ihre gemeinsame Vergangenheit reicht ...

Lesen Sie mehr unter: **www.blanvalet.de**

Stille Wasser sind tief, doch menschliche Abgründe sind tiefer …

416 Seiten. ISBN 978-3-7341-0521-0

Ohne ersichtlichen Grund springt Marlene Adamski vom Balkon ihres Hauses in die Tiefe. Sie überlebt, spricht seitdem jedoch kein Wort mehr. Psychologin Ina Bartholdy findet keine Erklärung, doch der Fall lässt sie nicht los. Sie fährt nach Prerow, dort wird die 62-jährige scheinbar liebevoll umsorgt – nur das Verhalten des Ehemanns ist seltsam: Keine Sekunde lässt er sie allein, will er verhindern, dass Marlene mit Ina spricht? Was hat dieser Mann zu verbergen? Und was hat er mit den merkwürdigen Vorfällen in Prerow zu tun?

Lesen Sie mehr unter: **www.blanvalet.de**